数字媒体艺术专业“十二五”规划教材

电影剧作理论与技巧

佟 婷 王幼仪 著

中国传媒大学出版社

图 1 《偷自行车的人》

tom hanks
saving private ryan
edward burns matt damon tom sizemore
the mission is a man.
july 24

tom HANKS
matt DAMON
edward BURNS
SAVING
private ryan

图 2 《拯救大兵瑞恩》

图 3 《三峡好人》

图 4 《完美世界》

图 5 《功夫小蝇》

DREAMWORKS
THE
CROODS
MARCH 22 IN 3D

《马达加斯加》原班团队打造
DREAMWORKS
疯狂原始人
THE
CROODS 3D

DREAMWORKS
THE
CROODS
THE JOURNEY BEGINS.
COMING SOON

图 6 《疯狂原始人》

图 7　《少年派的奇幻漂流》

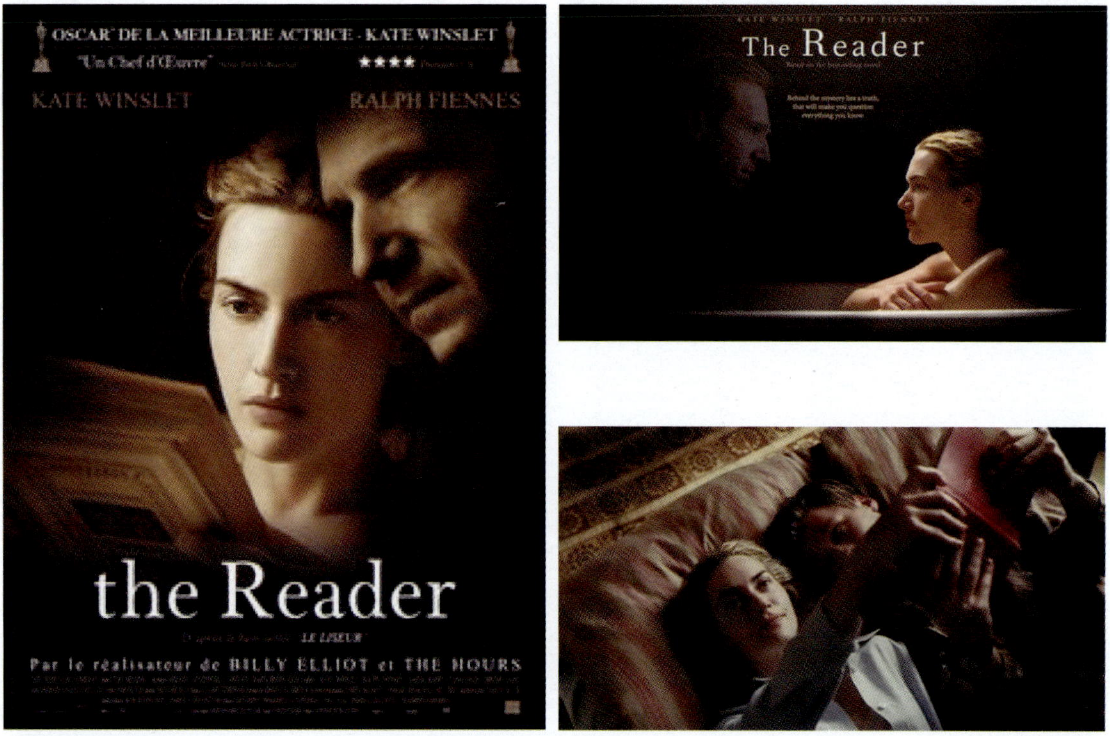

图 8 《朗读者》

黄 渤 任达华 余 男 苏有朋
杀生
看到的不一定 就是真相
DESIGN OF DEATH
www.ptxxg.cn

图 9 《杀生》

15년의 감금, 5일의 추적
올드보이
두 남자의 비밀
www.oldboy2003.co.kr

图 10 《老男孩》

图 11 《断背山》

图 12 《阿凡达》

图 13 《盗梦空间》

图 14 《安东尼娅家族》

失恋33天
love is not blind
失恋也许是下一个幸福的开始
2011.11.8
缘来在等你
失恋也许是下一个幸福的开始
失恋33天
love is not blind
2011.11.8
缘来在等你
@电影失恋33天官方微博
weibo.com/2037943531
2011.11.8
爱，就疯狂
不爱，就坚强
失恋33天
love is not blind

图 15 《失恋 33 天》

图 16 《公民凯恩》

图 17 《罗生门》

图 18 《里约大冒险》

图 19 《僵尸新娘》

图 20 《辛德勒的名单》

图 21 《玛丽和马克思》

图 22 《小鞋子》

图 23 《贫民窟的百万富翁》

图 24 《天使爱美丽》

图 25 《回归》

图 26 《调音师》

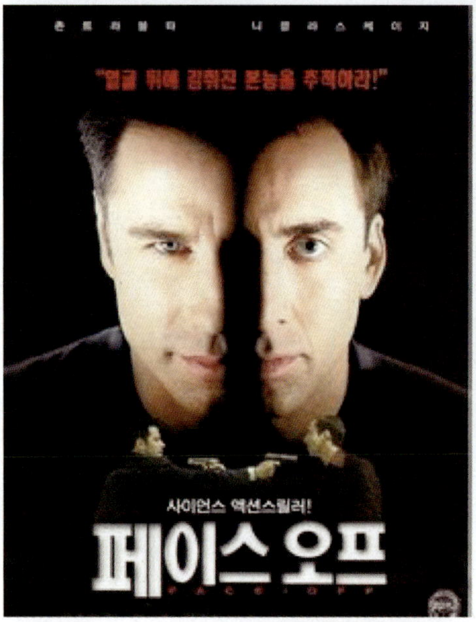

图 27 《变脸》

图 28 《外婆的家》

图 29 《特别响，特别近》

图 30 《我是山姆》

图 31 《后窗》

图 32 《危情三日》

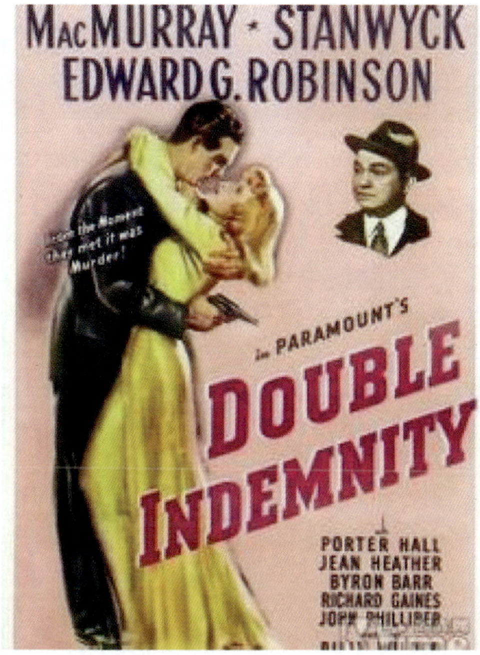

图 33 《双重赔偿》

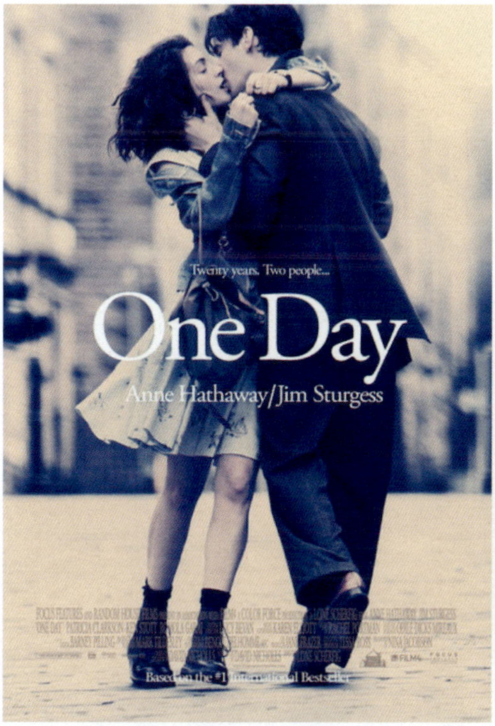

图 34 《一天》

图 35 《西北偏北》

图 36 《人工智能》

目 录

第一章　电影叙事及其审美形态

概述

本章首先对叙事以及故事的构成特点与内涵进行了分析，又通过对美国、中国以及亚洲、欧洲等一些具有文化差异的国家和地区的影片概述，阐释了文化差异对剧本写作的影响，并对电影剧本创作的悲剧、喜剧、正剧这三种审美形态进行了剖析。了解叙事的概念、不同国家的文化差异和创作的不同审美形态是更好地进行电影剧本创作的基础。

第一节　故事与叙事

叙事概念起源的历史可谓源远流长，早在以图画记事的原始时代就有了叙事概念的萌芽。此后，柏拉图曾把纯叙事与模仿作为对立范畴加以界定，亚里士多德则以叙事为基点，提出以媒介、对象、方式为参照的三分法，奠定了西方文艺理论长达两千多年以模仿为核心的古典叙事理论传统。茨维坦·托多罗夫最早正式提出叙事的概念，即叙述作品。搞清楚什么是叙事，即怎么讲故事，是编剧和导演首先要解决的问题。

在分析什么是叙事前，我们先要了解什么是故事？詹姆斯·莫纳科认为："故事，即被叙述出来的事件，是伴随着一定的观念和情感而产生的。故事表明叙事讲'什么'，情节则关系到'怎样讲'和'讲哪些'。"[①]从这里可以看出，故事更多地强调了"被陈述的客观事件"与情感的关联性，而情节则更多是叙事的一部分，更侧重对于事件的选择以及讲述的角度和立场。

① 詹姆斯·莫纳科：《电影术语汇编》，转引自《96 电影大百科》微软公司，1996 年，英文（光盘）版。

因此，围绕着对于故事的理解可以有如下的要点：

第一，故事是对现实生活中的事件的陈述。事件可以理解为发生在现实生活中蕴涵着一定时空演变过程和某种因果关系的真实或想象的事情。之所以强调事件必须蕴涵“一定时空演变过程和某种因果联系”是因为很多现实活动并不能称其为事件，比如相对抽象的数字运算活动，相互之间并无因果联系的事情很难具有故事性，也不能构成事件。①

第二，故事是作为情感主体的人叙述出来的。事件的选择、讲述的方式必然与讲述主体成长的环境、性格气质以及情感的好恶有直接的关系。例如给成人讲述《白雪公主》与给孩子讲述时虽然故事本身没有太大差别，但是在事件的选择以及表达方式上会有很大的不同。散乱的事件本身虽然具有一定的故事因子，但只有当它被放置于特定的讲述环境中时，作为故事的精彩之处才能被发掘。这种环境既包括作为传递媒介的影院、剧场、电视、小说等载体，同时也包括讲述主体颇具情感倾向的、构建出的故事环境。

为了更好地理解事件、叙事和故事，我们看下面的例子：

“一个男子翻来覆去，不能入睡。一面镜子打碎了，电话铃声响了。”通过上面的描述我们很难确定这是一种叙事，因为我们不能推测出这些事件之间的因果性和时空联系。

现在来看对同样的事件的一种新的描述：“一个男人和他的老板干了一仗；当天晚上他翻来覆去不能入睡。第二天早上，他仍然非常愤怒，以至于刮脸时，打碎了镜子。后来电话铃声响了，他的老板在电话中向他道歉。”这时我们有了一种叙事。我们能够联结这些事件的发生空间：那个男人先是在办公室，然后在床上；镜子是在浴室，电话是在屋子里的别的什么地方。更重要的是，我们能理解那三个事件是一连串原因和结果的组成部分。与老板的争吵是不能入睡和打破镜子的原因；老板打来的电话消解了这一冲突；叙事结束。在这个例子中，时间也是重要的。睡不着觉发生在打碎镜子之前，几次变化都发生在电话打来之前；全部活动贯穿于头一天到第二天早上……②

从上我们不难发现作为故事叙述基础的事件需要一定的时间顺序、空间环境以及事件之间某种内在的因果关系。而讲述的方式可以是情绪激愤的，可以是心平气和的，也可以是夸张滑稽的，这些妙趣横生同时又充满着戏剧性的表达无形中已经是故事的最基本元素了。

因此，传统意义上的故事概念主要偏重于故事陈述的内容层面，即“什么”，而现代意义上的叙事更加关注“怎样讲”，而讲述方法的不同可以使原本客观的事件呈现出截然不同的面貌。因为在叙事中更强调了叙述者的主体性，叙述者对事件的理解、安排、所倾注

---

① 参考李显杰：《电影叙事学：理论与实践》，中国电影出版社 2003 年版，第 28 页。

② 引自戴维·波德威尔等：《电影艺术导论》，纽约·克诺普出版社 1985 年英文版，第 83 页。

的情感都决定了故事以什么样的形式呈现，因此被叙述的事件已经失去了客观还原的本体性，而成为特定环境下的主体创造物。

因此，所谓叙事，简而言之指的就是讲故事的方法，也即如何在有效的时间和空间中把互为因果的事件组织起来，表达一定的情感意图——也就是编剧和导演如何把一个故事的原始内核用最吸引人、最有趣的方法讲出来。

第二节　电影故事写作的文化差异

电影作为一门视听艺术、一种文化载体，通过艺术形象的展示，表达一定的思想情感，反映特定时代、国家、民族、地域的社会文化和特有的文化价值观念。下面概括性地分析目前比较普遍的具有代表性的电影呈现形态。

一、美国：商业＋娱乐＋艺术＋价值输出

电影是一种大众文化产品，商业性是它的根本属性。美国电影奉行商业至上的原则，好莱坞有一套完备的生产、经营机制，完全按照商业活动的原则来组织电影的生产和投放，它制作的电影占据了世界电影市场份额的90％以上。好莱坞的电影能够风靡全世界的原因首先在于，美国是个移民国家，融合了多种文化因素，在电影制作中采用与之适应的文化策略，汲取多种民族文化的因素，照顾到不同种族、文化背景观众的趣味，形成了一套比较多样化的叙事和影像模式，容易为不同民族、文化背景的观众接受。其次，全球视野的电影文化观念和多元性、包容性的文化形态决定了美国电影能在世界范围内取得比其他国家的电影更为优越的地位。美国电影在外来文化的影响下也不断地包容和兼顾体现其他文化形态，比如电影《撞车》《巴别塔》等，都在影片中表达了不同民族文化间的沟通与化解。再次，美国电影的基本主题都是爱、正义、家庭、亲情等，而这些既是美国作为一个国家所乐意标榜的主流价值观，也是全人类所共同关注的主题。不管是出于自觉还是商业的考量，好莱坞电影总是让我们选择一种较有希望的方式去看待世界，告诉我们不管这个世界有多糟糕，仍有一些东西值得我们去相信、去拯救。好莱坞的电影主题简单，是孩子的逻辑与世界观，并让成人发现曾经的那个自己。徐克曾经说过："人最大的痛苦是幼年给你一个童话，长大后又告诉你它不是真的。"而好莱坞让我们重新回到这个童话中。

娱乐是电影的一个基本功能，这在西方国家是一个毋庸置疑的公理。美国米高梅公司制片人路易·梅育说："你想要当一名艺术家，但是你要其他人为你的艺术挨饿。"在好莱坞，最流行的电影宣传口号是：电影是最好的娱乐！创作一部电影需要大量的资金投

入，制片人往往无法承担非赢利的风险，而赢利的一个基本前提就是尽可能把影片拍得好看，有较强的观赏性和娱乐性。在这样的电影观念下，出现一些运用高科技手段、制作精良，追求观赏效果和娱乐效果的影片自不待言，如《星际穿越》《疯狂原始人》《少年派的奇幻漂流》《阿凡达》等。

美国电影作为大众文化过于强调影片的商业性和娱乐性，在取得成功的同时也导致了影片内容单一、苍白、模式化，使影片深刻的思想内涵和丰富的表达手段略有缺失。但尽管如此，还是出现了如《无主之地》《楚门的世界》《猎鹿人》《教父》《阿甘正传》等既有很高的艺术价值，又有较强观赏性和娱乐性的影片。

二、亚洲：精巧+纯粹+商业+丰富

亚洲电影与美国或欧洲比较起来显得不拘一格，它因几个国家间地域文化的差别展现出一派姹紫嫣红、各色山花烂漫开的景象。

亚洲电影有着极强的包容性，它并不被局限在某一种风格和影像表达中，影片气质和类型包罗万象，各有千秋。因为不同国家传统文化与民族特点的区别，亚洲电影常常给人们带来很多新鲜有趣的异域风情。同时在世界电影工业的蓬勃发展带动下，亚洲电影也逐渐生产出大批高质量的商业电影。下面以日本、韩国、泰国的电影为代表来对亚洲电影进行分析。

如果好莱坞电影的剧情是一套外化度极高的工业模式，那么日本电影便是一口极致内化、深入挖掘的水井，带给我们甘甜清冽的口感。日本电影表达的是东方内敛沉静的情感，更注重人的心理和情感体验。例如小津安二郎的作品，常常是以现代的日本家庭为题材表现父母子女间的感情，夫妻间的纠葛与和解，孩子们的嬉戏及大人的苦恼，等等。“我要表现的是，透过子女的成长来窥探日本家族制度瓦解的过程。”小津安二郎如此评价他的《东京物语》，作品呈现出隽永从容，清新悠远的意味。日本新电影旗手岩井俊二的《情书》展现了一段刻骨铭心的隐秘的初恋情愫，诗化的镜头语言，细致的情愫捕捉，曲折的讲述方式深深触动着人们细腻的内心。2010 年中岛哲也的《告白》将一场极爱入骨的复仇华丽上演在观众眼前，一个母亲为爱拼尽所有的“告白”，一举拿下第 30 届香港金像奖最佳亚洲电影和第五届亚洲电影大奖。相比较好莱坞电影制造的一个个超现实梦境，日本电影更热衷于对日常情境下人性极致情感表达的讨论。

与日本的内向型故事展现不同，韩国电影采取的是一种借鉴改良又创新突破的发展路径，它一方面极好地借鉴了好莱坞电影的成熟商业类型，同时又通过政府的电影补贴政策和电影人自发的民族电影保护行动很好地抵制了好莱坞电影模式化的极度泛滥，开创了极具韩国地方特色的电影风格类型和电影模式。从《我的野蛮女友》开始韩国的爱情片慢慢变成他们的招牌特色，就像韩剧的崛起一般。之后的《假如爱有天意》《关于我妻子的一切》《我脑中的橡皮擦》《建筑学概论》等将韩式爱情片的百态一一展现给观众。细腻的情感捕捉，源自生活的细节呈现，清晰鲜明的地域风格将一段段爱情演绎得荡气回肠。之后韩国电影的类型更加丰富，犯罪、恐怖、喜剧、科幻等类型逐步完善，韩国电影工业日趋成熟。在影片《汉江怪物》中，导演奉俊昊以汉江中的怪物这一灵感为出发点，设计了一个极具商业潜力的科幻故事。到 2013 年奉俊昊的《雪国列车》上映，标志着韩国影人已经完全具有与好莱坞接轨的影视制作能力。《雪国列车》呈现出完全如好莱坞工业大片一般的视觉盛宴，主流的价值观和英雄主义的表达也与所有好莱坞大片中的模式没有差别。与此同时仍有以李沧东等为代表的在平实的叙事背后对人性隐秘的深刻挖掘与人性光辉展现的实力派导演，例如代表作《绿洲》《密阳》；也有以金基德为代表的风格鲜明、新锐大胆的导演，例如《漂流欲室》等，使得韩国电影呈现出风格多样的特色。

泰国电影有着很鲜明的异域特色，最典型的便是它的恐怖片。泰国恐怖电影在拥有视觉感官上的恐怖冲击外，还融入了变化莫测的情节设置、错综复杂的叙述手段，以此来吸引观众，让观众在感到恐惧的同时也由衷地佩服剧情的精心设置。在《厉鬼将映》中，被误杀的女演员如同瘟疫般地夺取看到她被勒死的每个观众的性命；改编自泰国家喻户晓故事“鬼妻”的恐怖喜剧《鬼夫》刷新了泰国影史最高票房的纪录。除了恐怖片，泰国青春片的口碑也不错。《初恋这件小事》《暹罗之恋》等影片都讲述了一件件美好的青春往事。

而越南影片却呈现出独有的战后创伤经历和下层民众的卑微生活以及一息尚存的微末的生活热情杂糅的风格样式。《青木瓜之味》中，情感的含蓄传达与自然生灵间的细腻观摩交相辉映。《三轮车夫》中车夫与妓女间窘迫生活的感同身受与困境中的彼此慰藉让人在苍凉中感受到一丝温暖。在《恋恋三季》中，平淡生活、过往记忆和人生际遇的偶然性在采摘莲花的轻声吟唱中娓娓道来，极富生活气息和诗性浪漫。越南电影同样以它独有的风格呈现成为亚洲影坛不容小觑的一股力量。

亚洲电影可能不像好莱坞那样都是视听盛宴般的大牌主菜，却是种类多样、丰厚精致的，极致地体现“小而美”的特色风味。

三、欧洲：艺术＋风格＋思想＋宗教

当你听到戛纳电影节、柏林电影节、威尼斯电影节时会想到什么？星光熠熠、明星璀璨还是各路影片征战拼杀，异彩纷呈？不管你想到什么，都不得不为这些弹丸之国竟能成为世界瞩目的焦点叹服不已。如果说美国电影是商业电影的集大成者，那么欧洲电影绝对是艺术电影的守护神。欧洲深厚的文化传统和人文主义精神，对电影艺术的发展和延续起到了至关重要的作用。欧洲作为电影艺术诞生、成长、发展的策源地，激发了欧洲人对电影的狂热、痴迷和追求。欧洲电影人与好莱坞把电影的商业属性作为第一要素不同，他们把影片的艺术性作为衡量质量优劣的第一标准，执着地认为，电影是文化识别的手段。欧洲建立了自己的一套扶持政策，抵御美国的资本和文化渗透，在尽可能保护自由市场的前提下，维护民族文化和国家意识形态。多少年来好莱坞的商业娱乐片在戛纳、威尼斯、柏林三大国际电影节很难立足。过去有论者称：好莱坞是一架庞大的"制造腊肠的机器"，"这一机器无论是对杰出的题材或对最突出的个性，一概都无情地加以扼杀"。而欧洲电影人与好莱坞不同，他们大力提倡电影艺术的探索与创新，主张电影人的个性释放与张扬。所以从电影诞生以来，欧洲各个时期的电影运动是此起彼伏、异彩纷呈的。当然，持续时间最长、影响最大的当属第二次世界大战后出现的意大利"新现实主义"、法国"新浪潮"和新德国电影运动，出现了一大批在世界电影史上留名着姓的经典电影。如"新现实主义"影片《偷自行车的人》《擦鞋童》《罗马十一时》，"新浪潮"影片《四百下》《筋疲力尽》《朱尔与吉姆》，"新德国电影运动"中的《铁皮鼓》《玛丽娅·布劳恩的婚姻》《恐惧吞噬灵魂》《得克萨斯州的巴黎》等影片无论在主题立意还是在影像表达上都为后来的电影提供了源源不断的思想营养和艺术启发。深厚的历史源流和不间断的革故鼎新的思想运动，使得欧洲电影在气质上偏向于文艺气息，他们喜欢用这种方式去表达对社会的反思和对人性自身的检讨。如丹麦导演拉斯·冯·提尔指导的影片《狗镇》探讨的是人性的善恶，狗镇是一个人性的试验场，人性善恶的对比在浓缩世界的影片中放大；瑞典导演伯格曼的影片《第七封印》探索了死亡与宗教的奥秘，它向世人明示了人生的哲思——一个男人怎样做到虽死犹生；西班牙怪才导演阿尔莫多瓦的一系列表现不同阶层女性生活的影片，例如《关于我母亲的一切》、《高跟鞋》等均在荒诞不经的故事中呈现了他对人性的矛盾、挣扎与反抗一如既往的思考；德国年轻导演汤姆·泰沃克也在《罗拉快跑》这部风格鲜明的时尚影片中融入了速度的激情、时间的流逝以及对于宿命的阐释。

欧洲电影的繁荣向全世界的电影文化发出了不同于好莱坞的另一种声音，电影不仅仅是一种产业，同时也是一门艺术；电影不仅仅具有通俗性和娱乐功能，同时也具有探索人性、表现思想、高雅实验等艺术功能，也有责任、有义务以人文主义的情怀反映一个时代真实的精神图景。

四、中国：教育＋艺术＋娱乐＋商业

中国文化向来注重教化，而对娱乐讳莫如深。《尚书－旅獒》中说："玩人丧德，玩物丧志。"孔传："以器物为戏弄则丧其志。"朱熹《近思录》中说："明道先生以记诵博识为玩物丧志。"可见自古以来中国文化就形成了压抑人性、视玩乐为洪水猛兽的传统，所以文学艺术的基本精神必须是，也只能是文以载道，说明道理，教化百姓。

在中国电影发展史上，电影主要是作为拯救民众、启发民智、改良社会的工具而存在的，娱乐则始终被拒之门外。中国电影之父郑正秋于1913年编导的《难夫难妻》讲述了一对青年男女在封建买卖婚姻制度迫害下的不幸遭遇，以嘲讽的笔触抨击了封建婚姻制度的不合理，实际上也确定了中国电影的教化传统。20世纪30年代，面对日本帝国主义的侵略和国内封建势力的压迫，中国共产党领导的左翼电影工作者创作出一系列展现民族危机、激发民众爱国热情的优秀影片，如夏衍的《狂流》《春蚕》《脂粉市场》，阳翰笙的《铁板红泪录》，沈西苓的《女性的呐喊》，洪深的《压迫》《香草美人》，田汉的《民族生存》《肉搏》等。这些影片的拍摄放映，对人们了解现实中国、激发人们的抗日情绪起到了推动作用。新中国成立以后，电影依然承担着启蒙与救亡的责任，但受到电影制度的制约，作为宣传和教化的工具，成为政治的附属品。谢晋的电影创作几乎可以视为新中国成立后电影发展的一个缩影，他说："我拍影片更多地追求美育作用、警示作用，希望对祖国、对人类贡献美！"他的代表作《天云山传奇》《牧马人》《芙蓉镇》等通过曲折感人的故事和近乎完美的人物所建构的道德神话既符合国家主流意识形态，也满足了观众潜在的观赏欲望，有效地在影片和观众之间达成教化和娱乐的平衡。"第四代导演"通过他们的影片《老井》《巴山夜雨》《青春祭》等向世人弘扬了一种吃苦耐劳、坚忍不拔、奋发进取、可歌可泣的民族精神和忧国忧民的忧患意识，激动了亿万观众的心，成为中国当代电影的主流。虽然这种浓重的教化意识影响到"第五代导演"的创作，但"第五代导演"的影片更多地表现为个体的独特的生命体验，以艺术上的刻意求新透射出强烈的个性意识。他们的影片强化了电影画面的空间造型能力，开始注重挖掘人物思想的深处，开始追求观赏性和娱乐性。张艺谋的《红高粱》《大红灯笼高高挂》、陈凯歌的《黄土地》《霸王别姬》等均在影像构成、镜头语言、叙事策略等方面为电影的观赏性和娱乐性带来了更多活力。

上世纪90年代，随着经济体制改革的推进，电影行业逐渐被迫商业化，需要自己在市场中求生存、谋发展，于是，电影的娱乐性越来越强，人们称这种娱乐片为商业片。在急功近利观念的影响下，一些导演忽视电影的思想性和艺术性，炮制出一批粗制滥造的影片，非但没有在票房上取得好成绩，反而被好莱坞商业大片抢占了大部分市场，观众的兴趣和审美品位迅速好莱坞化。时至今日，美国大片在中国已经揽金过百亿，中国电影人无不感慨"压力山大"，认识到只有从观众的角度出发，拍观众喜欢看的、商业与艺术高度融合的电影才是生存之道。从《让子弹飞》《人在囧途之泰囧》《疯狂的石头》到《北京遇上西雅图》《无人区》《致我们终将逝去的青春》，中国电影人逐渐摸索出一套适合本土的生存法则，开始在电影的市场化中找到一线生机。

然而，票房高速增长的同时，关于中国电影是否过度商业化的争论也日趋激烈。《无极》的无聊至极、《大笑江湖》的恶俗搞笑、《三枪拍案惊奇》的小品式二人转、《小时代》的奢靡炫富、《富春山居图》以烂片博吐槽,无节操无下限……造成影片越烂票房越高的奇观。在电影各种暴力血腥、色情绯闻、粗口走光的宣传攻势下,我们不禁要问:到底有多少影片是值得一看或给人带来回味的呢?影片的艺术性是不是被商业性完全覆盖了?需要反思的是,美国电影主打商业牌,每一部电影都明目张胆地以赚钱为目的,他们的创作者丝毫不掩饰这一赤裸裸的利益目的,但是我们在好莱坞巨额的票房背后看到的仍是主流价值观念的弘扬、国家精神与民众利益的兼顾甚至是艰难境遇下人性光辉的显现。而中国当下的电影无一不是吵嚷着"艺术""人文""思想",但呈现在观众眼前的却是不忍目睹的审美品位败坏的各种烂片。

如今,在"残酷"的市场竞争中,商业电影已经垄断了院线,而艺术片早已到了无人问津的地步。王小帅的《日照重庆》是入围 2010 年戛纳电影节主竞赛单元的唯一华语电影,这部影片在国内上映一周就被撤片,票房不到 400 万元,可谓血本无归。王小帅感叹,国内电影市场已经成了艺术片的"盐碱地"。

如今的中国,人心浮躁,急功近利,没有几个编剧、导演能够沉下心来严肃认真地进行创作。尽管如此,创作者也要明确一点,电影事实上是一个商业与艺术的辩证统一体,商业性与艺术性相互交融,互为依托,完全的商业和完全的艺术是不现实的,一次性买卖只会砸了自己的招牌。带有艺术属性的商业片,就是首先追求商业的必然性,再考虑艺术的可能性;带有商业属性的艺术片,就是首先追求艺术的独创性,再考虑商业的可能性。否则,就会出现艺术片低票房或零票房,商业片票房高却没内涵,观众看过就忘甚至后悔进入电影院的情况。第 81 届奥斯卡获奖影片《朗读者》是商业片和艺术片的完美结合。豪华的演出阵容、情色电影的基调和关于战争的敏感题材的深刻而独特反思决定了它的无限商机,而丰富的思想内涵和批判精神又赋予它艺术片的严谨和精致。这些经验都是值得我们借鉴的。

第三节　电影故事的审美形态

所谓审美形态,是指与现实社会生活密切缠绕的审美表现领域,其集中形态是文学、音乐、戏剧、绘画、雕塑等艺术活动。审美形态是在审美实践活动中特定的人生样态、自由人生境界的对象化和审美情趣、审美风格等的感性凝聚、显现及其逻辑分类。这是审美形态在美学方面的基本内涵。

从发生学角度看,审美形态既不是自在自为的,也不是主体心灵任意创造的,它们是在人类的审美活动中历史地形成的,是特定时代审美关系的产物,是人类审美的一种价值体系，实际上也就是一种审美的文化形态或人的审美存在状态。审美现象是一种文化现象，不同的文化圈曾经孕育了自己的审美文化，每一种文化都有着自己的独特形态。不同的审美文化之间有着因文化的价值取向、最终关切不同而带来的重大区别。下面我们看看审美形态的三种主要类别。

一、喜剧效果

喜剧是戏剧的一种类型，往往以夸张的肢体行为、巧妙的故事情节、诙谐的语言及对人物喜剧性格的刻画，引起人们对丑陋的现象、滑稽的人物的嘲笑，对健康的人生和美好的理想予以肯定。喜剧冲突的解决一般比较简单和直接，经常以代表进步力量的主人公获得胜利或如愿以偿为结局，同时也用隐蔽的方式丑化或者批判陈腐的、愚昧的落后现象。

喜剧是一种艺术类型，同时也是一种审美形态，它经历了由艺术形态到审美形态的历史发展过程。喜剧以"笑"为最主要的艺术表现手法。笑是人类的一种本能反应，也是一种特殊的审美体验。它既是一种快乐机制，同时又是一种情绪的发泄。喜剧还包括滑稽、讽刺、幽默等不同形态，如行为语言的乖戾、夸张、倒错、虚伪及明显的自相矛盾等。喜剧感的笑包含着对人的自我价值和追求的肯定、对真与善的肯定，这是喜剧具有的特殊的审美价值，也是能引起人的审美愉悦的重要原因。喜剧感的笑由于包含着深刻的理性批判的内容和犀利的讽刺，因此它还是一种严肃的笑，所以有些高尚的喜剧往往在气质上是接近悲剧的。

喜剧在古代欧洲属于民间大众艺术形式，因此，早期的理论家研究的是艺术形式上的喜剧，而不是审美意义上的喜剧审美形态。喜剧的原型是一种原始狂欢，在原始巫术活动中，人们为了表达对神灵的敬仰和感激之情，常常举行一种仪式，可以尽情地欢笑，同时进行模仿性的表演，夸张地模拟战胜敌人时的情境，嘲弄需要丑化的对象。通过对对方的嘲笑，以达到喜剧的目的。当然，在现实生活中则包含着更为丰富的表现形式和技巧。这样，喜剧艺术的情感形式就上升为喜剧的审美形态。亚里士多德曾说过："喜剧是对于比较坏的人的模仿，然而'坏'不是指那些恶的现象而言，更多是指丑，表现为滑稽。[①] 滑稽的事物是某种行为错误导致的，但不致引起人强烈的痛苦与伤害。"

到了近代，喜剧从艺术形式中抽象出来，成为审美形态。康德认为喜剧的心理特征是笑，"笑是一种从紧张的期待突然转化为虚无的感情"[②]。黑格尔认为，"主人公追求的是无价值和虚妄的东西，因而显得可笑"[③]。上述的描述都强调了喜剧主要是突出主体不

---

① 亚里士多德：《诗学》，罗念生译，人民文学出版社 2002 年版，第 14 页。
② 康德：《判断力批判》（上卷），宗白华译，商务印书馆 1964 年版，第 80 页。
③ 黑格尔：《美学》（第三卷下），朱光潜译，商务印书馆 1997 年版，第 318～319 页。

合时宜的言行以及夸张、荒谬的思维逻辑导致的尴尬境地以至最后矛盾的解决。因此，我们看到以冯小刚、王朔为代表的都市平民喜剧电影例如《甲方乙方》，无论是在语言的表述方式上，还是对平民卑微生活的描摹以及喜剧精神的挖掘上都具有这样一种源自于底层的、民间的、集体无意识的价值取向。

喜剧一般是以外在表现形式与内在心理动机的背离为主要特征的。现实中的喜剧特性的表现具有一定的复杂性和隐蔽性，很难看出其喜剧的本质。而在艺术中则可以运用丰富的艺术手段如夸张、变形等手法揭示真相，突出喜剧性。只有当本质与外在现象、内容与形式自相矛盾的现状被揭开时，喜剧才真正形成。所以，鲁迅先生说"喜剧是将那人生无价值的撕破给人看"，也就是撕开假象和伪装，暴露其本质。撕破假象与伪装之后的暴露，使对象变得更加渺小空虚、可怜可鄙、毫无价值，这就使人们不可能再用严肃的态度去对待，必定以笑的形式来表现。这里的笑包含的是深刻的理性批判的内容和犀利的讽刺，在笑声中人们摒弃了愚昧可笑的行为方式，重新建立起对新生事物的信心和勇气。所以马克思说，喜剧使"人类能够愉快地和自己的过去诀别"。因此，喜剧也有了新的内涵和意义，而成为一种独特的审美形态。

首先喜剧中包含着深刻的社会现实内容，但这种对现实生活内容的反映往往是以与现实相反的形式表达出来的。喜剧是对本质与现象相背离的人或物的揭露与否定，能直接显现人类的理想与自信，不像悲剧只能在被摧残与被毁灭之中间接地显现人类的努力与争取。喜剧有两种最基本的表现形式，一是讽刺，二是幽默。讽刺是对丑的事物的揭露和嘲笑，当貌似强大，假充正义的丑被揭露出来，就暴露了其虚伪的内在本质，从而产生了可笑的效果。黄建新的电影《黑炮事件》中很多地方用冷峻的讽刺表达了对僵化刻板的制度的讽刺。幽默则是一种轻度的讽刺，它常常是对人自身的缺点进行善意的讽刺，包含着对人类弱点的宽容和对人的善良本性的肯定。冯小刚的喜剧电影大多展现的是后者。

其次，喜剧具有不和谐的、荒谬的外在形式。一般以内容与形式的不和谐、现实与表象的违背、期望与现实之间产生强烈的反差的方式，造成可笑的效果。喜剧主人公往往表面上是一本正经的，而实质上是非常庸俗的。比如《大话西游》里高唱"only you"、问妖精"你妈贵姓"的啰嗦之极的唐僧、《东成西就》里女扮男装又二又色的周伯通、《疯狂的赛车》里那两个刚出道却又要处处表现自己专业素养的笨贼、《大话王》中承诺孩子不撒谎又无法克制人性弱点漏洞百出的父亲。

最后，喜剧的情感形式表现为以笑为主的特征。笑作为审美的情感形式，既是一种讽刺和批判，也是一种快乐和肯定。在笑的表达中，人们对丑恶现象表达了鄙视和轻蔑，对善进行了肯定，重新激发了人们对生活的乐观态度，从而实现了自我价值。喜剧的审美意义也在于通过对传统价值观念的解构，实现对自由的超越，并以欢乐来肯定生存的意义以及人的价值。

同时，喜剧电影的模式又是异彩纷呈的，既有像美国导演伍迪·埃伦导演的《曼哈顿》《汉娜姐妹》这样的重点反映知识分子精神风貌和中产阶级生活的社会风俗喜剧；也有像《窈窕淑女》《当哈利碰上莎莉》这样轻松幽默、语言犀利的爱情轻喜剧；还有香港打星成龙开创的以动作、噱头取胜的功夫喜剧；更有周星驰颇具后现代意味、无厘头搞笑的喜闹剧。

国产电影一直缺少非常成功的喜剧类型，2013年火爆的《人在囧途之泰囧》在喜剧性的探索上做足了功夫，成为业界热议的焦点。徐峥、黄渤、王宝强三人都具有不同的喜剧表演特色，此番三人联手，更是笑料百出，让观众过足了捧腹大笑的瘾。徐峥饰演成功的商业人士，王宝强扮演的是一个十分接地气的小底层。两人在泰国相逢，在各种巧合的推动下再遇囧事一箩筐，先后上演在寺庙遇到人妖和电梯里误会美女的无奈事件。而黄渤饰演的表情严肃黑衣男，与两人纠缠不休，是一个十足的喜剧性的大反派。《人在囧途之泰囧》里的包袱短小却能引得观众捧腹大笑，其中最大的一个"包袱"非范冰冰的最后出场莫属了，这完全是在现实中不可能出现的荒诞惊喜。她的出场不仅出乎了所有人的预料——既包括影片里的王宝强，也包括观众，而且也是所有人最期盼发生的奇迹。作为"女神"出场的范冰冰拉近了影片与现实的距离，也取得了与观众的共鸣。而众多语言的幽默更是借鉴了冯小刚最擅长使用的搞笑方法，语言通俗却不肤浅，耐得住咀嚼。其次是人物夸张的面部表情、肢体语言和造型，造成与现实的差异。徐峥在电影中最多的表情或许就是一脸无奈的样子，他用夸张的嘴形和瞪得很大的眼睛演绎了这样的情绪，吸引了观众的目光。黄渤最后的绷带和护颈造型也引得观众频频发笑，尤其是两人最后肉搏，既真实又搞笑。王宝强的造型让观众一看到就想笑，这次他不再打扮成农民工的形象，金黄的波波头、颜色错乱的衣服搭配、刺猬包，让他瞬间"潮"了起来，但这种新造型的"潮"与他以往所塑造的"傻根"形象形成巨大的反差，这就是一个十足的笑点。不管你是否认可《泰囧》的艺术性或者思想内涵，但它毕竟创造了中国的票房神话，同时我们也不否认影片在类型片模式上的成功探索。

二、悲剧色彩

悲剧主要是以剧中主人公与现实或者自身之间不可调和的冲突及矛盾所导致的悲剧命运来构成戏剧主要内容的作品。悲剧主人公身上大都凝聚着普通人的愿望及理想，而这种愿望在现实中又很难实现。悲剧往往以悲惨的结局来揭示生活中的不堪与罪恶，用鲁迅先生的话说，"悲剧即将人生有价值的东西毁灭给人看，从而激起观众的悲愤及崇敬,达到提高思想情操的目的”。[①]

亚里士多德认为,悲剧是对于一个严肃、完整、有一定长度的行动的摹仿。[②] 悲剧一方面的作用是其引起的恐惧与怜悯之情使人的感情得到“陶冶”,具有“净化”灵魂的作用。根据俄国著名作家纳博科夫小说改编的,由美国著名导演库布里克导演的影片《洛丽塔》中描绘的不伦之恋便让人重新审视欲望与情感诉求到底应该如何控制,使人思考以卑劣的手段是否能获得“纯粹”之爱。被爱欲缠身的“可怜”人也必有其性格因素中的“可恨”之处,影片中男主人公内心无法抑制的近于病态的对于美和爱的追求以及幻灭让人们更深刻地体会了人性的复杂与丰富,在扼腕叹息之余对生活与情感更多了一份理性思考。反映美国“9·11”事件的《记住我》也通过男主人公遇难的一刻让身边所有的至爱亲朋重新审视了生活的意义和价值,重新建立与恢复了与他人的关系。

悲剧美的内涵在另一方面也体现了作为主体的人的行为也许暂时被否定,而最终被肯定的过程,悲剧在审美中,虽然展示了人存在的弱小、无力以及卑微,最后总是以失败告终的一面,但并没有隐含着消极的人生意义,恰恰相反,在悲剧中往往包含着更为积极的人生意义。因为悲剧审美的核心是作为生存主体的人为了名誉和信仰而与外部环境的抗争,明知不可匹敌但仍奋起抗争,因此具有一定的正面价值和意义。由于各种原因,人物在与社会、历史的必然性冲突中受侵害、被毁灭,呈现的状态往往是悲苦凄惨、曲折不幸的,过程和结果让人痛苦,与主体的理想价值相抵牾。但同时悲剧的宿命又会被人的勇气与理想所克服和超越,从精神上显现出对困难的征服或超越,表现出对自身力量的信心与肯定,因而上升为一种由痛感转化为快感的具有历史感的情绪。这种力量最能触动欣赏者的深层情感,从而获得独特的审美体验。例如日本导演北野武的影片《花火》,当男主人公为了妻子、朋友、同事,打过架、杀过人、抢过银行,夫妻二人处理完人世间一切牵绊之后,静静地坐在海边等候死亡时,影片前半部分血腥的枪击、残酷的殴打等段落在观众对人物命运与遭遇的深深认同与宽恕中逐渐模糊,而主人公对于生命的独特感受就像残疾警官笔下的美丽的图画一样,绚烂、诡异,火的浓烈灼热与花的美好宁静,在极不相称的视觉影像中居然达到完美的和谐。

另外,悲剧的审美冲突体现的是人与自然、社会及自身矛盾的冲突和超越。例如,反映人与无情命运抗争的《俄狄浦斯王》《角斗士》;人与自然、社会冲突的《2012》《肖申克的救赎》等;追求人性自由解放的《末路狂花》《飞越疯人院》等,还有表现在社会的强大压力与摧毁下个体命运的孱弱与无奈的《罗密欧与朱丽叶》,以及揭示人对自身存在的不可克服的弱点和命运的追问的《哈姆雷特》《洛丽塔》等。正是这种人的存在与对冲突的体验,

---

① 《鲁迅:再论雷峰塔的倒掉》,《语丝》周刊第15期,1927年2月23日。

② 亚里士多德:《诗学》,陈中梅译,商务印书馆1996年版,第20页。

构成了悲剧艺术的基本审美价值。

人面对自然、社会，面对无止境的未知世界，冲突、对立在所难免。在这种抗争中，人自认为正义或真善美的一方，总是不可避免地走向失败、死亡、毁灭的结局。这里，人的“有限性”就构成了悲剧的全部意识。因此，基于人的有限性的“命运观”自然就产生，人把与自己对立、冲突的不可知因素全部归于命运；而相应的，面对命运的摆弄，是盲目顺从，还是奋起抵抗，就构成了人生境遇；而对命运抗争的失败，也就形成了悲剧的体验。这种悲剧体验，凝聚为审美认识，上升为审美经验，最终形成审美形态。

影片《再见萤火虫》是以第二次世界大战结束前后的神户周边为舞台，描写父母双亡的兄妹二人艰难求生的悲伤故事。情节催人泪下，具有鲜明的反战色彩。整部影片在一种灰暗、悲凉的气氛中静静地进行着。故事讲述的是在二战中的日本，两兄妹成为战争的孤儿，因为与被迫照顾他们的远房亲戚相处不来而到附近的废弃防空洞下生活，最终逃不过饥饿的折磨而相继死去。该片是作者根据亲身经历创作的描写大空袭的作品，用现实题材描绘了一种人在大环境之下不可避免的悲剧宿命。

导演高畑勋自己曾说：“我并不是仅仅讲战争的悲惨，而是希望观众能联想到现代社会中人与人的关系，找出现代社会中孩子们异化的症结所在。”这部影片清晰地向人们展示了战争的残酷与祸害，无论是生命还是人性在战争中所显现出来的那种无可奈何的痛苦，都应该让整个人类共同自省。其中贯穿的是一种决绝的反战精神，回归悲剧审美，激发出人对于自身和命运的抗争与拼搏的勇气。

然而，悲剧的意义在于它不仅表现出了冲突与毁灭的存在之境，而且更多地表现为一种抗争和拼搏，这是悲剧成为一种审美形态的最根本的原因。没有抗争就没有悲剧。冲突、抗争和毁灭是构成悲剧内涵的三个核心因素。古希腊就产生了埃斯库罗斯、索福克勒斯、欧里庇得斯三大著名悲剧作家，在他们的作品中，几乎都渗透着“命运”的主题，因此古希腊的悲剧也称之为命运悲剧，也正是命运主题为作为审美形态的悲剧确立了基本的内涵。

最后，悲剧的情感体验是一种深层体验。悲剧的审美体验不是停留在肤浅的怜悯、恐惧等个体情感的范畴里，而是深入到对人的命运的思考和感悟，以及深层的关怀和悲悯。这种情感的展现是一种审美愉悦。

总之，悲剧始终渗透着深刻的命运感，但却没有陷入无望与颓废；它在描绘人抗争的渺小无力的同时，也表现人的伟大和崇高。悲剧毫无疑问带有悲观和忧郁的色彩，然而它又以深刻的真理、壮丽的诗情和英雄的格调使我们深受鼓舞。

法国影片《碧海蓝天》的男主人公对海洋深深的眷恋与超乎常人的情结，让他即使听闻爱人怀孕的好消息也无法阻止自己最终投身大海的悲剧结局，在沉入海底享受到无尽的黑暗与沉寂的一刻他终于得到了梦寐以求的平静与自由；英国电影《奥涅金——迟来的情书》中贵族男子奥涅金身上华而不实的贵族教育和他想做的农业改革之间有着根本矛盾，对于爱情的渴望与犹豫，享受情欲的放纵与对于终极情感向往的矛盾致使他最终变成一个抑郁症患者，哀婉地在追忆中度过余生；《霸王别姬》中的程蝶衣"不疯魔不成活"的执着信念与从一而终的情感追求导致了其宁为玉碎不为瓦全的悲剧结局，与虞姬的情感一脉相承。

电影《黑暗中的舞者》就很好地体现了悲剧的审美形态。患有遗传先天性眼疾的塞尔玛明知自己的眼疾会让自己彻底失明，而这样的宿命也会因为遗传而传给自己的后代——这就是悲剧命运，但影片清晰地通过否定性体验展现了对人生存价值的肯定。片中的塞尔玛还是想做母亲，坚持生下了孩子，儿子当然一样有先天的眼疾。为治愈儿子的眼疾，塞尔玛尽了自己最大的努力来工作，移民到了美国，用积攒下来的微薄收入支付儿子治疗眼疾的费用。接下来强烈的悲剧戏剧冲突，体现了主人公与社会以及自身存在的冲突与超越。做警察的男房东继承了一笔遗产，女房东不但将这笔遗产挥霍一空，也让深爱她的男房东深陷巨大的痛苦之中。男房东找到善良的房客塞尔玛哭诉，并央求塞尔玛不要宣扬，塞尔玛答应了他的请求。这时的塞尔玛已经几近失明，男房东无意间发现了这个秘密，偷走了塞尔玛辛苦工作攒下来为儿子治病的钱。塞尔玛屡屡恳求未果，绝望之余失手枪杀了男房东。

塞尔玛的好友和爱着她的男友决定用她积攒的钱聘请一位经验丰富的律师为塞尔玛打官司，更改绞刑的审判，让她重获自由。当塞尔玛知道获救的希望已胜利在望时，言辞激烈地拒绝了，因为这笔钱是让自己的孩子重获光明的唯一希望。这时的塞尔玛放弃了生的可能，将儿子托付给了好友，乐观平静地选择了死亡，给人一种深入肺腑的悲剧体验。影片结尾没有为了迎合观众的猎奇心理而肆意渲染、铺张死亡的恐惧，而是在干脆利落的镜头剪辑，不留痕迹的一个施刑镜头中将无尽的惋惜和悲愤留在了银幕之外。

三、正剧品格

正剧是在悲剧与喜剧之后形成的第三种戏剧体裁，又称为悲喜剧。在古希腊到古典主义时期，悲剧与喜剧作为两种戏剧体裁界分严格。但在这期间出现的某些戏剧作品，特别是莎士比亚的传奇剧，却很难归属于悲剧或喜剧。18 世纪启蒙思想家、美学家狄德罗从强调戏剧的教育作用、市民性和家庭性出发，建议创造一种不同于古典主义戏剧的新戏剧。狄德罗认为"一切精神事物都有中间和两极之分。一切戏剧活动都是精神事物，因此似乎也应该有中间类型和两个极端类型。两极我们有了，就是喜剧和悲剧。但是人不仅仅只有快乐与痛苦的。因此喜剧和悲剧之间一定有个中间地带。”[1]这就是说，在悲剧和喜剧之间应当有一个新的剧种。狄德罗把这个新剧种统称为严肃剧，并且创作了《私生子》《一家之主》以实践他的严肃剧创作理论。他所说的“严肃剧”，也就是后世的正剧。19 世纪易卜生创作的“社会问题剧”正是实践了狄德罗的理论，使正剧这一体裁真正展现在现代戏剧舞台上。

黑格尔把这种戏剧体裁界定为“把悲剧的掌握方式和喜剧的掌握方式调解成为一个新的整体的较深刻的方式”。[2] 但是，这种所谓的“调解”并非指两者单纯相加。在正剧中，生活的正面和反面往往同时作为表现的对象，正剧主人公具有明确的自觉意识，通过自己的行动使自身的理想与信仰有了实现的可能性。正因为如此，人物的命运、事件的结局在正剧中具有完满性，也许这种完满表现在所追求的目标的实现上，也许表现在努力的过程中某种精神的胜利。正剧主人公的自觉意识不仅表现在为实现目标而付出的行动上，同时还表现在对自身的审视和反省上，展现正剧魅力的往往是主人公经历的内在精神世界的反复斗争。后面分析的《楚门的世界》将有详细介绍。

那么，正剧的审美特性表现在哪些方面呢？

1. 主人公的性质是区分悲剧或喜剧的重要因素。正剧主人公某种程度上是肯定、否定两种因素既相互对立又水乳交融，难分难解的具有悲喜剧性格的人物。堂吉诃德正是这类人物的典型。他的行为被公认为是荒唐可笑的，战风车、冲羊群、释囚徒、鼻青脸肿、头破血流，遭人嘲笑和羞辱，被当作笑柄和疯子。所以直到 20 世纪 80 年代前后，人们一直把他视为喜剧人物。确实，堂吉诃德的行为有其荒诞、可笑、愚蠢的一面，但他的行为却是为了维护正义，即使牺牲性命也在所不惜。这种理想主义的献身精神不能不令正直的人们肃然起敬。这种肯定与否定、可笑与可敬的复杂因素缠绕在一起，形成了堂吉诃德的性格——悲喜剧性格。别林斯基的评价很中肯：在一切著名的欧洲文学作品中，像这样把严肃与滑稽、悲剧与喜剧、生活中的庸俗糟粕与伟大美丽交融在一起的例子……只能在塞万提斯的《堂吉诃德》里找到。这个评价是对悲喜剧审美特征的极好概括。

再比如香港电影《喜剧之王》中周星驰饰演的小演员尹天仇，他热心演艺事业，但是始终得不到演出的机会，面对周围人的冷嘲热讽、欺侮打压，他用玩世不恭的心态来对待生活中遇到的一切困难和挫折。当张柏芝饰演的柳飘飘嘲笑他是一个“死跑龙套”的时，他依然很执着地的说出了：“其实我是一名演员，如果你非要叫我跑龙套的，可不可以不要加个‘死’字在前面？”还有电影中的插曲《我是一坨屎》更是用低沉的声音和悲伤的曲调唱出了一个愿望经常落空的小人物的辛酸。其实他正是用这种喜剧元素来掩饰小人

---

① 狄德罗：《关于〈私生子〉的谈话》《狄德罗美学论文选》，施康强译，人民文学出版社 1984 年版，第 90 页。

② 黑格尔：《美学》(第三卷下)，朱光潜译，北京商务印书馆 1997 年版。

物的悲剧。因为他始终坚信自己尽管是一个小人物，但是终有一天会实现自己的理想。周星驰在电影中的表现虽然看似十分滑稽搞笑，但总能带给人一种笑中带泪的酸楚感。先不说尹天仇在剧中的各种狼狈表现，就其内心对“演员”这个职业的荣誉感和执着，就让人欣赏。其实，喜剧之王，是一部悲剧，应该说是“悲剧之王”。

悲喜剧人物既不是一些应该肯定的正面人物，也不是一些应该完全否定的被批判的人物，而是一些既有否定的一面，又有肯定的一面的具有悲喜剧性格的人物。这是悲喜剧审美形态的首要特征。

2. 悲剧因素和喜剧因素的相互融合。克里斯托芬·弗莱自认不讳，一出喜剧给他的印象首先表现为悲剧：“如果人物不符合悲剧的要求，那么他也不会符合喜剧，在某种程度上，我只有逾越一种形式才能发现另一种形式。”这说明悲离不开喜，喜也离不开悲。弗莱认为：“在喜剧行动中，甚至在电影和杂志中，那些平淡无奇的故事里，只要稍加注意，就不难发现有些故事将近结尾时，情调会突然变得严肃、伤感或隐隐约约预示着某种潜在的悲剧。在正剧中，悲剧性的东西和喜剧性的东西是互相过渡、互相转化的，而且各自的价值往往是通过对方实现的。”

悲喜剧不仅把悲剧因素和喜剧因素当作冲突的对立面，而且还表现出这两个对立面的统一。这种统一就在于，无论是喜剧性还是悲剧性，它们的产生都是由于人物违反了行为的逻辑，都是由于人物行为的动机与目的之间的关系发生了变化。而且，悲喜剧不赞成把喜剧形象和喜剧性场面当作脱离基本剧情的插叙，也不赞成那种悲剧性转折的喜剧，而是悲剧性的和喜剧性的内容具有同等的意义，它们的对立统一是十分自然的——剧情自然的发展迫使主人公从伟大向滑稽和从滑稽向伟大转变，从而彰显出人物性格的本质。比如卓别林的《凡尔杜先生》，凡尔杜先生像千百万类似的小职员一样，在经济危机时期失去了工作。于是他奔波于各地，接连同富有的女人结婚，然后杀死她们，取得她们的财产，然后再寻找下一个牺牲品。凡尔杜先生是一个悲喜剧人物，当他谋杀每一个新娶的妻子时，我们感到的不是恐惧和憎恶，而是捧腹大笑和深深的悲哀。

3. 悲喜剧的审美效果是笑中带泪。还记得勇夺第71届奥斯卡三项大奖的意大利影片《美丽人生》吗？这绝对不是一场悲剧，从一开始基多搞笑的出场就可以看出导演想营造一种喜剧的氛围；基多在追求多拉时种种离谱的举动，特别是冒充从罗马来的督学在课桌上跳起脱衣舞的情节将喜剧的因素加强到了闹剧的程度。就算在集中营里，基多脸上始终带着笑容，只是在给儿子演戏，甚至最后被押走处死时，出现在躲在铁箱里的约书亚面前的也是一个扮着小丑夸张模样的爸爸。基多知道噩梦是暂时的，相信美丽的人生才是永远的，所以才小心翼翼地呵护着儿子纯洁幼小的心灵。导演贝尼尼想通过这部电影来展示面对死亡的了然心境：人生如此美好，哪怕一时被黑暗所笼罩，我们依然能够找到美之所在。印度电影《三傻大闹宝莱坞》则是另外一种风格，兰彻初进校门捉弄恶作剧的学长，调侃式的幽默让你爆笑连连，诸如“他的脑子一定很值钱，因为从来都没被用过！”“轰如巨雷的屁是伟大的，浓淡相宜的屁是可以忍受的，轻如晨风的屁是可怕的，悄无声息的屁是让人致命的”等等，搞笑话语随处可见。而其中传统的填鸭式教育方式所带来的自杀悲剧又会让你无比沉重；理想与现实的巨大差距，是听从自己的内心还是屈从于家庭的压力，让人左右为难，愁肠百结，这也是一部笑中带泪的悲喜剧。

正剧人物的悲喜剧性格植根于社会历史的土壤，是用含泪的笑来直面生活中的磨难，这样的心态来源于创作者主动的审美选择。正剧鲜明地表现出一种力量转化为另一种力量的过程，同时使低俗的样式和崇高的样式达到相对的平衡。这两种样式之间不仅互相影响，而且互相转化。

美国电影《楚门的世界》讲述了世界上一个叫海景镇的地方，整个镇子就是一个巨大的摄影棚，所有建筑都是布景，生活在镇上的人都是职业演员，除了楚门。某种意义上就像是我们的现实生活。楚门一出生就被挑选为一部电视的男主角，这部电影沿着楚门成长的轨迹展开，一切都是所谓的现场直播，这当然能引起全球观众的巨大兴趣，所有人都守在电视机旁，为楚门的欢乐而欢乐，为他的悲伤而悲伤。在一次偶然的机会，楚门发现了自己生活里的一切都是安排好的，他开始怀疑，并通过一系列的行动来探求和逃脱，终于知道自己一直生活在一部戏里，他不甘心，要逃离这世界，在经历了众多波折之后，他傲然离开了这个号称没有危险而充满爱心的世界。

影片从一开始便清晰地展现了它的喜剧调性，在楚门还沉浸在自己的幸福生活中的那一阶段，金·凯瑞的表演让我们看到了“喜剧之王”的优秀表演。尤其是他多变的面部表情，体现得尤为深刻。导演把喜剧的滑稽夸张淋漓尽致地运用在了人物设定上。

随着剧情慢慢展开，我们看到了其中强烈的隐喻色彩和象征意味。楚门的人物设定很容易使人想起古希腊著名的悲剧《俄狄浦斯王》。俄狄浦斯出生时就被太阳神预言将杀父娶母，因而他的父亲将他抛弃在荒山中。他知道这个预言后一直想摆脱这样一种命运，然而他还是在一次争执中误杀了亲生父亲，又无意中娶了亲生母亲，成了国王。最后，当他得知自己是杀死父亲的真正凶手时，选择了戳瞎双眼和自我流放作为惩罚。影片中的楚门就是现代的俄狄浦斯，而那个电视制作群体就像是太阳神的预言或者说命运，他们时刻掌控着楚门命运的主动权：他们觉得楚门该谈恋爱了，于是便安排一个漂亮的姑娘进入楚门的生活；他们不想让楚门离开海景镇，便安排他的“父亲”淹死在海里，让楚门从此对海感到深深的恐惧。总之，无论楚门怎样努力，实际上都是处于电视制作群体的安排之中，在楚门发现并怀疑这一切的时候，他还是无法摆脱这种安排，因为对于制作群体来说，楚门太势单力薄了，正如人在命运面前也显得脆弱和无助一样，与命运的抗争注定是充满了悲剧意味的，也正因为如此，我们在看到楚门坐着小帆船行驶在“海中”，几乎被人工控制的暴风雨淹没时他仍奋力抗争，我们会为这种徒劳的努力抑制不住流下感动的泪水。也许和命运的抗争永远是以失败告终，每个人都难逃死亡这一终极命运，但这种抗争正是人之所以为人的价值的体现。人与自身命运的抗争、受众与媒体既爱又恨的纠缠关系、虚幻的美景与残酷现实之间的取舍、面对各种诱惑与恐惧我们应该如何面对，一系列问题正是我们每一个现代人应该深刻思考的话题。影片笑中带泪，欢笑之余开始让人清醒与理智，不继续在影片构筑的虚幻梦境中沉迷，开始看清楚这个世界的真相，开始慢慢寻找自己的去路与方向。

思考与练习

1. 如何理解故事与叙事的内涵与特点？
2. 美国、中国、亚洲、欧洲电影的剧作风格各自有什么特点？
3. 剧作风格受哪些因素影响？它们各自的作用是什么？
4. 剧作的基本审美形态是什么？

第二章　影响剧本写作的主要因素

概述

本章分别从影响剧本写作的外部因素——例如民族文化背景、地理地缘、宗教信仰、价值观念和内部因素——例如制作技术、艺术思潮、现代创作观念、观众接受心理这两个方面，在宏观的层面上提示大家剧本写作时需要综合考虑的问题，并以国产影片《失恋 33 天》为例探讨有创意的市场运作模式对于影片成功的重要作用。

第一节　影响剧本写作的外部因素

电影是一门艺术，它本质上属于精神文化，是一种文化的产物。较之其他任何艺术形式或精神文化，电影已经成为现代社会中占据主导地位的文化形态之一。而作为一种艺术形式，电影又是特定民族文化的产物，脱离了民族文化的电影是不存在的，不同国家和民族文化的影片渗透着不同的思维模式和价值观念。以下是影响剧本写作的外部因素。

1. 民族文化背景

不同民族在其历史发展过程中创造和发展出具有本民族特点的文化，不同民族文化背景带来体现不同人文精神、不同情怀、不同生命气息的影像表达。台湾导演魏德圣的电影《赛德克・巴莱》便取材自台湾原住民族赛德克族。在险恶的日据时代，赛德克族被迫失去自己的文化与信仰，男人必须服劳役不得狩猎、女人被派遣帮佣不能编织彩衣。骁勇善战的赛德克族马赫坡社头目莫那鲁道明白唯有挺身为民族尊严反击，才能成为真正的赛德克人，于是决心带领族人循着祖灵之训示，夺回属于他们的猎场。国产电影《花腰新娘》始于张静初扮演的凤美要打破新娘成婚最少三年才能落居夫家的古老族规。电影《白鹿原》将“非物质文化遗产”华阴老腔搬到银幕上，用影像语言记录民俗文化，影片中众麦客在收麦吃饭歇息之际，光着黝黑的膀子，团团围坐在打麦场上，肆意吼起了秦腔《将令一声震山川》，粗犷豪放的陕北汉子的嗓音，将华阴老腔的特色发挥到极致，而民间艺术中传统的演奏道具"弹板"在这里演变成了用砖头、木块敲击条凳，辅之以夸张的表演动作，震慑力十足。不同民族文化的表达既是影片故事展开的背景和土壤，也是展现人物独特气质、风貌的源泉。

2. 地理地缘

中华文明起源于黄河流域，三面连山一面靠海，这样的地理环境使中国几乎处于与世隔绝的状态，这就使自身文化保持了很强的稳定性和历史延续性。千百年来，在这片土地上繁衍生息的中国人日出而作，日落而息。他们思想保守，眷恋故土，提倡清静无为，严肃稳重。生活环境的相对封闭和农耕文化的发达，使得人口流动性非常小，人们世世代代、祖祖辈辈居于一地，人与人的关系保持着固定性与长久性。中国人非常注重人情世故，半封闭的地理、自然环境下形成的文化传统养成了中国人含蓄内敛的人格特征。质朴感人的农村题材或历史武侠片如《秋菊打官司》《活着》《龙门客栈》《少林寺》等几乎成为中国电影的代名词，在这些电影中，人们或多或少都会找到自己生活的影子。

而西方文化的发源地古希腊和古罗马均处在半岛之上，多山靠海、地势崎岖不平，平原狭小且被山脉隔绝，物资很难自足，使得西方人经常向海外殖民，造就其发达的海上交通和繁荣的航海贸易，形成其开放勇敢、进取协作的民族特征，所以西方人富于冒险精神和挑战勇气，喜欢标新立异、开拓进取。表现在电影中，例如《古墓丽影》《夺宝奇兵》《加勒比海盗》《国家宝藏》等，个人精神在绝境中的迸发以及责任、担当与义务便成为影片的亮点，这也是对西方电影风格最好的诠释。

3. 宗教信仰

佛教起源于印度，约在公元 1 世纪开始从古印度经丝绸之路传至中国，后与儒家思想、道家思想或其他一些哲学思想渐渐融合，加入了一些新的教义，成为中华文明的一部分。

佛教讲因果，为电影提供了"因果报应"的叙事模式，认为种什么因，就结什么果，善有善报，恶有恶报。国产影片《杀生》中黄渤饰演的牛结实被众人合谋逼死，自绝于峭壁之上，镇长得癌症而死，牛医生吃进毒肉，全镇人呐喊致山石滚落被埋，他们的死都是互相关联着的，都互为因果。获得 2004 年戛纳电影节评委会大奖的韩国电影《老男孩》也是如此，中学时代的吴大秀因无意中发现同校生李有珍与亲姐姐李秀芽乱伦，多嘴泄露了这个秘密，导致李秀芽自杀。多年后，学有所成的李有珍向吴大秀展开报复，不但关押了吴大秀 15 年，还让吴大秀的女儿爱上了自己的父亲，最后，吴大秀不得不亲手剪下自己的舌头忏悔，跪求李有珍不要向女儿捅破这个秘密。所谓因果轮回，报应不爽，就是如此吧。《雷雨》中的因果报应突出地表现在周朴园身上，因年少时抛弃妻子种下恶因，导致几十年后俩人的子女产生违背伦常的爱情，真相大白时，死的死，疯的疯，只留下周朴园一个人独自吞食这恶果。

基督教是信仰三位一体的神即上帝的宗教，它发源于公元1世纪巴勒斯坦的耶路撒冷地区犹太人社会，全球共有21～26亿人口信仰基督教，为全球信仰人数最多的宗教。基督教对西方文明的成型有着重大影响。

基督教的教义主要是三位一体、原罪与救赎。三位一体就是圣父、圣子与圣灵是上帝的三个不同表现。原罪是人类堕落的结果，人类始祖偷吃禁果的行为通常被认为是原罪的起因，只有上帝的恩赐才可以解救堕落的人类。救赎就是通过上帝和圣灵的感动，通过赐予人类永恒的生命，来拯救人类精神上的死亡与道德上的堕落。救赎在基督教中是一个核心教义，意思是只要人们信奉上帝，也终将被上帝所救赎。

救赎的理念代表着基督教的思想，这种思想无疑也影响着西方电影。它不仅反映在宗教电影中，如《约翰福音》《马太福音》《最后的诱惑》等，也反映在其他一些电影当中，如《飞越疯人院》《肖申克的救赎》《中央车站》等。主人公的受难验证了《圣经》中"锡安必因公平得蒙救赎，其中归正的人必因公义得蒙救赎"的话语。无论是墨菲还是酋长，安迪还是狱友，朵拉还是约书亚都因救赎获得新生。更有美国导演大卫·芬奇的《七宗罪》直接从《圣经》中找出导致人类堕落罪恶的七项罪状并提示其恶果以警示世人。

4. 价值观念

价值观左右人们的意见，影响人们的行为和判断，决定人们的言行和思维方式。在不同的文化背景下，不同国家拥有不同的文化系统、不同的文化价值取向。李安导演的同性恋题材电影《断背山》在威尼斯电影节夺得金狮奖，在第78届奥斯卡金像奖中获得八项提名，取得1.78亿美元的票房佳绩。而同类题材的影片《植物学家的女儿》却无法在国内公映，更遑论获奖、票房。影片迥异的命运背后反映出的是一个国家、一个民族对人性尊重、包容的尺度与接纳的文化价值观。

作为对中华文化影响最大、支配几千年中国封建社会主流意识形态的儒家思想，其基本主张就是重义轻利，以义制利，提倡舍生取义，牺牲小我成全大我。这种泛道德主义传统对个人人品的要求在正常人的能力范围之外（比如妻子难产，丈夫还坚守在工作岗位上；看见歹徒行凶，自己手无缚鸡之力也要冲上去），以至于惟道德是论，将各种社会问题归结于人的道德品质，归结于自私、拜金、懦弱、缺少牺牲精神和奉献精神，导致国民乐于言义，耻于谈利，社会缺乏契约精神，重道德修养，自我约束，丧失对理性和自然的兴趣。这也是普遍存在于中国电影屏幕上的现象。

在国产电影中，同样是英雄美女唱主角，英雄在人格上多半是道德楷模，他们侠肝义胆，舍生取义，对爱情忠贞如一，这是国人对英雄的道德期许。比如《精武门》里的陈真，《神话》里的蒙毅，《霍元甲》里的霍元甲。在王家卫描写婚外恋的影片《花样年华》中的周先生和陈太太都被各自的另一半背叛，他们彼此相依相恋，最终出于对传统道德的坚守以及周围环境的压力，还是没能走到一起。影片考虑到中国大众的欣赏与接受习惯，没有表现男欢女爱的画面，相反却努力在他们平淡无奇的小市民生活中挖掘某种更为纯朴的真情。由此可见传统的伦理精神、价值取向会不自觉地渗透、内化于人的心理结构中。

西方社会的价值观念复杂多样，但以个人为本位，追求个人利益的实现，并认为个人主义、个人权利神圣不可侵犯，始终占据主流地位，起主导作用。他们认为趋利避害是个体的本能，事功求利是生存的目的。以弗洛伊德的精神分析为发端，西方的艺术作品并不回避人的欲望和本能。《007》系列电影中詹姆斯·邦德具有特立独行的个性，不断地与风情万种的美貌女郎发生浪漫爱情。西方开放的观众很自然地认同这种"花心"英雄搭配艳光四射的美女的演绎方式。在美国80年代引起热议的家庭伦理电影《克莱默夫妇》则"用一种间接的方式向人们解释了个人主义"。泰德·克莱默是一位颇具天赋的广告策划师，努力赚钱养家，但他的妻子乔安娜却要与他离婚。中国观众或许不能理解乔安娜为何要离开她的丈夫，泰德从未虐待过她和孩子，也没有对她不忠，尽量满足她想要的东西。在中国，像泰德这样的男人通常被看作是一个好丈夫，他所有的努力都是为了这个家庭。但乔安娜并不这么想，她说，"我的一生，我感觉我是某个人的妻子、某个人的母亲、某个人的女儿，即使我们在一起的时候，我都不知道我是谁，这就是我为什么离开你的原因"。从她的话中我们可以看出乔安娜个人意识的觉悟和对自我个性的追求。就像易卜生《玩偶之家》中娜拉的出走一样，虽然两位女主角出走的原因不同，但都是个人意识的觉悟和对自我个性的追求的结果。

总体而言，不同国家和民族的文明建立在迥然各异的文化背景上，这就造成了电影剧作在文化心理、价值追求和伦理取向上的不同。明白了这些显著的差异，才能加深对电影故事本身的理解，才能真正体会到不同文化背景下的影片带给我们的冲击、震撼和思考，也才能在创作的过程中考虑到这些因素去宏观把握剧本。

第二节　影响剧本写作的内部因素

1. 电影制作技术日益发展丰富着电影的表达空间

根据《电影艺术辞典》的解释：电影是根据"视觉暂留"原理，运用照相（以及录音）手段，把外界事物的影像（以及声音）摄录在胶片上，通过放映（以及还音），在银幕上造成活动影像（以及声音），以表现一定内容的技术。

1825年，比利时科学家约瑟夫·普拉多发表了《论光线在视感上产生的印象的几个特性》一文，并为此做实验来证实。1829年的一个正午，普拉多为了研究人眼对光线刺激的忍耐程度，对着太阳凝视了25秒后，他什么也看不见了。但是当他回到自己的实验室后，太阳的影子依然停留在他脑海里，闭上眼睛就能看得见。他发现人的视觉表像并不是在外界物体停止刺激时会马上消失，而是能在视网膜上停留1/10秒(后人测试大约为0.1—0.4秒左右)。他在1829年6月列日大学进行的论文答辩会上发表了“视像暂留”原理的论文。他后来据此制成“诡盘”玩具。正是这一重大生理学发现，奠定了电影发明的基础，因而人们把约瑟夫·普拉多称为“电影的祖父”。

1834年，美国人霍尔纳的“活动视盘”试验成功。

后来出现“魔术幻灯”“幻盘”“走马盘”和“活动西洋镜”等很多娱乐性的玩具都为现代电影的诞生提供了各种重要借鉴。

但是真正电影的诞生还有赖于电影技术在摄影机、胶片和放映机等方面的发展和成熟。

摄影技术的改进是电影得以诞生的重要前提。由于感光材料的不断更新使用，摄影的时间也在不断缩短。1840年拍摄一张照片需20分钟，1851年，湿性珂珞酊底版制成后，摄影速度就缩短到了1秒，这时候“运动照片”的拍摄已经在克劳黛特、杜波斯克等人的实验拍摄中获得成功。

1877年，法国人埃米尔·雷诺发明了“光学影戏机”并获得了专利，这项科技成果对动画电影艺术的诞生具有决定性的意义，它使原来两个人自娱自乐的“诡盘”游戏成为众多人观赏娱乐的游艺项目。

1887年，爱迪生和伊斯曼合作发明了塞璐珞片基内两边凿有洞孔的底片。至此，便为一般电影的拍摄提供了胶片。

1907年，在维太格拉夫公司的纽约制片厂里，一个无名的技师发明了逐格拍摄法。根据这种方法，摄影机可以一格一格地把画面拍摄下来。

1895年，法国的奥古斯特·卢米埃尔和路易·卢米埃尔兄弟在爱迪生的“电影视镜”和他们自己研制的“连续摄影机”的基础上，成功研制了“活动电影机”。“活动电影机”有摄影、放映和洗印三种主要功能。它以每秒16画格的速度拍摄和放映影片，图像清晰稳定。同年12月28日，卢米埃尔兄弟在巴黎卡普辛路14号大咖啡馆，正式向社会公映了他们自己摄制的一批纪实短片，如《工厂大门》《婴儿的午餐》《火车进站》等，不含任何技巧，时长大约20分钟，现场有33位观众。

在世界电影史上，卢米埃尔兄弟是最先利用银幕进行投射式电影放映的人，史学家们认为他们的拍摄和放映已经脱离了实验阶段，因此，他们把1895年12月28日定为电影诞生之日，卢米埃尔兄弟当之无愧地成为“电影之父”。

至此，视像暂留现象、逐格摄影、透明塞璐珞片和电影放映机作为电影的科学技术本源，为探讨电影的艺术本体提供了坚实的物质基础。

电影自诞生之日起就以它独特的方式融汇了艺术和技术。早期电影全部是无声电影，因此这一阶段在电影史上又被称为默片时代，大约持续了30余年。中国电影诞生于1905年，当时的北京丰泰照相馆拍摄了中国第一部影片《定军山》，由著名京剧演员谭鑫培主演。1927年，美国华纳公司拍摄了《爵士歌王》，片中加进了部分对话、四支歌和音乐伴奏，标志着电影史上一个全新阶段——有声电影时代开始。由于声音的出现，音乐、音响和语言都成为影像之后电影最重要的创作元素，从而极大地丰富了电影艺术的表现力。1928年放映的《纽约之光》，标志着世界上第一部真正意义上的有声片诞生。1931年，中国第一部有声片《歌女红牡丹》上映。声音的登场，不仅颠覆了电影画面的单一统治，同时也使电影这一单一的视觉艺术从此发展成为视听综合艺术。

有了声音，人们还希望电影能够还原大自然丰富多姿的色彩。1925年，爱森斯坦在他著名的《战舰波将金号》中采用了人工胶片上色方法。真正的彩色电影是1935年美国人拍摄的《浮华世界》。虽然到20世纪60年代，彩色影片已在全球广为普及，但安东尼奥1964年拍摄的《红色沙漠》却被视为“第一部彩色电影”。该片由于色彩上的极度夸张和主观渲染，使色彩在影片中不仅成为自然界色彩的还原与再现，更为重要的是，色彩成为一种富有鲜活质感与丰富意蕴，具有强烈表现力的创作元素，象征着人物复杂多变的心理。

进入21世纪，随着数字技术的发展，数字电影开始出现，以往在电影创作中认为不可能实现的各种震人心魄的宏大视觉场面、独特新颖的人物形象或拍摄方式等现在都可以借助数字技术得以实现。如《玩具总动员》《泰坦尼克号》《指环王》《蜘蛛侠》等。2009年詹姆斯·卡梅隆的《阿凡达》更是将数字技术发挥到极致，成为有史以来制作规模最大、技术最先进的3D电影，带给观众全新的观赏体验。《阿凡达》的成功引发了3D电影的热潮，3D技术成为电影界的焦点。但3D技术究竟对电影本体的拓展有多大作用，还需要冷静思考。自2007年引进好莱坞电影《地心历险记》开启中国电影市场3D时代后，《乐活男孩》《堂吉诃德》《苏乞儿》等一干打着3D技术先行者旗号的国产电影反响平平。其中，号称国产首部3D真人武打片的《苏乞儿》片中仅有18分钟的3D制作，被经过《阿凡达》洗礼的中国观众取笑为“画蛇添足”。

事实上，近5年的奥斯卡最佳影片没有一部是3D电影。卡梅隆的《阿凡达》即使赚得盆满钵满，却在当年的评选中败给他前妻凯瑟琳的充满了对战争反思与关注的小成本制作影片《拆弹部队》。2012年法国默片《艺术家》更以朴实无华的情怀摘得第84届奥斯卡“最佳影片”、“最佳男主角”等诸多大奖。这也告诉我们，电影同其他艺术形式一样，依然需要情理兼备的内容,而外在表现形式只是辅助。电影《泰坦尼克号》在15年后回归依然能打动观众,靠的仍是在灾难中的人性关怀。而李安的《少年派的奇幻漂流》获得一致好评,也是因为他将3D技术的应用与内容的丰富性有机地融合,没有沦为3D技术的奴仆,而是做到了言之有物,持之有故。

因此,3D技术的出现,跟默片发展为有声电影、黑白电影发展为彩色电影一样,只是电影技术发展历程中的一个阶段。当3D热潮过去之后,当3D技术已经不能靠视觉效果吸引眼球时,电影终究还是要靠内容取胜。虽然3D电影可能意味着高利润,但3D技术绝不是保证票房的灵丹妙药。先进的技术只有配合了优质的剧情,才能产出口碑票房双丰收的优秀影片。

2. 西方艺术思潮对电影创作的深层释义

(1)精神分析学说

精神分析学说又称弗洛伊德主义,产生于19世纪末20世纪初,创始人是奥地利的精神病学家弗洛伊德。弗洛伊德认为,人的心理领域是一个深不可测的巨大的世界,它的最深层有着神奇的不能被人意识到的东西,这是一个充满魅力的领域。

弗洛伊德学说的主要观点是:(a)无意识学说,弗洛伊德把自己的心理学称之为深层心理学,他构筑的心理过程包括三个组成部分:第一层次是潜意识系统,它是人的动力冲动、本能等一切冲突的根源,是人的生物本能、欲望的储藏库,不受客观现实的调节,构成人们心理的深层基础;第二层次是前意识系统(下意识),是意识系统和潜意识系统之间的一个边缘部分,它在人的心理活动中执行着"检查者"的作用,其目的是保证适合本能,又要服从现实的原则;第三层次是意识系统,是人的心理最外层,是人的心理因素构成的"家庭"中的"家长",它统治着整个精神家庭,使之协调。(b)释梦理论,弗洛伊德按照精神分析的观点把梦的内容所表示的意义分为两个层次:一个是表层意义,是梦的"显意",指梦者可以回忆起来的梦的情境及其意义;一个是深层意义,是梦的"隐义",指梦者通过联想可以知道隐藏在显意背后的意义。

精神分析学说与电影被许多人视为20世纪人类文明的巨大贡献。精神分析学说和电影制作过程与欣赏心理有密切的联系,并且,从当今的各类型片中都可以找到精神分析影响的痕迹。在《心理分析入门》中,弗洛伊德认为电影就像是与精神分析直接对应的文化形式。如果说精神分析学促使人类认识自身,那么,电影使得人类扩展了观察外部世界的视野,从而对自己与自己所处的外界社会有了更为宽广的认识。精神分析学说对于电影的深入研究作用重大。

电影就其呈现方式而言,区别于其他艺术形式的特点在于电影犹如梦境,它创造出一个可直观呈现的虚幻的情境,这就是梦的模式。从深层心理上分析,电影和梦一样,梦的心理呈现过程和电影拍摄制作过程有相似之处，电影也是为观众提供白日梦的娱乐大众的艺术。

2011年获得第83届奥斯卡金像奖的《盗梦空间》便是直接以梦境为直接题材的一部科幻佳作，梦的内容决定着人物所处的环境和遇到的危机转变，由一层层可以醒来的梦构建起一个精巧的套层结构。我们以此为例来说明电影与梦的关系。影片中，莱昂纳多·迪卡普里奥饰演的多姆·柯布是一个经验老到的窃贼，在人们精神最为脆弱的时候，潜入别人梦中，窃取潜意识中有价值的信息和秘密。柯布这一罕见的技能让他成为企业间谍中令人垂涎的对象，但同时也让他失去了所爱的人，并成为一名国际逃犯。如今，柯布有了一个赎罪的机会，一个最后的行动将还给他原本的生活，只要他完成一个不可能的任务——奠基。与以往不同的是，这次柯布和他的团队的任务不是窃取思想，而是植入思想。如果他们成功，这就是一次完美犯罪。不过暗中的敌人对他们的行动了如指掌，而只有柯布才能看到敌人的到来，因为犯罪现场存在于人的思想中。

不可否认，这是一部高智商影片，犹如一座智力迷宫，让观众感到紧张、刺激、兴奋的同时，也充满怀疑、迷惑和不解。剧中梦境一层连着一层，看似各自独立，实则互为因果，剧情在现实与梦境之间不停切换，给观众带来虚虚实实、真真假假的观影感受，考验着观众的思维能力和理解能力。然而影片的高明之处在于，它并没有像常规影片一样把观众搞得一头雾水就“战死沙场”，而是成功地让观众愿意花时间、费精力再看一遍，解开未解之谜。

如果算上现实世界，影片共有六层时空：一层现实、五层梦境。

第一层现实：电影中的现实。在这个层面上，柯布为了能回到美国和孩子见面，不得不为斋藤工作，带领盗梦小组展开为全球垄断巨头的儿子费舍尔“植入意念”的行动。

第一层梦境：药剂师优素福之梦，环境为一座城市。由于亚瑟没有打听到费舍尔曾受过潜意识防备训练，致使盗梦小组遭到费舍尔潜意识中的全副武装的雇佣兵的暴力抵抗。

第二层梦境：亚瑟之梦，环境为一座酒店。柯布假扮查尔斯，通过告诉费舍尔盗梦原理，骗取其信任，让其潜意识放松防御。

第三层梦境：伊姆斯之梦，环境为雪中要塞。“死而复生”的费舍尔聆听了被修改后的父亲的临终遗言，得知了“终极遗嘱”的真相，接受植入的意念。盗梦小组的“植入”行动目的达成。

第四层梦境：柯布的梦境，环境为破败的城市。摆脱心魔的柯布以自己为筹码，从梅尔那里换回费舍尔。

第五层梦境：迷失域，环境为混沌。柯布终于见到了斋藤，两人似乎想起了自己来这里的原因和目的，最后，两人通过死亡实施了穿越。

最终，所有人又回到第一层时空，整部电影似乎都是一场梦。影片最后一个镜头是那正在转动的陀螺。究竟陀螺停没停下？柯布是回到了现实，还是又陷入了下一次梦境？开放式的结局留给观众想象推测的空间，让人回味无穷。

在《盗梦空间》中，梦就是现实，它甚至比现实更符合逻辑，更遵守现实世界的规则，它也许可以通过“梦中梦中梦……”的方式变得无限复杂，人们在梦境中追寻的东西与在清醒时忙碌追逐之物本质上也并没有根本不同。什么是现实？什么是梦境？我们真的有必要区分清楚吗？不管是梦境还是现实，既然遭遇了，就应该勇敢面对，现实与梦境都是源自于我们内心的一种需要，只不过呈现方式不同。

我们再以2011年好莱坞电影《香草天空》为例进一步说明梦与电影的关系。该片改编自西班牙电影*Open Your Eyes*，这也是电影的第一句台词。影片以大卫的梦境拉开序幕，他开着豪华跑车，惬意地在大街上奔驰，突然，他好像发现了什么，跳下车，开始狂奔，但好像又没什么事，只是他的表情显得迷惑又害怕。导演用插叙的方式，在大卫的回忆中缓缓道出真相。

大卫是一个典型的高富帅，拥有英俊迷人的外表、深爱着他的漂亮女友、忠心耿耿的朋友、享用不尽的财富。他拥有世人羡慕的一切，如此完美。可他白天风光无限，夜晚却噩梦连连。在他的生日会上，他对朋友带来的女孩索菲亚一见钟情，俩人彼此欣赏，坠入情网。不甘被抛弃的女友朱莉开车跟踪大卫，大卫上了朱莉的车，朱莉问他：“你的快乐是什么？”朱莉说：“我的快乐就是和你在一起。”可大卫无所谓的态度刺激了朱莉，朱莉开始失去理智，不管不顾地横冲直撞，最终冲下桥去。朱莉当场死亡，大卫则毁了容。面对自己丑陋的脸，大卫丧失了生活的勇气和信心，完美的生活顿时变成了折磨。然而，索菲亚的不离不弃又使他站了起来，她爱他、鼓励他、呵护他，她的温柔治疗了他心底的伤痛。麦卡布大夫也告知可以通过手术修复他的面容。可是，索菲亚和麦卡布这两个支撑他活着的人，似乎又不像我们预想的那样简单。

整个影片都笼罩在一团迷雾中，大卫分不清哪个是真哪个是假，谁是真正帮助他的人。情节的逆转和变换太快了，观众也疑惑不解。曾被揭示的答案，又在之后被否决，电影结尾那一刻给出的谜底令人哑然失笑，却带给我们无尽思考。现实是否就是我们看到的？我们一直追求和向往的，是否就是快乐的生活？

梦，是窥探内心的隐秘之镜，也是另一种虚幻却真实的人生体验。正如庄周梦蝶，我们常常会被奇异怪诞的梦境所震惊，并感到迷惑。它意味着什么？它在暗示些什么？梦是窃听自己潜意识和意识相互交流的机会，它为人们打开了通往自我认知的大门钥匙。梦释放着人的渴望，梦里的我们似乎最真实。有时候我们莫名其妙地做了一个奇怪的梦，对它印象深刻，却不知道怎么解释，还很想知道它所揭示的答案；有时候我们会重复做同一个梦，这种时候往往很疲惫，也很无奈；有时候，我们第一次来到一个地方，会发现似曾相识，原来是梦到过这里，而事实上以前根本不可能来过的；有时候，我们发现现实中发生的事是我们曾经梦到过的，这些惯常的解释是日有所思，夜有所梦。弗洛伊德发现了梦的精神意义，把它和心理治疗结合起来，心理学也加入了梦境的元素。虽然这种说法也有很多反对的声音，很大程度上没有绝对的说服力。《香草天空》便是很适合用精神分析的方法释义的影片，它用快速的蒙太奇剪接把梦境和现实结合在一起，分不出哪个是梦哪个是真。梦境有时是苦痛的但却反映着人真实的需要，而我们所见的现实虽然美好倒是虚伪、幻灭的假象。也许，我们过于在意物质的生活，而弱化了我们的精神家园，很多时候，那里才是带给我们痛苦的根源，而并非富足的生活、出众的外表、显赫的地位。

现实的体验与梦相比究竟哪个更重要？现实的世界是否就是我们眼见的那样？一系列思考涌现出来。睁开你的双眼！看清楚什么是现实，什么是真实的自己，什么是你真正的需要，便是影片带给我们的深入思考。

(2)女性主义

女性主义(Feminism)又称女权运动、女权主义，是指主要以女性经验为来源与动机的社会理论与政治运动。它最早诞生于法国资产阶级妇女中，与18世纪的革命运动和社会变革息息相关。女性主义的观念认为，现在的社会建立于一个男性被给予了比女性更多特权的父权体系之上，她们希望通过争取自由、平等的“天赋人权”建立与男性平等的地位。

女性主义理论的目的在于了解不平等的本质以及在性政治、权力关系与性意识(sexuality)上的诸多议题。女性主义政治行动则挑战诸如生育权、堕胎权、教育权、家庭暴力、产假、薪资平等、投票权、代表权[Representation (politics)]、性骚扰、性别歧视与性暴力等议题。女性主义的观念体系在涉及艺术创作的时候，特别关心作品人物的性别、作者的性别、“性别”的平等性乃至观众的性别定位。

丹麦电影《安东尼娅家族》是一部高扬女性主义的电影，又名《不靠男人的日子》。影片从导演到配乐都是女性，建构了一个属于女权主义的乌托邦。电影一共描述了四代女性的生活(如果包含安东尼娅母亲就是五代了)，在这个庞大家族中最熠熠生辉的是有着独立人格和思想的众女性。影片讲述了二战后，荷兰女子安东尼娅带着女儿丹尼娅回到了阔别20多年的乡下给母亲送葬，接着安顿下来过着自给自足的乡村生活，妙趣横生地讲述了一个“不靠男人”的女人大半生奇特的生活经历和生活方式。她独自耕作，自食其力，对别人的恶意挑衅表现出高傲的不屑，农夫巴斯以儿子需要一个母亲为由向她求婚，她婉言拒绝了；但是当她和巴斯长时间相处后，她又放弃了守贞，提议两人在森林里的小屋里进行每周一次的性爱……安东尼娅虽然不靠男人，但却保持着正常女人的心理平衡，也有情欲和爱意，避开了因为女性解放与独立有可能面临的自我封闭与自恋。所有这一切都展现了安东尼娅乐观、宽容、豁达的生活态度和独立自主的女性形象。

安东尼娅的女儿丹尼娅不想结婚，但想要一个孩子，她母亲问她："你需要一个丈夫吗?"她回答："我不这么想。"于是在母亲和朋友的帮助下"借用"男人的精子生下女儿特蕾萨。安东尼娅一家没有一个男性，男人在她们眼里不过是用来传宗接代的"种马"，一旦怀孕，便分道扬镳。

影片并非一个纯粹的女性世界，也有弱智的雇工、农夫巴斯和他的儿子们、神父、西蒙等男人存在，他们因与安东尼娅的各种交集而围聚在她身边一起生活，一起劳作，过得幸福而充实。在这个大家庭里，女性虽然居于主导地位，但男女之间是平等的，相互之间没有义务、责任与约束。

影片并不是宣扬激进的女权，片中女性既不鄙视男性，也不想成为男性，更不是一群对男人失望透顶的怨妇，女性的独立、自觉、抗争和宽容在片中处处可见又表达得隐忍自然。影片不再剑拔弩张地表现女性在男权社会中的窒息和焦虑，更多呈现的是两性平等、尊重所建构的乌托邦美好的生活图景。在这里，女性更多的是心境平和地选择独立、选择坚强、选择一种自己喜欢的生活方式，用自己的智慧解决生活中的难题，这其实是以一种温和的方式宣扬女权，是编导创造出的一个"女性主义乌托邦"。例如影片多次全景下拍摄安东尼娅家族聚餐时候其乐融融的场面，是该片女性主义颂赞的绝佳表达。

影片《钢琴课》(又名《钢琴别恋》)是由新西兰著名女导演简·坎皮恩执导的一部浪漫爱情片，也是一部以反映女性觉醒为出发点的佳作，获得了第46届戛纳电影节金棕榈奖和最佳女主角奖。该片女主角艾达的性格特征和行为逻辑完全符合女性主义的思想观念和特征，可以说，这是一部完全从女性视角讲述故事，具有明显的女性主义创作意图和艺术特征、充满象征意味的社会寓言，被认为是一部十分全面地表达女性主义观念的典范之作。

影片女主角艾达是个面容清秀、性格内向的苏格兰哑妇，她酷爱弹钢琴，有个9岁的女儿弗洛拉。艾达遵照父亲的安排带着女儿和钢琴嫁给远在新西兰的斯图尔特——一个她从未见过面的男人。由于道路难行，钢琴过于沉重，前来接她的丈夫没有理会她的强烈要求而把钢琴留在了海滩上。艾达思念自己的钢琴，请求邻居贝恩斯带她到海边去弹琴，从她的琴声中贝恩斯感觉到了她的内心并爱上了她。于是他向斯图尔特提出用80亩地交换钢琴，并让艾达教他钢琴，提出用琴键作交换与艾达进行肌肤上的亲密接触。后来，贝恩斯无法忍受这种玷污爱情的行为，将钢琴送给了艾达，断绝了两人的关系。钢琴抬了回来，艾达却已经无法扑灭爱的火焰，当她重返贝恩斯的小屋时，两人爱火燃烧。

而这一切被跟来的斯图尔特看在眼里，他用木板将门窗钉死，软禁了艾达。第二天，他拆下门窗上的木板，告诉艾达他信任她企图挽回关系。而艾达拆下一根琴键让弗洛拉送给贝恩斯的时候，弗洛拉却送到了斯图尔特手中。斯图尔特暴怒中砍掉了艾达的一根手指，可艾达没有屈服，斯图尔特只好让贝恩斯带她离开，艾达终于获得了自己的爱情。

妇女解放运动已经走过了两个世纪的路程，“解放”有两层含义：一是打破传统的制约和束缚，争取与男性同等的社会地位；二是打碎自身的精神枷锁，做到自尊、自信、自强、自立，实现内心的解放。两者相互融合，互为促进，才是真正意义上的“解放”。

社会对于传统的女性角色的规范是“柔弱、依赖、温顺、克制、忍耐”，但编导并没有把艾达塑造成一个传统的“模范妇女”，而是对这一基于性别区分的社会角色进行了颠覆性的改变。艾达作为一个有夫之妇，作为一个女孩的母亲，她的所作所为是超出这些所谓的“规范”的，而且她的所有行为都不是被动的，而是主动的。

从她与斯图尔特的关系来看，他们的婚姻不是建立在爱情基础上的，他对待她并不粗暴，甚至可以说温文尔雅，他一直在等待艾达喜欢上自己，甚至在知道了艾达与贝恩斯的关系后仍然希望从头开始，直到艾达手指被砍，他也认为自己是被逼的，他是那样无奈地、歇斯底里地责问她：“为什么，为什么你要逼我伤害你？”

他不明白，他如此待她，她为什么还要背叛他？其实，两人的关系从有所期待一步一步走向毁灭都是有迹可循的。艾达远嫁他乡，行李简单，却带着笨重的钢琴，说明钢琴在她心中的重要性，斯图尔特忽略了这一点，即便艾达一再恳求，斯图尔特还是不顾艾达的感受，把她的心爱之物扔在海边，艾达以不与他同床表示抗拒；斯图尔特要用钢琴换来80亩地时，艾达愤怒地摔东西发火；斯图尔特甚至在看到桌子被刻成钢琴的模样时也没有醒悟，他不理解艾达对钢琴的热爱。斯图尔特在艾达去贝恩斯家的途中拦住她要与她亲近，她使劲反抗，死死抓住树枝不放手；斯图尔特将艾达锁在家中，艾达欲火难耐，甚至去抚摸斯图尔特的身体，但就是不让斯图尔特抚摸她的身体；斯图尔特拆除钉在窗户上的木板，希望重新开始，但艾达还是没有“回头”；艾达给贝恩斯送琴键被斯图尔特发现，暴怒的斯图尔特砍去她的手指，以为这样她就会屈服了，当他再次想与她亲近时，艾达的一双眼睛反而让他屈服了，他终于明白他是无法征服她的，于是他让她与贝恩斯一起走了。这就是艾达，一个对自己不想要的一切坚决抗争、永不妥协的、固执的和令人望而生畏的女性。她冲破了社会强加于女性角色的限制，勇敢地去追寻自己想要的爱情与生活。

再看艾达与贝恩斯的关系。在他们的爱情发展中，贝恩斯是一个跟随者。如影片所示，贝恩斯带着艾达去海边弹完琴，艾达转身往回走时在沙滩上留下一串脚印，贝恩斯跟在后面，沿着脚印一起回去。这是两人第一次真正的相识。而两人真正的互相接受、示爱是在贝恩斯把钢琴送回后，艾达无法忍受爱情的煎熬，再次来到贝恩斯的家，两人发生了关系；当爱情暴露，艾达被斯图尔特软禁时，也是艾达让弗洛拉给贝恩斯送去刻有“我的心是属于你的”的琴键，导致自己的手指被砍。她为爱情作出的牺牲，她对爱情的坚定都是贝恩斯无法相比的。贝恩斯虽然为爱痛苦，但他的痛苦是表面的，软弱无力的，从始至终都没有为他们的爱情做出一点实质性的举动。在艾达被斯图尔特软禁后，他既没有尝试去救出艾达，也没有像个勇士一样向斯图尔特发出决斗邀请，而是选择离开。他所做的只是在斯图尔特主动提出让他带走艾达时，他才迈出了这一步。如此，观众不禁纳闷，艾达为什么要选择贝恩斯这样一个男人？是为了钢琴，还是为了性，抑或是为了爱？有一篇评论是这样回答的：“事实是她选择了一种生命的归宿，她倔强的性格有了归依，她不用再抗争。整个世界并没有改变，只是她的世界变了。”她找到了世界与她妥协的交点。

德国电影《罗拉快跑》也不失为一部讴歌、赞美女性的影片。影片中，在困境面前，男性的怯懦、消极、束手无策更彰显了女性的勇敢、积极与奋不顾身。罗拉为了爱情奋不顾身的奔跑在动感的视听表现中充满了感染力和生命激情。

女性主义思想在20世纪初传入中国，在经历了如火如荼的民族民主革命后就开始了本土化变异，因为它与西方女权主义追求的与男性在政治、经济、文化方面的平等地位不同，中国女权主义运动的发起人和领导者都是男性，女性是借助进步男性的力量的被动的受惠者。受传统文化和历史发展的影响，今天，中国女性的社会地位虽然有了很大提高，但女性主义思想在中国仍然是一种边缘化的、非主流的存在。因此，中国缺少女性主义电影，为数不多的女性编创人员也缺乏女性主义意识。1987年，黄蜀芹导演的影片《人・鬼・情》获得了包括法国第11届妇女导演电影节公众大奖在内的国内外多个奖项，与许多影片的浅尝辄止不同，该片“真正地描述了女性现实的生存困惑和心理困惑”，许多理论家和评论家甚至认为这是中国唯一一部当之无愧的女性电影。

3.现代艺术创作观念的启发

随着20世纪各种艺术思潮的风起云涌，各种艺术形式之间的借鉴也变得更为普遍和频繁。比如装置艺术就是艺术家在特定的时空环境里，对人类日常生活中已消费或未消费过的物质文化实体进行艺术性的选择、利用、改造、组合，演绎出新的展示个体或群体丰富的精神文化意蕴的艺术形态。装置艺术始于60年代，也称为“环境艺术”，它与六七十年代的“现成物体艺术”、“极少主义”，“观念艺术”等有联系。在短短几十年中，装置艺术已经成为当代艺术中广泛发展的艺术形式。简单地讲，装置艺术，就是“场地＋材料＋情感”的综合展示艺术。1917年杜尚把一个标有“RMUTT1917”字样的瓷质小便池原封不动地放在展厅中来批判传统美学以后，这种以现实生活中的实物作为艺术作品组成的全部或部分要素的形式在现代艺术的发展中便普遍存在了。

表面上看装置艺术与电影似乎风马牛不相及，但事实上，在制作电影场景方面借鉴一些装置艺术的创作理念和布局方式能达到出奇制胜的效果。2003年，在第56届戛纳电影节上获得金棕榈奖的影片《狗镇》就是一部装置艺术与电影完美结合的佳作。封闭守旧的美国小镇中闯进了一个神秘女子格蕾斯，她美丽善良，正在逃避歹徒追杀。镇中的作家汤姆力劝村民留下这个女子，让她暂时在镇里避过难关，然而条件就是格蕾斯要干各种农活来补偿。人们同意了，不久后大家却发现格蕾斯是一个通缉犯。大家要把格蕾斯赶走，但如果她更卖力地干活，便可以在这里逗留。格蕾斯日以继夜地劳作，终难逃不幸的发生。一个镇民在警察搜捕后，强暴了格蕾斯。从此龌龊的事情拉开了序幕：人们开始随意污辱她，甚至连汤姆也揭开了善良的面具。格蕾斯沦为镇上的一条狗，干活、受侮辱。镇上的人怎么也想不到，这个女子的神秘身世，让污辱过她的人遭受了灾难。

《狗镇》是导演冯·特里尔“美国三部曲”的第一部，影片全部在摄影棚内拍摄，想法果敢大胆。冯·特里尔用白线在地上划出了“狗镇”的轮廓：小镇里只有十几户人家，每一座房子也是用白线标示出来的，没有墙，没有门，没有外景，只有一些简单家具和演员，一条街穿过小镇，把小镇分成两部分，道具树、挂钟式的教堂、假山散落在舞台中央，白色半透明的围布后面用布光的手段表示白天与黑夜。演员在一个几乎光秃秃的封闭的舞台上进行表演，场景布景简约到了极致，让人无法想象这是一部电影。导演极其迷恋那种只使用一台摄影机、两个演员和一块灰色背景幕的拍摄方式。他采用这种刻意简化的拍法是为了与当代那些使用昂贵的布景和电影技术的影片加以鲜明区别。他将他的简约主义电影理念发挥到了极致，照他的说法是“为了让观众忽视外在形式，更加关注人物和情节”。冯·特里尔相信他的这种风格能够强化观众的观影体验：“观众变成全身心地投入其中”，“这种技术就像心理放大镜，更贴近人物”。因此，他也成为欧洲Dogma95流派的先锋人物。

形式虽然简单，但影片的象征意义却是惊人的。第一个画面是对整个小镇的垂直俯拍，每个人都在自己的位置上做着自己的事情，看起来像是“微缩社会”的实验装置。演员表演时的灯光设计完全舞台化，次要演员在较暗的背景中表演，镜头前的演员被灯光照亮，戏剧的形式和舞台手段与表演被“融合”进影像中。影片开始时打出如下字幕：“无法忍受作者电影的观众请先行离场”，画外音的第一句话是“这是一部电影”，影片结尾时，画外音再次出现：“就这样，电影结束了。”

《狗镇》是一个人性试验场，从某种意义上说，格蕾斯像是坠入凡间的天使，她的出现是对狗镇人道德审判的开始。汤姆代表了人类的道德准则，但他最后也被内心的邪恶力量所改变。而其他人的暴怒、贪婪、色欲、懒惰等人性恶因也一一迸发出来。导演似乎想说，善是相对的，而恶是绝对的，善不易培养，恶则随时爆发，即便最后格蕾斯消灭了狗镇，但她也同时踏入另一个恶的深渊，狗镇无处不在。由此可见导演对人性的悲观态度和无可改变的绝望，同时也点明了装置艺术与电影的关系，在电影中利用装置艺术，表面上可以增强影片的氛围与表现力，强化视觉效果，更突显影片的风格化特征。更深层的作用则是加深观众的心理感受以及对于影片要传达的某种深刻寓意的理解。

4. 类型片以及观众接受心理对影片类型的影响

电影是艺术领域里文化工业模式进行得比较成熟的门类之一，类型电影又是电影中主要的大众消费形式。所谓类型电影，是指按照不同类型（或称样式，比如西部片、爱情片、音乐片、喜剧片、恐怖片等）的要求制作出来的影片。它源于美国，作为一种影片制作方式，20 世纪三四十年代在好莱坞占据统治地位，迎合了不同口味观众的观影需求。

类型电影的特征主要体现在以下几个方面：第一，情节公式化（英雄救美或有情人终成眷属，如 007 系列）；第二，人物定型化（如西部片中的牛仔都刚正不阿、骁勇善战；爱情片中的主人公英俊潇洒、漂亮优雅，都对爱情忠贞不渝）；第三，叙事标准化（影片大都采用单一的线性结构，以时空转换为顺序，以事件发展为线索，较少使用闪回、交叉蒙太奇等手法）；第四，视觉形象图解化（如古堡或塔楼象征危险，幽暗的森林隐藏着灾难等）。

在诸多的影片类型中，最具典型性的是四个类型，即喜剧片、西部片、犯罪片、科幻片。

喜剧片：指以笑激发观众爱憎的影片。常用不同含义的笑声，鞭笞社会上可笑的现象，歌颂美好进步的事物，能使观众在轻松愉快的笑声中接受启示和教育，以及获得愉悦。多以巧妙的结构、夸张的手法、轻松风趣的情节和幽默诙谐的语言刻画喜剧性人物的独特性格见长。如《小鬼当家》《我的野蛮女友》《拜见岳父大人》《三傻大闹宝莱坞》等影片。

西部片：是美国电影中最古老的样式之一，以美国西部为故事背景，以 20 世纪下半叶美国人开发西部荒野土地为题材。美国历史学家弗雷德里克·杰克逊·特纳认为，首批到达北美东海岸的移民者基本上建立了欧洲的文明，这一文明在逐步向西推移的过程中，在边疆地区，“文明”与“野蛮”两相汇合。在这些汇合中，不同的环境逐渐将各种欧洲文化转变为真正的美国文化。因而，西部片被认为是最能反映美国人的民族性格和精神倾向的影片类型，成为美国人英雄主义的化身。如《关山飞渡》《原野奇侠》等。

特征：(1)取材于开拓西部时期的神话、传奇和真实故事。

(2)强调完整的故事结构和强烈的戏剧冲突。

(3)叙事模式基本都是孤胆英雄（牛仔、警察）对抗恶势力（印第安人、匪徒），最终取得胜利。

(4)人物形象扁平，善恶对立，泾渭分明。

(5)影像风格上有固定的图谱和符号(荒凉的西部沙漠、原野和小镇,枪、马、牛仔服、宽边帽等)。

西部片在经历了近30年的全盛时期后,在七八十年代近乎消失了,但是这一类型样式对于美国历史而言是独特的,对电影发展的作用是不可估量的,美国人不会轻易与之说再见。90年代的《与狼共舞》《不可饶恕》、2001年的《美国流氓》使久违的西部片再次抢尽风头,不过,这已经与传统西部片在人物设定、剧情模式上有了较大的差别。这也是针对现代观众的接受特点以及文化观念改变进行调整的趋势使然。

犯罪片:又称为警匪片,所有剧情电影里,犯罪片必定有犯罪也有警察侦办。与黑帮电影不同的是,犯罪片侧重在警察捉拿罪犯,阻止犯罪及不道德的行为、心理过程;黑帮电影侧重在集会结社之自由权利,及帮派徒众争权夺利的合理化及英雄化、义气化,警察侦防犯罪则是剧情支线,甚至没有警察;犯罪片及黑帮电影都属于动作片,皆为商业电影,提供给大众观赏及娱乐。这类电影经常以一桩罪案的始末为内容,以罪犯或侦探为主要人物。犯罪片的指向非常纯粹而又直接,即警匪之间的生死较量,主要展现犯罪主角的行为和心路历程等。犯罪片的主题既是对破坏社会秩序、危害公众和平生活的恶势力的抗争,又是对个人冒险心理或安全感需求的暴露,体现着人们对自尊、安全、保护的思考,如《沉默的羔羊》《英雄本色》《七宗罪》《变脸》《速度与激情》等。

科幻片:顾名思义即"科学幻想片",是"以科学幻想为内容的故事片,其基本特点是从今天已知的科学原理和科学成就出发,对未来的世界或遥远的过去的情景作幻想式的描述"。按照科幻片和其他类型片的交叉情况,一般又可分为科幻冒险片,如《侏罗纪公园》;科幻动作片,如《蜘蛛侠》;科幻史诗片,如《星球大战》《黑客帝国》;科幻灾难片,如《彗星撞地球》《2012》等。

特征:(1)剧本大都是由经典科幻小说改编的。如梅里爱的《月球旅行记》改编自科幻小说《从地球到月球》和《月球上的第一批人》,史蒂夫·斯皮尔伯格的《少数派报告》改编自菲利普·迪克的短篇小说《少数派报告》。

(2)在主题上推崇生命至上、追求正义、珍惜人生这样传统而永恒的价值。

(3)叙事空间是宏观的,故事可以发生在过去、现在和未来的任何时候。

(4)视觉冲击效果好,制造影像奇观。

贾克·瓦伦提说过,"电影制作是艺术和商业的联姻"。观众决定票房,票房决定制片方的收益。因此,观众喜欢看什么题材和类型的电影是制片方首先要考虑的问题。因为不同类型的电影有着不同的受众群,这就意味着他们接受不同类型影片的特征和模式以及特定的心理期待类型,这都对创作人员的创意产生了深远影响。一旦人们普遍接受了某种类型的重要特征和模式,编导们处理类型材料的自由也就被限定了,他们不得不考虑观众的期待和理解，尽量使电影的类型特征完全展现在观众面前，这也是降低商业投资风险的保守行为。

类型电影是电影商业化的必然结果。它并不是从一开始就有的，而是经过了时间和市场的考验以及观众的选择才逐渐发展并规范出来的。作为一种通俗叙事艺术，与其说它是为了观众而制造的，不如说它就是观众制造出来的。好莱坞对于电影的预期收益和票房有着一套完善的评估系统，它可以预测出某部电影的题材、人物、情节以及外包装等因素能为它的收益带来的增值点，同时他们也根据票房和观影人次来判断某类型的电影的受欢迎程度，以便进行下一部的拍摄。例如《指环王》《黑客帝国》等一系列大片的续集便是在充分研究前一部的基础上针对商业利益因素创作的。而这些所谓的评估只能做到部分客观，他们在调研中还是要对观众心理进行科学细致的分析。编导们擅于把观众所喜欢的元素提炼出来，总结、集中、搭配成一个类似于拼盘但结构完整的电影产品，并有针对性地捕获目标观众群。

类型电影产生后，编导们按照不同类型特征进行创作，观众针对自己喜欢的类型选择观看。从某种程度上说，电影制作者们早在电影拍摄之前就已经把观众分好了类，而某一具体类型电影的观众群则是相对集中的，他们可能拥有不同的文化素养、教育背景、阶级成分，却对这一类型的电影有着偏执的热爱，这些观众同时也决定了类型片中某些类型的成功与失败。比如20世纪30年代到60年代一片繁荣的西部片，现在已经基本销声匿迹了，四五十年代在战后经济萧条时期兴盛一时的歌舞片也找不到市场了，曾经的歌舞片经典《雨中曲》《音乐之声》《红菱艳》引起的观片热潮已不再，但根据受众审美眼光进行调整，增加了更多的时尚元素，在剧情结构、时空关系处理上更为复杂丰富的新歌舞片则成为年轻人的最爱，比如香港电影《如果爱》，以及美国电影《芝加哥》，后者更是以有别于传统歌舞片的新颖大胆的人物塑造、叙事结构以及歌舞表现而大放异彩。90年代风靡世界的中国武侠片现在也日渐式微，但也不乏根据东西方观众欣赏口味进行适当改观的新武侠影片，比如王家卫的影片《东邪西毒》和李安的影片《卧虎藏龙》，便是以武侠片的外包装，讲述一个不一样的人心江湖，故事的内核仍旧是现实社会两性关系的角力和情感的挣扎与解脱。

随着时代的发展和科技的进步，观众的审美水平不断提高，口味不断变化，传统的类型片已经不能满足观众对它的期待了。于是电影制作者们开始在某一类型片中加入新的元素，甚至与其他类型进行混合与杂糅，以保证能够一直迎合观众的观影需要。比如2011年的好莱坞影片《铁甲钢拳》就是典型的多类型混搭片，它融合了体育片、科幻片、亲情片三种主要类型。动画电影《里约大冒险》便融合了喜剧片、动画片、音乐片、冒险片四种类型。国产电影《画皮》也是动作、惊悚、爱情三种类型的混合。观众的口味和接受反馈直接影响着影片的定位与创作,影片的大胆尝试与探索又在不同时期重新唤起观众的怀旧情绪与热情,类型电影就在这样的相互依托中不断前行。

5.有创意的市场运作模式在影片发行推广中作用重大

——以中小成本电影《失恋33天》为例

改编自鲍鲸鲸的同名网络小说,由滕华涛导演,文章、白百合主演的治愈系、小清新爱情电影《失恋33天》,以900万的制作成本在上映两周后狂揽3.5亿票房,在《猩球崛起》《惊天战神》等前后多部好莱坞大片的夹攻下脱颖而出,成为2011年中国影坛最大的黑马,创造了国产中小成本电影的奇迹。《失恋33天》的成功并非偶然,除了故事本身的取巧优势外,强大的市场运作也起到绝对的支撑作用。

(1)定位准确

该片在宣传中强调"治愈系"的概念,不是讲失恋后的悲伤情绪,而是疗伤的治愈喜剧,传递一种积极向上的正面力量。该片将目标客户群锁定在18至35岁的大学生和白领,因为这个阶段的年轻人追求时尚,有独特的价值观和消费观,也有一定的消费能力,而且年轻人是对失恋最敏感的群体,影片还选择在2011年11月11日这个世纪光棍节前后上映,更能引发人们的情感共鸣。

(2)制造话题

片方从7个大城市选取年轻人讲述自己的失恋经历,拍摄成一组名为《失恋物语》的短片在微博等平台上投放,引起了巨大的反响。网友们更自发拍摄了20多个不同城市、不同版本的《失恋物语》,让"失恋"成为大批年轻网民的热门话题,从而带动对电影的关注。另一个亮点是在新浪视频建立了《失恋博物馆》,把本片的宣传资料、征集到的失恋信物、失恋书籍、失恋歌曲等放在上面,营造气氛。

(3)网络媒体营销

该片没有像之前的国产大片那样搞首映礼、发布会、做访问,进行传统的电影宣传,而是选择通过新媒体进行网络营销,如在人人网、豆瓣网、天涯、猫扑、微博、视频网站上进行宣传,借助草根口碑来一个传一个。主创人员在新浪、腾讯等都有自己的微博,不时发出一段有趣的幕后花絮,如"失恋并不可怕,因为它可能是下一段幸福的开始"这句台词被网友改成"失恋33天不可怕,可怕的是34天后,大姨妈还没有来……"让人忍俊不禁的恶搞段子在网上广为流传,引起无数人的关注。

(4)明星效应

明星是投资的保障,票房的保障早已成为行业铁律,《失恋33天》中的文章,从《奋斗》中的向南到《蜗居》中的小贝,再到《裸婚时代》中的刘易阳,成功塑造了自己"中国好男人”的形象，拥有大群铁杆粉丝。白百合是“羽泉”组合陈羽凡的妻子，在参演的多部热播电视剧《与青春有关的日子》《我的青春谁做主》《家的n次方》等中均有不俗表现，成为观众熟知的女演员。明星为影片票房保驾的同时也成就了自己，文章、白百合因此片而跃居一线。

《失恋33天》的成功不仅是一个电影的成功，更是一个营销战略的成功，是开始从真正意义上把一部电影当作产品来卖的经典案例。它的成功经验是可以复制的，虽然影片在艺术性上并无任何亮点，但作为一部定位精准、市场营销成功的电影仍有很多值得我们借鉴的地方。

本章主要从影响剧本写作的外部因素——例如民族文化背景、地理地缘、宗教信仰、价值观念和内部因素——例如制作技术、艺术思潮、现代创作观念、观众接受心理以及市场化运作的重要性这两个方面对影片创作的影响因素进行了分析，宏观地了解影片创作的环境对于创作会有很大帮助。

思考与练习

1. 在剧本写作之初你需要考虑哪些方面的要素？
2. 除了本章所列的影响因素之外，根据你的观察与总结还有哪些因素可以决定影片的成败？

第三章 电影剧本的写作过程及规范格式

概述

本章介绍了两种实用可行的写作方法，并探讨了电影故事构思的规律和特点，以及片名对影片的作用，同时通过对比的方式讲述了两种可以互为借鉴的写作规范并分析了规范的电影剧本写作格式对于初学者的帮助。

当我们已经拥有一个基本成熟的故事构思或灵感，打算开始创作时，应该怎样入手？首先最重要的是用“心”写作，而不是用“脑”写作。一切能够打动人心的艺术作品无一例外是创作者全部心力与情感的凝结。作品不会伪装，创作者真诚，作品必定能够有所反映，也许你的手法不会像有经验的编剧那么娴熟，你对生活的理解与认知也许不那么成熟与深刻，但一切要是发自内心的真诚，真诚地记录下你脑海中所想到的画面，凭着内心的感觉流淌来粗略地构思你的故事，想象故事的主人公是什么样的人，他的性格、外貌、成长环境以及他内心最深处的秘密和欲望。

首先，故事是最真诚的。有人曾比喻说：“创作就是裸体的你在跳舞。”故事创作也不例外。当我们真诚地讲述一个故事时，不自觉或无意识地就会把自己内心最深处的东西表达出来。你关注的人生问题会在你的故事中出现并展开探讨。同时，故事和剧本是不会说谎的。故事有自己的生命，它的生命始于它开始活在听者心中那一刻，也就是说随着故事的传播它的生命才真正开始。我们在最开始构思故事雏形时往往是情感和感觉来主导，而当我们确立了故事，开始将它转化为成熟的电影故事和剧本时，就需要加上“脑”的缜密思维了，也即用“心”写作，用“脑”修改。感性冲动与理性思考结合起来，最终才能创作出理想的作品，如果一味陷入情感的旋涡难以自拔，很有可能沦为廉价的煽情，影响作品本身的力度；如果过分理智和思辨，又缺少了艺术作品本身的灵气与生动。虽然优秀的电影故事往往打破常规、一气呵成又浑然天成，但我们仍旧可以从一般创作的角度对电影故事的写作总结出一些规律。

我们的第一步是确立故事的大致题材和主题，接下来是做好初步的人物设计。因为性格即人物，性格决定了人物的选择和命运；人物即结构，人物的选择推动事件发展，事件发展又促使人物面临新的选择，进一步体现人物性格。初步的人物设计包含：人物的身份、性格、外貌、成长环境；人物的求索以及他真正的需要，人物内心最深处的秘密，人物之间真正的情感关系是什么，等等。之后才开始正式的故事写作，也即我们接下来要介绍的由里到外的写作方法。

第一节　由里到外的写作方法：故事梗概—分场大纲—剧本

很多有经验的编剧和专家都在他们的著作中推荐了这种方法，即当故事有了雏形和人物之后，不是马上开始撰写具体的剧本，而是先大体描述出故事的主要内容和情节（故事梗概）；然后将故事划分为若干场景，用一句话描述每一场景的内容（分场大纲）；待分场大纲基本确定后，才真正开始撰写剧本；而对白最好在剧本基本完成后才添加。

这种写作方法的好处在于，可以在故事梗概和分场大纲阶段把握好故事的结构和发展脉络，及时调整，而不至于在洋洋洒洒写了很多字后才发现故事的根基有问题，那时再修改就很麻烦。由里到外的写作方法可以始终让编剧保持对故事宏观结构的思考和把握，不至于拘泥在细节中而忽视了故事的整体构架。下面，我们简单介绍一下故事梗概、分场大纲、剧本的创作方法。

一、故事梗概

故事梗概是通过清晰、简明的文字对故事的大体内容进行介绍，包括故事的主要人物、时间、地点、情节等。故事梗概要把未来的剧本分成几个段落，通过比较细致的文字讲明每段的主要内容以及每个段落之间的关系。通过故事梗概，我们能大概了解故事的内容、作者的文字风格、未来剧本的风格和结构。故事梗概主要关注核心情节线索、段落之间的关系。同时，故事梗概也不同于媒体或 DVD 封面上的影片内容简介，它的内容要比影片简介更为完整、具体，它包含了影片的主要情节内容，但又不至于过于描写细节。一般的故事梗概视影片长度而定，在 200～500 字左右即可。

故事梗概对于接下来的创作有很多帮助：首先它给未来的剧本提供了蓝本和框架，起到了约束的作用，使接下来的剧本写作不会跑偏。其次，它是故事剧本吸引投资的第一块敲门砖。故事梗概是其他人了解故事的最初途径，一个精彩的故事也可以通过撰写恰当的故事梗概吸引投资人和制片方的关注，吸引他们进一步细读完整的剧本。因此，故事梗概无论是对于故事创作还是故事的推广都非常重要。

写故事梗概时要注意以下几点问题：

1. 一定要把握住剧本的主要结构和情节，突出重点信息。

2. 不要在情节的关键点留下一堆省略号，在描述时既要保持悬念感，始终吸引读者看下去，又要使读者能了解故事的大概情节和走向。

3. 不要过于空泛，也不要拘泥于细节，如描写具体的对白和细节等。

4. 要分成若干自然段来讲述故事，不要用一个大自然段来描述一个完整的长篇故事。将故事分成若干段落也体现出作者对故事结构的掌控与思考。但也不用按最终剧本的场景那样划分成那么多自然段。

5. 初步的人物设计应在故事主题设定之后、故事梗概写作之前完成，这样才会由人物推动故事发展。

练习写故事梗概最好的方法就是选择一部电影，写出这部影片的故事梗概。最好由短片开始，逐渐加长，也可借此体会不同长度故事的梗概如何写作。当故事梗概完成后，就可以开始分场大纲的环节了。

下面举几个例子说明电影故事梗概大致应该怎么写。

《黄金三镖客》：故事发生在美国南北战争时期。图科是一个图财害命的江洋大盗，因此他被镇上悬赏通缉。布兰迪是一个除暴安良的牛仔，他无意中抓住了图科，和图科合谋骗取悬赏金。但合作几次后嫌赏金不够多放弃了合作关系，于是他把图科带到荒漠中，布兰迪惩罚图科，让其自生自灭。但是诡诈的图科居然逃过了一劫，并纠集一些帮凶在客栈抓住了布兰迪。正当图科以牙还牙折磨布兰迪的时候，他劫持了一个名叫卡森的士兵。后者临死前留下了宝藏的秘密，图科和布兰迪分别获得了一半信息。与此同时，一个狡猾的杀手桑坦萨也通过其他渠道发现了宝藏的秘密。于是，在寻宝的道路上，三个人使出浑身解数，上演了一场场对决的好戏……

《当幸福来敲门》：已近而立之年的克里斯·加德纳，在28岁的时候才初见自己的父亲，所以他下定决心在有了孩子之后，要给孩子做一个好爸爸。但他事业不顺，生活潦倒，只能每天奔波于各大医院，靠卖骨密度扫描仪为生。在他偶然间认识到做证券经纪人并不一定需要大学文凭，而只要懂数字和人际关系就可以做到后，就主动去找维特证券的经理Jay Twistle。凭借自己的执着和非凡的妙语，以及一个小小的魔方的帮助，克里斯·加德纳得到了一个实习的机会。但是实习生有20人，他们必须无薪工作六个月，最后只能有一个人录用，这对克里斯·加德纳来说实在是难上加难。这时，妻子因为不能忍受穷苦的生活，独自去了纽约。克里斯·加德纳和儿子也因为极度的贫穷而失去了自己的住所，过着东奔西跑的生活。他一边卖骨密度扫描仪，一边做实习生，后来还必须去教堂排队，争取得到教堂救济的住房。但是克里斯·加德纳一直很乐观，并且教育儿子，不要灰心。因为贫穷，克里斯·加德纳甚至去卖血。功夫不负有心人，凭借自己的努力，克里斯·加德纳最终脱颖而出，获得了股票经纪人的工作，后来还创办了自己的公司。

《赛德克—巴莱之太阳旗》：昭和5年10月27日（公元1930年），台湾总督府为纪念北白川宫能久亲王被杀而举行台湾神社祭，雾社地区则照例举行联合运动会。当联合运动会开幕，所有日人、警察及其眷属齐聚公学校之际，赛德克雾社群之马赫坡、荷戈、波亚伦、斯库、罗多夫、塔罗湾等六部落赛德克族人，由雾社群马赫坡社头目莫那·鲁道率领发难。

当日清晨，雾社公学校运动会，由能高郡守小笠敬太郎主持开幕典礼，其他日本人都前来观礼，这时候预先埋伏的赛德克勇士在莫那·鲁道攻击号令下，展开猛烈的突袭，在一阵毫无预警的混战中，将运动场内134位日人一一撂倒砍杀。

另一方面，莫那·鲁道命令次子巴索·莫那潜入马赫坡山取材地袭击日警，并命长子达多·莫那潜入马赫坡社警察驻在所，亦将日警及其眷属全数枪毙。后分成数队，切断日人对外的所有电话线路，陆续袭击各部落之警察驻在所，掳获弹药、枪械。借此向雾社地区的各个部落宣告，反暴统治之圣战已经开打，终致纷纷群起响应。

在震惊愤怒之余，日军旋即调度派遣驻扎台中、花莲的步兵与警力，兵分两路向雾社方面挺进；莫那·鲁道率领族人抗敌缠斗、辗转退守马赫坡石窟。一场双方分别为了资源与报复围剿、祖灵与灵魂尊严的异族战端，就此揭开序幕……

下面举例说明好的故事梗概应该包含哪些信息。

2012年上映的印度科幻电影《功夫小蝇》讲述了这样一个故事：纳尼与邻楼的女孩宾都相爱，纳尼对宾都百般示爱，但宾都只是默默接受纳尼的爱。哪知一个大老板苏迪普也看上了她，这个看似腰缠万贯、有权有势的男人实则是个心狠手辣的黑帮老大。他用尽手段欲引诱宾都，但他发现宾都爱的是纳尼。

苏迪普为了得到宾都，在一天晚上将纳尼杀死。纳尼死时知道苏迪普是为了宾都，告诉苏迪普："离宾都远点，否则，我杀了你！"

死后的纳尼重生为一只苍蝇，开始对苏迪普进行报复。最后，宾都知道了纳尼的死因，也知道了眼前这只苍蝇便是纳尼。两人便联合起来，宾都将纳尼全副武装，对苏迪普实施轮番攻击，苏迪普为了防御这只苍蝇，费尽了精力。当他知道宾都在暗中帮助这只苍蝇后，将宾都抓来，试图将她和纳尼一起杀死。小小苍蝇的报复，结局会是怎样呢？

看完这个梗概，给自己提出以下几个问题：

第一，这是谁的故事？他是怎样一个人？

在《功夫小蝇》中，很显然，讲的是纳尼的故事，他喜欢女孩宾都，对她百般示好。

第二，他想要什么？为什么？

这个问题也很简单，罗伯特·麦基把它叫做欲望目标，英文是 wants。在一个由人物驱动的剧本里，也就是这个特定的人的特定的欲望目标在驱动整个故事往前推进，不管他是成功或者失败，都要经历无数困难。这就是这个故事的所有动力。在《功夫小蝇》里，我们看到，纳尼想要杀死苏迪普，这就是他的欲望目标，整个电影都在曲折地展示着这一点。为什么呢？因为苏迪普是黑帮老大，为了得到宾都，杀死了纳尼，纳尼要复仇。

第三，他追求目标的障碍是什么？他怎么办？

在《功夫小蝇》中，化身为苍蝇的纳尼的障碍来自强大的对手苏迪普。杀虫剂、激光探测仪、法师，苏迪普想尽一切办法来消灭纳尼。而纳尼则扬长避短，在宾都的帮助下发动一次比一次猛烈的进攻，就算失败了，也会在最短的时间里振作起来，继续战斗。故事好看就好看在这里。这里有个技巧，怎么让你的故事波澜起伏，一波未平一波又起？主人公想达到某种目的，你却偏给他设置重重障碍，让他走得磕磕绊绊。你的障碍放置得越沉重、越高明、越刁钻，你的故事就会越好看。这个障碍不能随便放置，要有针对性地在最合适的时机和最合适的地点精心地放好。障碍的分量也要逐步加重，由小到大。全剧最后的那个障碍是你能放置的最大最重的，也就是全剧高潮前的最后一次障碍，《功夫小蝇》中最大的障碍是苏迪普绑架了宾都，威胁纳尼现身。

中国电影《钢的琴》中的障碍也是一步一步、由小到大设置的。钢厂工人陈桂林跟妻子离婚时，妻子要求女儿的抚养权，而谁能给女儿一架钢琴成了这场争夺战的关键所在。为了得到女儿的抚养权，陈桂林忍受种种压力，多方筹措为女儿买钢琴的钱，在四处受挫无果的情况下，决计铤而走险，和女友淑娴以及当年钢厂的好哥们夜入学校偷钢琴，然而却又被人发现被抓……当所有的办法都失败后，陈桂林偶然翻到一本关于钢琴的俄国文献，于是叫上伙伴们在早已破败的厂房中开始了手工制造钢琴的征途……现在，你是不是有种恍然大悟的感觉？

第四，幕与幕之间的转折点在哪儿？

这里说的转折点也就是美国电影编剧专家悉德·菲尔德在《电影剧本写作基础》中所说的第一幕进入第二幕的转折点 1 和第二幕进入第三幕的转折点 2。转折点 1 使故事进入发展阶段，转折点 2 使故事进入高潮阶段。确定好这两个点，故事的骨架就立起来了，你需要做的就是在这个骨架上添加血肉。《功夫小蝇》中的转折点 1 是苏迪普杀死纳尼，纳尼警告苏迪普："离宾都远点，否则，我杀了你！"转折点 2 是苏迪普知道宾都在暗中帮纳尼，便绑架了宾都。对照影片再看梗概，故事的起承转合一清二楚。

我们再来看看动画电影《里约大冒险》，它的故事梗概是不是也包含以上四点要素呢？

《里约大冒险》中生活在美国明尼苏达州小镇上的蓝色金刚鹦鹉布鲁是世界上仅存的一只公金刚鹦鹉。直到有一天，一个鸟类研究博士图里奥来到了这里，告知鹦鹉的主人琳达要是再不进行人工繁殖那么蓝色金刚鹦鹉可能就会灭绝，而他们研究所就有一只蓝色母金刚鹦鹉。于是，为了拯救蓝色金刚鹦鹉，他们从美国出发飞往巴西里约热内卢，一段充满异域风情的冒险之旅开始了。

在来到里约当天，布鲁就遇到了他的第一批朋友：金丝雀迷你鸟尼科和红衣凤头的大肚鸟派卓和"美若天仙"的珠儿。珠儿和布鲁落入走私者手中，它们被脚链拴在了一起，只好一起逃亡。逃亡过程中，珠儿才知道布鲁竟不会飞。不过，二鸟不打不相爱，加上巨嘴鸟拉斐尔，迷你鸟尼科与大肚鸟派卓敲边鼓，布鲁与珠儿终于开始对彼此产生好感。

然而，充满野心的走私者葵花凤头鹦鹉奈杰要将两只鸟占为己有。布鲁和珠儿开始去寻找援助。当它们分开后，珠儿又一次被奈杰抓住。布鲁为了营救珠儿，再一次陷入困境。鸟类专家图里奥与布鲁的主人琳达也正混入巴西狂欢节会中，准备营救出再度落笼的布鲁与珠儿。但它们还是被拉上了飞机，布鲁眼见获救无望，急中生智，将笼子扯了一个大口，将所有的鸟儿都救了出来。布鲁不会飞，迟疑中，奈杰一把抓住布鲁，珠儿反抗，不小心将自己的翅膀折坏。布鲁再次急中生智，用灭火器将奈杰消灭。要坠机了，珠儿从飞机上掉了下去，布鲁闭眼跳了下去，珠儿感动，布鲁张开了翅膀，成功地飞了起来。珠儿翅膀治好后，布鲁离开了主人，与珠儿去野外幸福地生活在了一起。

你也可以找几部电影，按照上面的四个问题向自己提问，答案连起来也许就是一个好的故事梗概。

二、分场大纲

所谓"场"，就是事件或动作发生的地方。对于电影来说，每一个"场"都具有两样东西——地点和时间，如果变换了时间或地点，那就变成一个新的场。分场大纲就是根据故事梗概的内容，按照影片发生的场景顺序，细化到每个场景，用一两句话介绍每一场景的重点内容、事件、动作。它的目的在于帮助剧作者整理和扩展包含在剧本大纲中的基本剧作元素和结构。分场大纲是最接近剧本本身的大纲，由于将影片所涉及的情节彻底环境化，事实上也就将情节动作化、细节化。在分场大纲中事件发展的脉络更清晰，冲突点、细节的呼应也都更加明确。

分场大纲是剧本写作非常重要的一个步骤。电影是一门时空艺术，它是依靠若干个由时间和空间变化来划分的场景构成的。因此在写作电影故事时首先要有银幕的形象和时空观念,它们的具体体现形式就是场景。电影是通过场景变化来讲述故事的,场景是电影的重要基础结构。一部常规的90～120分钟的电影一般由四五十个场景构成,但这也并不是绝对的,个别实验探索性的影片或者大场面史诗类的作品不遵循这个规律,场景会更少或者更多些,而且每部影片也可根据自己的风格、内容来确定具体有多少个场景。

1. 分场大纲的作用

(1) 首先,它帮助作者确定大体故事结构,使我们在接下来细化每一场景时有所依据。

(2) 其次,它也能帮助我们检验故事梗概中的情节发展是否合适。分场大纲可以体现剧本的情节、结构、节奏等重要因素,使作者可以提前检验这方面的设置问题,避免写了一大堆剧本文字后才发现场景设置、时空设置等结构性错误。

分场大纲不是写给别人看的,而是作者写给自己看的,是一个工具,供作者把握故事的结构和节奏,确定故事主要场景和内容。有一点要切记:一定只用一两句话来描述和概括每一场景的重点内容、事件和动作,这样才能起到概括和提纲挈领的作用。也有人运用卡片式的方法写作分场大纲,即在一张卡片上写一个场景的一句话描述,这样可以通过排列卡片的顺序来直观地调整场景的顺序。卡片上可以写上场景的时间、地点,再用一两句话描述场景内的人物、事件和动作。

2. 分场大纲写作的注意事项

(1) 只描写场景和动作,不要写对白。

(2) 在写作过程中或许会发现大纲中的某些场景需要修改,有更好的方案,因此调整是正常的。

三、由分场大纲到剧本

通常在故事写作的过程中,确定大纲和故事结构会占去整个创作三分之二的时间,可见这一过程的重要性。故事最核心的情节——故事高潮则会占去故事创作最多的时间,这也是故事构思最难的环节。故事的高潮体现了影片的核心价值,它既要有新意、让观众预料不到,又要合乎情理和故事发展,因此这一环节是故事成败的关键,对它的思考也会贯穿于整个故事创作过程中。故事高潮肇始于故事的激励事件,也即影片开始后不久发生的改变主人公生活的颠覆性事件。因为在激励事件中,高潮必然发生。

当分场大纲、故事结构和故事高潮基本完成后,你的故事也已基本形成,这时就可以开始剧本的写作了。这时的剧本应该着重描写人物、事件和动作,而不要急着写对白。

等我们充分利用动作和事件进行表述后，才是人物必须说话的时候，这时候写的对白才会最有力、最简要、最精准。

四、从外到里的写作方法

一些新手在第一次写剧本时会跳过分场大纲，从头开始写，想到什么写什么，动作对白也都随意写。我们也可以将其称为从外到里的写作方法。当然这一稿如果不作为最后的正稿使用，内容简单且花费时间不多的话，可以当作最初自由写作的灵感梳理，供发展故事使用。但如果这一稿写得过于复杂和详细，花费了很多心血和时间，并打算把它当作最后的剧本时，可能写到最后，作者已耗尽了时间、精力和热情，却发现故事存在很多结构性的问题，这时再想修改就很费事。并且作者也会懊恼于浪费了很多时间，并失去了再次大幅度修改的创作精力和热情。从故事梗概到分场大纲再到剧本，这几个写作环节对于初学者来说不应省略。一次性完成创作的现象虽然存在，毕竟很少，初学写作，不应走此捷径。

所以大家不妨尝试一下从故事梗概到分场大纲再到剧本的由里到外的写作方法，或结合自己的思维习惯和创作习惯，找到适合自己的最好方法。

第二节　电影剧本的构思

构思是创作过程中的重要环节，是创作主体在孕育作品过程中所进行的一系列定向的、创造性的思维活动。它包括选取、提炼题材，酝酿题材，确定主题，考虑人物活动与情节发展的布局，探索最适当的表现形式等。一部影片的生命就是在构思阶段中形成的。

一、构思的触发

在构思的开始，创作动机唤起了大脑皮层的工作状态，为构思的发生提供了可能性。构思的触发常以灵感的形式出现，外物的触发是引起作者构思的契机。构思常以作者内心的混乱开始，其难处在于把一切整理出秩序。意大利著名导演安东尼奥尼曾说过：人们常常问起我们“一部影片是怎样诞生的”，一部影片可能就是由我们内心的混乱中产生的，难处就在于，把一切整理出秩序。要善于从一团混乱中理出头绪。瑞典电影大师伯格曼也曾说：“对我来说，一部影片开始于一些朦朦胧胧的事情——一句偶然的议论或谈话中的只言片语，一件与任何形式无关却模模糊糊正中下怀的事件。它可能是几节音乐或街道对面的一道亮光……有些瞬间印象来得快也去得快，却留下了一种情绪——就像愉快的梦一样。它是一种精神状态，而不是实际故事，但它充满了丰富的联想和想象。它是从无意识的黑囊中探出来的色彩鲜艳的线头，如果我绕起这个线头，而且绕得仔仔细细，一部完整的影片就会出现。”

那么触发构思的来源有哪些呢？总结起来，大致有以下几点。

1. 由生活中的某一事件触发，由其作为起点发展而来

比如电影《生化危机》系列的灵感来自《生化危机》游戏；《偷自行车的人》来自一条只有一两行字的新闻；《拯救大兵瑞恩》的灵感则与诺曼底登陆战役50周年纪念和编剧罗伯特·罗达特的儿子的降生密不可分。

2. 以生活中的独特感悟作为构思的起点

如贾樟柯的《三峡好人》灵感来自对城市搬迁产生的悲欢离合的感悟；章明的《巫山云雨》从两江之间的物理距离想到了人们心灵之间难以沟通的隔膜。

3. 以一个故事为原型演绎而来

比如美国音乐剧《西区故事》就是套用莎翁的《罗密欧与朱丽叶》。奥尼尔的《悲悼》、萨特的《苍蝇》都是取自埃斯库罗斯的《俄瑞斯忒亚》，并加入了自己的理解，进行了新的诠释和演绎的。

4. 由一段历史或某段历史作为背景演绎而来

如《奥涅金——迟来的情书》《勇敢的心》《与狼共舞》《长征》《建国大业》等均取材于特定历史时期的某段历史。恢宏的历史背景为故事的展开增加了历史的深度以及个体命运在历史洪流中的起伏。

5. 由其他艺术形式触发而来

如日本影片《幸福的黄手帕》就来自导演山田洋次旅美时听见的一首同名歌曲；意大利普契尼的歌剧《图兰朵》来自中国民歌《茉莉花》；陈凯歌的《黄土地》是受到罗中立的获奖油画《父亲》的启发而创作的；吴宇森的《飞虎群英》灵感则来自纪录片。

6. 由民间话语转化而来

民间话语包括民间文化、民间传说、民间故事、民间歌谣以及文艺话本等。如中国传统武侠题材的《少林寺》《黄飞鸿》《霍元甲》《三国演义》《水浒传》等均是取材于这些民间话语。

构思的获得实质是长期积累，偶然得之的结果，它受创作者对生活的感受、情绪、记忆、联想能力、审美创造意识等的影响，这些因素是构思能否产生的内在原因和基础。客观外物之所以能够成为触发构思的契机，就在于它们与创作主体内在世界的呼应，看似偶然的触发，在创作主体的心灵中却有着长久的积蓄，有着不得不发的必然性。这种外

感与内蓄的共鸣，使创作主体对现实事物做出了强烈的反应，自然地把自己的创作激情、艺术想象围绕在某一特定对象周围进行延伸或拓展，从而进入具体影片的构思活动。

由此可见，所谓构思的触发，就是客观外物对创作者的触发，同时也是创作者从自己的内心需求出发，对外物进行筛选和思考的结果。创作者在外物与心灵碰撞出的火花中直觉到未来影片模糊的轮廓，但这个轮廓只有在创作者不断地思考与想象中才会逐渐清晰起来。

二、构思的过程

创作者捕捉到那一闪而过的灵感，有了具体的创作对象和构思趋势后，就要对灵感信息作进一步的扩充、延展，并进行再体验、再认识的构思活动。构思的触发往往是不自觉的、零散的、表面的，能激发起创作者创作激情的深层次的东西对创作者来说还是模糊的。灵感闪现的刹那，创作者往往激动万分，无比兴奋，对未来的作品充满信心。但进入构思阶段后，在一系列反复的思考中又会举棋不定，变得困惑起来，这个过程是构思中最痛苦的阶段。从主题到人物，从情节到结构，一切都没有定型，这样可以，那样也不错，或者可以这样，但是后面却行不通了，等等，朦朦胧胧，若即若离，稍纵即逝。触动带来的快感渐渐消失，创作者发现灵感只是一根燃烧的火柴，想把这锅饭煮熟，还得捡拾很多柴禾，前路艰难。

那么，灵感闪现后如何构思出一个完整的故事呢？

首先要确立故事的主题，即电影故事的核心精神。比如影片《完美世界》讲述的是从小失去父爱的男孩菲利普在被绑架途中与罪犯逐渐产生一种父子般的感情，最终使罪犯的心灵得到净化，因此，这是一个关于拯救的故事。

在确立了故事的主题之后，就要构思故事的进展了。按照故事叙事的发展过程，每个故事一般都要有开端、发展和结尾的过程。在三个部分当中引出故事、转折故事与升华故事，也就是悉德·菲尔德所说的三幕式结构——“建置—对抗—结局”。

1. 故事怎样开始

故事的开场很重要，如果能在一开始就抓住观众的眼球，吊住观众的胃口，这个故事就成功一半了。也有电影在一开始的时候很平淡，但随着情节的推进，故事变得越来越精彩，如《这个男人来自地球》《四分钟》《爱无间》《蝴蝶效应》等，这取决于编剧对故事整体节奏的把握和设计。最好在故事的开端就有一个事件发生，或交代一个事件，让这个事件转入另一方向。比如《功夫小蝇》里黑老大苏迪普为了得到美女宾都，在一天晚上将宾都的男友纳尼杀死。纳尼死时知道苏迪普是为了宾都，便告诉苏迪普：“离宾都远点，否则，我杀了你！”

2. 故事如何发展

这一部分是展开剧情、产生矛盾和冲突的阶段。这一阶段是故事的主体部分，称为故事的对抗部分。因为一切戏剧的基础都是“冲突”，一旦给自己的人物规定出“需求”，也就是在故事中他想要达到什么目的、他的目标是什么，那么我们就可以为这一需求设置障碍，这样就产生了冲突。这部分往往是故事从发展到高潮的部分。事件发生后各个人物的反应又产生新的矛盾和冲突，将事件引向矛盾的终结。《功夫小蝇》就是这样发展剧情的，死后的纳尼重生为一只苍蝇，开始报复苏迪普。最后，宾都知道了纳尼的死因，也知道了眼前这只苍蝇便是纳尼，两人便联合起来。宾都将纳尼全副武装，对苏迪普实施轮番攻击，苏迪普为了防御这只苍蝇，费尽了精力。当他知道宾都在暗中帮助这只苍蝇后，将宾都抓来，试图将她和纳尼一起杀死。

3. 故事怎样结束

结尾一般是一个故事主题被强调的部分，需要有一个画龙点睛的结尾来总结故事，升华人物，提炼影片思想。这同样是编剧要传达的意图被重复或最后揭示的时候，也是故事圆满解决或解释还是留下悬念或后续线索的时候。《功夫小蝇》的结尾是纳尼为救宾都大战苏迪普，最后以残躯点火，引爆炮筒，消灭了苏迪普。

故事的结局有两种形式，一种是封闭式的，一种是开放式的。所谓封闭式结局是指开头所引发的故事得到了解决，疑问都有了合理的解释，有明显的终结感。很多电影都是大团圆结局，属于封闭式结尾的形式，如《入殓师》《金刚》《美食总动员》《太极旗飘扬》。而开放式结尾，顾名思义，是故事在影片中没有完满地交代问题得以解决的途径和结果，而是留给观众自己去猜测和回味，即留有悬念式后续线索。一些悬疑惊悚类影片往往喜欢用这种结尾，如《本能》《禁闭岛》《恐怖游轮》。而好莱坞的很多影片也喜欢用这种结束方式为拍摄续集留下伏笔，如《加勒比海盗》《指环王》《暮光之城》等。

至此，构思的过程基本完成，一个比较完整的故事也就形成了，接下来要做的就是对细节问题的反复考量了。

三、构思的创新

艺术的立足点在于将事物“陌生化”的能力，将它们用一种新的、出乎意料的方式将事物的形式与内容“奇异化”地表现出来，达到吸引眼球、延长感受的目的，从而传递事物被感知的那种感觉，并通过增大难度和感知的长度，艺术地将事物“陌生化”。① 实质上说的就是创新的重要性。

① 什克洛夫斯基：《作为艺术的手法》《散文理论》，刘宗次译，百花洲文艺出版社 1994 年版。

构思的创新就是在符合电影艺术规律的前提下的各种原创性创造。影视剧发展至今，各种题材的影片数不胜数，几乎穷尽了故事的所有可能。制片方跟你一再强调创新、创新，你也想写出一个前无古人后无来者的故事，但是你穷尽思虑，日思夜想无数日后颓然发现，早在150年前所有的故事就都已经讲完了。你想写悲剧，写不过莎士比亚；你想写恩怨情仇，离不了王子复仇；你想写家族兴衰，写不过曹雪芹，因此创新只能在一个有限的空间中寻找突破。

人人想创新，但创新的正途不是天马行空，凭空捏造，而是尊重模式并研究模式，在充分了解和掌握模式之后才有可能突破模式，否则会自以为突破了模式，其实仍在模式中转悠。日本剧作家兼导演新藤兼人说："要写出好的电影剧本，首先要有良好的匠人，必须发挥匠人磨炼出来的技巧。电影剧本的艺术性，可以说就在于技巧精湛的匠人想什么，选定什么样的主题。"国产影片《恰同学少年》作为一部重大革命历史题材剧，均在内容、拍摄手法、摄制风格等方面较以往的革命历史电影有了很大的创新，以独特的视角反映伟人毛泽东，成功实现了伟人题材电视剧在创作立意、创作风格上的突破乃至超越，把红色经典剧与青春偶像励志剧很好地结合起来，让"青春偶像励志剧"有了另一种演绎。看完电影你会发现偶像不一定非得是帅哥美女，开名车住豪宅，剧情不一定非得是三角恋＋家族争产，励志也不一定非要出车祸得癌症，妻离子散，家破人亡。普通人为追求正义理想和民族家国的富强而不懈奋斗，在此过程中产生的纯美爱情更让人感动。再比如，现在写职场的故事很多，写古装喜剧的也很多，但让人耳目一新的却是凤毛麟角。宁财神把两者结合起来写出了《龙门镖局》。龙门镖局其实就是现在的物流公司，一个即将破产的公司，如何重组？下岗职工如何再就业？作为一个镖师怎样升级为镖头？作为镖头怎样带领大家创业？这家民营企业怎么抵抗国有企业的压力？该剧每一集的集数都是用数学公式或符号来表示，观众纷纷表示"我和我的小伙伴都惊呆了"。宁财神很好地把现代人的理念和现代元素装进古装故事中，如此创新在众多电视剧中也是史无前例的。

好莱坞电影之所以成为全球领先的电影霸主，也在于它不断开拓的创新性。它的主角可以是人、鬼、兽、机器，甚至有机体或无机体；它可以上天入地，穿越过去和未来；它的电影总是超越你的想象，又总是把想象发挥到极致。比如《超级战舰》描写的是人类对抗外星战舰的故事；《功夫熊猫》讲述了一只笨拙的熊猫成为武林高手的故事，用西方的思维重造东方的熊猫；还有为引起人们对温室效应的正确认识而苦心密谋悲剧故事的《解冻》。这些影片内容新颖，主旨深刻，让我们不得不叹服他们的创新精神。

编剧永远在俗套与创新间挣扎。俗套即程式、套路、类型化和陈词滥调。俗套的人物、结构、语言无处不在。但为何不彻底摒弃它？这些俗套在电影中大行其道的原因是俗套不仅仅代表保守和匠气，更代表一般观众的审美心理模式，它是经过长时间积淀后逐渐形成的，大胆逆行必然失去大部分固有观众，除非创作者刻意要颠覆出新。但真正的杰作永远是在俗套中寻求创新。

第三节 电影片名

电影的名字何时诞生？影片的名字同影片一样非常重要，观众第一次接触影片就是从片名开始的。片名会引起观众对电影故事的第一印象，因此对它的选择也至关重要。那么，好片名都具有什么样的特点？怎样给电影故事起名字？何时开始起名字？也许我们从故事的灵感一诞生就想到了片名，也许当剧本已完成我们还在为寻找一个好片名而头疼。这都是可能发生且合乎情理的。

让我们闭上眼睛，想想有哪些令你印象深刻的片名吧！有哪些好电影是通过片名吸引我们去看的？当你的记忆阀门一打开，哪些片名会首先浮现在你的脑海中？例如：

《沉默的羔羊》《两生花》《127 小时》《贫民窟的百万富翁》《非常响，特别近》《花火》《这个杀手不太冷》《美食总动员》《影子写手》《天堂电影院》《烈日灼身》《秋刀鱼之味》《天使之城》《香水——杀手的故事》《非常嫌疑犯》《修女也疯狂》《黑暗中的舞者》《女巫布莱尔》《闻香识女人》《变脸》《刺杀肯尼迪》《我脑海中的橡皮擦》《无主之地》《窃听风暴》……

这个名单会很长，而且偏好不同类型影片的人会举出很多不同的例子。那么有哪些好影片因为片名差劲而错过了观众呢？你能否举出一些？相信大家对这个问题的回答会更感兴趣吧。那么我们需要思考：好名字包括哪些要素？我们不妨来探讨一下。

1. 一个好名字可以概括电影的故事。一个有效的片名会告诉我们这个电影的本质：它的核心故事、主人公的需求、场景环境、主题、类型，甚至以上全部。例如《沉默的羔羊》引起我们的猜测与好奇，同时又揭示了影片的主题，然而只有当我们看完影片后才会深刻体会到影片真正的含义，同时再次加深了观众对影片内涵的理解和体会。《127 小时》会引起我们的悬念和关注，从而吸引观众进一步了解这部影片的内容，它也很好地体现了故事中命垂一线的紧张感。《贫民窟的百万富翁》体现了故事戏剧化的情节冲突，片名中的巨大反差也吸引观众产生好奇感，同时也预示了故事发生的环境和主人公戏剧化的命运。

2. 片名会揭示环境(《华尔街》《唐人街》)、引起悬念(《盗梦空间》《第九道门》)；介绍主人公(《刺杀肯尼迪》《斯巴达克斯》《影子写手》《非常嫌疑犯》《黑暗中的舞者》)；表达类型(《大白鲨》《刺杀肯尼迪》《低俗小说》《漂亮女人》《窃听风暴》)；一语双关(《律政俏佳人》《修女也疯狂》《肖申克的救赎》)；表达某种情绪或感觉(《花火》《烈日灼身》《苦月亮》)或仅仅为了让人印象深刻(《两杆大烟枪》《香水——杀手的故事》)，等等。

3. 通常来说，片名一般会选用片中存在的实实在在的事物，如人物、环境、视觉线索或道具、主题、类型等。片名要新颖、让人印象深刻，同时也不要过于冗长，越简短越好。有力量的片名往往只用一两个词就能做到，如《烈日灼身》《刺杀肯尼迪》等。而有些影片片名也许是为了哗众取宠，也许是为了故弄玄虚，也许有创作者独特的用意，尽管下面这几部片子的确在内容上可圈可点，但初接触名字仍旧让人摸不着头脑。比如《蜘蛛女之吻》《黑店狂想曲》《十二猴子》《发条橙子》。如果我们在构思故事和写梗概、分场大纲及剧本时还没有想出最贴切的片名，也可以先临时起一个和你创作感觉最接近的代替，待故事和剧本最后完成后再改，也许在写作的过程中片名就自然酝酿出来了，但最好不要空着片名的位置。

第四节 电影剧本写作的规范格式

对于编剧来说，熟悉和掌握剧本的格式非常重要。当你的剧本参加投稿和送审时，一个格式混乱、违背规范的剧本首先就会被专业人士过滤掉。而一个格式清晰易读、遵循规范的剧本会吸引制片人和剧组成员迅速地进入故事、了解情节发展、深入读下去。剧本的格式是为了保证剧本表达清晰、便于阅读理解，因此，当我们有一个好故事时，也要用清晰的格式将其表述出来。

一、剧本的一般格式

剧本的主要功能是供剧组成员（制片人、导演、编剧、剪辑师、演员、摄影师、美术师等）了解影片的故事内容、情节、台词等，它提供了未来影片的蓝图。剧本是工作阶段中的文本，是供创作人员使用的，因此它的内容要表达清晰，形式也要简洁明了，便于阅读。

剧本最主要的格式特点是：按场景划分。这与小说等文学作品按章节划分有很大不同。电影以场景为构成单位，剧本也要按照场景的分割来划分。每个场景的第一行要用粗体写出：地点、时间（日、夜等）、内（外）景，然后再按照剧情内容来描写动作和对白。每一场在影片中有其对应的次序位置，因此在剧本的“场”之前要标上“场号”。

剧本的文字要描述可见的画面和可闻的声音，要让人们在读剧本时能产生画面感。但一定不要在剧本中出现推、拉、景别等分镜术语，因为这是导演分镜头剧本的工作，文学剧本要用文字描述出画面感。

每一场景中自然段的划分一般以镜头为单位，即编剧觉得一个镜头或一组相关的连续镜头结束了，就可另起一段，千万不要一个场景写一个自然段。要通过段落的划分体现出镜头和叙事的节奏。

每个人物的对白都需要另起一行，便于区分和阅读，所有对白都不需要加引号，只要在说话角色名字后加冒号即可。

剧本的长度是制片统筹用来估计拍摄时间的重要参考，因此，同一个剧本前后的格式一定要统一，包括字体、行间距、空格等。

下面是一个动画剧本的格式范例，请参考：

1. 森林里 日 外

远远的山很苍翠，一条弯弯的水流绕着这苍翠的山流过来，水流两旁有高高低低的树。树的种类很多，但颜色都是绿油油的。

树林的前方是一片金黄的农田，风吹过时，田间就会荡起层层的波浪。阳光洒在这个安然惬意的午后，使绿的更加油亮，黄的更加璀璨，小河里的水流波光粼粼。

2. 大树下 日 外

老蜗牛缓缓向前移动，偶尔回头看看跟在身后的蜗牛宝宝。

小蜗牛紧紧跟在老蜗牛的身后，它的速度也是极慢的，炎炎的烈日仿佛要蒸干它体内最后一丝水分。

小蜗牛(胆怯地)：我好累，我们可以休息一下吗？

老蜗牛：孩子，坚持住。如果不到树荫下面，太阳会把我们晒干的。

小蜗牛：为什么我们从生下来，就要背着这个又硬又重的壳呢？真累！

老蜗牛：因为我们的身体软软的，爬不快。所以需要这个壳的保护！

小蜗牛嘟着嘴，极不情愿地继续前行。

(淡出)

这是一个动画短片的剧本片段，由两个场景构成。我们可以清晰地看到每个场景的标题都用粗体字标示出来。场景标题里包含场景序号、地点、时间、内(外)景。

每个场景中都有动作描述和对白描写。在中文的格式中，每个自然段开始时都要空两格，但场景标题需要顶格。每个人物的对白都要另起一行，以示区分。用角色名加冒号即可表示对白，对白不用加引号。如果有一些插入性的说明文字，可以用括号标出。但这种插入性文字一定要在必需的时候谨慎使用，不要写太多字，也不要滥用。例如：

小蜗牛(胆怯地)：我好累，我们可以休息一下吗？

如果需要在场景开始和结尾处写上转场方式等，也可用括号标出。

以上是一般通用的中文剧本格式，在电影产业发达的美国，人们习惯使用一种固定的剧本格式，我们也可以了解一下。

二、美式剧本的格式

美式剧本有其固定的格式，我们还以上一个剧本内容为例，转换成美式剧本格式如下：

森林里 日 外

远远的山很苍翠，一条弯弯的水流绕着这苍翠的山流过来，水流两旁有高高低低的树。树的种类很多，但颜色都是绿油油的。

树林的前方是一片金黄的农田，风吹过时，田间就会荡起层层的波浪。阳光洒在这个安然惬意的午后，使绿的更加油亮，黄的更加璀璨，小河里的水流波光粼粼。

大树下 日 外

老蜗牛缓缓向前移动，偶尔回头看看跟在身后的蜗牛宝宝。

小蜗牛紧紧跟在老蜗牛的身后，它的速度也是极慢的，炎炎的烈日仿佛要蒸干它体内最后一丝水分。

小蜗牛

（胆怯地）

我好累，我们可以休息一下吗？

老蜗牛

孩子，坚持住。如果不到树荫下面，太阳会把我们晒干的。

小蜗牛

为什么我们从生下来，就要背着这个又硬又重的壳呢？真累！

老蜗牛

因为我们的身体软软的，爬不快。所以需要这个壳的保护！

小蜗牛嘟着嘴，极不情愿地继续前行。

（淡出）

美式剧本格式有以下几个主要特点：

1. 也是以场景划分，但场景标题前不加序号。同样，场景标题也是顶格，包括地点、时间、内(外)景。在美国电影界，人们认为场景序号不是由编剧来制定的，而是在最后拍摄阶段由制片部门与导演根据拍摄的时间顺序来安排商定，最终标注在拍摄剧本上的。

因此，在美国，给场景编号不是剧本的任务。

2. 与动作描述不同，所有的对白是居中的，以示区分，而且其边距是有固定格式的。角色的名字居中，并用粗体字标出，距离左页边 3.5 英寸；插入性描述位于角色名字下方，用括号标出；对白位于名字下方，对白只能写在距离左页边 2.5 英寸至 5.5 英寸的范围内。转场方式写在页面的右侧，距左页边 6 英寸处。

3. 对白与动作描述之间要空一行，以示区分。场景与场景之间也要空一行，以示区分。

4. 另外，在剧本中第一次出现的角色名字要大写或用粗体标出，便于查找。美国电影界还有一个老传统：音响效果和音乐效果也要用粗体字标出，这样便于录音部门查找。

5. 一般情况下，一页的内容最终体现在屏幕上大概是一分钟的时间。这样也可以严格把控故事发展的节奏。

从以上范例对比我们可以看出，美式剧本格式要求更具体化，读起来更清晰，对白一目了然，与动作描述形成了明显的区分。这些特点与其高度发达的电影工业体系密不可分，这种清晰的格式给各部门的分工合作带来了极大的便利条件。如果你的影片需要与国外制作者合作，那么可以参考美式剧本的格式，便于对方阅读和理解。在美国，也有很多剧本软件供编剧使用，在这些软件中格式都已经设定好，编剧只要在其中填写文字就可以，使用起来非常方便，例如 finaldraft，celtx 等。

三、注意事项

1. 不要把剧本写成小说

写剧本和写小说是完全不同的两码事，剧本是用文字去表达一连串的画面，让看剧本的人看到文字就能马上联想到画面。小说除了描写画面外，还包括修辞手法、内心世界、心理活动、抒情感怀等句子，这些是不能出现在剧本里的。比如写一个刚毕业的“屌丝男”A 面试前的状态：“A 努力让自己看起来齐整些，不至于让那群说话阴恻恻的主管们毫不掩饰地翻他的白眼。可是西装好像故意跟他作对似的，无论他怎么拉扯，都不像是他自己的。没错，他哪有钱买这么贵的西装，这是他为了生存，强迫自己放下读书人的尊严，赔着笑脸向宿舍里一个家境殷实的同学借的。每想到此，他的心就不由自主地颤抖起来。”你如果这样写，恭喜你，这个剧本会毫无疑问地被毙掉。那正确的写法是怎样呢？

盥洗室里

A 洗脸，梳头，打领带，小心地穿上西装，宽大的西装套在瘦弱的身体上显得松松垮垮的。

A 整理着西装，脸色越来越难看，突然脱下西装狠狠地扔在地上。

A 起伏的胸膛慢慢平静下来，看着地上的西装，捡起，轻轻拍打后重新穿上。

记住，你的剧本就是一个银幕，你所要表现的是电影银幕上能被观众直接看到、听到、感受到的东西。

2. 不要越位当导演

初学编剧的人喜欢在剧本中按照自己的想象标注中景、特写、角度、过肩拍等景别、机位术语来提醒或指导导演工作，这实在是吃力不讨好且毫无意义的。因为导演的思维与编剧不同，他要综合考虑场景、构图、调度、时空等因素进行二度创作，常常会对剧本进行删减、修改、重新组织，编剧的标注意图并不能实现，导演不需要，也不喜欢你教他怎么拍电影。编剧只要把故事讲好，把剧本写扎实就行了。

3. 不要过度指导演员

剧本是演员再创作的基础，剧中人物是演员塑造形象的蓝图。演员在拿到剧本后会对故事、角色进行深入分析，形成自己的理解。编剧不需要把脑海里想到的一切事无巨细地告诉演员，而是要有所裁剪。例如："她从包里拿出一沓照片，直视他的眼睛，'哗'一下砸在神色紧张的他身上。"这么写剧本就完全局限了演员的再创作，导演的设计和意图也无法实现。而应该这样写："她拿出一沓照片砸在他身上。"演员如何动作，该是什么表情让导演去指挥，编剧就不要越俎代庖了。

4. 慎用括号

对于编剧而言，括号既是帮手又是捣蛋鬼。为什么？因为新手编剧总担心阅读者无法领会故事的意思，便抑制不住地用括号去把所有事情解释清楚，于是几乎每一段台词前面都堵着一个括号。一个成功的剧本在于呈现出有强烈视听效果的形象和动作，如果觉得阅读者无法理解或者会误解你写的场景，那就删掉它重写，直到你的意思不用加括号就能清楚明白地表达出来。

5. 删掉形容词和副词

你在剧本中使用了大量的形容词和副词来展示你的人物在做什么了吗？没错，形容词和副词可以形容或解释一个人的行为或状态，但那是小说家的方式。你要写的是人物在做什么，而不是解释他们在怎么做。所以，立刻删掉它们吧。

6. 切忌废话太多

你很诗意地写下：她站在窗前，眺望远处，思索着，内心凄楚，无法言说……摄影机却无法拍摄，心理活动只属于小说。在电影中，如果观众不能看到或听到某个细节，那么这个细节就不存在。因此，你只能写演员能表演出的和摄影机能拍摄出来的动作，其他的文字就算美若天仙也要砍掉。

剧本是电影制作流程中的一个重要蓝本，剧本的格式可以保障其清晰性、易读性，便于各部门工作人员了解电影蓝图并展开进一步的工作。如果我们能熟悉剧本的规范格式，故事便可以更加顺畅地表达并最终转换成电影的画面。编剧的任务是将故事用电影化的思维描述出来，并写在纸上，要用简洁的语言将故事和电影画面讲述清楚。接下来，导演会将编剧的描述设计成一个个具体的镜头，并指导各部门将其实现。我们的故事也会栩栩如生地通过光影展现出来。记住，不要给别人任何一个不读你剧本的理由。

思考与练习

1. 电影故事梗概写作练习：分别选择 10 分钟、30 分钟和 90～120 分钟的长片进行故事梗概的写作练习，体会电影故事梗概的写作方法和要点以及不同长度影片故事梗概的容量。
2. 用一句话概括自己要讲的电影故事，然后写出 200～500 字左右的故事梗概，再写出分场大纲。
3. 给自己要讲的电影故事起一个最合适的片名。
4. 请用一两句话写出你的故事的宣传语，达到引起观众的好奇与悬念、吸引人观看的目的。例如：一个能预知未来的人突然发现自己失忆了，接下来……

第四章　电影故事的题材加工与主题提炼

概述

本章重点介绍了电影故事素材来源的几个不同的渠道，学会如何广泛地接触生活，寻找灵感的来源，进一步通过联想与想象进行艺术构思和题材开掘，从而寻找到清晰明确的主题。同时仍要记得找到好的故事叙述角度是能开掘影片主题、丰富影片情节的关键。

故事，是我们再熟悉不过的一个东西，但是又很难用一句话说清楚它到底是什么。有人从字面上解释：故事就是过去的事情，已经发生过的事情。这从汉语的"故事"二字和法语中的"故事"——"histoire"来看都可以得到证实。也有人认为，凡是有情节起伏、有因果联系、有头有尾的事都可称为故事。这也很符合我们对通常故事的感受和体会。

其实，讨论这些概念无非是为了帮助我们加深对故事的理性认识和思考，然而，我们对故事的感受更多是通过感性的理解和体悟。每个人在成长历程中都听闻或经历了各种各样、数不胜数的故事，人类的生活离不开故事，正是这些故事帮助我们成长，形成了每一个人的性格、思想、价值观等。我们从故事中了解世界、了解自己、了解他人。故事告诉我们生活的各种可能性以及一个人可以怎样度过他的一生。

从更深层次来看，故事对人的心灵有着疗伤的作用。从远古时期开始，讲故事的人和治疗者的角色就交织在一起。也有很多教育学家和心理学家认为童话故事对孩子具有深远的影响，它们呼应着孩子正在萌芽的个性和成长过程中面临的问题，从而帮助他们个性的发展。有的故事让人哭，有的故事让人笑，有的能抚慰人心，有的能激发斗志，有的让人感受到人性复杂，有的让人体味世间美好。

故事也以各种不同的形式存在于我们的生活中，口头讲述、文字书籍、图画、音乐、戏剧、新闻等，无所不在。随着电影和电视的诞生，故事无疑拥有了一种有史以来最逼真、最生动、最贴近生活本身的讲述形式，即通过连续活动的影像和声音来讲述故事。电影这个造梦的工具把我们带入了形形色色的故事世界中。

电影最吸引我们的莫过于它的生动性与逼真性了。无论是虚构片还是非虚构片都是在讲述故事，并以不同的风格样式吸引着我们。许多电影史上的精彩作品都深深地印在我们的心灵中，并在潜意识中影响着我们。在本书接下来的篇幅中我们就一起来探讨这些精彩的电影故事是如何构成的，生活中那些片段的、琐碎的生活表象如何成为连贯、典型的故事情节，精彩的故事又有哪些内在的构成规律。

有一位美国作家曾经说过：有些人认为世界是由原子组成的，而我相信世界是由故事组成的。你怎么看呢？

第一节 故事的灵感和题材来源

1.题材来源于素材

素材，拉丁语是materialis，意思是物质的，亦作材料、原料、资料等几种解释。用于艺术创作的范畴，是指创作者通过直接或间接的途径获取的生活材料和文字图像资料，它是进行创作的原始材料。素材具有两面性，一面是丰富的、生动的；另一方面是庞杂的、零乱的。

俄国电影导演库里肖夫说："在每一种艺术里首先必须有素材，其次是组织这种素材的方法，而这种方法必须特别适合于这种艺术。"[①]音乐家以音响和节奏作为素材，按照时间顺序把它们组合起来；画家以线条和色彩作为素材，在画布或纸张上按照空间的序列勾画出来；那么电影以什么为素材呢？普多夫金说："编剧必须经常记住这一事实。即他所写的每一句话将来都要以某种视觉的、造型的形式出现在银幕上。""编剧必须知道如何寻找和运用造型，即可以通过视觉形象表现出来的素材；就是说，他必须懂得如何从生活本身所提供的以及通过对生活的观察所得到的无限多的素材中，发现和选择那些能够通过形象清楚、生动地表现他的全部思想意图的形式和动作。"[②]很显然，只有那些具有视觉造型性和动作性强的画面才是电影。

题材，是指影片中所描写的具体事物，也就是创作者从现实生活和文献资料中经过选择、集中、提炼、加工和想象虚构的形象材料。题材与素材不同，素材是未经加工的原始材料，是客观的、自然形态的东西。题材则是经过创作者的感受、体验、思考，并进行想

---

① 引自普多夫金：《论电影的编剧、导演和演员》，何力译，中国电影出版社1980年版，第117页。

② 同上，第32页。

象虚构、加工创造的夸张、变异了的人物和事件，其中既包含客观因素，又包含着创作者的主观因素。因此，题材是主客观的统一体，是观念形态的东西。那么电影剧作如何在庞杂的素材中提炼出可以进行创作的题材呢？

2.故事的灵感与来源

现在，请你列举一个自己觉得好的电影故事，并说说好在哪里，究竟是故事中的哪一点吸引了你？

相信我们一定会得到许多丰富、精彩的回答。在100多年的电影历史中，好故事实在是太多了。每个人的选择也体现了他的喜好和价值观。作为观众，我们为什么会选择去看某一部影片？大家可以思考一下。一定是它能够满足我们的某种心理需求和愿望。我们会为了享受某种视觉奇观走进影院，或为了开心和轻松去看喜剧片、歌舞片；也会为追求刺激去看灾难片、动作片或者恐怖片；或者为了了解某种生活方式和文化去看某部伦理影片；也许是为了寻求一种共鸣或试图从中寻找解决生活中问题的方法……

如果我们要作为一个故事讲述者来讲述故事，那么你想讲述一个什么样的故事呢？当你有一种强烈的表达欲望时，你就有条件成为一个故事讲述者了。也许，生活中的某段经历触动了你，比如关于越战的影片《野战排》《生于七月四日》《第一滴血》，走出失恋阴影的《失恋33天》；也许，你阅读的某篇报道或故事激发了你的创作欲望，比如《秋菊打官司》《关于我母亲的一切》；也许，某个时刻的某种味道或者颜色引起了你的联想和想象，比如《香水》《闻香识女人》；也许，是你对这个世界独特的领悟与感受，比如《蝙蝠侠》《天生杀人狂》。故事的灵感就来自于我们的生活经历和所见所闻、所思所想。

大多数故事的灵感和素材来自于以下渠道：人生经历、听闻、研究、阅读、新闻事件、聊天、闲谈、梦等。

每个人都有表达的欲望，如果你是一个有心人和故事讲述者，你就会保持一颗敏感的心，当遇到触发灵感的事件和素材时，便会注满能量和冲动，跃跃欲试地想要把它搬上银幕。

(1)生活经历

生活经历自然是故事最重要的灵感和素材来源，当我们的生活并没有提供那么丰富的戏剧性事件时，了解他人的生活经历和阅读不同的书籍、杂志便是非常好的手段了。这个世界的生活样式实在是太丰富了，不同国度、不同文化、不同地域、不同时代背景下人们的生活非常多样，甚至有着天壤之别，了解不同的生活方式和文化可以扩展我们的眼界和对世界的认识。印度电影《孔雀女》就是根据印度著名舞蹈家哈迪德的真实经历改编而成的；伊朗电影的《一次别离》把平淡的人生困境处理得惊心动魄；荷兰电影《安东尼亚家族》从女性角度挖掘现代情感对女性的意义；日本电影《秋刀鱼之味》在娓娓道来的叙述中展现着日常生活的光辉。然而，不管文化形式、生活状态有多么不同，人性的本质和欲望都是永恒不变的，这永恒的东西便是故事最深层次的追求。而发现平庸生活的表象覆盖下的那些迷人的、有趣的、充满诗意的、引人深思的内容是一个剧本创作者的最基本素质。

(2)阅读文学作品

文学作品是我们间接了解未知生活最重要的方式，它可以帮助我们发现优秀成熟的故事，并将适合影像表达的故事进一步改编成影视作品。作家的创作灵感也来源于生活，他们通过巧妙的构思和深邃的观察思考，构筑成一个个成功的故事。许多成功的电影都改编自优秀的文学作品，如张艺谋导演的《活着》、斯皮尔伯格导演的《辛德勒的名单》、根据德国作家本哈德·施林克的同名小说改编的电影《朗读者》和根据俄国作家纳博科夫小说改编的《洛丽塔》，以及多次被不同导演搬上银幕的《傲慢与偏见》《安娜·卡列尼娜》等。即便是莎士比亚，他的大部分设想也是从别人那里来的，他的《亨利五世》大部分取材于华林茜德的《编年史》，只有少数人知道华林茜德，而莎士比亚却永垂不朽。文学作品中的故事与电影中的故事又有些许不同。敏感的、有经验的创作者要善于用透视的眼光发现字里行间所蕴含的、可以改编成电影故事的因子，并将其发掘、提炼、改造。

(3)新闻事件的触发

新闻事件是非常有效的搜寻灵感的手段。有些现实生活中的故事往往比小说、电影中的故事更离奇、更令人惊叹。生活本身是最伟大的编剧和导演，我们往往可以从这些社会事件中吸取灵感。这样的例子也非常多，例如美国电影《慕尼黑》(2005)、《刺杀肯尼迪》(1991)，中国电影《不能没有你》(2005)、《人山人海》(2012)、《天注定》(2013)、《牯岭街少年杀人事件》(1991)等，都取材于轰动一时的社会新闻和政治事件。比如西班牙的鬼才导演阿尔莫多瓦几乎所有的电影故事雏形都来自于路边地摊上三流杂志中的社会新闻事件或者小道消息，他在新闻报道的只言片语中敏感地捕捉到关于人性、人与人关系的讯息，并对之加以艺术化的联想和加工，于是便呈现给我们那些伤感而又充满力量的《关于我母亲的一切》《高跟鞋》等天才之作。据说拍摄《我们生活中最美好的年代》的S. 高德温是从《时代》杂志一条新闻里得到影片主题的。他最初读到的故事仅仅是叙述一列火车如何载着复员的水兵回到故里。随后他就根据这个原始主题引申出一部感人至深的影片，细致地叙述了战后对复员军人的安排问题。

(4)梦与脑海中的意象

著名的瑞典导演英格玛·伯格曼就曾经说过，他喜欢随时记录自己脑海中浮动闪现的画面或梦，并把这些想法记录在本子上，说不定哪天就成为一个灵感的源泉或电影中的某个画面。所以，你也可以尝试养成这种习惯，把脑海中闪现的令人难忘的画面和场景记录下来，以备将来使用。因为我们最深层次的心灵、我们日思夜想的问题都会以梦或其他意念的形式出现在脑海中，而电影正是通过可视可听的意象来进行表达的。因此，随手记录的资料与灵感可以为日后提供丰富的创作素材。例如伯格曼自传题材的电影《野草莓》中既有童年的记忆、老年的梦境，又不乏中年的困惑与疑虑。整部电影也是在一个梦境中完成的贯穿一生的回忆，从而完成对人存在意义与价值的思考。

(5)由某一种意象、情境、氛围触发故事构思

动画导演特伟利用老牛、牧童、田野、小溪、树林、晨曦、笛声、梦境等意象，构思创作出了《牧笛》这样充满诗情画意的动画作品，达到了自然美与艺术美的高度融合，不失为动画电影中的"中国学派"独树一帜、有代表性的作品。法国电影《香水》讲述美妙的香水气味给人带来的享受以及激发的人内心对于美自私的保有所导致的悲剧，那种对美好事物的贪婪占有与执着痴迷让我们不禁惊叹于那些潜藏在内心深处的复杂人性。

(6)由对人类、自然、宇宙、科学等重大问题进行哲学和伦理的思考触发构思

很多艺术家通过电影形象来表达一种对人类、自然、宇宙的思考，创作出了科幻、童话类的影片。如《星球大战》《金刚》《后天》《天空之城》《幽灵公主》等。尤其灾难片《2012》的上映更是在人类揣测是否有末世之说的 2012 年掀起了人们对人类生存、环境保护以及危难时刻善恶交锋的广泛讨论。

当然，以上是比较常见和主要的灵感来源方式，故事灵感的来源绝不限于以上这些方面。每个人不同的生活经历、思维方式都会使他特别关注某一人生话题，但最终驱动我们创作故事的还是内心的这种表达的欲望。只要我们时刻保持一颗灵敏的心，注意积累生活中的点滴灵感和素材，一旦你的积累遇到了灵感的火花，就会在某一时刻爆发，开始一个故事的创作旅程。

同时，对于生活表象的关注并不代表创作的全部，在这个基础上，我们还需要透过现象真正看到、发掘本质，真正清醒、理性、深刻地把握表象与真实本质之间微妙的、千丝万缕的联系，并对表象所反映出的哲学意味、文化意识、思想观念等方面进行观照，用鲜活的人物以及情节进行表达。下面就让我们欣赏一下灵感来源于现实生活的电影，看看它讲述了怎样的精彩故事。

案例分析：

《127 小时》(*127 Hours*, 2010, 美国)

导演：丹尼・博伊尔

编剧：西蒙・博福伊、丹尼・博伊尔等，改编自阿伦・拉斯顿(Aron Ralston)的自传作品《在岩石与险境间》(*Between a Rock and a Hard Place*)。

这部影片由曾经执导过《猜火车》《贫民窟的百万富翁》的丹尼·博伊尔担任导演，注定了它将是一部非常吸引人的精彩作品。影片讲述了一个美国青年在独自攀越大峡谷时不幸落入山谷之中，右臂被石头与山谷夹住，使得他整个人无法动弹。山谷空无一人，没有人能够帮助他，在孤立无援五天五夜之后，他为了挽回自己的生命，忍痛割断了自己的右臂，最终爬出峡谷，得到了救援。

这个断臂求生的故事很不寻常，著名导演丹尼·博伊尔的号召力也非同凡响。每个人都被主人公的困境和艰难的选择所震撼。这样一个离奇的故事并非杜撰和想象，而是来自于真实的事件，这使得这个故事具有更强的震撼力。影片改编自美国登山爱好者阿伦·拉斯顿 2003 年的亲身经历，他还将这段故事写成了传记《在岩石与险境间》，更为宝贵的是，拉斯顿在被困的 127 小时内还坚持用 DV 视频记录了自己当时的状况。影片正是根据这本书和拉斯顿的自拍录像改编而成，将这段冒险经历戏剧性地、逼真地再现给观众。影片上映后获得很高评价，虽然极度真实的截肢场面引起了一些争议，但正是这份真实使观众对片中角色的困境和勇气感同身受。它展现了人类求生的强大意志和坚强的力量，令人深思。

影片对导演和编剧也是一个巨大的挑战，故事 90% 的内容都发生在一个狭窄的空间，用导演的话说“这是一部关于一个不能动弹的家伙的动作电影”，然而导演和编剧却将这个 94 分钟的故事讲述得极其精彩：在主人公被困的时候，他脑海中的各种回忆、绝望、幻觉、想象都通过视听语言精彩地展现出来，时空变化也非常丰富；同时，导演再次运用了令人炫目的剪辑手法，将一个真实的故事讲述得充满悬念和动感，使观众如同主人公一样体验了这一经历。影片获得了第 83 届美国奥斯卡金像奖最佳影片、最佳改编剧本等 6 项提名，第 68 届美国电影电视金球奖最佳编剧等 3 项提名。

第二节 艺术感觉的集中呈现——联想与想象

生活的积累与观察固然是电影故事创作的基础。在一定的物质表象触动的基础上，创作者敏感的艺术神经被点燃，强烈的表达欲望被激发。这种欲望或者是对生活的感悟，或者是情感的浸润，或者是思想的升华，都以灵感的方式在瞬间爆发，但这种艺术感觉还需经由联想与想象才能得以最终呈现。

1. 想象是进入故事构思的突破口

想象是艺术的灵魂，没有想象就没有艺术。心理学家说："想象是在头脑中改造记忆中的表象而创造新形象的过程，也是过去经验中已经形成的那些暂时联系进行新的组合的过程。"[①]也就是说，电影剧作者对自己过去生活感知和积累的记忆表象进行加工改造，重新创造出世界尚不存在甚至不可能存在的非现实的形象。想象对于电影故事的创作尤为重要。

比如南斯拉夫动画片《口琴》中在表现睦邻友好的一场戏中有这样一个小情节：一块毛巾形成的云彩飘过屋顶，自动拧成麻花状，挤出一条条雨线，隔壁瘦者听到胖邻居室内有漏雨声，连忙蹬梯上房，用剪子把胖邻居屋顶的雨线剪断，滴雨声即刻停止，胖瘦二人热烈握手，太阳出来了，麻花状毛巾像爬虫一样爬去。毛巾、云彩、麻花巾、雨线、漏雨声、剪子……这些各不相干的意象在现实生活中是再平常不过的事物了，然而，经过动画家奇异的想象将各自独立的、分散的元素按照主观构思重新组合在一起，构成了绝妙而令人兴味无穷的动画意境。

想象最突出的特点就是超越，一旦超越到非现实的境界便是幻想了。在想象的虚幻世界里，人性与兽性、神性、物性并存，各类"生命体"自由运动……这样，就进入故事构思的境界了。试想，如果没有想象出猫头鹰与穴熊结合而产下的精灵怪物，日本动画片《龙猫》的构思便无从谈起；如果没有想象出将父子之情在海底展现，那么《海底总动员》也不会存在；如果想象不是一个神秘的、光芒四射的奇妙的梦，那怎么能构思出一部《美丽密语》呢？总之，只有获得了一个新鲜而独特的想象和幻想的意境，才可能展开故事的艺术构思，尤其是动画故事。

《指环王》系列依托于托尔金无限的想象力，将一个宏大的魔幻世界呈现在人们面前。那里有愿为守护光明而战的人们：即使渺小，但却高贵。有悲天悯人、毅然承担起沉重诅咒的佛罗多，有睿智博大又如天父般慈爱的贤者，有勇敢坚强千锤百炼的皇族后裔，有敏锐澄澈的精灵王子，有顽强不屈的矮人勇士。美丽如斯，那片中土世界，有多少英雄的传说与故事，还有孩提的梦中理所当然的光明与正义。《指环王》给我们的不仅仅是一个充满奇遇的想象世界。奥巴马说："当我像你们这么大的时候，我正一头扎进《魔戒》和《霍比特人》之中。它们不只是冒险故事，更教会我人们如何互动，以及人有善恶。"

2. 情感是故事构思的内在动力

列夫·托尔斯泰在《论创作》一书中把艺术感染力的强与弱、深与浅归结为三个基本条件：一是所传达的感情具有多大的独特性；二是传达这种感情的清晰程度如何；三是艺

---

① 曹日昌主编：《普通心理学（上册）》，人民教育出版社 1980 年版，第 282 页。

术家所能传达情感的真诚程度如何？在这三个基本条件中他特别强调"艺术家的真诚程度对艺术的重要作用"。

"感染力的大小影响比什么都大。"因为情感是艺术的生命，没有情感的作品不是真正的艺术品。在电影故事的艺术构思中，情感作为一种不可缺少的心理因素贯穿整个创作过程的始终，是电影创作的内驱动力。日本著名的动画家宫崎骏面对现代社会过分强调物质，过分追求娱乐，青少年沉迷于故作浪漫实则庸俗的爱情和一时的感官刺激导致他们心灵空虚、精神麻木的现状，十分惋惜和忧虑，由此激发起他关心青少年的人文情怀，于是他创作了渴求童真的《龙猫》、鼓励青少年精神振作的《侧耳倾听》《千与千寻》等动画作品，表达各具特色的情感方式和爱憎分明的态度。"我们的电影创作，就是为了刺激那麻木的知觉，唤醒那沉睡了的创作力。在现实生活中，我们总不能为了激发孩子的本能，而要他们独自面对种种困难。我们相信一部用心制作的电影将是孩子借鉴的好对象。就是这个信念，促使我创作了这部电影。"①很显然，宫崎骏是以对孩子们无比真诚的爱心和强烈的社会责任感进行创作的。这种情感不但体现在创作动机和目的上，成为动画构思的原动力，而且也体现在对人物的情感态度上。在《千与千寻》中，宫崎骏以极大的热情和殷切的期盼为千寻设置了种种磨难，让她在汤婆婆那里做苦工，学会忍耐；让她帮助河神洗去身上的污垢，学会尊重别人；让她在挽救无面人中懂得体谅和善待他人；让她在关爱小白龙的过程中，懂得做人应该诚实，做人应该执着……总之，宫崎骏盼望千寻能够成长为有礼貌、谦和、善良、真诚而又勇敢的好孩子，这是何等深沉的父爱啊！正是这种感情渗透在整个作品里，才产生如此强烈的艺术感染力，深深感动着无数的孩子和他们的父母。还有法国动画片《乌鸦之日》，通篇贯穿着一个思想——人、自然与爱。日本动画片《钢琴之森》，虽然没有什么激烈刺激的故事情节，但处处流露着平实真挚的感情，故事充满温情及正面激励的信息。

毋庸讳言，电影艺术是创造虚幻的影像世界，是现实性与想象性相结合的产物，但它毕竟是艺术，是曲折反映人类社会生活的艺术，既然是艺术就必须表达人的思想和情感，就必须让人理解，让人感动，这正是电影创作的一大难题。电影创作者无论是写神话的、童话的还是写实的题材，也不论是以悲剧的、喜剧的还是正剧的形式，都必须恪守一条最基本的原则：以情感作为艺术构思的内在动力。

3.联想是拓展故事表现的必然途径

想象是人脑在原有的表象的基础上加工改造成新形象的过程，而联想是在原有表象范围内，由此及彼的表象重现，但却不能脱离联想者原有的表象积存，它不负责创造新形

① 转引自孙立军主编：《影视动画影片的分析》，中国宇航出版社 2003 年版，第 19 页。

象的任务。联想可以分为以下几种：

（1）近似联想：这种联想可以是外部形态上的，可以是内部机理上的，更可以是情感贯通上的。

（2）对比联想：这种方式往往是在两种或两种以上截然相反的事物表象之间产生的。生与死、丑与美、善与恶、喜悦与悲哀、成功与失败。

（3）因果联想：这种方式是依据事物间的因果关系而产生的表象之间的联想。

以下我们以《画之国》（*Le tableau*，2011，法国/比利时）这部动画电影为例进行分析。

导演：让－弗朗索瓦·拉吉奥

编剧：让－弗朗索瓦·拉吉奥、阿妮克·勒瑞

本片是一部非常有创意并且蕴含深意的动画电影，一如既往地体现了欧洲电影艺术的魅力，放映之后广受好评，被誉为近年来法国原创的最有创意以及最富趣味的动画作品。不同于经典的商业电影剧情，影片的情节你永远无法预测，观众只会被影片吸引着不断地看下去，为一个个精彩创意的出现叫绝。影片讲述了关于画的世界的故事，一个印象派画家丢下了他未完成的画作离开了，留下了画中不同身份的三种人物：画完人、没画完人和线稿人，由此产生了不同的社会等级之间的差别以及压迫。勇敢的没画完人罗拉和为了爱情抗争的画完人拉莫，以及胆怯的线稿人布吕姆由此结伴展开了寻找画家的旅程，希望他能完成画中那些没有完成的角色，于是开启了一场不断穿越画面空间的冒险旅程。影片的故事具有丰富的想象力，宛如冲浪一样把观众带向一个又一个的故事高潮，美丽的画面也带领观众徜徉在不同风格的艺术海洋中。在画中的时空穿梭变换令人惊奇，充分展现了动画的表现潜力。这部影片在琳琅满目的电影和动画作品中令人耳目一新，让人不得不惊叹于编剧和导演如此超凡的想象力和创意。

影片导演让－弗朗索瓦·拉吉奥和编剧阿妮克·勒瑞共同商讨并完成了这个故事，导演本人就是一个画家和动画艺术家，不难想象，这个故事的源头正是来自于导演（画家）本人对艺术的感悟和对世界的哲学思索，他一定有着和片中画家一样的感受，并深爱着自己画中和动画作品中的角色，想象他们的精神世界，并用他们的故事来隐喻现实社会中人与世界的关系。

导演在访谈中曾说："我完完全全爱上了这个故事，其中包罗万象。"编剧阿妮克在接受采访时曾说："开始我想讲这样一个故事，从某种角度讲述一个如何看待这个世界的故事,于是我便开始写一些故事。开始我写了一个典型的画家故事,之后我又想到了《嘉朗斯》(片中的一幅肖像画),用画家的自画像把所有的一切联系起来。之后围绕这些我又写了一些周边的故事,之后突然某个时刻我产生了创作《画之国》的想法,没画完人、线稿人、画完人的故事,对我而言谈起画作就会想起莫奈,不过,例如,我讲的线稿人说的却是毕加索。我之前看过一部有关毕加索的电影,而《嘉朗斯》则更偏向于马蒂斯或是莫迪里阿尼的风格。"

导演让一弗朗索瓦·拉吉奥说:"从拍摄《猴子传奇》开始,我就开始在写剧本前作情节规划了,这就是说在剧本和故事没有写出来之前,我就会写一些连续的故事拼图,供电影使用的区块,不是很具体的图像,而是供讲述故事、拍摄电影使用的。我很喜欢这个故事,完全沉浸其中,想象出来的场景一个接着一个地出现在我的脑海中,就好像身处影院中看电影时的感受,产生了对于电影的视觉感受。于是迅速画出来,想到什么都尽快画下来。"这说明导演是在用画面构思,他会把脑海中想象到的场景和影像都用画面记录下来。

导演:"一天她(编剧阿妮克)对我说:'不要绞尽脑汁了,应该让故事更单纯些,遇到什么问题就和我讨论。'"可见整部故事是由导演和编剧共同讨论完成的。

导演:"电影的主题就是我对这些角色的思考,他们都没有被完成,同时也不理解画家、艺术家的想法,他们觉得自己是被抛弃了的,他们很想要被画完,成为成品,甚至想要自己完成自己。"

《画之国》的故事灵感由导演熟悉的领域——绘画开始,他与编剧将自己对画的感悟注入故事,在画的线索中联想到了画中人和画家的关系,由此引发了一系列的联想,最终达到了导演和编剧最初也是最深层的表达愿望:讲述一个如何看待这个世界的故事。影片的最后一个场景尤其出人意料,在动画电影中出现了实拍的自然场景,画中人罗拉走出了画的世界,和画家本人(由导演亲自饰演)在现实时空中相遇了。而随着镜头拉开、画框出现,我们发现这不过是又一个画的世界而已。影片的深层含义在结尾含蓄地得到了表达。

这是一个由主观思考和感悟一步步引发的精彩故事,它似乎突破了好莱坞商业电影故事的讲述套路,充满了奇幻的想象力;同时又建筑了一个有着自己独特逻辑的故事世界,这对每一位年轻的作者来说都是一种巨大的启发和激励。所有电影和编剧教材(包括本书)介绍的方法和规律都不是绝对的,相信自己内心的源泉和不拘一格的想象力是最重要的。同时,在本书后面章节的探讨中,我们也会发现,尽管富有原创风格的故事不拘泥于经典故事的叙事模式,但却有着与经典故事相通的规律和特点。所以,我们也可以说,好故事是有共性的。

第三节　故事的主题

一部成功的电影首先吸引我们的是精彩的情节和别出心裁的题材，当我们欣赏完电影后，自然会从中有所感悟、感动并引发思索，故事的主题也就随之浮现。主题是孕育在故事情节当中，由人物性格慢慢呈现的。正如一个人有灵魂和精神一样，故事的灵魂便是它的主题。高尔基说："主题是从作者的经验中产生、由生活暗示给他的一种思想，可是它聚集在他的印象里还未形成，当它要求用形象来体现时，它会在作者心中唤起一种欲望，赋予它一个形式。"这说明主题思想是作者在长期生活实践中酝酿形成的，是作者对生活观察和认识的结果，表达了作者对生活的态度。

1. 主题的概念

故事的主题有两个概念：狭义的与广义的。

狭义的"主题"：指故事中所蕴含的核心思想和观念，是故事内容的主体和核心。

广义的"主题"：指的是"题材"的概念，是故事关注的社会生活的某一方面和角度，例如爱情主题、战争主题、成长主题、复仇主题、救赎主题等。

作者在创作一个故事及观众在选择一个故事之前都会从"题材"的角度考虑，比如这个故事是关于哪一方面的，这由作者和观众的喜好、性格、成长环境以及文化素养等决定。每个人都有自己特别关注的人生问题和角度。比如瑞典电影大师英格玛·伯格曼导演的影片都是探讨人与人、人与上帝之间的关系以及人与信仰的建立，这是他关注和思考的人生议题，也和他宗教氛围浓郁的成长环境密不可分；美国鬼才导演蒂姆·波顿导演偏爱奇幻、黑色、惊悚、诡异风格的故事，体现在他的《剪刀手爱德华》《僵尸新娘》等众多人鬼并立的奇特电影故事中，他用一种独特的视角和眼光表达着对人世的悲悯与观照；而美国颇受争议的导演奥利弗·斯通所涉猎的范围更为广泛。他作为亲历越战的老兵对于战争有无法摆脱的情结，这种困扰终生的经历和体验渗透在《生于七月四日》《野战排》等电影中，甚至他在充满人性悲凉与凶残的现代电影《U型转弯》中还不失时机地对战争和战争对人的异化揶揄一番；同时他还关注与现实极为贴近的政治题材，导演出惊世骇俗的影片《刺杀肯尼迪》以及《尼克松》，以一种社会斗士的姿态直言美国社会的政治顽疾与弊病。

我们在这里主要探讨狭义的主题，即电影故事的核心精神。一个好故事可以用一句话概括，请你列举一个自认为很好的电影故事，并试试用一句话概括这个故事。例如：

《肖申克的救赎》：一个被冤枉的囚犯试图凭借自己的智慧和努力拯救自己和同伴。

《辛德勒的名单》：一个德国商人在二战期间竭尽所能挽救犹太人的性命。

《玛丽和马克思》:两个孤独的人通过写信找到了人生最真挚的友谊。

当然,不同的人对一个故事也可能会有不同的理解和概括。从以上几个例子不难看出,每个故事我们都可以通过简练的一句话将其概括出来,在寻找这句话的过程中,我们筛去了次要的、描述性的细节和信息,保留下来的是故事最核心的内容和精神。通常概括准确的这句话中会包含故事的人物、核心内容和主题。比如《玛丽和马克思》:主角(两个孤独的人,玛丽与马克思);核心内容(书信来往);主题(寻求真挚的友谊)。

经典的故事,即受大多数人喜欢的故事类型,通常由两个主要元素构成:人物的求索和在求索过程中遇到的冲突。这正如我们每个人都经历的人生一样,我们从出生开始就充满了对未来的希望和憧憬,也充满了各种各样的欲望和目标,人生就是在实现一个又一个目标的过程中逐渐度过的,支撑我们生活下去的力量就是希望。然而在人生的道路上,在实现目标的过程中,也充满了困难和挑战、彷徨与绝望,没有一个人是一帆风顺的。即使一个人含着金钥匙出生,一来到这个世界就拥有了一切,他也仍然有其他实现不了的愿望或愁苦。而且生命本身就蕴含着人生最大的冲突——死亡是永恒的、不可避免的,所有的人都逃不过这个冲突。而在这个注定的结局中我们又要寻找活的生机、存在的尊严以及建立一种与外部世界和他人之间的善意关系,而故事是所有人生遭遇的譬喻、想象和逃脱。

因此,经典故事一个永恒的规律是:主人公想得到某种东西或实现某一愿望,并为之努力,然而却遇到障碍,最终成功或失败,故事便在这一过程中展开。但有时候,主人公想得到的并不一定是他真正需要的,他往往在求索表面欲望的过程中发现了自己内心真正的需要。例如在美国影片《辛德勒的名单》中,男主角辛德勒最开始的目标和愿望是借助战争开办工厂,与纳粹合作,获得巨额利润。然而随着战争的发展,他接触和目睹了纳粹的暴行,越来越同情犹太人,于是开始利用自己的工厂转移和拯救即将被屠杀的犹太人,直到最后自己破产,他还为没有救出更多的犹太人而深深自责。在战争中,他发现了生命的意义,这世界上有比金钱更重要的东西。导演也通过这个故事展现了人性的光辉和伟大。

再例如影片《一天》(*One Day*, 2011),男女主角德斯特和艾玛在大学毕业的最后一夜狂欢时结识,由于家世和生活方式的悬殊,两人约定从此只做单纯的朋友,并在以后的20年中,每年都在特定的一天见一面,聊聊彼此的生活。工人家庭出身的艾玛梦想着能让世界变得更美好,而有钱的花花公子德斯特则希望游戏人间。虽然两人之后的生活、际遇不同,但却一直互相关心着彼此。20年中,艾玛的工作际遇和感情生活都不理想;德斯特成了一个电视名人,终日沉溺在酒精、毒品中,婚姻也岌岌可危。德斯特在经历事业低潮、离婚种种之后,终于明白自己的最爱原来就是艾玛。他真正需要的并不是那些浮华的生活，而是一颗真正理解、关心他的心灵。而艾玛在经历了一次勉强的婚姻后也发现，其实自己一直深爱着德斯特。然而就在他们走到一起后刚刚开始幸福的生活不久，一场车祸却夺走了艾玛的生命，使他们天人永隔。

冲突是永恒的，因为人生本来就充满了冲突。想想看，当人们打开报纸或电视，是不是那些坏消息更吸引我们的眼球？这又是为什么呢？没有人希望坏事发生，但是风平浪静的故事不会吸引我们。那些经历了坎坷和困难后得到的东西会更令人觉得珍贵。

故事自身是有生命的，它的主题不是作者预设的，而是随着故事内在的发展不断生发的，它蕴含在人物的求索与冲突之中。

2. 主题的特征

(1) 集中

主题应该是集中的，很多时候是唯一的。实际上剧本就是围绕一个故事进行讲述的。比如《放牛班的春天》围绕马修和学生之间的关系变化展开故事。《生死花园》围绕着人质如何获得重生展开故事。《神偷奶爸》围绕着大坏蛋格鲁如何偷走月亮展开故事。主题不集中，剧本就会散、乱，给人莫名其妙、摸不着头脑的感觉。

(2)明确

主题必须十分明确，贯穿全片且毫不怀疑。你不能写一个战争题材时一会儿怀疑战争，一会儿歌颂战争。主题就像一个指南针，引导编剧和导演创作故事和故事中的情节，避免偏离主道。比如二战时日本的神风特攻队是一支受法西斯主义残害的恐怖自杀部队，但在2013年的日本电影《永远的零》中，我们看到的是人在战争中战胜自己内心恐惧，去寻找自我存在价值，让渺小自我能够永恒化的内在主题，并不见其惨虐和变态。这就是主题规范约束着情节的编织和取舍。所以，一部成功的电影必须让观众看完后能清楚明白编导想表达的思想和主题。

(3)新颖

主题的新颖性即创造性。一部影片的成功常常表现在其创造性上，也就是看它能否为观众提供新的内容和认知。比如《小鞋子》中始终萦绕着的主题——“对人生的希望”，但当这一主题体现在一个为了卑微的希望(为了答应妹妹赢得一双自己的球鞋)宁愿放弃第一名而拼命争夺第三名的孩子身上便呈现出一种独特的光芒。

(4)深刻

这里主要是指影片的思想意识，即影片对社会、对人生、对人性有深刻的挖掘和理解。比如《辛德勒的名单》通过一个纳粹军官辛德勒的灵魂救赎和人性回归的过程揭示了人类的良知在任何恶劣的境况中都不会完全泯灭的主题。《终结者2》讨论了科技的发展最终将指向何处，人类所谓的创造行为是否正在毁灭人类自身？揭示了科技发展给人类带来灾难性的后果的原因正是人类自身的贪婪和少数国家称霸世界的野心。深刻的主题思想正是这些影片之所以成为经典的重要原因。

第四节　视点和角度

视点，也可以理解为角度，是叙事中非常重要的手段。它可以指人物的视点，也可以指事件的叙述角度。视点确定了观看和描述的角度，决定了故事的立意，也使故事的表述变得更为丰富、立体。

我们可以从多个不同人物的视点来讲述一个故事，使得故事更为丰富饱满。例如电影史上著名的影片《公民凯恩》(1941)和《罗生门》(1950)，这两部作品均被视为现代电影的开山之作，因为它们大胆尝试从多个视点来讲述一个故事。

《公民凯恩》影射了美国报业巨头赫斯特的生平，讲述了凯恩这个报业大王一生的故事。这部影片获得当年奥斯卡电影节最佳编剧奖及多项提名，导演奥逊・威尔斯本人也是主演。这部影片除了在叙事结构上突破传统之外，还大胆地运用了非常丰富的电影语言，如景深镜头、场面调度、低角度镜头等。首先值得赞誉的还是影片的叙事结构。凯恩复杂、多面的一生通过几个和他有密切关系的人物讲述出来：合伙人、第二任妻子、好友和他的管家。每个人眼中的他都呈现出性格中不同的一面，由此塑造出了一个性格复杂、多面的人物形象，而不是以单一视角呈现出人物特征的平面化。然而这个权力和财富盛极一时的大亨，其内心最隐秘的地方却没有任何人了解，那就是他对童年和亲情的眷恋，而这一切秘密都随着火焰中的童年玩具付之一炬。影片通过多个角色的视点勾勒出了一个立体、复杂、矛盾的人物形象，可见视点的灵活运用有着多么重要的作用。

《罗生门》讲述了发生在古代日本的故事。一个武士和他的妻子路过荒山，遭遇了强盗。妻子被侮辱，而武士惨遭杀害。强盗、妻子和借助女巫来表达的武士，都各有说法。每个人提供的证词都是为了美化自己的道德标榜，从而减轻自己的罪恶。由此对这一事件的描述便有了三个版本，然而真相却只有一个。这件案子于是成了一团迷雾，任世人评说。这个故事背后有着深刻的文化含义和生存哲理，引发了人们对世界和真理的思考。也成为启示后面很多影片创作的源泉。

视点还可分为主观视点和客观视点(也称为全知视点)。主观视点是指从某个人物的角度来叙事，常常会让人身临其境，使观众与人物合为一体。在电影中，主观视点的叙述可以通过主观镜头、独白等方式来实现。客观视点或全知视点则是从客观的角度来叙事，有旁观的感觉。在一部影片中，通常是主观视点与客观视点结合使用。1947 年的美国电影《湖上艳尸》全片只用男主角马洛侦探的主观视角来表现，可谓是大胆的尝试。影片试图通过单一的主观视点叙事和主观镜头来让观众以主角的视点观赏故事，但却事与愿违，并没有达到使观众认同主人公的效果。可见，主观视点和客观视点各有特点和优势，结合起来才能最逼真地再现故事的世界。

广义的视点还可以指对同一题材的不同表现角度。例如发生在美国的"9·11"事件，引起了全世界的关注和震惊，也是美国人心中永远难以抚平的一道伤痕。很多电影人希望通过自己的方式来表达对于这一重大事件的思考，于是产生了几部风格迥异、叙事角度完全不同的优秀影片：《93号航班》(2006)《世贸中心》(2006)《特别响，非常近》(2012)《记住我》(2010)。

对于美国人来说，"9·11"事件一直是一个不敢被轻易提及的创伤，因此对这一重大事件的故事长片表现也一直是非常谨慎的事情，没有一家电影公司和导演敢贸然对这一事件进行电影的艺术表现，生怕稍不留意就引起观众的排斥与反感。直到2006年事件五周年之际，美国环球影片公司和导演保罗·格林格拉斯才首次尝试将这一事件搬上银幕，拍摄了故事片《93号航班》，没想到却获得了观众的好评，这第一次"触雷"获得了成功。那么对于如此重大和敏感的题材，导演兼编剧保罗·格林格拉斯选取了怎样的角度以保证影片能被大众接受呢？如果是我们，会选择怎样的叙事视点和角度呢？此时，公众和死难者家属还沉浸在悲伤的心情中，影片的表现稍不慎重就会引起社会强烈的批评和谴责。因此，最早的《93号航班》和《世贸中心》的制作人选择根据真实事件进行表现，《93号航班》还采用了纪录片式的拍摄手法，这种尊重事实的态度打开了观众心灵的第一道阀门。但是《93号航班》和《世贸中心》的视点和角度也有所不同。

《93号航班》没有表现最触目惊心的世贸双子塔被撞事件，而是选择了"9·11"当天四架被劫持航班中唯一一架没有按恐怖分子的预定袭击目标撞毁任何地标建筑的93号航班。据《9·11委员会调查报告》记录：在被劫持的四架飞机中，93号航班的劫机者本来想驾机去撞白宫或国会大厦，当劫机发生后，航班上的乘客通过手机与地面亲友通话，得知已经发生了三宗自杀式袭击，于是乘客们自发组织起来，与劫机者进行搏斗，飞机最终坠落在一片旷野，没有撞上任何建筑，然而机上45名乘客无一人生还。影片以纪录片般的真实手法再现了93号航班上发生的故事，将空管中心、空军基地等诸多部门接到信息的反应和应急处理与航班上的场景交叉剪辑。为体现真实感，导演保罗·格林格拉斯没有起用任何一位知名演员，所有参加演出的人都与当时乘客的年纪相仿。为保证真实性，导演(同时也是编剧)采访了很多消息人士，包括美国军方和民用航空机构的工作人员以及100多名遇害者的家人。在"9·11"事件发生时担任美国联邦航空管理局指挥中心主任的本·斯利尼也是本片的顾问，他在电影里还扮演了他自己。这部影片根据调查资料，大胆再现航班上和各空管中心的场景，没有侧重表现灾难带来的创伤，而是客观地再现普通民众在生死时刻的表现，不论是空管人员还是机上的乘客，他们都在努力争取最后的时间，试图挽救生命，使损失最小化。特别是机上的乘客，当他们意识到飞机被劫持、驾驶员被杀害、自己即将面临危难后，他们与亲人作了最后的告别，而每一个人在生命的最后时刻与家人、爱人、朋友所说的无一不是再平凡不过的"我爱你"，这样的一句话在此时的分量无比巨大，它成为一种对生命最后的眷恋、对以往过失的懊悔、对人与人之间最深的体谅，而随后所有成员奋力联合，自发组织起来与恐怖分子搏斗，以机毁人亡的方式避免了地面上的更大伤亡，也给观众留下了无限唏嘘与伤痛。在震惊之余，从另一个角度给了美国观众力量与感动，使人们找到了重新凝聚力量的方法，因此获得了好评，也唤醒了人们以另外一种视角去审视生命以及与他人的关系。

《世贸中心》的创作稍晚于《93 号航班》，导演奥利弗·斯通一贯以表现政治题材影片擅长。他的一系列越战题材影片和著名的《刺杀肯尼迪》(1991)无不关注重大的政治题材，并且尖锐鲜明地表达个人观点。然而面对"9·11"这样的重大题材，奥利弗·斯通也非常谨慎，他没有以宏大的视角来展现这一事件，而是表现了两个在世贸中心参加营救的普通警员的生命故事，这一故事也是来自于真实事件。约翰·迈克劳林和威廉·吉梅诺是纽约港务局的两名警员，在事件发生当天，他们和同事一起冲入燃烧的世贸中心进行营救，然而他们还来不及看清自己所处的环境，大厦就二次倒塌，许多警员都被压在了里面。当约翰在碎石中醒过来时，发现昔日并肩作战的同伴如今都变成了一具具没有生命的尸体，他和威廉·吉梅诺警员成了唯一的幸存者。虽然二人奇迹般地存活，但却被困在钢筋水泥和瓦砾残骸下奄奄一息。接下来的 24 小时里，他们互相鼓励着，让对方活下去。他们谈到家人、工作以及人生的希望和失望。与此同时，外界正在积极地展开救援，而废墟内的氧气越来越稀薄，这两名被困警员凭着异常强大的毅力和勇气，寻求着生的希望，直到赶来的救援小组将他们从坍塌的废墟中救了出来。与《93 号航班》故事线索来源于资料和新闻不同，本片的两位主人公是世贸中心的幸存者，影片内容来源于他们口述的当时情况，基本还原了事件发生时的所有细节，以及当他们被压在废墟下，家人等待时的焦虑与痛苦。影片的预告片中还插入了大量对两名警员本人的访谈，更增加了这一真实感。这个故事并没有去表现政治，而只是单纯地讲述了几名普通人在天降横祸中求生的感人故事，他们经历了种种常人难以想象的磨难，成了那次坍塌事件的唯一幸存者，影片给伤痛中的人们带来生的希望和力量，也从另一个侧面赞美了生命力量的顽强。

我们要谈到的第三部影片则与前两部完全不同，这部诞生于"9·11"事件十周年之际的新片《特别响，非常近》由斯蒂芬·戴德利执导，改编自青年作家乔纳森·萨福兰·弗尔 2005 年出版的同名小说。影片讲述了一个完全虚构的故事，试图通过另一种细腻的叙事角度抚慰所有受伤的心灵，帮助他们抚平失去亲人的创伤，珍惜与把握身边的人。

这个故事以一个 9 岁男孩奥斯卡的视点开始讲述:聪明敏感的奥斯卡从小就在父亲的影响下喜爱探险和发现,然而父亲却在“9·11”事件中意外丧生。奥斯卡偶然在父亲的遗物中发现一个写着“布莱克”的信封和一把钥匙,于是他认为这是父亲留给他的又一个寻宝游戏,通过这个探险游戏他可以继续保持与父亲的连接,于是他开始在纽约寻找 400 多位姓布莱克的人。在寻找的过程中,他不仅了解了许多不同的人生故事,也逐渐走进自己内心深处的禁忌。奥斯卡终于发现他最痛恨的人并不是母亲和其他人,而正是他自己。最终钥匙找到了自己真正的主人,一位布莱克先生,虽然这把钥匙被证实和父亲没有任何关系,也不是什么寻宝游戏,但奥斯卡在这一寻找的过程中获得了关爱和友谊,也敞开了心扉,勇敢地正视自己的愧疚。寻找的过程也是人们抚慰自己心灵的过程,故事的结局让男孩意外地发现让他怨恨的母亲一直默默地不打扰地用自己的方式爱着他。在奥斯卡每一次拜访前母亲已经率先去拜访了每一个家庭,恳求他们给这个在灾难中失去父亲的男孩必要的接纳与抚慰。尽管有时遭到无情的拒绝,但通过屏幕我们仍被那份根植于内心深处的理解、体谅与母性之爱深深打动。而拜访的这些家庭人物又展现了一个丰富温情的众生相,他们或从灾难中重生,或仍旧无法摆脱创痛,或者用另外的方式给予别人关爱。这部影片不再采用纪录片式的手法讲述真实事件,而是通过一个充满奇特构思、富有深意的虚构探险故事深入地刻画了人物的内心世界,从一个遇难者家属的视点真实地表达了他们内心的伤痛和自责,从而深深地打动了观众。观众已看过太多以纪录片风格拍摄的“9·11”事件的影片,故事片拍得再真实也敌不过纪录片的真实资料带给人们的影响。十年已经过去,人们已经开始从新的角度看待和思考这一事件,也渴望有更丰富新鲜的浸润心灵的银幕故事,因此这一小说式的刻画心灵的故事也令人为之动容,并启迪人们更好地面对失去亲人的痛苦,学会互相扶持并坚强地面对生活。精心架构的故事情节和导演精湛充沛的镜头语言生动地刻画了奥斯卡和家人内心深处的世界,带给人们无比的感动,这是前两部根据真实事件改编的电影所无法比拟的。

《记住我》则是从爱情角度对“9·11”事件进行反思。一对为家庭问题而绝望的少年男女泰勒和艾丽从相遇到相恋都似乎是那么的平凡,然而他们却有个不平凡的结局:令人刻骨铭心的“9·11”夺去了泰勒的性命。在大火过后,世贸废墟空地上遗留下泰勒一个心爱的本子,上面是他写给天国的哥哥的信的最后一章:“你在生命中所做的事情都不重要,重要的是你去做了,因为没有其他人会帮你去做。当有人闯进了你的生活,一半人会说,我还没准备好,另一半人会说,我要永远跟她在一起。迈克,卡洛琳问我,如果你能听见的话,我会对你说什么。我知道自己会说什么。我爱你。我想你。我原谅了你。”而在那场灾难中活下来的人,都记住了泰勒。尤其是艾丽,至今无时无刻不在想着给了她温暖的泰勒。片名《记住我》,从开始到结尾都没有明示过该记住的“我”究竟是谁,或许是泰勒，或许是迈克，或许是无数个受害者中的一员，也或许是“9·11”事件……无论这个“我”是谁，我们必须记住一个人——泰勒。是他，用生命告诉了所有人，面对并且接受现实，珍惜现在所拥有，不要错过每一刻，不要把想做的推到以后，不要等到失去才追忆、后悔，也不要失去了却仍旧沉浸于缅怀中。没什么阴影不可打破，没什么代沟不可跨越，只要怀有信念，请用生命去爱一切，她永远属于你。人生舞台的大幕随时都可能拉开，关键是你愿意表演，还是选择躲避。

从对以上例子的分析与比较中，我们不难看出，一个故事所选取的视点和角度非常重要。它首先确立了故事的风格与立意，体现了叙述者的角度和立场。不同的视点和角度会给我们带来不同的感受、体会；新颖的视角也会挖掘出同一题材或同一故事另一层面的内涵与深意。希望大家在准备讲述一个故事的时候也认真思考：我们该选取怎样的视点和角度，将故事叙述得更精彩、更新颖，挖掘出故事的新意和深意。

思考与练习

1. 请大家列举一个自己觉得好的故事，并说说好在哪里？用一句话概括这个故事。
2. 选择一个自己想讲述的故事内容，用一句话概括这个故事，再看看这句话里是否包含了故事的人物、核心内容和主题。再根据故事完成下面的填空：

   (1)主角的名字　(　　)

   (2)他/她想要什么　(　　)

   (3)他/她需要什么　(　　)

   (4)用一个词来表达，我的故事是关于　(　　)
3. 选择一个经典的电影故事(或自己想讲述的故事)，看看可以从哪些新的视点和角度来表现这一故事。

第五章　电影故事的人物

概述

本章通过对故事原型的理解以及弗洛伊德对于人物性格内在构成的挖掘进一步对比生活中的人与故事中的人的相似与差别之处，更好地学习如何认识、理解人物，如何通过人物的出场、道具、对白、动作来塑造独特的、鲜活的人物，从而体现人物的价值和本质。

第一节　生活中的人与故事中的人

人物是一切故事的核心。当故事的主题确立后，就应该着手开始故事的人物设计，特别是主角的设计，这应该在写作故事梗概之前完成，因为人物对故事的推动和发展起到决定性的作用。故事的一切情节都需要人物来推动，因此人物设计要早于故事的情节设计。设计人物最好的办法仍旧是想象：如果我是主人公会怎么做？必要时可以寻找一些符合故事年代和特点的物品、道具、图片等，摆在周围，给自己提供创作故事的氛围。但确立主题与设计人物也没有绝对的前后关系，也许先有人物再慢慢又形成主题，也许先有集中要表达的主题，人物再慢慢浮现。剧本的写作是灵活的、充满生气的，这里并没有固定公式。

大家可以想想那些给我们留下深刻印象的电影故事，是不是都有着鲜活并富有影响力的人物？故事来源于生活，却不完全等同于生活，它是对生活的譬喻。那么故事中的人是否等同于生活中的人呢？故事中的人虽然也来源于生活中的人，但却不等同于生活中的人，他是一件艺术品，是对人性的表达，是作者塑造出来的带有典型性的人物。因此，故事中的人比现实中的人具有性格更凝练、更集中、更突出、更个性化的特质。它也许是现实中很多人性格的概括,也许是把现实中某一个人的个性特征强化和夸张,也许在原始文化故事中找到人类基因的渊源。对此,美国著名学者约瑟夫·坎贝尔在他有深远影响的著作《千面英雄》中也进行了生动的描述。坎贝尔的这本书不仅是神话学的重要著作,而且也对西方电影文化和叙事艺术有着巨大的影响,乔治·卢卡斯的经典之作《星球大战三部曲》便是受其"英雄的冒险旅程"概念的影响而创作的。

"星球大战"系列三部曲《星球大战》《帝国反击战》和《绝地大反攻》是由卢卡斯电影公司出品的科幻电影,它以其前所未有的视觉震撼掀起了一阵科幻片热潮,不仅缔造了电影史上最高票房纪录,还获得了奥斯卡奖十项提名。该系列是导演兼编剧乔治·卢卡斯诠释的现代神话故事,他将美国流行文化融入了这部传奇影片之中,给还笼罩在水门事件、越南战争等阴影下的那些失去信念与英雄主义理念的美国人一种新的活力与信心。卢卡斯通过这部影片将传统与现实结合在一起,用神话故事中不变的主题——英雄的回归来唤醒美国民众那渐渐消磨殆尽的英雄主义情感。

在采访中,乔治·卢卡斯曾说道:"这是一个遵循固有传统所编成的故事,但其中英雄的形象,则要在神话传说中去寻找。""旧瓶装新酒"式的故事必须有能引起观众强烈共鸣的东西才能成功。不管是电影的还是文字的科幻作品,不管其想象多么瑰丽出奇,都必须有与人的情感接轨的地方,而这个地方,必然是价值观和思想的共通。

一、故事的原型:神话与童话

在《千面英雄》中,坎贝尔跨越人类学、宗教学、考古学、生物学、文学、哲学、荣格心理学、一般神话、比较宗教、艺术史及大众文化等多领域,构建了自己独特的神话学体系,其中弗洛伊德和荣格的心理学理论对他影响很大,为他开启了神话在心理学层面的研究。坎贝尔的观点对于研究故事也非常有启发,因为神话是人类最古老和永恒的故事,讲述了人类对于神和世界的理解,是人类的叙事原型。古人是在神话和象征性的宗教仪式的引导下度过心理危机的。童话的诞生要晚于神话,它也是一种原始叙事,是以幻想、拟人和夸张的手法将现实中的冲突和背景简化后讲给儿童的故事,使儿童在成长过程中理解和面对人类共同的危机,分享对于愿望的满足,帮助儿童解决冲突、获得成长经验和心灵滋润。神话和童话都是当代人类故事的原型,现代人正是通过各种形式的故事满足心理愿望、度过心理危机、获得成长的力量的。

"我们大多数人都听过《小红帽》的故事,不过原著的故事更加吸引人,也更具有黑暗元素。一个小姑娘走进了黑森林,一只狼跟踪她并和她说话。这种富有魅力的情节能激发人多个层面的想象力。小时候和成年之后,我们对这个故事的看法会截然不同。"2011年电影《小红帽》的导演凯瑟琳·哈德威克如是说。影片一改"小红帽和狼外婆"的经典童话故事，讲述了一个关于血腥、危险、欺骗和爱情的故事。很久之前，父母为了教育小孩子在这个纷乱的世界里学会保护自己，就会给他们讲《小红帽》的故事。末了还要加上一句“不要和陌生人说话”以示警醒和点题。不过，如果狼人（陌生人）是一个你认识的人，甚至是你爱着的人呢？这部电影对于原著童话最大的改动就是，狼人在平时以村民的样子现身，直到满月才会变成狼人。所以，村庄中的任何一个人都有可能是狼人。到最后真相揭开，狼人便是小红帽的至亲，在爱与正直善良之间，她又将做何选择？这便是一个人可能面临的最难抉择，故事最终把问题指向每个人最深层的内心困惑。

又例如古希腊神话中的史诗《伊利亚特》，讲的是希腊联军主将阿喀琉斯因喜爱的一个女俘被统帅阿伽门农夺走，愤而退出战斗，特洛亚人乘机大破希腊联军。在危急关头，阿喀琉斯的好友帕特洛克罗斯穿上阿喀琉斯的盔甲上阵，被特洛亚大将赫克托尔杀死。阿喀琉斯悔恨至极，重上战场，杀死赫克托尔。特洛亚老国王夜入阿喀琉斯大帐要回儿子尸体。史诗在赫克托尔的葬礼中结束。《伊利亚特》赞美了古代英雄的刚强威武、机智勇敢，讴歌了他们在同异族战斗中所建立的丰功伟绩和英雄主义、集体主义精神。

电影《特洛伊》虽然改编自神话《伊利亚特》，但对原著作了大幅度修改，去除了所有的神话色彩，将一场人神之间的混战，变成一部完全以人类为主体的，展现战争中的英雄和勇士的悲壮史诗，增加了真实可信度，满足了现代观众的审美需求，缩短了神话和现实的距离。影片还对《荷马史诗》故事中部分人物关系和情节作了修改。例如原著中并没有写到爱情，女人只是作为附庸品存在着，影片中海伦并非由于阿佛狄洛忒的引领而与帕里斯私奔，而是由于难以抑止的真爱。原著中阿波罗神庙祭司之女克律塞伊斯与阿喀琉斯的女俘布里塞伊斯在电影中变成了同一个人；帕特洛克罗斯由阿喀琉斯的好友变成了表弟；原著中的阿伽门农富有牺牲精神，在电影中则是虚伪、贪婪、残忍的反面人物，结局也颇为戏剧化——正当他为胜利狂喜时，被娇弱的微西尔斯一刀刺死。他得到了一切，又在瞬间失去一切。此外，在原著中，特洛伊之战持续了十年，但在电影中，特洛伊之战看起来也就是两三天的事，这种取舍与改动是符合电影的叙事特性与节奏要求的，也是商业剧情片赢得票房的需要。而本片最大的特点则是让特洛伊的故事走下神坛变成可以供现代人欣赏的作品。原著中人物的命运无常以及相应悲剧在电影中，由于抽离了所有的神话因素，成为完全由各自的性格与环境使然的结果。阿喀琉斯与赫克托尔不再是众神争风吃醋、争强斗胜的棋子，而是成为陷入各自悲剧命运无法自拔的人物，成为自己的棋子，有什么比自己将自己逼上绝路却又无可奈何更具有悲剧性的呢？

英雄才是希腊神话的主角，电影《特洛伊》不仅复活了《荷马史诗》所表现的主题，迎合了广大观众对英雄传奇和不朽爱情的渴求，更暗合了好莱坞电影推崇英雄主义的价值观。

二、弗洛伊德的人格结构学说

这里需要介绍一下奥地利精神分析学家弗洛伊德的人格结构学说。弗洛伊德认为人的精神由三部分构成:本我、自我和超我。本我(id)指人最为原始的、满足本能冲动的欲望,如饥饿、生气等;本我只遵循一个原则——享乐原则、避免痛苦,本我中的一切都是无意识的。人的婴幼儿时期是享乐原则最主要的主宰时期,也是本我思想表现最突出的时候。自我(ego)处于本我和超我之间,代表理性和理智,它按照现实规则来行事,控制本我,给予适当的满足。任何能成为意识的东西都在自我之中,但在自我中也许还有仍处于无意识状态的东西。超我(super-ego)代表良心、社会准则和自我理想,是人格的最高层次管理者,它按照至善原则行事,指导自我、限制本我,就像一个严厉的大家长。弗洛伊德认为,只有这三者和睦相处,保持平衡,人才会健康发展。

有许多学者从这一学说的角度来分析神话和童话故事,认为神话反映了按照超我的要求行动的理想人物;而童话描述的是使本我的欲望得到恰当满足。所以神话往往是悲剧性的,而童话往往给人以乐观、积极的结局。而神话和童话正是当代所有故事的原型,现代人也是从故事当中获得精神的力量。比如童话电影《白雪公主》《爱丽丝漫游仙境》具有童话的纯真与梦幻,神话电影《诸神之战》《特洛伊》《奥德赛》等具有史诗的精神与力量。

回到我们的主题:故事中的人物。坎贝尔认为神话并不是神仙的故事,而正是人类自己的故事,神话中的神仙和英雄正是人类对自身的一种理想化的表述、象征和隐喻。它恰恰实现了人类心中"超我"的精神元素。

电影《黑天鹅》便是一部人格心理学的佳作。从弗洛伊德的精神分析法入手,Nina 的病因无非两点:性压抑以及早期经验也就是童年境遇的影响,她母亲想必是一时不慎有了孩子,于是结束了舞台生涯,转而将自己的愿望投射到女儿身上,她不仅希望女儿实现她的舞台理想,更希望女儿不要重蹈自己的覆辙,于是对女儿的私生活也要求严格,我们看到的 Nina 除了舞蹈几乎没有生活,于是童年境遇也可以归纳到 Nina 的性压抑中来。

根据弗洛伊德的人格构成理论来分析,在 Nina 的人格构成中,自我和超我都一直压制着本我。也就是 Toma 和 Lily 都在告诉她,她太克制了,她无法胜任黑天鹅,她需要释放。然而当 Nina 的本我欲望违反超我的原则时,自我就发出了警告,以至于她的人格内部出现无法接受的冲突,导致她产生幻象。

其实 Nina 的问题,早在她获得天鹅皇后这个角色之前就已经产生了,性压抑是一直都有的,获得这个角色更像是一个刺激源。她必须用舞蹈来填满她生活的空缺,以至于她对天鹅皇后一角如此在乎,在乎到不要命了。性压抑并不单单指原始的性行为,更有内驱力以及原始欲望也就是本我层面的压抑。从一开始，Toma 就要求她释放这一部分能量，强吻她，要求她触摸和感受自己的身体，到后面为她示范引诱的部分，Nina 却始终都处于一种游离的状态。Nina 需要解决自己的原始性需求，幻想的对象是同性也是完全可以理解的。但 Nina 的超我始终都无法正面面对本我的要求，甚至产生了罪恶和羞耻感，她的自我防卫机制将对自我构成威胁的冲动和想法放入了潜意识中。片中反复出现的"镜中自我"正是 Nina 潜意识的种种投射，伴随而来的便是自残以及被害妄想——她一直把自己裹在人人都想抢她角色的恐惧之中，其实一直不肯放下的是她自己沉重的心理。潜意识种种冲突的爆发最终导致了 Nina 的崩溃。

三、故事中的人物：英雄/Hero/主人公

所有故事都有一个（或几个）核心人物，这个人就是故事的主角（主人公）。有趣的是，在英文中，这个词恰好是 Hero，它既有"英雄"的意思，也表示"主人公"。大家可以仔细回忆一下，所有神话故事中的英雄是否有相似之处？例如普罗米修斯、阿喀琉斯等。他们的共同之处在于：都是把自己的生命奉献给比他伟大的事物，并敢于与命运抗争。童话中的英雄都有哪些相似之处呢？例如阿拉丁、海的女儿、神笔马良等，都具有善良、聪慧的品质。英雄是那些能够了解、接受进而迎接命运挑战的人。童话中的英雄成就的是个人心灵成长的胜利，神话中的英雄成就的是世界性、历史性和集体性的胜利。故事中的主人公同样体现了人类的理想价值观，他是一个被我们给予期望的人，尽管他会有人类不可避免的弱点——会胆怯、会犹豫、会自以为是，但更重要的是，他一定是一个能够在紧要关头战胜自身的弱点，绽放人性的光芒，是充满正义、勇敢、义无反顾精神的人类的化身。这样的主人公才能引领故事前行，实现他的欲望和追求，达到故事的高潮。因此故事是围绕主人公的品格、抉择而展开的。

几乎所有的好莱坞大片都是在塑造英雄，有的是远古英雄，有的是现代英雄，有的是史诗英雄，有的是平民英雄。无论是飞檐走壁、无所不能的《蝙蝠侠》，还是穷困潦倒、最后拯救世界的《2012》中的父亲；无论是《美丽心灵》中战胜自我的心魔获得世人尊敬的教授，还是《心灵捕手》中桀骜不驯但才华横溢的清洁工。英雄的外延也逐渐随着时代具有更宽泛的理解，凡是能够战胜自身的弱点，能够在逆境中崛起奋进，保有一颗善良感恩的心并散发着人性的光芒与力量的角色都被赋予了英雄的称号。

我们可以回忆并列举一些好故事的主人公，看看他们是否具备这一特点，例如《肖申克的救赎》中的主角安迪，《指环王》的主角弗罗多，意大利电影《美丽人生》(1997)中的父亲以及《霸王别姬》中的程蝶衣，等等。安迪心中充满对未来自由生活的希望，用自己的智慧和毅力逃出了监狱，重新恢复了尊严。弗罗多面对魔戒的诱惑，在朋友的帮助下战

胜了邪恶的诱惑和自身的恐惧，最终毁灭了邪恶的源头。《美丽人生》中的父亲基多与妻子和年幼的儿子被关进集中营，为了保护懵懂的儿子不受伤害，他哄骗儿子说这是在玩一场游戏，遵守游戏规则的人最终得到1000分就能获得一辆真正的坦克回家。天真好奇的儿子对父亲的话信以为真，父亲以游戏的方式让儿子的童心没有受到任何伤害幸存下来，而自己却付出生命的代价。《霸王别姬》中的程蝶衣一生信守"从一而终"的人生信条和艺术信念，在社会的变革和命运的挫折面前从不低头妥协，以自己的方式保留了内心的高贵与纯净。这些主人公无不是勇敢用自己的智慧、毅力和人生信念面对命运的挑战，从而完成或实现了自己的人生愿望。尽管以上主人公大都出现在现实题材的电影中，并不是神话故事，但每一个人物身上所具有的精神特质又与神话中的人物一脉相承。

神话是对世界的一种反映，它随着人们的认知而不断变化，人类可以不断创造符合时代的新的神话和新的英雄。当今的生活中，我们仍然在不断创造着各种当代神话故事。《泰坦尼克号》里的杰克是为爱义无反顾，勇于牺牲，甚至奉献生命的真爱英雄；《千与千寻》的小千是为了拯救自己的父母克服一切恐惧，并帮助白龙找回自我的少女英雄；还有《穿普拉达的女魔头》中的安德莉亚是不被物质击倒，越挫越勇，抵御住浮夸浪潮吞噬的时尚女英雄；《2012》中的父亲是从自己失败的事业与婚姻中重新振作，获得尊严，挽救家庭与世界的平民英雄；《细细的红线》中的士兵是经历过残酷的战争后反思战争，对自然、对人性以及世间万物充满悲悯的战争英雄；《百万美元宝贝》中的女拳击手是拼上性命、实现梦想、争取荣耀和尊严后慨然面对死亡的悲情英雄，等等。它们都以不同的方式在不同的故事里塑造着感动观众的英雄主人公，并讲述那些从古老神话开始就一直延续的不老主题：忠贞、意志、责任、善良、勇气等。而人物永远是故事中的灵魂和核心，人性是永恒不变的。

精彩的故事，必须要有一个让人喜欢的主人公(英雄)，不管主人公的身份职业如何随着时代认知而变化，我们必须让他勇敢地直面内心的困惑，有勇气去担当责任，体现出勇于改变、绝不放弃的精神。

那么究竟什么样的故事中的人物可以真正的影响和感动观众呢？人物设计具有什么方法和技巧呢？在本章接下来的内容中，我们会结合影片《僵尸新娘》和《玛丽和马克思》具体探讨人物和故事的关系以及人物设计的问题。

第二节 人物与结构

2005年蒂姆·波顿导演的动画电影《僵尸新娘》再次以新颖的手法向我们讲述了一个令人叫绝的故事。现在，我们不妨先热热身，讨论一下有关这个故事的几个问题：

● 你能否用一句话概括这个影片的故事？大家一定会给出各自不同的答案。请给出你的回答。

● 这个故事的主人公是谁？维克多？维多利亚？还是僵尸新娘艾米丽？还是三者都是？你怎么认为的？很显然男主角一定是维克多，这是不容置疑的。整部影片最精彩的人物是谁？大家一定会对这个问题有一致的答案吧？那就是僵尸新娘。没错，无论是从人物的设计、故事的发展还是片名来看，我们都会毫不犹豫地选择僵尸新娘艾米丽。从整个影片的设计我们也明显感觉到，阴间鬼世界是色彩瑰丽、充满生命力的，而人间却阴暗单调死气沉沉。相对于个性独特的僵尸新娘而言，人间新娘维多利亚就显得单薄逊色多了。

● 你能否用一个词或一句话概括出这部影片的主题？相信对这个答案的回答也是五花八门的。请给出你的回答。当然，我们也无法指定一个唯一的答案，因为故事是多义的，每个人会从自己的角度去理解和体会故事，得出自己的观点，因此，每个人的回答都是合理的，但其中也一定会有共通之处。

● 当你开始看这部影片时，是什么样的悬念吸引你看下去的？

看看下面的回答是否与你的感受相同？第一个悬念：维克多接受父母的安排去相亲。悬念 1：他的相亲对象是什么样的人？他们是否会互相喜欢？随后我们先见到了维多利亚的父母，接着意外地见到了维多利亚，而且得知他们二人发展得还比较顺利。这只是影片的开端，还不是真正引领整个故事的悬念。悬念 2：当维克多彩排失败，来到森林时，不小心把戒指套在了僵尸新娘枯枝般的手上，紧接着僵尸新娘现身，将维克多强行带到了鬼的世界。悬念 3：维克多是否还能返回人间与新娘成婚？随着故事的发展，我们了解到维克多的困难越来越大，于是这一悬念也逐渐加深，变成维克多的最终选择——他会选择维多利亚还是僵尸新娘？这一悬念强烈地吸引我们看下去。其实在这个悬念的背后还有一个潜藏的悬念：如果我们预料到维克多最终会返回到人间，那么他怎样回到人间也是一个非常重大的悬念。

● 你在观赏影片的过程中对结局有何预感？你预料的结局会是怎样的？

悬念吸引我们看下去，同时每个人根据自己的人生经历、性格喜好和观影经验都会对未来的故事和结局怀有一种预感，你对影片结局的预感是怎样的？对这个问题的回答基本分为两派：A. 维克多最终会回到人间与维多利亚结婚，但悬念是：他是怎样返回人间的？这其中经历了怎样的波折？B. 维克多会和僵尸新娘在一起生活下去，那么他们因为什么原因而在一起？你的答案会是哪一个？我想，对主流商业电影有一定观影经验的人一定会选择答案 A 而非答案 B，虽然我们也说不出明确的理由，但是直觉告诉我们故事的结局会是那样。事实是，影片的结尾确实如答案 A 所预料的那样，虽然我们预料到了这个结局，还是会被强烈吸引着看下去，因为我们不知道的是：主人公是如何到达这一结局的。这也是故事创作的难度所在。

下面我们就一起来结合人物塑造来谈故事结构的发展，是什么样的因素推动故事情节发展的？

一、故事的结构

结构是指故事中对事件的选择和组织。结构是故事构思非常重要的思维方式，它决定了故事构成的基础。其实在上面热身的一系列问题和回答中，已经包含了故事结构的许多重要元素，例如：开端和初始情节（维克多的出场、故事环境、人物介绍）；激励事件（在森林里把戒指套在了僵尸新娘枯枝般的手指上，从而被其劫走）；发展（维克多试图回到人间的希望和努力被挫败）；危机（维克多遭遇的最大困境，维多利亚和男爵举行婚礼，维克多失望之余同意和僵尸新娘结婚）；高潮（维克多和僵尸新娘的最终选择，维克多和僵尸新娘在人间完婚，在维克多即将喝下毒酒时，僵尸新娘阻拦了他，留待下面讨论）；尾声（僵尸新娘化成蝴蝶，维克多与维多利亚目送她飞离远去）。

所有的经典故事都包含着这样的结构规律。我们会在下一章中专门探讨故事的结构，在这里我们想着重介绍结构与人物的关系。

二、人物与结构

人物与结构存在怎样的关系？人物与结构哪个更重要？是我们在这部分要重点讨论的话题。

所有的事件都是围绕人物展开的，人物面对事件会做出选择，促使他做出选择的正是他的品格、性格、价值观等内在因素。而人物的选择又会导致事件的下一个发展方向，从而推动情节进一步发展。因此我们说结构与人物二者是紧密相关、不可分离、互相作用的。结构即人物，人物即结构。

我们以《僵尸新娘》为例，看看人物的性格是如何推动情节和结构发展的。维克多的特点可以用哪些词语来概括？善良、胆怯、期待爱情……如何来概括僵尸新娘的特点？美丽、跋扈、真诚、活泼、期待爱情、善良……如何来概括维多利亚的特点？善良、守规矩、胆怯、温柔……

这些都是他们的表面特征，也即人物塑造。人物塑造指一个人的一切可以观察到的素质的总和，例如外表、服饰、举止、气质、家庭、职业、年龄等。正是由于维克多的胆怯和紧张，导致了他在婚礼彩排上出错，然后跑入森林，发生了致命的灾难——被僵尸新娘劫走。而僵尸新娘也由于对爱情的期盼和跋扈不顾一切地掳走了维克多，并阻止他回到人间。然而随着故事的发展，我们从人物的表象渐渐进入到人物更深刻的内在，进一步认识了他们，也即人物的真相。我们发现了僵尸新娘让人同情的身世和富有人情味的一面，相比之下维多利亚却显得平淡、毫无生命力。然而这些还不是真正的人物真相。只有当一个人在压力之下作出选择时，人物真相才会被揭示出来。而且压力越大，对人物本质的揭示越深刻，这个选择一定是让人最为矛盾的两难选择。

那么如何在压力下作出选择呢？美国电影理论家罗伯特·麦基在阐述这个问题时举了这样一个例子。一个是白人医生，一个是非法入境的黑人女佣。他们都同时看到了一辆运送孩子的汽车出了车祸。这时的人物就面临着选择。医生可以把车开走，理由是他必须到医院去给病人做手术。女佣也可以视而不见，因为她随时都可能被警察逮住。这都是理由，但他们都选择了留下来救人。大火熊熊，他们都冲到了汽车旁边。冲不冲进去？又是一个选择。医生认为他不是救火队员，冲进火海自己都会有危险，还谈什么救人？女佣也会想，她应该去叫更多人来救火，这才是救人的最好办法。但他们还是选择了冲进火海。车内最危险的两个孩子，一个是白人，一个是黑人，他们到底先救哪一个？这对我们的人物又是一次考验。白人是救那个门边的黑人女孩，还是到更里面去救那个白人男孩？黑人女佣是救黑人女孩，还是那个白人男孩？我们的人物面临的是道德准则、自己生命和种族观念的选择。他可能是见义勇为的志士，是舍己救人的英雄，但他可能在内心深处还残留着种族的偏见，而我们的女佣，却在最后一刻先救了那个白人小孩，然后又在救那个黑人女孩的时候死去。至此，一个完美的英雄诞生了。白人医生则成了一个引起争议的人物。好莱坞塑造人物的方法，就是通过给人物设置强大的压力，让他/她在压力下对自己的行为作出选择。压力越大，就越能逼出人物的真相，他选择了什么，他做出了什么动作他就成为什么样的人物。

例如：维多利亚在面对与男爵的婚姻时并没有努力反抗，而是任由命运摆布，导致情节的不可逆转，体现了她的人物真相。维克多在得知维多利亚和男爵成婚的消息后也绝望了，善良的他决定帮助僵尸新娘实现她的愿望，这体现了真正的维克多，他在两难选择中决定牺牲自己，成全艾米丽。而僵尸新娘艾米丽的人物真相是在何时揭示的呢？当然是在影片的高潮时刻，当维克多即将喝下毒酒死去，能与她结婚时的最后一瞬间，艾米丽出人意料地拦住了维克多。她的幸福已唾手可得，但她在这一关键时刻放弃了自己的愿望，保留了维克多的生命，这与我们在开头时对僵尸新娘的印象完全不同了，这才是她的人物真相，这一选择也是她面临的最大的两难选择。正是这些时刻体现了人物的本质和真相。

人物的性格和本质决定了他们的选择，他们的选择又决定了故事的情节发展和走向。故事随着结构的发展又不断增加挑战和压力，把人物逼向越来越难以作出抉择的绝境，迫使他们作出选择，而这些选择逐渐逼近人物的本性和无意识的自我，直到最终揭示出人物的真相。同时人物又必须拥有令人信服地作出选择所具备的素质。人物与结构就这样相辅相成,互不分离,促成了故事的发展和结局。因此人物是故事发展的动力和核心。

第三节 人物设计

前面我们探讨了人物与结构的关系,认识到了人物设计的重要性,并且理解了人物塑造与人物真相之间的关系与区别。接下来就让我们一起探讨一下人物设计的方方面面。

一、源头:观察和研究人

1.观察的方法

首先,我们要对人进行观察和研究。最好的方法就是平时注意从生活中观察。比如我们可以平时逛街或旅行时多注意观察各种各样的人,留意他们的形象、装束、举止、动作、身上的特殊细节等,把这些特征记录下来,并猜测他们曾经历过哪些事情,他们的成长和生活环境是怎样的,他们的职业背景以及兴趣爱好等。这些都有助于我们了解人物和塑造人物。按照精神分析学说,人展现出来的只是冰山上浮出水面的十分之一,而真正的自我大多时候是外人不易察觉,自己也不曾意识的,只有在特殊时刻才会展现出来的自我。生活远比电影更精彩丰富,如果你有善于观察的眼睛和乐于琢磨的心灵,就会从生活和他人身上发现很多独特的、个性的细节。

除此以外,我们也应多培养自己一些心理学方面的素养,比如人的性格与气质,人生不同生命阶段的特征,人在不同境况下的心理变化,极端事件可以激发出的人的真相,人在和不同的人交往过程中不同的行为举止,等等。

2.人的气质类型

在此,我们可以简单地了解一下人的气质。心理学认为,气质是人与生俱来的,是一种典型、稳定的个性特征。人的气质类型主要分为四种:风型(多血质)、土型(抑郁质)、水型(粘液质)、火型(胆汁质)。四种气质类型是人的四个方面。在介绍四种气质类型之前要强调一点:一定要避免把人放在某个气质的盒子中固化。一个人不可能有单一气质,每个人都具有四种气质类型的体现,只不过某一种或某几种气质更强烈,更主导。气质类型没有好坏之分,都是这个世界不可缺少的元素。

比如四个不同的人去看戏,但是都迟到了。多血质人立刻明白检票员不会放他进去,通过楼厅进去很容易,于是悄悄上了楼。抑郁质人会说“我运气不好,偶尔看一次戏还那么倒霉”，接着就回家了。粘液质人想“第一场戏不会太精彩，我在小卖部等一会儿，在幕间休息时再进去”。胆汁质人则会和售票员争吵，企图硬闯进入。

下列图就形象地展示了四种气质类型之间的对比和邻近关系。

多血质

抑郁质

粘液质

胆汁质

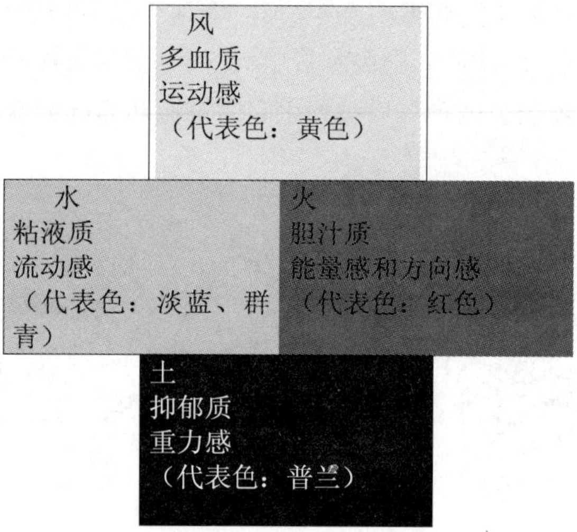

四种气质类型的特点：

(1)多血质(风型)

风型气质的人活在感觉器官当中，他们被周围的世界所吸引，不停地运动，爱说话，不安静。他们的头脑中有很多图景，并经常在自己的头脑中进行自我对话。他们喜欢时尚和鲜艳的色彩，喜欢旅行和新鲜事物。但他们不耐心，有时无法完成一件事，虎头蛇尾。他们需要多元化的东西，渴望爱。多血质与抑郁质相对。比如《哈利・波特》中的罗恩。

(2)抑郁质(土型)

他们总是觉得被忽略，觉得自己不被关心和理解。走路时沉重、向下看，能够感觉到重量，身体更敏感。离群，同时内在又渴望被关注，喜欢独处。有时说话缓慢，甚至很难把一句话讲完，总是沉浸于内心世界。很多哲学家、思想家都是抑郁质。抑郁质气质的人通常只有一两个很好的朋友，但是这种友谊非常稳定。他们什么事都要准备好了才会去做，时刻警觉着，保护感很强。他们凡事总是先想到最坏的结果会怎样，然后才去做或采取行动。他们具有很强的幽默感，但其他人不能用幽默的方式来化解他的担心或安慰他，他对此会非常抵触。他们要自己化解，然后表达出来。很多喜剧演员都是抑郁质气质的，比如卓别林和吉姆・凯瑞。要给抑郁质的人机会，让他帮助其他的人，服务于其他的人，这会使他感觉很好。他们有同情心、慈悲心，容易察觉他人的不安。如果他的不安能被他人理解，他也会感觉很安慰。他们对自己要求严格，对自己不满，我们有时要帮助他发现自己的优点，或让他明白所有的人都有这种弱点，等等。他们需要温暖和关怀，包括身体上和心灵上的。比如日本影片《四月物语》中的松隆子。

(3)粘液质(水型)

水型气质的人喜欢追求舒适，比如喜欢挑最舒服的椅子坐，挑有阳光的地方坐，等等。他们不浪费自己的精力，让其慢慢地流动。节奏、韵律和秩序对他们非常重要。他们不会轻易改变。喜欢秩序，喜欢物品整洁、桌子整洁。他们总是谦让，不争第一个。他们不懒，只是不做不必要的事。他们不会主动寻找工作，但如果接到指派的工作，他们会做得很好。他们喜欢梦幻、白日梦，这让他们觉得很舒服。他需要非常清晰的指令，不会多做一步。你必须给他一步一步地简单的指令，不能同时给他很多指令，这会让他不知所措。他们不会去催促别人。他们对生命的健康、平衡更关注，好好地享受当下。他们是很好的观察者，他们会深入思考，将事情贯彻到底。他们给人可信赖的感觉。他们做决定很难，一直在思考，不会说出来。但一旦他们做了决定就会很坚定，有时的决定甚至会令人吃惊。一旦他们爆发愤怒，就是很强烈的愤怒。比如《哈利·波特》中的邓布利多。

(4)胆汁质(火型)

与粘液质相对，胆汁质总是争先，是能量的集合体。他们随时准备去行动，走路声音大。当他们走来时，你总能听到他们的脚步声。他们眼中总是充满激情的火焰。他们下颌坚硬，随时准备修理世界，视自己为领袖。对他人的感觉薄弱，不敏感。他们很自信，总是认为自己的想法是对的。比如《灌篮高手》中的樱木花道。他们生活在未来，抑郁质活在过去，粘液质和多血质活在当下。很多人依赖胆汁质的人带领他们，却不对他们感恩。我们需要感谢这些胆汁质的人，他们意愿良好，但有时会显得过分强势；他们期待他人的尊重，但同时也要注意尊重他人；他们很容易指出他人的缺点，却很难反省自己；他们很难理解含蓄，如果想要告诉他们什么，就直截了当地告诉他。

你主要由哪种气质主导？你周围的朋友都分别属于哪种气质类型呢？一般来说，一个人可能会同时拥有相邻的两种气质，并以其中一种为主导，但通常不会在一个人身上同时拥有图中相对的两种气质。例如一个人可能兼有水型和土型的气质，但却很少会出现一个人同时拥有水型和火型的气质。

气质主要是由先天决定的，但也会随着人生阶段的不同有不同的表现，但基本还是比较典型和稳定的，不会有太大改变，因此了解气质类型对于我们了解人是很重要的。不同气质的人有很多不同的特点和行为方式，例如服饰的颜色、动作、习惯等。我们可以在生活中多留意观察不同人的行为举止、生活习惯和细节，这些都有助于我们将来设计人物。例如，可以观察不同的人走路的姿态、动作的特点、说话方式等，你会发现很多有趣的规律，也许这些都是未来你创作的灵感与素材。

二、人物前史

人物前史指的是在电影开篇之前发生在角色身上的故事，例如童年的经历、最近发生的有影响的事件、以往的恩怨纠葛,等等。人物前史与人物设计密切相关,前史对人物的性格形成和行为抉择都有着潜移默化的影响,会随着故事的发展一点点向观众揭开。做好前史设计,对未来剧本中人物的台词、动作设计以及和他人的关系发展都非常有帮助。

1. 前史的出现方式

前史应该在不经意间以不被人察觉的方式揭示出来,同时起到伏笔的作用。比如运用含沙射影的台词,隐晦地透露一些模糊的信息,引起观众的好奇。也可以利用一些道具和细节向观众暗示一些信息,例如人物身上的一处疤痕、人物习惯性的某种行为等。例如美国影片《记忆碎片》中男主角身上的纹身,又如《隐秘而伟大》中指挥官脸上的刀疤。前史不仅揭示了人物的性格特质、背景信息,还可以对未来剧情起伏笔和铺垫作用,让后面的情节突变合理可信。例如,在《僵尸新娘》中,僵尸新娘的前史就是在影片快到三分之一处,通过一段精彩的骷髅歌舞表现出来的。这里使用节奏鲜明的音乐歌舞和舞台光影精彩地讲述了僵尸新娘之前的故事:她如何因为爱情被一个男人欺骗并谋杀。这里不仅揭示了人物的前史,使得刚才还看起来邪恶的僵尸新娘此时变得美丽和值得同情,还为后面的情节发展做了铺垫和伏笔。我们透过舞台的剪影看到了那个男人的身体轮廓,形成了对他的第一印象,随着故事的发展,我们会逐渐将这个身影与故事中的某一个配角联系起来,推动了故事次情节即僵尸新娘复仇情节的发展。

2. 如何做好前史

同样,也是通过对生活和人的观察和研究,我们要不断丰富自己的生活经验和阅历,比如通过旅行和阅读等方式拓宽自己的生活领域,去从未去过的地方,了解不同的生活方式。我们不仅可以观察陌生人,还可以观察身边熟悉的人,这是一个更好的方法,我们可以留意每个人的细节与他的性情、经历之间的关联。也可以看看推理小说和侦探故事,体会其中对人物细节的研究与塑造等。更关键的是要在情节最合适的时机处将其不经意地展现、自然呈现。

《失恋 33 天》的女编剧鲍鲸鲸为了做好前史用了一种特殊的方法。她在北京的陵园里做帮逝者写生平传记的工作,以此来积累人物素材,更直观深入地体会人物前史的创作过程和在剧情中的重要性。

三、人物的出场要令人难忘

"一个演员从门口进来,这很平常。但如果他从窗户进来,你就创造了一个情境。"

——美国著名电影导演、编剧比利·怀尔德

人物的第一次出场一定要精心设计,因为这是他留给观众的第一印象,人物的气质、风格和行为方式一定要在他出场时就让人感到与众不同，给人留下深刻的印象。你在观看影片时是否会有这样的经历？在拥挤的人群中，故事的主人公最终总会吸引住我们的目光。此刻，你能否立刻想到一个令人难忘的人物出场的例子？

还记得《辛德勒的名单》中辛德勒的出场方式吗？在影片3分钟的序幕结束后，一系列特写镜头向我们刻画了一个未知的人物，我们只能通过这些动作和细节的碎片来拼贴和猜想这个未知的人物：幽暗的房间中，一个男人向杯中倒酒的手；在流动的探照灯或车灯的光影中，几套西装平整地铺在床上，这个男人的手正试着为西装搭配不同的领带；男人的手在挑选合适的袖扣；最终选中的袖扣被熟练地扣好；最终选择的领带也被熟练地系在衬衫领口；男人的一只胳膊穿上了西装；西装上衣的口袋插上了叠好的手帕；男人的手从抽屉中拿出一沓旧钞票和一块手表，又从另一个抽屉里搜找出一些零散的钞票；最后一个镜头：手将一枚纳粹徽章平整地别在衣服上。在这些特写镜头之后，一个运动长镜头跟随男人的上半身背影走进豪华的饭店，他递给侍者一些小费，侍者将他带到一张餐桌旁，我们始终看不到他的正脸，都是他的背影，直到他落座，随着摄影机的旋转，我们才看到他微仰的希腊雕塑式的侧面，他从容地观察着饭店里的其他宾客。这一系列镜头就是影片主人公辛德勒的第一次出场，通过一系列特写镜头向我们侧面暗示出人物身份、修养、品位、经济状况、仪表乃至政治立场的各方面信息，却始终不给出人物的正面，使我们对这个人物产生好奇，直到他的面容出现，我们依然对他是谁、他要做什么怀有未知和好奇。这个人物的出场方式可谓令人印象深刻。

再看希区柯克的《后窗》，影片一开始，主人公杰夫家的窗帘升起，摄影机慢慢摇过各家邻居的窗户，后又摇回杰夫家，杰夫正躺在轮椅上睡觉，镜头接着摇向杰夫的腿部，他左腿敷着石膏。镜头继续摇向一张车祸现场，车轮飞向镜头的照片，桌上坏掉的照相机和墙上几幅放大的照片，内容多是车祸、战争等惊险场面。接着镜头又摇向一幅镶嵌女人头部特写的相框和一摞杂志，杂志的封面就是相框里的女人。至此，影片已经不着一词地勾画出主人公的形象：杰夫是位摄影记者，被赛车飞出的车轮砸坏了相机和左腿；他是个冒险家，专门抢拍刺激的镜头；他与一个女人关系密切，很可能会发生点什么纠葛。开场两三分钟，几个画面，就直观地交代了人物，并为以后剧情的发展做好了铺垫。

而影片《美国丽人》则通过他人的介绍、自己的解说和银幕动作来完成人物的出场。影片一开始，珍手枕着头斜躺在床上评论自己的父亲："我需要一个能成为榜样的父亲。我可不希望当我带着女朋友回到家里时，看到他穿着短衫短裤。我不喜欢他这样，他把我妈妈也弄得非常痛苦。"访问者："你讨厌他？"珍坐了起来："是的，有时候。"几句对话让观众明白这个庸碌无为、不拘小节的父亲让妻女厌恶。然后一个俯拍镜头说明这家人的生活环境和社会阶层——典型的中产家庭。一个男人的画外音响起："我叫里特·伯纳姆。这里是我住的社区，这是我住的街道，这是我的生活。我今年 42 岁，再过不到一年我就要死了……”——这就是那位被厌恶的父亲的自诉，他已经人到中年，且不久于人世。短短的两场戏给我们勾勒出一个陷入生活危机的中年男人形象，这样的人物出场会勾起观众的观影欲望：这个男人将如何度过余下的生命，这个家庭的未来又会是怎样的呢？那么，人物出场的原则有哪些呢？尽管以上三例的出场调度更大程度上是导演的设计，但不难猜测在剧本中应该也是有相关提示的。

人物出场的原则有以下两点：

1. 人物要带戏出场，亮相就要凸显性格

人物出场是剧中主要人物第一次在观众眼前亮相，对塑造人物形象有很大的影响。就如同青年男女第一次见面，第一印象是至关重要的。在好莱坞电影中，主人公一般都在第一场戏里出现。《唐人街》的主人公杰克正在给他的当事人看照片，几句台词就让观众明白主人公是位私人侦探，假女一号就出现了，立刻进入剧情。在电视剧《中国式离婚》开场中陈道明穿着白大褂，拿着病历在医院的走廊里走着，除了交代他的职业外没有任何作用，倒不如在刘东北出车祸时以专业的术语、娴熟的救人手法出场效果来得好。电影比电视剧苛刻，十分钟内抓不住人，观众就没兴趣往下看了。

再比如顾长卫的电影《立春》中男主人公周瑜的出场，一个大全景交代大环境，工业城市，工人下班，长发皮衣的周瑜骑着车在人群中停住，既交代了他的工人身份，又表现了他与众不同、极具个性的一面，还与川流不息的人群形成对比，突出他的特征。接着他走到广播下面看广播，表现他对广播里王彩玲声音的痴迷，同时也为王彩玲的出场做了铺垫。

还有《红楼梦》第三回中王熙凤的出场也是可圈可点的。说书人常用惊堂木一拍案板，大喝一声，以吸引听众的注意力，曹雪芹在此也用了这一技巧，王熙凤一句“我来迟了，不曾迎接远客！”先声夺人镇住场面，泼辣爽利的性格和在贾府中的地位一目了然，读者和黛玉的心思一样，都会想：此人是谁？胆敢如此放肆无理？不由自主地被吸引，去一探究竟，这一场面被奉为经典出场。

2. 人物出场要为后续情节和其他人物出场做足铺垫

同是电影《立春》中周瑜迷恋广播中王彩玲的声音，让观众未见其人，先闻其声，设置了悬念，吊足了胃口。也正因为此，周瑜才去找黄四宝，引出黄四宝的出场，接着又去找王彩玲，想追求她。再比如《歌剧魅影》中，首席女高音卡洛塔在排练时因舞台布景发生意外离场，引出默默无闻的伴舞女郎克里斯汀救场，克里斯汀的歌喉征服了所有人，也使子爵拉乌尔心生爱慕，由此引出深爱着克里斯汀的“歌剧魅影”现身，推动剧情向前发展。

四、利用道具展现人物

道具是角色使用的物品，包括服装上的一些饰物等。恰当的道具不仅使场景更逼真可信，还可以透露角色的秘密和他的前史。

在前文列举的影片《特别响，非常近》中，小男孩奥斯卡有一个非常重要的道具，也是影片故事的一条重要线索——电话答录机。电话答录机在影片当中一共出现了6次，每一次出现都将故事情节的悬念推进得更深入，直到最后一次揭开了主人公奥斯卡内心深处最痛楚的秘密。

第一次出现：影片开始11分钟后交代奥斯卡从答录机中最后一次听到父亲的声音，这里只表现了最初的两通留言。

第二次出现：奥斯卡脑海中回响着答录机中父亲的声音，只表现了第二通留言和第三通留言的提示音。

第三次出现：妈妈在“9·11”当天回家后问奥斯卡，父亲有没有电话留言，他意外地回答：没有。

第四次出现：奥斯卡夜里去商店买回一台新的答录机，替换了家里的那台。他这些怪异的、刻意向母亲隐瞒的举止让观众产生怀疑和不解，也会让我们觉得或许他是由于心灵受到严重创伤才这么做吧。

第五次出现：这一次出现非常重要，大概在影片82～86分时，长达4分钟的片段，奥斯卡向爷爷展示了之前从未给别人听过的电话答录机，并告诉爷爷(也告诉观众)一共有6通父亲的电话留言，这无疑也是令观众意想不到的，因为之前我们只听过三通。这时观众的悬念被引起，我们也意识到这个电话答录机一定有着很多惊人的秘密。

第六次出现：当影片逐渐接近高潮和尾声时，奥斯卡找到了钥匙的真正主人——布莱克先生，得知钥匙并不是父亲留给他的寻宝游戏线索，也和父亲与自己毫无关系。他决定把自己内心最深处的一个秘密告诉布莱克先生——父亲的第六通留言。“9·11”当天，当他在家里已经听到了父亲的前五通留言后，电话铃声突然响了，是父亲打来的，而他却一直不敢去接，父亲问了数次“你在吗?”他都无法应答，直到电话突然断线，电视上播出世贸大楼彻底坍塌的画面，奥斯卡顿时瘫倒在地上。

答录机，一个家家都有的日常生活用品，在此成为一个重要道具，也是一条重要的叙事线索，就这样在塑造人物方面起到了举足轻重的作用，它是主人公对父亲最直接的怀念方式，同时也是他最沉重的心灵负担。在我们的故事中，也可以多去寻找这样的道具，使之具有叙事线索和表现人物的作用。当然你也可以充分挖掘道具的其他作用。比如电影《这个杀手不太冷》中莱昂精心浇灌、看护的植物既是他无根漂泊的一种象征物，也是他对希望、生命以及安定生活的渴望。

除了故事中频繁出现的起到剧作作用的道具之外，人物非常具有个性特征的口头禅或者不经意间下意识的习惯性动作都可以成为让我们能很好地识别人物的标志，同时也可以更有效地塑造人物，起到画龙点睛的作用。

五、人物的造型与对白

1.人物的造型

我们在生活中初次见到一个人时，他的外貌、仪表、谈吐和举止会给我们留下深刻的第一印象。在故事中也是一样，人物的造型在塑造人物方面起着非常重要的作用，包括相貌、身材、服饰、表情等，这些都在向我们传递关于他的信息，例如性格、身份、喜好、文化修养、生活环境、经济条件等。

上文中我们曾列举《辛德勒的名单》中辛德勒的第一次出场片段，你通过他的服饰、仪表和举止对他都产生了哪些印象？他的性格如何？他善于社交吗？他的政治倾向？他目前的生活环境如何？他是一个富裕的人吗？如果你得出了一些印象，那么是哪些细节向你传递了这些信息？

从倒酒的动作与神态可以看出他是一个喜欢饮酒的人，并且举止很潇洒，社交礼仪烂熟于心。从床铺上摆放平整的西装、他对领带的仔细斟酌、对袖扣的挑选和叠放整齐的手帕，可以看出他是一个很注重仪表和社交礼仪的人，有一定的修养，也善于社交。从他在不同的抽屉里翻找钞票，我们可以推断出他并不是很富裕，他把手头所有的钱都用在这次社交活动中，有点孤注一掷的意思。从他别纳粹徽章的总结性镜头，可以看出他目前的政治倾向，至少是一个在商场左右逢源的功利主义者。在下一段他的脸部和全身出现在画面中时，我们可以感受到他是一个身材高大笔挺、相貌英俊、仪表堂堂、很有魅力的男士。

一般来说，人物的造型应该与人物的性格、身份、品行、喜好相匹配。因为人的外在是内在的体现。比如一个性格活泼的人可能会经常穿颜色鲜艳、亮丽的服装；而一个性格内向、沉静的人恐怕很少会穿鲜亮的衣服。对服装款式、面料的选择也体现出一个人的性格、喜好和身份，这些我们都可以在生活中观察体验到。人物的胖瘦也可以体现出人物的性格，人物的妆容也可以体现出人物的身份、性格和爱好等。有研究表明，外表在第一印象中占50%强，包括种族、年龄、性别、身高、体重、肤色、形体语言、衣着和打扮；说话的声音和方式则占个人印象的38%；而信息或说话的内容则占7%。接下来我们就看看人物的对白是如何塑造人物的。

2.人物的对白

对白，很容易理解，是人物说出的话语，包括人物说话的内容、说话的方式和语气等。人物的对白非常重要，它是体现人物思想、性格、身份的重要元素。正如我们在正式场合说话时会经过深思熟虑才说出一样，在故事中，人物的对白也是经过精心设计的。它会表达人物的所思所想、性格、身份、职业、地域、时代、年龄等。因此人物的对白也要符合他自身的这些特点。

同时，对白一定要简洁和精练。对白不同于日常生活中的对话，日常生活中的对话只是一种人们保持交流畅通的方式，可以冗长、跳跃、逻辑性不强或没有意义。但故事中的对白字字千金，因为银幕时间是有限的，简洁、精练、富有指向性的对白会向观众传递重要的信息并引领观众深入故事。同时电影是一门视听艺术，在人类感受信息的过程中，70%的信息是通过视觉途径获得的，视觉在视听艺术中起到主导作用，而且视觉的表达具有丰富的多义性，所以我们尽量多用视觉元素来尝试表达。最后，在人物不得不张口说话时，才说出对白，这时的对白一定是最精练、最有分量的话语。这也是为什么在剧本的写作阶段，对白要放在最后写的原因。

另外，对白还要体现鲜明的人物特点。每一个角色的声音和说话方式都应该是独特且不同的。好的对白设计应当是：我们读完对白的内容就能判断出是哪个人物在说话。对此有一个非常有趣的检测手段：给你的角色做匿名测试。当你写剧本或检查剧本时，盖上角色的名字，只看他的对白，看看是否能猜出是哪个角色在说话，如果不同人物的对白可以彼此互相替换，那说明你的对白太没有个性特点了，要好好琢磨人物的性格特点和他们的说话方式。现在，你能否回忆起一些对白特点非常鲜明的电影故事人物？他们的说话腔调如此令人难忘，以至于我们一看到或听到他（她）的台词就能立刻判断出是谁。

这里我们要列举一部非常精彩和独特的动画电影《玛丽和马克思》(2009)。这部由澳大利亚独立动画人亚当·艾略特编剧和指导的定格动画获得了2009年法国昂西国际动画影展最佳动画长片奖，柏林国际电影节水晶熊奖及渥太华国际动画电影节最高奖。影片讲述了两位从未谋面的笔友之间的故事。玛丽是一个居住在澳大利亚、性格有些孤独和抑郁的小姑娘；马克思是一个生活在纽约的、肥胖的、患有自闭症的中年犹太男子。两个孤独的人偶然间通过一封信联系起了彼此，并通过书信一直保持了20年的友谊，他们互相倾诉和勉励，找到了自己最珍贵的友谊。这份友谊伴随着玛丽长大成人，也伴随着马克思老去。

影片的故事看起来似乎平淡无奇，然而看过影片的人无不为之动容，影片塑造了两个极其鲜明、生动的主人公以及许多极富个性的角色。而且影片最大的特点就是：主要是通过两位主人公的书信来往来介绍彼此的前史、他们的经历、他们内心情感的波澜起伏。可以说影片基本没有对话，主要是通过人物的书信（即独白）和旁白来完成叙事的。而塑造这些鲜明人物形象的正是那些极富个性的独白。特别是马克思的台词，幽默而又富有哲理，充满了个性思考，体现了他独特的精神世界和看问题的角度，把一个孤独、封闭、脆弱、敏感的内心刻画得活灵活现。例如："上周我一共捡了128个烟头。纽约人总是乱丢垃圾，我不明白他们为什么要违法。烟头很糟糕，它们一旦被冲进海里，鱼就会接着抽，然后鱼就会对尼古丁上瘾。我只是开个玩笑。烟头在水里当然不可能点着的，而且鱼也没有兜可以放打火机啊。"

"自从上次给你写信到现在没什么大事，只有我的误杀起诉、赢彩票和艾维的死。"

"当我年轻的时候，我想变成除了自己之外的任何一个人。伯纳德·哈斯豪夫医生说：如果我在一个孤岛上，我就要适应一个人生活，只有椰子和我。他说我必须要接受我自己、我的缺点和其他一切。我们无法选择自己的缺点，它们也是我们的一部分，我们必须适应它们。然而我们能选择朋友，我很高兴选择了你。"

正是这些精彩的台词构筑了性格鲜明的人物，使我们深深地为他们的友谊而感动。我们还会在第八章中专门探讨对白的写作。

对白要推进剧情发展。剧本中每个角色的台词都应当产生于人物的性格冲突之中，成为人物对冲突的态度与反应的一种表露，并且能够有力地冲击对手的心灵，促使对方采取新的行动更积极地投入冲突，从而把人物关系、戏剧情节不断向前推进。

新人编剧写对白，往往写了很多，读起来也不错，但就是感觉多而无味，有哗众取宠之嫌。如果不能有效地推动剧情发展，写得再美、再好的句子都是多余的。

六、人物的动作

1. 广义的"动作"与狭义的"动作"

"动作"一词在故事写作中有着双重的含义。首先，广义的"动作"指具有特定性格的人物面对故事中的境况时，所采用的应对和解决方式。这是剧作中对于"动作"一词比较宽泛的概念。动作由人物的性格决定，性格决定了他的选择，他的选择同时也进一步塑造了人物的真相。狭义的"动作"即我们日常生活中对动作的理解，指具体的、细节的人物动态，它们是人物内心、思想和性格的反映，是人物内心的外化，有时甚至连人物自己都没有察觉。狭义的"动作"也是故事中应用最广泛、最具体的动作。

例如《玛丽和马克思》中，玛丽是一个典型的抑郁质气质的人物，她内心丰富却又内向、胆怯，孤独、渴望友谊却又很自卑，虽然朋友很少，但一旦拥有就是非常好的朋友。当玛丽失去了马克思的友谊后，人生陷入了低谷，她颓废消沉，像母亲一样整日沉溺于酒精中。正当她绝望地想自杀时，突然收到了和她断交已久的马克思寄来的邮包。这时，她的反应会是怎样的呢？这是影片中一处重大的转折点，根据玛丽的性格，你认为她会做出怎样的反应？如果是你，你会有怎样的动作来应对这一情境？影片的处理非常耐人寻味，这封盼望已久的来信曾经让玛丽那样的伤心、失落，她一直在等待着马克思的来信，当她真的在多年后接到这一来信时，她内心的感受是丰富、复杂的，因此这里如果仅仅用喜悦的表情或欢笑来表现人物的反应是极其肤浅的。影片中，玛丽接到这封信的反应是大吃一惊，露出了一丝苦笑。当她读完马克思修复友谊的信后，她并没有喜形于色，而是平静地沉默许久，陷入沉思。这是符合玛丽内向和抑郁质的性格特征的，同时也表达了她内心的复杂感受。这里，人物的性格决定了她的选择和对事件的反应，是非常精彩的动作处理。

2. 主动作

在广义的动作中，还包含一个重要的概念——主动作。通常，故事要为主人公设定一个最高的奋斗目标，也就是他最想实现的愿望和欲求，这成为他所有行动的原动力，并推动故事向前发展，这一奋斗的过程也被称为人物和影片的主动作。

例如《玛丽和马克思》中，玛丽的主动作是什么？她最主要的目标和愿望是什么？很显然，就是寻找真正的友谊和爱。我们可以从旁白和玛丽的信件中了解到这个女孩从儿时就有的愿望：渴望友情，希望嫁给理想中的灰伯爵。这一主动作也贯穿了故事始终，她一直在为此而努力，并经历了人生中亲情、爱情和友情的各种起伏。在和马克思交往的过程中也不是一帆风顺的，经历了喜悦、坎坷、误解和理解后，在人生的成熟期，她终于寻觅到了渴望已久的真友情，在治愈自己的过程中也治愈了他人。

伊朗电影《小鞋子》中阿里兄妹的愿望和目标则是找回丢失的鞋子或者再拥有一双鞋子。为此，阿里和父亲去城里打工挣钱，父亲却意外受伤，治病花去了本来答应给妹妹买鞋的钱。后来，阿里看到全市长跑比赛的通知时，苦苦哀求老师批准他参加比赛，因为比赛季军的奖品中有一双鞋子。他在极度疲劳中奔跑，跌倒了，又不顾一切地爬起来，跑向终点。当人们向小冠军表示祝贺时，阿里抬起的却是一双充满失望的泪眼。因为他行动的主要动力就是要得到一双送给妹妹的球鞋，尽管球鞋是第三名的奖励，但他宁愿牺牲掉荣誉也愿兑现现实中一个微不足道的承诺。胜利后的失望、复杂交融的情感展现了孩子内心的单纯与美好……一个普通儿童用自己的方式实现梦想的过程让观者感到温暖动人。

3. 动作与反动作

动作是人物对事件的反应，同时人物的动作又会激起新的事件，引发情节的下一步发展。如果动作一帆风顺，故事也就没有冲突和起伏了，将会索然无味。正如人生中充满了冲突，故事中也需要有冲突，这样才会引人入胜。那么动作也需要有一个相应的对立面，即反动作。反动作指动作前进中遇到的障碍和鸿沟，它阻止人物通过动作实现目标，从而激发观众的好奇心，期待看到人物如何克服障碍。反动作由动作派生，与动作相辅相成。

例如《僵尸新娘》中，维克多的主动作是获得真爱和婚姻，他在不同场景中也有一系列不同的动作。当他被僵尸新娘劫到鬼世界后，他的动作就是想尽办法逃出鬼世界，回到人间。然而却遭到僵尸新娘的遏制，使他回到人间的一次次努力以失败告终，从而推动了故事一步步向危机和高潮发展。动作与反动作是构成故事的主要基础元素。

在美国电影《我是山姆》中，弱智患者山姆的主动作是要回七岁女儿露西的抚养权，为此，他决定聘请女律师丽塔帮他争取权利。丽塔虽然精明强干，却有点自私自利。她觉得这个案子不可能赢，推脱了山姆的请求。一根筋的山姆认定丽塔能帮他，一次次地"麻烦"丽塔，使得丽塔终于勉强接下案子，从一开始的排斥拒绝到后来的支持协助，推动故事向前发展。

韩国电影《麦田守望者》中李帝勋饰演的男一号在与好朋友出现友情危机时，焦虑地请求对方原谅自己，而对方希望有自我空间能够单独静一静，但太过在意对方看法的李帝勋不能接受对方不立即原谅自己的做法，进一步对朋友强行要求，甚至采用暴力手段来威胁。和朋友之间的这组动作与反动作导致他情感上的失落感不停地恶性循环下去，一直到朋友最终决定转学，认为自己被彻底抛弃的李帝勋结束了自己的生命。

4.动作细节与人物设计

动作的设计要与人物性格吻合，动作是性格的外化。这一点前文已有充分说明和列举，我们不再赘述。这里我们着重说说动作细节的重要表现力。

人的心灵和思想是最为复杂的。我们都知道：童言无忌。人在儿时说话、动作是不假思索的，但是随着我们一天天长大，了解各种社会规范，就会用这些规范、礼仪来约束自己。而且，我们内心深处最真实、隐秘的东西是绝不会轻易说出来的。事实上，人们往往是心口不一的。我们经常会说一些美丽和善意的谎言。但是只有一样东西不受我们控制，并且会轻易地出卖我们，那就是——人下意识的动作。

动作是心灵的潜台词，人们的行为和动作，往往比他们的语言更容易说真话。也因此，有很多心理学家专门研究人类的肢体语言和微表情，并通过这些表象来分析人内心的真实心理。我们也恰恰可以充分利用人类行为中的这种矛盾性来塑造人物、暗示人物的真实心理。例如，一个看起来赞同或顺从的角色却双臂交叉放在前胸（这个动作表示内心的不赞同和抗拒），一个陈述事实的人却不停地眨眼睛（眨眼睛是撒谎的表示），一个人不停地看表（表示焦急或不耐烦），等等。这些都微妙地揭示了非常重要的潜台词。

这种潜台词传递的信息如果被观众读到，将会对他们理解故事起到重要的作用，它传递的内容要比人物的对白更真实、更有力度。这是观众自己解读到的信息，而且不同的人可能会有不同的理解，这会增加观众的参与感和成就感。而且生活中的人和事物往往是复杂的，这种观察和感受正与我们在生活中的体会相吻合。同时，如果人物的肢体语言与他的对白截然相反或相互矛盾时，也可以达到刻画人物复杂性和内心矛盾的效果。电影是一门视听艺术，我们也应充分利用各种视听手段调度观众的视觉和听觉感官，观众通过自己解读得到的信息也会丰富故事本身的内容。

因此不管是编剧还是导演，都要记得让人物总是有点动作，这个动作可以是有目的的或下意识的，它们可以补充对话或揭示角色，或者表现潜台词。在设计人物时，也可以为他设计一些独特的行为举止或习惯性动作。这些动作有时可以表现人物的前史，有时也可以表现或揭示人物特征，或让观众牢牢记住人物。

总之，动作是讲故事的一大利器，从某种程度来说，动作比对白更为重要。

案例分析：

《沉静如海》(*Le Silence de la Mer*，2004)

导演：皮埃尔·布特隆

编剧：安娜·吉阿弗里

这部影片根据法国作家韦尔科(Vercors)写于二战期间的同名小说改编，讲述了一个沉静中略带伤感的爱情故事。1940年，被德国占领的法国，父母早亡的美丽女孩让娜是一位钢琴教师，她和爷爷住在乡村的一幢大房子里。然而一天，他们平静的生活却突然被一位年轻的德国军官凡尔纳打破。他们的房子被德军征用，凡尔纳要借宿在他们家中。愤怒的让娜和爷爷非常抵触，于是两人以沉默无语的方式对抗凡尔纳，一句话也不对他说，仿佛他不存在一样。年轻英俊的凡尔纳彬彬有礼，而且深爱法国文化，他尽量不打扰他们并试图接近他们，有时甚至自己在火炉前自言自语，表达他对法国文化和音乐的热爱以及自己被迫参战的缘由。让娜和爷爷也逐渐对凡尔纳产生了好感，但表面上仍然以沉默相对。凡尔纳在战前也是一名作曲家，他的文雅、礼貌和对音乐的热爱似乎悄悄拉近了与让娜的距离。两个年轻人心中泛起了爱的涟漪。但让娜表面上却依然沉默不语。直到影片结尾，凡尔纳即将被派往寒冷艰苦的苏联前线，踏上死亡的征程。他最后与让娜道别，女孩强忍住悲伤，对他深爱的敌人说出了平生第一句也是最后一句话：Adieu. 这个词在法语中既表达“再见”又含有“永别”的意思。

这部影片非常独特，男女主角之间除了结尾最后告别的一个词之外没有任何对话，然而人物之间细腻、复杂的感情却令观众感动至深。而这细腻、丰富的感情完全是通过人物的动作和细节表达出来的。可以说这部影片是通过动作和细节构筑的，因此我们就结合本片分析一下其中动作对内心的表达。由于片中精彩的动作和细节表现实在是太丰富了，我们就主要列举一些展现让娜心理变化的精彩片段：

- 当让娜得到通知，一名德国军官将住进他父母从前的房间时，她把刚刚在房间里摆好的鲜花愤怒地扔进壁炉里。这个动作鲜明地表达出了让娜的愤怒与抵触。

- 凡尔纳的出场：夜晚，在让娜悠扬的琴声中，一辆德国轿车缓缓驶来，笔挺的德国军靴静静地走下车，仿佛生怕打扰了琴声和房屋的主人。穿军靴的脚步慢慢、静静地走向房门，在门口犹豫停留了片刻，从军靴上摇，一个身材修长的年轻德国军官的背影轻轻地推开了房门。让娜还沉浸在音乐中，当观众的视线随着安娜慢慢摇到出现在镜中的军官身影时，让娜也看到了军官，琴声戛然而止，年轻英俊的军官静静地站在那里。

这个片段也是运用特写和背影的方式展现男主人公，他的脚步给我们留下了第一印象，文雅、有礼貌，并欣赏着这悠扬的音乐。

- 让娜和凡尔纳第三次见面：夜晚，让娜正在厨房泡着因走路而肿痛的脚，她听到凡尔纳下车的声音，便急忙擦干脚跑到客厅，在沙发中坐好。这样，当凡尔纳走进客厅时，她便可以见到他了。这个动作非常细腻地暗示了让娜的内心活动，也让人觉得她非常可爱。虽然在凡尔纳独白时，让娜依然不说话也不理睬，而且她手里捧着一本书装模作样地在读，但透过她的表情和眼睛的细微动作，我们可以看出她其实并没有在读书，而是在认真地倾听凡尔纳的声音。让娜读的这本书也是导演精心选择的，书的名字叫《人类的爱》，似乎也在暗示着什么。

- 早晨，丢失了自行车的让娜走路去上课，脚上的泡很疼，她坐在路边休息。恰好凡尔纳的车驶过，他停下车请让娜搭车，让娜犹豫了一会儿站起身来。凡尔纳以为让娜朝自己的车走来是同意搭车，没想到让娜经过车门时径直向前走去，头也不回，也没有说一句话。她用自己的动作表达了自己的态度和敌意。

- 又一晚，凡尔纳还没有回来，坐在客厅里的让娜显得焦急，当爷爷说要上楼时，让娜显得更为紧张，她似乎害怕单独面对凡尔纳。这时，凡尔纳回来了，让娜也放心了。凡尔纳对着炉火诉说海的平静，并不时深情地看向让娜，也含蓄地表达了他对让娜的好感。让娜显得非常紧张。这是一个女孩在面对心爱的人时的那种羞涩和紧张，而这一切都被爷爷和观众看在眼里。

- 圣诞夜，凡尔纳去军部参加晚会，爷爷也外出参加聚会。让娜独自在家，她悄悄地走进凡尔纳的卧室，躺在他的床上，体会着他的味道与空气。这一动作更加鲜明地表达了让娜内心对凡尔纳热烈的爱与渴望。

- 当然，影片最精彩的动作表现应该是情节最高潮的部分：凡尔纳与军官朋友聚会的夜晚，让娜的邻居——抵抗组织成员将炸弹悄悄地绑在凡尔纳的车底，这一切都被让娜看在眼里。焦急的她在凡尔纳的房门前不停地徘徊，最终也没有敲响他的门，于是她就在厨房的窗户旁守候了一夜。第二天一早，当她听到凡尔纳的下楼声时，让娜焦急得不知如何是好。她突然想出了一个办法：她跑到钢琴前，弹奏起一首旋律非常强烈、紧张的乐曲。这让凡尔纳非常吃惊，因为自从他来到让娜家的那个夜晚就再也没有听到过让娜弹琴。让娜虽然没有说话，但她惊恐的目光也在向凡尔纳诉说着什么紧急的事，这阻止了凡尔纳走出房门。此时，我们听到凡尔纳的司机发动了汽车，引爆了炸弹。凡尔纳才恍然大悟：让娜是在用这种方式挽救自己的生命。让娜对他的爱与好感也在此对凡尔纳和观众表露无遗。

……

影片中充满了这样丰富、生动的动作表现。虽然主人公没有说一句话，但他们细微的心理活动都通过动作展示出来，从而被观众了解得一清二楚，因此无论是情节的发展还是人物的塑造都非常引人入胜。这部影片在原作的基础上做了非常大的改动。原作是一部很简短的小说，是以老人的第一人称视角叙述的，没有如此丰富的情节，主要由凡尔纳的大段话语和老人的心理感受构成。女孩也不是老人的孙女而是他的侄女，在故事中出现的篇幅比较少，表达比较含蓄，倒是老人的内心活动传达得比较丰富。1949 年法国导演梅尔维尔就曾将这部小说拍成同名黑白电影，影片完全遵循原著的叙事手法，侧重的是通过三个人物表现文化与战争的冲突。而 2004 年的这部影片则对原著做了很大的修改和丰富，以客观视角叙事，增添了许多丰富的情节。影片侧重表现的是女孩和军官之间的细腻爱情，爷爷成了配角。影片在故事性上得到了极大的加强，而且对于人物的设计也比原著要丰富许多。不但为女孩设计了钢琴教师的职业，并且把故事从单一的乡村房舍拓展到了整个社会，增加了让娜的邻居一家、她的不同学生、她的表哥和城市里的许多生活场景。这些都使得故事更为真实、具体、生动。而且影片除了主情节爱情线索外，还增设了以邻居一家为代表的抵抗组织运动和普通法国人在二战中的生活状态，使故事的冲突更为立体、丰富，也为这一悲伤的爱情故事塑造了更坚实可信的社会和文化背景。另外，影片的高潮情节“让娜通过弹钢琴挽救了凡尔纳生命”也完全是编剧为影片重新创作的情节，小说中并没有，对人物的这一动作设计构思非常精彩也非常合理，充分体现了人物内心强烈的冲突，这可以说是让娜面临的巨大两难选择，最终爱战胜了仇恨，让娜对凡尔纳浓烈的爱也表达得淋漓尽致。

总之，2004 年的这部《沉静如海》非常完美地通过人物的动作讲述了一个感人至深的爱情故事，这大概是这部影片众多亮点中最让人难忘的一个，像这样的精彩故事有很多很多，都非常值得我们研究和学习。大家也可以在生活中多观察和研究人物的动作。

七、被动主人公的塑造

前面我们讨论过故事中的“英雄”（主人公）所应该具备的特质以及人物的本质和真相。主人公身上必须具备令人信服地实施选择所必备的素质。他们必须是能够了解、接受并迎接命运挑战的人。因此在塑造主人公时一定要让他有主张、有信念，让他主张或坚信一些东西，而不只是被动地接受一些东西。他或她一开始或许可以是胆怯、懦弱或被动的，这可以加强戏剧性的张力，但是最终他必须要自己清晰地作出一个行动决定，这个决定绝不可以由别人为他安排。这也是故事价值的体现。

例如经典的美国电影《毕业生》（1967），主人公本杰明是一名家庭条件优越的大学毕业生。在影片开始他呈现给观众的面貌是：对未来迷茫、麻木，对父母安排的舒适生活丝毫感觉不到快乐，在父母的朋友鲁宾逊夫人的引诱下成了她的情人，并以此来逃避现实问题。这呈现给我们的是一个看似被动的、没有方向的主人公。然而当本杰明结识了鲁宾逊夫人的女儿伊莱恩之后，年轻、纯真的伊莱恩唤醒了他的内心，他爱上了伊莱恩，却受到鲁宾逊夫人的阻挠。于是，本杰明勇敢地向伊莱恩坦白了一切，并克服重重阻挠去追求自己的真爱。在影片后半部分，本杰明以常人所没有的勇气真诚地面对自己，反抗权威，勇敢追求自己的真爱，成为令人钦佩的主人公。这部影片也通过本杰明的爱情经历，体现了青年人的成长及对成年人社会的反抗，成为美国新好莱坞电影的代表作。

在获得柏林电影金熊奖的《白日焰火》中，廖凡饰演的张自力一开始是一个被妻子抛弃的警察，在第一起碎尸案查案过程中队友的意外死亡在他心里留下了阴影。他每天靠酗酒度日，糜烂堕落地消耗着一天又一天。当碎尸案再次出现的时候，他因为与自己的队友会面再次引发了对查案的兴趣，重燃生活的信念，积极地着手调查案件。男主角张自力胡子拉碴，眼神浑浊，瑟缩在破旧的皮夹克里东张西望，表面上看活脱脱窝囊废一个。可一路逃过凶手追逐，打探线索，有时候还透着点老练刑警的机智劲儿。前队友曾问过张自力，为啥非要搅和这个案子，他只答想要输得慢点。或许是想要些证明，不然人生也太失败了。前队友笑得憨厚，说：“咋的，那你还想要赢得人生啊。”最后，小警察历尽磨难查明了真相，在庆功宴的酒桌上得到警队众人的交口称赞。老式的交谊舞厅里，他有些疯狂地扭着不成样子的舞步，得意而陶醉，然而在这份成功的背后有一般人体会不到的内心的纠结与挣扎，对爱情的热望与幻灭。因此影片也就超越了一般意义上模式类影片的小人物的所谓成功，而具有一份沉甸甸的生活况味。

让主人公遇见自己想要赢得的人生，可以化被动为主动。主人公必须要有主张，并有面对挑战和迎接挑战的能力，也许这种能力和信仰是蛰伏的，但最终一定会破茧而出。

八、人物弧光与人物揭示

1.人物弧光

正如每一个人都有自己的成长和发展历程，人物也有自己的发展轨迹。人物弧光即人物本性的发展轨迹及变化。如果一个故事中的人物从开始到结束都是一个状态，没有任何变化，那么人物的魅力和故事的冲突就会减弱，这样的人物也支撑不起一个理想的故事。在故事开始前观众已经对人物的成长有一个潜意识里的心理预期了，他们知道人物必将成长，这也是他们能够忘我地投入到故事中去的心理机制。观众在故事的发展过程中看到人物的发展和转化，直到他发现和认识真实的自我。

例如影片《窃听风暴》讲述在德国统一前，政治气氛十分紧张——在监听作家瑞德曼的过程中，卫斯勒逐渐发现现实并不像政客们吹嘘的那样，现实远比主义要残酷得多。被政客们扭曲了的共产主义不过是他们攫取权力与利益的工具，而人民得到的却只有折磨与屈辱。这不是卫斯勒的理想，他要为之服务的不是这个黑暗的政府，而是那些真正的人民。卫斯勒虽然被这一群奋力反抗压迫的人们所感染，可他并没有忘记自己的职责所在，他还没有足够的勇气背叛这个强大的政府。出于自己的职责，他将瑞德曼等人的“反动”计划写进了报告，并准备向自己的上司古毕兹汇报。在古毕兹的办公室里，古毕兹向他介绍了一篇学生论文，其中详细论述了制裁“反动”艺术家的手段，可以使他们永远不能进行创作。这让卫斯勒感到十分不安，他不忍心让德瑞曼这样一个伟大的天才艺术家丧失创作的能力。于是，他在非常短的时间里作出决定，放弃揭发瑞德曼，转而向古毕兹建议缩减对德瑞曼的监控规模。

与卫斯勒一同执行监控任务的另一位同事撤出后，只剩卫斯勒一人。他每天伴随德瑞曼写作，聆听德瑞曼和他的朋友阐述对社会的见解，而在监控报告里，卫斯勒只写他们在创作剧本。德瑞曼的文章在西德发表后，引起了极大的轰动。古毕兹向卫斯勒施加了巨大的压力。同时，克莉丝塔也被逮捕了。而卫斯勒被古毕兹要求审讯克莉丝塔，迫于压力和内心的恐惧，克莉丝塔说出了德瑞曼藏匿重要证据——打字机的地方。审讯完毕后，卫斯勒马上离开了监狱，来到瑞德曼的公寓，取走了打字机。随后，古毕兹赶到了公寓进行搜查，羞愧难当的克莉丝塔选择了自杀。卫斯勒痛苦地扑倒在西兰身旁，他为自己没能保全这群善良的人们而感到愧疚。古毕兹的搜查一无所获，他恼羞成怒，将这一切怪罪于卫斯勒，并将他降职到地窖拆信。卫斯勒默默地忍受着这样屈辱的生活，一直到4年零7个月后，也就是1989年11月9日，柏林墙被推倒，东西德合并。卫斯勒从训练有素、残酷冷漠的监听者蜕变为饱含正义，绽放人性光辉的“英雄”，人物一系列的转变自然合理又感人至深。

例如《沉静如海》中的让娜，她对德国军官凡尔纳先是极度地排斥，进而在逐渐接触和了解的过程中产生好感。然而这种好感是潜意识的，让娜表面上还是做出冷漠排斥的样子，她的意识告诉她不可以喜欢上一个敌人。直到最后，在凡尔纳的生死关头，让娜在两难选择中做出了最终的选择，也体现了她的本质——她对凡尔纳的爱。她从开头对凡尔纳的排斥逐渐发展为对一个与自己有着同样气质的男青年的爱，这种爱跨越了国界与政治，是人类心灵中最纯真美好的感情。

2.人物揭示

有时我们在讲述故事时也会运用欲扬先抑或欲抑先扬的手法来塑造人物，这也被称为人物揭示，即用对比或反衬的人物塑造来揭示人物真相。人往往并不像他们表面看上去那样，每个人的表面下都深藏着一个真实的自我，有时甚至连自己都认识不到自己最本质的一面。

欲扬先抑的例子很多，例如《僵尸新娘》中对僵尸新娘艾米丽的表现：僵尸新娘第一次出场给我们的印象是阴森、恐怖、邪恶的，然而随着故事的发展，我们对她的了解不断增加，人物揭示层层展开，露出僵尸新娘善良、可爱的内心世界。而她的人物真相是在她的终极选择中体现的：让维克多死去就可以与自己成婚；让维克多保留生命自己将孑然一身。最终她的选择让我们认识到了一个骷髅外表包裹下的美丽心灵。

再如《特别响，非常近》的主角奥斯卡，在开始他给我们的印象是一个心灵受创伤的愤怒、刻薄、不近情理的孩子，然而随着故事层层展开，我们了解到了事件的真相，知道了奥斯卡所背负的精神重担，也理解了他的一切怪异举止。人物也在最后剥开了缠绕自己心灵的层层束缚，认识到了自己真正痛苦的根源。

还有《巴黎圣母院》中的敲钟人卡西莫多，几何形的脸，四方形的鼻子，向外凸的嘴，上帝把一切丑陋都给了他。作为一个被父母遗弃在巴黎圣母院门前的畸形儿，他爱慕爱丝美拉达却不敢表达，他害怕，从来都只能躲在暗处默默关心着她，直到她被送上绞刑架，他再也无法沉默，终于挺身而出救下爱丝美拉达。卡西莫多的外貌丑陋，但他的内心却是高尚的。他被赋予了一种“另类美丽”，一种隐含的内在美。

欲抑先扬的例子也同样精彩，即一个人物表面上看起来非常善良正直，然而随着故事的深入，我们发现他居然是最阴险邪恶的角色。例如影片《洛城机密》(1997)表现了50年代洛杉矶整个社会与警局的黑暗内幕。男主角艾德警官接替了因公殉职的父亲，成为一名有抱负的年轻警员，父亲生前的好友——在警局奋战多年、功勋累累的达德利警长非常和蔼可亲，时时关照他，并提醒他在警局的生存法则。随着故事的发展，我们看到越来越多接触到犯罪集团内幕的警员或证人被杀，结果在影片结尾我们惊讶地发现最邪恶的幕后黑手竟然就是达德利警长。这一剧情突转令观众意外不已，角色的阴险复杂被鲜明地刻画出来，推动了故事接下来的发展和高潮的到来。

再比如影片《血色将至》中表面上温文尔雅、彬彬有礼的神父，却充分利用了小镇居民的善良无知宣扬迷信观念并以“上帝的先知”为名花了大量的力气进行自己的形象建设，通过宗教欺骗民众从而接受“资助”，以掩盖心中的残暴和贪婪。他靠着卓越的口才与表演天赋将全镇上下控于其股掌之上，教堂越盖越大，信徒也越来越多。在一次次驱魔的“表演”之下隐藏着的，却是一颗想要掌控一切、主宰一切的狼子野心。还有《笑傲江湖》中华山派掌门岳不群开篇就以慈父良师，号称“君子剑”的一代大侠身份亮相。可是谁能想到，这慈父会利用女儿的幸福达到自己的目的，这良师会为了私心杀害自己的徒弟，堂堂“君子剑”实则是个不折不扣的阴险小人，为了野心而掀起武林中的腥风血雨，随着剧情的推进，“伪君子”竟然是隐藏最深的真小人，真是让人大跌眼镜。

人物弧光、人物揭示都为我们提供了一个生动、复杂、立体的人物形象，使得人物和故事引人入胜，而不致乏味平淡。最终它们体现的都是人物的价值。

九、人物的价值

人物的价值也是故事的价值，因为所有的故事都是围绕着人物而展开的，人物统领故事。人物的价值是指：从故事开头到结尾，人物自身是否发生了价值的彻底改变。这种价值可以指价值观、思想、态度、自我意识等不同方面。正如人物弧光一样，主人公如果从始至终没有改变，这个故事是没有意义或缺乏深度的，而最深刻的改变莫过于价值的改变。例如《玛丽和马克思》中，主人公在故事的开头和结尾有怎样的价值改变？他们都由孤独、封闭的状态转而拥有世界上最真挚的友谊，他们的心灵得到了滋润，精神找到了坚强的支柱，之后的人生道路变得不再艰难苦楚。再如《沉静如海》中女主人公让娜的价值转变：她认识到了自己对凡尔纳热烈的爱是无法阻止的，改变了对自认为是“敌人”的凡尔纳的印象，也认识到了真正的爱是跨越文化、种族和国界的。再比如《完美世界》中的罪犯布什被天真无邪的小人质菲利普所感染，逃亡路上他的所作所为俨然是一位慈父。因得不到父爱而郁郁寡欢的菲利普却在常人看来是十足的坏蛋的罪犯身上找寻到了父爱，与罪犯产生真感情。布什的心灵得到净化，菲利普的情感得到满足，人物的价值实现彻底转变。

由此可见，人物价值的转变是故事隐藏的灵魂线索和核心，也是人物设计的核心。

本章小结

通过本章各节的描述，我们分别讨论了关于人物与人物设计的诸多要点。其实在故事和人物设计中，以上内容都是综合在一起考虑的，我们只是为了论述方便，将其一一列出。人物来源于生活，生活是如此丰富，人物设计的方法也绝不仅限于以上所述。在好的故事中我们也会发现，人物的设计是丰富而全面的，既要将上述要点全部融会贯通，又要将人物的特点贯穿故事始终。

最后，我们还是列举《玛丽和马克思》中的人物设计。两位主人公个性鲜明，并一以贯之。以马克思为例：马克思害怕新事物，他有 8 套一模一样的衣服，来回换着穿；他 9 年始终买同一个彩票号码，等等。这些都是将人物的某一个性特点进行夸张，从而给我们留下深刻的印象。另外，他有着严明的规则和清晰的逻辑、固定食谱。这些都与他的性格特点相符，再次加强了他给我们的印象。

除了主人公之外，影片的配角个性也十分鲜明，并贯穿故事始终。例如，玛丽的妈妈由于酗酒总是迷迷糊糊的，她每次出场都呈现出这样的状态，比如烤蛋糕、给生日蛋糕插蜡烛等，最终她的死也源于自己的这一特点。还有亨利，他最大的特点就是命运多舛，每次都是被伤害，结局很悲惨。最戏剧性的莫过于玛丽的邻居雷了，他恰恰相反，从故事的开头到结束形成了巨大的变化反差。这种极具反差的幽默效果也令我们对他之前夸张的心理疾病印象颇深。他的治愈也从侧面映衬了玛丽与马克思心灵的治愈。

人物即自知，你就是你的主人公，当我们在讲述故事或刻画人物时，都在他们身上凝聚了我们的人生态度和思考。我们对人物的认识来源于我们对生活的认知。因此，在做人物设计时，我们要调动我们丰富的经验和知识，灵活、综合运用上述人物设计的手法，并积极探索新的表现手法。

思考与练习

1. 观察一个陌生人，凭记忆记住他的特征（不要借助照片、录像等媒介，凭借记忆而不是影像设备可以使我们观察得更仔细，并能抓住人物最主要的特点），回来后凭记忆画下来。然后写出他的故事：猜测陌生人的前史、经历、环境、现状、求索、障碍等。
2. 观察身边的朋友、同学和家人，思考他们是哪种气质类型，观察他们平时走路的姿势和特点，以及他们平时的生活习惯、言谈举止、喜好和细节，看看不同气质类型的人都有哪些习惯、爱好和特点。
3. 思考你的故事中人物价值的转变。

第六章　电影故事的情节与结构

概述

本章重点分析了影片故事结构的构成要素、结构与情节之间的内在关系、悬念的设计、伏笔的设置和揭晓，并进一步分析如何通过结构内部各要素的精心设计与安排来营造影片叙事的整体节奏。通过必要的图示、图表便于读者更好地理解结构中的节拍、时间的控制以及对于影片节奏的影响。

故事是由人物、情节与结构共同构成的。如果说人物是故事的灵魂，那么情节与结构可以被视作故事的血肉和骨骼，是构成故事的重要元素。故事宛如中世纪的挂毯，正是通过情节与结构的巧妙编织，娓娓道来，不断吸引观众和读者随着主人公经历整个故事过程。我们已经在第五章中初步介绍了结构的概念及结构与人物的关系。在这一章中，我们将专门探讨经典故事的情节、结构有何规律，以及故事情节结构设计方面的话题。从中我们将领略到故事自身的生命力和节奏，感受它偾张的脉搏与呼吸。

第一节　故事的悬念

人类深深地被故事吸引，每个人成长的历程都是由一个个故事构建而成的。从故事中我们不断吸取生命和灵魂的养料，了解周遭世界，懂得善与恶，感受真善美……。那么故事的魔力到底源自何处？早在两千多年前，人类就开始思考这一问题，古希腊哲学家亚里士多德在他的著作《诗学》中就对故事进行了精彩的分析和研究。他不仅探讨了史诗、悲剧和喜剧的美学艺术，还分析了故事的结构规律，以及故事对心灵的净化和宣泄作用。亚里士多德在《诗学》中提出的观点至今仍对我们颇有启示，它奠定了西方文艺美学和叙事学的核心基础，今天我们对故事的很多认识仍源于亚里士多德的《诗学》。人类对故事的探索和思考从未停歇。

比如好莱坞的“三 S”叙事原则就是好莱坞电影人发明的，即影片的开头，要给观众一个 Surprise（惊讶、惊喜），以便吸引观众；影片的展开部，要能设置 Suspense（悬疑、延宕），以便留住观众；影片的结尾，要给观众一个 Satisfaction（满足、称心），以此来慰藉、回报那些掏钱买票的观众。“三 S”叙事原则在抓住观众眼球和心理上做足了功课，成为好莱坞电影票房制胜的法宝。

一、故事是时间艺术

我们可以把艺术粗略地划分为时间艺术与空间艺术。时间艺术指必须经过时间的流程才能完成整个作品欣赏过程的艺术样式，例如音乐、文学、舞蹈、电影、戏剧等。空间艺术指以空间作为主要存在方式的艺术样式，如绘画、雕塑、建筑等，强调的是空间的维度与造型艺术。

我们先来看看纯粹的时间艺术：音乐作品必须经过时间的流程，才能欣赏完整部作品，从而实现对作品的感受与理解。文学作品必须通过阅读完整部作品，才能完成对作品的理解与欣赏。舞蹈、电影、戏剧等既是时间艺术又是空间艺术，但它们首先是时间艺术，因为必须随着时间的流程才能完成对整部作品的理解。一部电影必须完整地看到最后才能完全理解它的情节和故事，从而得到情感上的升华。

对于时间艺术来说，有一个最重要的规律：把最好的留到最后。这是时间艺术的要义。它必须一直让观众对接下来要发生的事情保持关注和好奇。只有到达结尾时，观众才能完全理解故事的完整情节，结尾是故事的终点和高潮，一切人物纠葛和情节发展到故事终点时才会给出观众答案，从而使观众达到情绪和精神上的高潮。对此，美国作家福斯特曾在他的著作《小说面面观》中对故事的本质做出这样的表述：“故事只有一个优点，就是让观众想知道接下来发生什么；故事也只有一个错误，观众不想知道接下来会发生什么。”

故事的情节和结构也围绕这一规律展开。悬念正是引起观众产生好奇，推动故事向前发展的动力。那么如何让观众产生悬念？如何吸引观众看下去？

二、悬念的设计

悬念是观众在欣赏戏剧、电影或者其他文艺作品时的一种心理活动，即关心故事发展和人物命运的紧张心情。悬念像经络一样，贯穿故事始终，吸引着观众完成接下来的故事旅程。影片最大的悬念就来源于人物的主动作，同时在每个场景或段落中再辅以小的悬念，使故事始终引人入胜。

一个剧本里必须要有悬念，没有悬念，故事便没有跌宕起伏。平铺直叙、淡而无味，是对观众丝毫没有吸引力的。悬念是根据观众看戏情绪需要得到调动的特点，在戏剧技巧上采取故布疑阵的手法，对剧情作悬而未决和结局难料的安排，引起观众好奇加剧，急于知道结局的迫切期待心理。戏剧悬念的实质是对观众心理的收纵驾驭。所以一个好的剧本至少要有一个总悬念，为了保持故事内在的张力，还要设置几个小悬念。例如经典美剧《越狱》中迈克尔·斯科菲尔德持枪抢劫银行只为入狱，为什么？因为他要救出哥哥林肯，并要在有限的时间里逃出戒备森严的监狱，他能成功吗？这就是悬念。《史密斯夫妇》中各为其主却不知对方身份的杀手夫妻最后发现自己要下手的对象就是对方时，他们会做出怎样的选择？《鼠国流浪记》里生活奢华的宠物鼠罗迪被狡猾的无赖西德从厕所里冲进了弥漫着恶臭的下水道，罗迪会遭遇些什么？还能回到温暖舒适的家吗？一个大悬念勾起观众的观影欲望，几个小悬念时刻吊住观众的胃口，让他乖乖坐在椅子上盯着荧幕。这就是悬念的魅力。

悬念出现在观众与人物信息不对等的时刻。观众看到甲拿刀躲在门后，乙也知道了，因为有拿了刀的人影，这时观众也有期待，但不会紧张。因为大家的信息是对等的，所以不是悬念。如果观众知道，但乙不知道，这时观众就会为乙担心。“别过去，有人要杀你呢！”这就是悬念。这实际上是希区柯克的悬念观。

希区柯克举例说，两个人在火车上谈话，他们脚边放着一个包。突然，包爆炸了，观众和人物都大吃一惊。这时，观众和人物事先都不知道，所以不是悬念。这时只有惊奇。惊奇的时间非常短，一般只有几秒钟就过去了，而且这办法不能常用。如果观众知道那包里是定时炸弹，而在一边谈话的人物并不知道，因为观众比人物知道得多，所以就产生了悬念。观众会从内心发出警告：“喂，你们别瞎聊啦！炸弹快爆炸啦！”这就会产生紧张感，这种紧张感不是转瞬即逝的，而是可以延续一段时间，这就是悬念的延宕。要制造悬念的延宕，就必须让悬念有时间上的紧迫感。比如《越狱》中迈克·斯科菲尔德必须在一个月内带着哥哥林肯·布鲁斯逃离监狱，否则后者就要被执行死刑。《生死时速》中的巴士必须维持在时速 120 公里，否则车里的炸弹就会爆炸。这样命悬一线的悬念设计都是非常精彩的。

悬念会产生两种感情：希望和恐惧。我们希望角色能有好的结局（但是又害怕结局会相反）；或者是我们担心结局会很糟糕（但又隐隐希望不会）。悬念造成心理上的不适，因为过度的不确定让人烦恼；但是，因为电影叙述通常总会有结局，因此也就向观众承诺了一种如释重负的快乐——虽然这种快乐来得比较晚。

例如影片《玛丽和马克思》，我们看看故事一开始产生了哪些悬念？随后又有哪些悬念推动着故事前进并牢牢地吸引住你？首先，当玛丽在邮局偶然撕下了一个地址并将其选为她的笔友后，我们会好奇，她撕下的这个地址住着一个什么样的人？她的笔友将是一个怎样性情的人？他收到信后会有何反应？这个悬念吸引我们看下去。当我们看到马克思这个中年男人后，会好奇：他之前都有哪些经历？于是故事通过马克思的回信向我们娓娓道来。马克思连续几次接到玛丽的信后，受到了强烈的刺激，住进了医院。我们会担心：他出院后还会和玛丽保持通信来往吗？就这样，一个又一个悬念不断衔接，吸引我们看下去。在经历了风风雨雨后，故事的最后又给我们留下了一个重大的悬念，即玛丽与马克思的见面，其实这个悬念也肇始于影片的第一个悬念。当玛丽终于见到马克思这位挚友时，马克思却刚刚离世，这为影片带来了强烈的悲剧气氛。然而故事在结束后依然留给了我们一个开放式的悬念：玛丽的精神支柱马克思去世了，那么玛丽接下来会如何生活下去？虽然影片并未给出答案，但很显然观众从影片结尾感受到了马克思留给玛丽的精神力量，虽然他离世了，但这种强大的精神力量依然会支撑着玛丽度过余生，她不再孤单，寻找到了生活中的温暖和希望。这也完成了主人公的主动作——寻求真正的友谊——这一主要悬念。

再比如电影《危情三日》，影片在开头不久就建立起总悬念：当妻子突然入狱、幸福家庭突遭横祸后，男主人该如何面对？观众非常关注男主人公在妻子被捕之后如何打算。劳拉的入狱非常突然，影片在几个简短的镜头过后，观众就看到一群警察冲进约翰家里逮捕劳拉。这时，观众的好奇心被挑起：劳拉为何突然入狱？直到约翰去找律师，翻阅证据资料的时候观众才知道劳拉突然入狱的原因。这个悬念似乎在此处就已经解决了。其实不然，约翰相信妻子是清白的、是无辜的，所以他不服法院和律师提供的“有效证据”。在试图通过正常的法律程序为劳拉辩护失败后，约翰决定劫狱。观众在看这部影片的时候，大部分时间都在想：劫狱能不能成功？尤其到最后，观众所关注的就是这一家能不能安全离开美国，能否重新开始新的幸福生活。这是个很重要的悬念设置，没有这个悬念，影片将无任何观赏性可言。那么劳拉到底是不是清白的？影片对此交代得并不清楚，因为这个片子主要展现的是非同一般的劫狱过程，所以关于劳拉到底犯了什么罪，倒成了次要内容。影片最后给了观众一个开放式的结局，劳拉是否清白这个悬念就成了被搁置的悬念。开放式的结局成了观众不断揣测影片的理由之一。除了以上几个主要的悬念外，影片中还大量使用了分悬念、小悬念，一波未平，一波又起，旧的不断解决，新的不断建立，环环相扣，走向最后的高潮。

每部电影某种程度上都是某种谜底的揭晓。由上面的例子我们可以看出，并不是希区柯克那样的悬疑电影才有悬念，不管什么类型的电影都应该持续地让观众迫切想知道“接下来会发生什么”并热切地期待故事往下推进。例如动作片的悬念：正义是否会战胜邪恶？如《谍影重重》《变脸》；灾难片的悬念：人类是否能从灾难中拯救自己？如《2012》

《后天》;爱情片的悬念:主人公是否能得到他(她)心爱的人?如《漂亮女人》《两小无猜》;生活伦理片的悬念:生活矛盾如何解决?如《克莱默夫妇》《美国丽人》;庭审片的悬念:真理能否以法律的方式伸张?是否会有法外情?如电影《沉睡者》《死囚上路》;情节剧的悬念:人物纠结的心理危机如何应对?如电影《心理医师》《百万美元宝贝》。甚至淡化情节、偏重意境、哲理的电影也会有些牵动观众悬念的线索,即人如何生存?人如何与命运抗争?人最终获得什么样的解脱与救赎?比如越南电影《恋恋三季》,基耶洛夫斯基执导的《红》《白》《蓝》。那么我们知道了有如此丰富的悬念类型后,电影又有哪些制造悬念的方法呢?

1.悬念的构成方式

(1)主动作、动作与反动作

前面我们讨论过,动作是表现人物和塑造故事情节的重要手段。人物的主动作即人物最主要的求索目标就构成了故事最主要的悬念。人物还有一系列具体的动作与反动作,即人物在实现目标过程中付出的努力,以及这一行动面临的重重阻碍;人物面对境况时做出的选择,以及这一选择带来的后果,等等。反动作是动作前进中遇到的障碍和鸿沟,它阻止人物通过动作实现目标,从而激发观众的好奇,期待看到人物如何克服障碍。例如《僵尸新娘》中维克多想要从鬼世界回到人间,却遇到重重阻碍,观众的悬念由此产生:维克多是否能回到人间?他要通过怎样的方法才能回到人间?再比如《功夫小蝇》中被谋杀致死重生为一只苍蝇的纳尼要向心狠手辣的黑帮老大复仇,观众的好奇心被挑起:苍蝇怎么向人类复仇?最后能否成功?

反动作由动作派生,与动作相辅相成。动作与反动作构成了求索与鸿沟,即欲望和障碍,这之间便产生了悬念。随着情节的深化发展,动作与反动作的冲突不断加深,悬念也随之越来越紧张,故事的张力也越来越强。

(2)通过叙事结构产生悬念

电影是一门时空艺术,时间和空间是讲述故事的一个重要手段。电影故事可以跨越时间、空间,按照对叙事最有表现力的方式进行讲述。例如运用倒叙、插叙等方式叙事,把结尾或较晚时刻发生的事件放在影片开头表述,从而引起观众的悬念。

例如2008年公映的热门夺奖影片《贫民窟的百万富翁》就利用倒叙和闪回的方式讲述了一个充满动感并感人至深的精彩故事。影片先是以主人公贾马尔遭受警察毒打开始,并辅以字幕:“孟买,2006年。贾马尔离赢得2000万卢比只差一个问题。他是怎样做到的?A.他作弊 B.他运气好 C.他是天才 D.命中注定。”接下来影片不断利用动作切换,在灯光闪烁的“谁将成为百万富翁”的节目录制现场和警局之间交叉剪辑,创造了一种动感、迷离、困惑的故事时空。这引起了观众强烈的悬念:这个男孩是谁?他是怎么来到警局的？又为何遭此毒打？他在节目录制现场发生了什么？随着故事的发展，我们了解到，他是因为奇迹般地答对了节目的所有问题，只差一个问题就拿到头奖，电视台怀疑他作弊，将他送到警局进行审问。由此我们又产生了新的悬念：他，一个没有任何学历的茶水工，是如何能够答对所有问题的呢？这也是警察心中的悬念，于是，随着贾马尔对每一次答题的回忆，故事层层展开，揭开了背后的谜团，原来曾经苦难的生活就是最好的答案，这一回忆的过程展现了贫民窟孩子们水深火热又奋力抗争的生活经历。

通过调整叙事结构可以有效地制造悬念，这是常用的一种方法。

以上介绍了悬念构成的两种主要方式，当然还会有其他各种制造悬念的灵活方法，比如利用道具、对白、动作等因素，还要靠你自己在故事创作中寻找恰当的时机，灵活运用各种适宜的元素来制造悬念。

2. 悬念的类型

我们可以按照知情者的角度将悬念粗略地划分为以下几种不同类型：

(1)剧中人物知情而观众不知情

这是很常见的一种悬念类型，特别是在侦探和悬疑影片中。在侦探片中，罪犯知道事情的真相，而观众和侦探却蒙在鼓里，并试图发现真相和凶手。你能否想到一些例子呢？例如：改编自阿加莎·克里斯蒂同名侦探小说的影片《尼罗河上的惨案》(1978)，新婚的女富豪林奈特与丈夫乘坐豪华游轮来到埃及度蜜月，却在尼罗河的游轮上被神秘枪杀。随着故事的发展，我们发现游轮上的每一个乘客都和林奈特有着各种复杂的恩怨，都有杀她的动机，凶手就在这艘游轮的乘客之中，但我们却不知道他(她)是谁，而他(她)却知晓一切。这给观众留下了很大的悬念。

再如相似结构的影片《高斯福庄园》(2001)，讲述了发生在高斯福德庄园的一起谋杀案。庄园主人麦考德先生和夫人举办了一个盛大的聚会，邀请了诸多亲朋好友和名流，这些贵宾都带有贴身仆人，主人与仆人分属两个阶层，居住在庄园的不同楼层。在影片众多的人物当中，似乎有着神秘的千丝万缕的联系。每位来宾似乎都与庄园主人有着复杂的恩怨纠葛，庄园中弥漫着阴沉凶险的空气。就在当晚，主人麦考德先生被一把匕首杀死在自己的书房中。悬念由此诞生，到底是谁出于什么原因杀死了这个不受大家喜爱的麦考德先生？每个人看起来似乎都有动机。愚蠢的探长也没有找到真正的凶手。观众也在不停地运用自己的智慧寻觅真凶，高度参与到影片中。然而就在影片结尾，令观众颇为意外的是，真正的凶手并不是各位宾客，而是在庄园工作多年的、勤恳敬业的女管家，而她的杀人动机我们可以理解和体谅：她是为了保护一个自己深爱的人。影片深刻地揭露了上流社会人士丑恶的灵魂以及社会底层仆人不幸的命运，跳出了传统侦探小说的窠臼。

这些典型的侦探片和悬疑片都主要运用了这一类型的悬念，但其实这一悬念类型也不仅仅存在于侦探片中，例如我们上文提到的《贫民窟的百万富翁》：主人公贾马尔知道一切，而观众却不知道，于是故事随着他的回忆与叙述层层展开，给观众留下了极大的悬念。再如前文列举过的影片《特别响，非常近》，主人公奥斯卡知道电话答录机的秘密，而观众却不知道，几次电话答录机的出现都给观众留下了不同程度的悬念。

但同时我们也注意到，在上述两部影片中，当故事发展到后部时，主人公（或叙述故事的人物）已经将自己所知晓的一切都告诉了观众，此时人物与观众的知情权已经相等，甚至观众可能比主人公知道得更多，因此故事新的悬念诞生，主人公的诉求和目标进入了高潮时刻。也即人物不可能永远比观众知道得多，它只是引发和叙述故事的一种手段，随着故事发展到后部，一定会出现新的悬念类型。例如，在《特别响，非常近》中，当奥斯卡找到了钥匙真正的主人布莱克先生，并把自己内心最深处的秘密——电话答录机中父亲的第六通留言告诉布莱克时，观众已经与主人公有了相等的知情权，我们与奥斯卡知道的一样多了。随后，我们与奥斯卡同时了解到妈妈其实一直知道他在做什么，并在背后默默地支持着他，为他到各家走访铺平道路。

而在《贫民窟的百万富翁》中，当贾马尔已把过去的所有故事展现给观众时，我们已完全知晓他参加这档收视率极高的节目是为了找到心爱的女友拉提卡，而且他能答对所有的问题完全源于他苦难的成长经历。此时观众已经比贾马尔知道得更多，因为影片的另一条线索向观众展示了贾马尔女友拉提卡在他哥哥沙里姆的帮助下已经逃出了黑帮的手心，沙里姆也为此付出了生命的代价。而贾马尔此时还不知道这一消息，因此观众此时比主人公多了一重悬念和焦虑。这也是我们在下面要介绍的悬念的第二种类型。

(2)观众与一部分剧中人物知情，而另一部分剧中人物不知情

这是一种应用极为广泛的悬念类型。著名的悬念大师希区柯克曾对悬念进行了这样的描述：如果只是拍摄两个人坐在桌前面对面谈话，观众会觉得非常乏味和平淡。但如果观众事先知道了桌下有一枚即将引爆的定时炸弹，那么不管这两个人的谈话内容有多无聊，观众都会被影片牢牢吸引，看得津津有味，因为这颗炸弹使他们心中充满了悬念。希区柯克的这一描述非常精彩地展现了悬念的另一种主要类型：观众与一部分剧中人物知情，而另一部分剧中人物不知情。

这是高度引发观众悬念的另一种主要方式，当观众比人物知道的多时，他会为人物的命运担忧、焦虑，这也会产生巨大的悬念。这一悬念类型在侦探、悬疑和各种类型的影片中都比较常见。

例如由吴宇森执导的经典好莱坞警匪片《变脸》(1997)，讲述了一个构思奇特的警匪故事：西恩（约翰·屈伏塔饰）是FBI的高级探员，他一直都在追捕狡猾凶狠的恐怖分子凯斯特（尼古拉斯·凯奇饰），而凯斯特也是多年前杀害西恩独生子的凶手。西恩终于在

各方线索的支持下逮捕到凯斯特及其弟弟，在枪战中凯斯特重伤昏迷。松了一口气的西恩原以为一切都结束了，没想到却从凯斯特弟弟口中得知，他们在被捕之前在一个人流密集的公共场所放置了威力强大的炸弹。可无论警方如何逼问，凯斯特的弟弟都不肯说出炸弹放置的地点。无奈，西恩的上司想出一个惊人的方案：利用高级整形医术将警官西恩与昏迷的凯斯特进行“换脸”，再让假扮成凯斯特的西恩进入监狱，从凯斯特弟弟口中套出爆炸地点。这一高级机密只有西恩、做手术的医生和三位 FBI 长官知晓。手术非常成功，西恩也已混入监狱中。然而谁也没有料到，昏迷的凯斯特突然清醒过来，当他看到镜中自己的面容时非常惊讶、愤怒，转而将计就计，杀死了唯一能从事这项技术的医生与所有知情人，并开始假冒西恩进入 FBI 工作。观众看到这里，悬念陡然而生，观众知道一切，而此时西恩还不知道这一消息。观众为他的命运和危险捏一把汗。随着情节的发展，当西恩也了解到这一情况时，观众的悬念更为强烈。因为除了西恩、凯斯特和观众以外，所有的知情人都已被杀，没有人知晓这一秘密，凯斯特以西恩的身份回到 FBI 的工作岗位，并滥用职权释放其弟。更可怕的是，凯斯特还走入了西恩的家庭，与他的妻子共枕，西恩的妻女都把他当成了真正的西恩。而此时西恩本人却被同事和家人当作穷凶极恶的罪犯凯斯特，他无法证实自己的身份，面临重重困难。他该怎样结束这一局面？如何才能让凯斯特的真相暴露从而恢复自己的身份和生活？这一悬念紧紧地勾住了观众。而这一悬念正是由观众和一部分人物知情，另一部分人物不知情造成的。

再如美国经典的黑色电影《双重赔偿》(1944)，讲述了一个冷酷、阴暗并充满悬念的故事。影片以男主角奈夫的第一人称和倒叙的手法先讲述了故事的结局：精明能干的保险推销员奈夫在夜色中拖着受伤的身体来到公司办公室，通过电话留言向他的上司兼好友凯斯讲述了自己的故事：他正是凯斯正在调查的一宗人身意外死亡案的幕后真凶。观众的悬念不由得被引出：他为什么要制造这样一起谋杀案？又为什么以这种方式自首坦白？这是第一类型的悬念：人物知情而观众不知情。

接下来，故事随着奈夫的回忆徐徐展开：原来奈夫与一位阔太太菲丽斯偶然结识，他爱上了菲丽斯，两人一起精心策划了谋杀菲丽斯丈夫并骗保的案件。他们先是杀死了菲丽斯的丈夫，再制造成他是意外从火车上跌落的假象，从而使菲丽斯得到了最高赔偿额度的双重保险赔偿。然而就在他们为自己的成功庆贺时，奈夫的上司和伙伴——对骗局明察秋毫的凯斯却发现了整个事件的重重疑点，他向奈夫讲述了其中诸多值得怀疑的地方并开始调查这个案件，于是故事急转直下。电影看到这里时，观众已经非常清楚奈夫和菲丽斯的阴谋，但凯斯却不知情，于是观众的第二重悬念由此产生，这时观众与主人公奈夫已经建立了认同关系(尽管此片中奈夫是罪犯)，我们与奈夫一样担心真相暴露，所以这个悬念一直紧紧地抓住观众。随着疑点暴露得越来越多，凯斯越来越接近真相，我们的焦虑与担心也越来越强烈。

以上只是简略介绍了这部影片的两个主要大悬念，它们分别体现了悬念的两种类型：人物知情、观众不知情；观众知情，人物不知情。故事在讲述的过程中可以综合、灵活使用多种悬念类型，使故事的表述层次更为复杂，情节更加扣人心弦。另外，在情节发展中，每一个情节都会引出不同的小悬念牢牢吸引住观众，将观众一步步带入故事的高潮和终点。除了上述两大类型外，还有接下来我们要探讨的悬念的第三种主要类型。

(3)观众与剧中人物都不知情

在这种悬念类型的故事中，观众和主人公都不知道故事将如何发展，有一种纪录片似的进行感和未知感，观众的悬念和期待也由此产生。我们和主人公一样随着生活和故事的流程发展，目睹他们的努力与希望，对结果抱有期待，希望看到我们梦想的结果。

例如前文介绍过的美国电影《一天》(2011)，在故事的开头我们得知，毕业狂欢夜艾玛与德克斯特结识，两人虽然彼此有好感，但由于性格、家境和生活方式的悬殊，他们并没有朝爱情的方向发展，而是达成纯洁友谊的协定，相约每年的一天他们要相见一次，了解彼此的近况。观众与主人公一样，都不知道他们未来的前途、命运和发展会如何，也不知道这个约定是否会实现。随着故事像翻日历一样一年一年展开，我们随着主人公的人生流动目睹了他们的事业、爱情和友情的变迁。德克斯特经历了丰富、自由、迷乱的生活，在人生最失意无助的时刻总是会向艾玛倾诉，在她的宽容和爱中得到力量；在艾玛平淡、坎坷的生活道路中，德克斯特是她心灵中最美好的一块精神圣地，她知道自己无法靠近他，却无时无刻不在关怀着他。我们不禁为两位主人公叹息，不知他们是否能在某一天走到一起。在人生的成熟阶段，德克斯特由红极一时的电视主持人变得没落颓废，而艾玛经过多年的努力终于成为小有成就的作家，两人在彼此都经历了婚姻与事业的坎坷后，终于走到了一起。成功的艾玛最终放弃了现任男友，选择了处于人生低谷的德克斯特，两个灵魂的伴侣终于结合到了一起。正当观众也与主人公一起沉浸在这期待已久的幸福中时，不料，艾玛突然发生车祸，永远离开了她的爱人。我们不由得被这段悲伤而动人的感情和人生故事深深打动。观众自始至终伴随着主人公一起经历他们的命运起伏，担心着他们的未来，并期盼着美好的未来。这也是一种悬念的类型。

在以上分析中，我们把故事中的悬念按照知情的不同情况粗略地划分为三个类型，便于大家梳理和理解悬念在观众心理和故事行进之间所起到的作用。其实，这完全不能概括悬念的全部内容，只是一种大体的划分，例如在每个大的类型下还可以衍生出许多小的分支。

比如在“剧中人物知情而观众不知情”的大类型下，还可以有各种不同的情况，例如观众与主人公站在同一视点不知情，而剧中其他人物知情。像希区柯克的经典电影作品

《蝴蝶梦》(1940),以女主角"我"的视点讲述故事,观众随着她走入了新婚和豪华的曼德利庄园,然而在新家中女主角和观众却无时无刻不感觉到丈夫已去世的前妻丽贝卡的存在。我们和女主角一样对这位神秘的前德温特夫人一无所知,除了她的美丽迷人。而极度崇拜丽贝卡的管家丹弗斯太太和痛苦的德温特先生似乎有着很多关于丽贝卡的秘密。她到底是个怎样的人?真的像别人描述的那么充满魅力吗?德温特先生又为何那么不愿提起她并痛恨她的海边小屋?这一切对于女主角和观众来说都是充满悬疑色彩的。通过第一人称的叙事视角,观众与女主角产生了认同,与她的视点合一。由此我们可以看出,在大的悬念类型划分下,根据故事的需求,悬念可以有许多灵活的小的变体。比如美国电影《七宗罪》,影片一开始,观众与片中的警探一样,对罪犯一无所知,随着剧情展开,线索透露,罪犯没有像常规的警匪片一样被追踪、被捕获,而是自投罗网,主动公开,坦然站在公众面前,前面的悬疑揭开了,那么他连续杀人的目的究竟是什么又成了新的悬念,他别有企图的行为充满了惊悚的味道,他的动机究竟是不是杀人?他的最终指向什么?这一系列的疑问继续刺激着我们的神经。

另外,在一部影片或者故事中,并不是只单一运用一种类型的悬念,我们可以根据故事的需要灵活、综合运用各种悬念类型,并将主动作的大悬念与其他各个情节衍生的小悬念结合在一起,使故事环环相扣,充满各种丰富的悬念,吸引观众一步步往下看,而这一切都由故事的需要决定。

悬念是一种心理状态,它是人类好奇的本能及内心深层次焦虑与恐惧的体现。观众在观看故事的过程中会与主人公产生认同,从而关注即将发生的事件以及人物如何应对这些事件,并往往会产生正反两极的判断和推测,从而造成一种不确定感。正是通过触发观众内心的这种矛盾性并延迟它的解决,悬念的效果才得以产生。它完全基于人类的心灵与智慧。

3.一些悬念工具

除了上述对悬念大的划分之外,剧作家们还总结出了很多制造悬念的工具与方法。

(1)给予信息、扣押信息

故事是由一系列信息传递出来的,讲故事就是要逐渐地透露信息。在好的叙述中,透露信息是很有技巧性的,要能引起、保持和控制观众的注意力。有时候需要扣押信息,这样才能引起人们的好奇,让他们惊讶;有时候必须给予足够的信息,这样才能让人有所期待,并且产生悬念。例如《贫民窟的百万富翁》中,观众必须事先了解贾马尔参加电视节目并答对了所有问题,才会产生悬念,他为什么能做到这一点?在《变脸》中,观众必须先于角色知道真相,才能对人物的命运产生担忧与悬念。正是扣押信息使观众产生悬念,并引领其走到故事的终点。所以我们在塑造故事时,一方面要注意传递和给予观众一些故事发展所必要的信息，同时更要注意扣留一些重要的信息，以引发观众的悬念。故事的艺术也正是在这种取舍之中。

(2)揭示的进度

前面已经探讨过，故事和电影是时间艺术，要把最好和最重要的内容留到最后。因此故事的铺陈和设计就非常重要。我们可以让那些最不重要的事实最先出现，而把最重要的放在最后。这最重要的内容往往是人物内心最隐秘的记忆、事物最本质的真相、故事最核心的主题等。对这一最重要内容的判断也取决于并体现了作者的世界观和思考问题的深度与角度，体现了作者最本质的思维。

例如：我们每个人都有一个隐秘的内心世界，人物的秘密往往是那些他们最不想让人知道的痛苦的真相。例如影片《特别响，非常近》中，奥斯卡内心最深处的秘密，也是让他最痛苦的记忆，便是“9・11”当天父亲的最后一通电话留言，奥斯卡当时正在家里，他本可以与父亲最后一次通话，但他却没有接起电话。这造成了他内心极大的创伤，并导致了他之后所有怪异的行为和深深的痛苦。而这一最重大的秘密和真相正是在影片尾声处揭示出来的。随着这个秘密的揭示，奥斯卡的心结也得以打开，我们了解到了人物的真相。正是这一秘密引导观众看完整个故事并被其深深打动，使观众更深刻地体会到了人物的内心世界。

因此，判断和思考你的故事中什么是最重要的内容和真相，将其放到故事的最后，并利用这一动力安排故事的叙述进程，引领观众层层深入故事，直到终点。

(3)预告的巧妙

我们可以事先告诉观众这样一些信息：如角色的计划和日程安排等，让观众对故事有所期待。这一手法也可以称为“预告”。例如人物和朋友相约晚上 7 点在某家咖啡馆见面，观众会记住这一信息，当故事转到咖啡馆场景时，观众也会觉得顺理成章，并对接下来的故事产生预期。

在浪漫温馨的法国电影《天使爱美丽》(2001)中，古灵精怪的女主角艾米丽对收集自助照相亭废旧照片的尼诺产生了莫名的好感，但又羞于直接见面，便设计了三次奇特的约会，以便进一步接触尼诺。观众的好奇心和悬念也随之引起：这个可爱、善良的女孩会怎样与喜爱的人相见？他们在约会时会见到彼此吗？她是否能寻找到自己的真爱？

初次约会：艾米丽在地铁站偶遇尼诺，并拾到了他遗落的照相簿，于是她寻着线索找到了尼诺工作的游戏场鬼屋，在他的摩托车上别上了一张尼诺照相簿中的四联照，并在照片背后写上：明天下午 5 点，旋转木马旁的电话亭见。观众与丢失了照相簿的尼诺同样好奇，只不过尼诺好奇的是谁留下了这张字条，而观众好奇的是他们见面时会怎样。第一次约会，尼诺得到了照相簿却并未见到艾米丽，但艾米丽在他的照相簿中留下了自己的神秘照片，于是他在地铁里贴满了寻找艾米丽的海报。第二次约会，艾米丽巧妙地在自拍照上留下了这样的字样：双风车咖啡馆下午 4 点钟见面。她知道收集废照片的尼诺会寻着这条线索看到这个约会信息，她大胆地把地点定在了自己工作的咖啡馆。这次，他们相见，艾米丽却矢口否认自己的身份，她与尼诺失之交臂。但是她又巧妙地让同事在尼诺口袋里悄悄放了一个字条，上面写着：周四下午五点东区车站自助照相亭见。这次，她使尼诺得知了神秘照相男子的真实身份，然而她却无缘与尼诺见面了。

这几次约会事先告诉了观众主人公的计划与安排，使观众对接下来要发生的故事充满期待和悬念，也使得男女主人公的相见充满了曲折和起伏，体现了故事的浪漫童话色彩和艾米丽古灵精怪的性格特质。

“预告”还有另一种体现形式：与预先计划相反的情节演变也会制造悬念，如主人公本应去看戏结果突然被绑架，惊讶、意外和悬念就产生了。但如果影片一开始他就被绑架，那悬念就不一样了，也缺少了惊奇。

例如希区柯克导演的著名影片《西北偏北》(1959)，讲述了普通广告商人罗杰·桑希尔因为被间谍组织误认为是“美方情报人员”卡普兰而陷入一场生死危机。这部影片悬念重重，被誉为悬疑片的经典范例，也是希区柯克的巅峰之作。影片以罗杰·桑希尔一个普通繁忙的中午开始，在拥挤的人流中，罗杰一边走路，一边给秘书布置接下来的日程安排，包括他今晚 7 点要与母亲共进晚餐，明天白天与客户的各种约见等。通过这些“预告”，观众得以了解罗杰繁忙的生活节奏和性格特点，以及他接下来会发生的事情。然而当罗杰到达餐厅与友人见面后，去给母亲发电报时，却突然意外地被两个男子误当作卡普兰先生而绑架走。故事产生了巨大的转变，悬念和危险陡然而生。观众会产生这些疑问：这两个男人是谁？乔治·卡普兰又是谁？罗杰到底是不是卡普兰？于是观众被影片深深地吸引，之前罗杰的一切约会安排自然也变成了泡影。设想如果片头没有罗杰向秘书布置这一大堆日程安排，而是直接出场就被绑架，观众会有怎样的感受？他们的悬念感会减弱很多，也不会造成像现在这样强烈的对比和冲击。

可见，灵活地运用“预告”这一工具也可以制造出强烈的悬念效果。希区柯克可谓是经典的悬念大师，他的每一部作品都对电影艺术进行新的尝试和挑战，也充满了各种不同的悬念设计，因此他的每一部作品都值得我们仔细分析与学习。

(4)倒计时或最后时限

倒计时或最后时限也是制造悬念的常见手法，即影片中角色的行为被赋予一个时间上的压力，他(她)必须在这个时限内完成某项任务或动作，否则将带来危险。这样的例子数不胜数，例如动作片或警匪片中一个定时炸弹被恐怖分子藏于某大型公共场所，炸弹将在 24 小时内爆炸，主人公(警察)必须在 24 小时内找到炸弹或抓获恐怖分子，解除爆炸危险。例如美国影片《生死时速》。再如，男主角心爱的姑娘即将嫁与他人，此时他突然意识到这位姑娘才是自己的真爱，于是他必须在婚礼誓言之前赶到教堂阻止这场婚礼，例如影片《毕业生》。这个最后时限可以是一个具体的时间（如 24 小时），也可以是一个由事件进程决定的时间（如婚礼）。在这样的环节中，观众不仅被告知故事会怎样发展，还了解了角色时间上的压力，这会加大观众的情感投入。

这一手法如果运用巧妙，还可以产生非常丰富的叙事效果，甚至成为整个故事的叙事架构。例如德国影片《罗拉快跑》(1998)在公映之后引起了巨大反响，被称为后现代电影的力作。这部影片深受年轻人喜爱，它不仅有着大胆的、游戏般的时空结构，充满动感的节奏和许多有创意的视觉效果，而且还渗透着当代人的哲学思考。整个故事就建构于倒计时的时间结构中：罗拉必须在 20 分钟内筹到 10 万马克来营救男友曼尼。于是她开始奔跑并思考，开始了游戏般的旅程，并由此产生了三种不同的结局和命运。第一次：罗拉没借到钱，她和曼尼一起抢超市，结果罗拉被警察击毙。第二次：罗拉在银行抢到钱，但是在即将与曼尼相遇时，曼尼不幸被急救车撞死。前两次都以失败告终。第三次：罗拉发动了全部内在能量，在赌场赢得了 10 万马克，曼尼也找到了自己丢失的 10 万马克，两人相视而笑。这部影片大胆的时空构想打破了传统电影叙事的时空结构，给观众提供了丰富的想象空间，令人耳目一新，建立在时间基础上的叙事结构也充分调动起了观众的悬念。

当电影进入 21 世纪的新时代，讲述故事的手段和花样仍然在不断翻新，于是我们在 2011 年看到了一部精彩的科幻惊悚片《源代码》。影片讲述了一个充满悬念并对生命进行深刻思考的新颖科幻故事。清晨，年轻的柯特·斯蒂文森上尉仿佛从梦中醒来一样，发现自己身处一辆驶向芝加哥的高速列车上，对面的女子却称自己为肖恩。对这一切莫名其妙的他在镜中发现自己长着另外一个陌生男子的面容，正在此时列车突然在巨大的爆炸声中灰飞烟灭。随后柯特发现自己身处一个黑暗的太空舱里，他还没有搞清楚是怎么回事，又再次被送回刚才的火车中，再次经历了同样的对话和爆炸。原来，柯特在执行一项“脑波源代码”的秘密任务。在科学家和仪器的协助下，他可以反复“穿越”到一名在芝加哥列车爆炸案中遇害的死者肖恩身体里，军方希望利用这一方法使他找到放置炸弹的恐怖分子，因为此人宣称 6 小时后将在芝加哥市中心引发一次更大规模的爆炸。于是柯特被一次又一次地送上那辆高速列车，但每次柯特只能回到爆炸前的最后 8 分钟，而时间越来越紧迫。随着他越来越接近抓获恐怖分子，关于他自己生命的真相也逐渐被揭开……

这部影片的剧本当时在好莱坞非常被看好，加之导演邓肯·琼斯出色干练的叙事手法，创作出了一个扣人心弦而又引人深思的新型科幻故事。影片刚开始时，观众和男主角柯特同样一头雾水，然而随着故事的发展，我们似乎捕捉到了一些脉络，也清楚了人物面临的危机：必须在最短的时间内找到恐怖分子，以拯救更多无辜的生命。而每次柯特只有8分钟的时间来找到恐怖分子。片中柯特一共七次重返列车，每一次都有相同的事情发生，但每一次也都有不同的表现手法，每一次柯特也都有新的尝试和发现。所以每次的8分钟都给观众带来新鲜的冲击和悬念。这也是一部建构于时间和最后时限基础上的影片，它对这一表现形式进行了更为复杂的扩展和运用。正是时间的紧迫和危机感加强了这部影片的情节悬念。这部影片的时空设计和多重叙事视点也非常值得我们探讨，我们将在"剧作的时空观念"一章中更深入地探讨本片的时空结构与意蕴。

(5)摇摆的起因

"摇摆的起因"这一工具在电影诞生早期就已出现，可以说是最原始的叙事手法之一。指的是前面提出的起因直到后面才引发效果，也即一个起因一直在观众心中悬着，直到后面由其他情节触发了效果，有点类似于伏笔。

例如在影片《一天》的开头，男女主人公约定今后每年他们都要聚一次，聊聊彼此的生活和感受。观众于是会好奇，他们真的能实现这个约定吗？故事也随着这个约定而展开，他们的发展和生命轨迹也一年年地得到了展现。摇摆的起因在之后引发了一个个效果。

再如，斯蒂文·斯皮尔伯格导演的科幻影片《人工智能》(2001)讲述了一个感人至深的关于生命与爱的故事。影片的一开始介绍了故事的背景：在未来的地球，温室效应导致海平面上升，地球资源极度匮乏，人类开始控制生育。这促使高科技公司发明和生产智能机器人作为人类孩子的替代品。在公司内部的研讨会上，教授提出要发明新一代智能机器人——一个会爱的机器人，然而一位女科学家提出了一个问题：制造出这样一个机器人并不难，真正难的是：能找到一个同样爱他的人吗？如果机器人能真诚地爱一个人的话，那么这个人该有什么样的责任回报这个机器人呢？没有人能够回答这个问题，然而新一代机器人还是诞生了，他就是影片的主人公小机器人大卫，随着他被一对失去孩子的夫妻购买，一个感人至深的关于生命与爱的故事就此徐徐展开。

女科学家提出的问题就是一个典型的"摇摆的起因"，它虽然看似与故事无关，但却给观众留下了疑问，并揭示了未来大卫的命运和面临的危机。随着故事的展开，我们看到大卫深深爱着自己的母亲，然而随着母亲的亲儿子马丁被医学技术救活，大卫面临了困境，马丁一次次设下陷阱使大卫失去母亲的爱，最终母亲为了保护马丁不得不将大卫遗弃在荒野中。于是大卫展开了一场寻找母亲和自身灵魂的感人历程。女科学家在影片开头提出的"摇摆的起因"在故事的中部产生了作用，引发了效应，并引导了之后故事的主要进程和主人公命运的发展。

"摇摆的起因"通常是一种意图、警告、威胁、希望、恐惧或预言的表达，它在观众心中提出一个疑问却不立即给出答案。它通过激发观众的好奇将其注意力引向故事未来的发展。

本节小结

悬念、智慧与情感是故事吸引观众的三大主要元素。其中悬念是最主要、最常见的讲故事的手法，它贯穿故事的始终，也是本节叙述的主要内容。悬念的形式也绝不仅限于上文论述的内容，还需要你在自己的故事中去思考、寻觅和灵活运用。此外，智慧和情感也是故事吸引人的关键所在。智慧往往伴随着悬念而存在，可以调动起观众参与的积极性，推理侦探类型的故事最为明显。当然也不仅限于此，在其他类型的影片中，观众也会充分调动他们的生活经验、世界观和道德观等来思考人物的命运和故事发展走向，这也是智慧起到的作用。情感则是人与生俱来的本能，也是生命的特质。因此，如果故事能充满情感，充分引起观众的共鸣和关注，就能深深地打动和吸引观众。只要作者对故事和其中的人物充满爱，充满情感，就一定能创作出打动人的好故事。

第二节　故事的结构

结构是一种思维方式。故事的结构是指故事中对事件的选择和组织。情节也即对事件的安排，包括一系列相互关联的动作与事件。按照亚里士多德的说法，在结构完善的情节中，每一件事都与其他事情联系在一起，改变其中一件事就会破坏情节的完整性和作用。从这一角度来说，情节与结构存在着紧密的关系。结构是一个更大的概念和架构，它形成了情节的组织方式。结构描述了故事的构成，也决定了故事的叙事节奏。可以说，结构是故事的重中之重，我们也会结合很多故事的实例重点探讨故事中的结构问题。

首先，故事是由什么构成的？

其次，故事的结构是什么样的？是否有着一定的规律？

最后，故事的节奏和结构有着怎样的关系？

一、故事的构成

故事是一个生命体，有着自己的生命轨迹。宛如人的诞生、成长、成熟、衰老、消失一样，故事也有着自己的开端、发展、高潮和结局。正如动物和植物都是由细胞构成的，故事也是由一个个细胞构成的，那么组成故事的细胞到底是什么呢？

从电影的本质来看，构成电影的细胞是一个个镜头，每个镜头又可以细分为若干帧静止的画面。而电影故事又不同于电影本身，当我们看完一部电影时，记住的不是一个个单独的镜头，而是由这些镜头串联起的一段段时空和它们在我们头脑中形成的世界，而且不同的观众对一部影片还会产生不同的理解，可以说故事是在我们脑海中形成的一段经过个人组装的时空和记忆。我们可以从大至小来划分故事的成分。

1. 幕

首先，一个完整的经典故事(本书探讨的主要是经典故事，即受大多数人喜爱、流传最为广泛的故事类型)可以被划分的最大单位是“幕”(act)，这也来源于人类古老的戏剧传统。幕是故事的重大逆转，我们熟知的故事有三幕式、四幕式和五幕式等。一般来说，开端、发展、高潮、结局是四幕式故事的典型结构，除了短片以外，一般的电影故事至少要包含三幕，也即三次重大逆转。故事越长，转折点应该越多，情节越复杂，这样才能吸引住观众。每一幕的结束通常是故事最重大的逆转时刻。而且按照幕的行进顺序，每一幕结束时的逆转的重要程度也越来越高，直到故事的高潮部分，是故事最重大的一次逆转。这也符合人的心理感受和需求。

2. 序列

“幕”之下又可以分为若干序列(sequence)，保罗·约瑟夫·古林诺曾在他的著作《编剧:序列的方法》中详细介绍了序列的源起及应用。序列其实来源于早期的电影，当电影诞生后不久，一盘胶片大约能放映 10～15 分钟，最初的电影也多是这样的短片，通过 10～15 分钟讲述一个完整的小故事。随着电影的发展，人们对故事的长度有所需求，希望看到内容更丰富的故事，于是在 20 世纪的头十年出现了长于 15 分钟的电影，但由于放映机的数量有限，在两盘胶片之间仍然有一段暂停的时间。甚至有的影院像放映系列剧一样，一周只放映故事片中的一盘胶片。这些都要求每一盘胶片的故事内容具有相对完整性。于是，早期的编剧也围绕着 15 分钟左右的单元来建构剧本。

这一方法对于现代电影来说也是有所裨益的，并且在 100 多年间一直渗透在电影故事的创作中。首先故事片电影的一般长度为 90～120 分钟，这是普通人一次性连续观赏比较适宜的时长。故事要在这么长的时间内吸引观众是有一定难度的，很多故事都败在了冗长拖沓的故事中部。为了减轻这种难度，我们可以把故事以 8～15 分钟为单位划分为若干个序列，每一个序列有一个集中的内容和冲突，并在序列结束时达到一个仅次于幕的重大逆转。每一个序列宛如一部小电影，有自己的主角、张力、冲突、结局，但每一序列解决的只是故事的部分冲突，通常在序列的结尾又会引发一个新的事件，即下一个序列的主题。故事就这样一层层递进发展，直到高潮。

那么，幕与序列之间的关系又是怎样的呢？通常对于三幕式电影来说，第一幕故事的开端和建置由两个序列组成，第二幕故事的发展和高潮由四个序列组成，第三幕故事的尾声由两个序列组成。这也就是好莱坞总结出的三幕八序列的经典故事结构。我们可以在许多精彩的电影故事中发现这一隐藏的结构。但需要注意的是：每个序列的长度是灵活的，一般为 8～15 分钟。序列的数量也是根据故事需要而定的，有的影片比较长，可能也不止由 8 个序列构成，可能会有更多的序列。但不管怎样，序列的方法可以帮助编剧有力地规划故事的结构和进程。我们也会在本节的第三部分详细论述序列在故事结构中的运用。

3. 场景（事件）

序列之下是场景，每一个序列由若干个相关的场景构成。场景（scene）是我们非常熟悉的一个概念，指在某一相对连续的时空中人物发生的事件和动作。电影这一时空艺术正是由若干个场景构成的，一般来说，一部 90～120 分钟的故事长片通常由 40～60 个不同场景构成。场景划分的表面标志是一个连贯统一的时间和空间，而其内在则是一个完整的有价值改变的事件。情节即对事件的安排。

什么是“事件”呢？事件标志着有意味的变化。它必须给人物的生活和价值带来变化。这是我们判断一个事件或场景是否成立的标准。一个场景是否有存在的必要，取决于它是否为故事的发展和人物的生活带来一定价值上的变化，如果没有，这一场景就完全可以删掉。

例如本章将详细分析的影片《僵尸新娘》，由于动画制作的特殊性，本片长度为 77 分钟，虽然比一般的故事长片要短，但仍然具备并体现了经典的故事结构。我们就以这部精彩的影片为例。《僵尸新娘》大概可分为 32 个场景，每个场景都对故事叙事起着重要的作用，在每个场景的开始和结尾，人物和事件的价值也得到了转化，产生了新的冲突。例如影片的第一个场景（开头——3 分 30 秒），维克多在房间放飞蝴蝶，蝴蝶飞过大街小巷，向我们展示了故事发生的时代和场景，并引出了一些角色（车夫梅修、男爵、维克多的父母），并介绍了主人公的家境和身份。通过维克多父母的唱词我们了解到他们对维克多婚事的计划和愿望，希望通过这桩婚姻来打入上流社会。第二个场景（3 分 30 秒至 5 分 15 秒），介绍新娘维多利亚家的境况、身份和对这桩婚姻的态度。我们了解到她家是没落的贵族，有地位却非常贫穷，希望借助这桩婚事来改变贫穷的现状，并且十分看不起维克多家。同时这一场景也表现了维多利亚的担心：她从未见过维克多。这个事件就带来了故事的冲突：两家父母对婚姻的目的，以及两个家庭的悬殊对比和矛盾，还有维多利亚对婚事的担忧。再随便列举几个场景，如场景六（14 分 30 秒至 19 分）：维克多来到森林练习誓言，结果恰巧把戒指带到了僵尸新娘枯枝般的手指上，导致僵尸新娘现身，将他带到鬼世界。这一事件导致了故事的重大逆转，对人物的命运带来了负面的价值。接下来的场景七（19 分至 24 分）表现了鬼世界形形色色的人物，重点讲述了僵尸新娘不幸的悲剧故事。这一场景使我们对僵尸新娘和鬼世界产生了更多的了解，对僵尸新娘也产生了一定的同情。可以说在这个场景的开头，观众和维克多还处于极度的惊恐之中，但在这一场景的结尾，色彩斑斓的鬼世界似乎比灰暗、死气沉沉的人间多了许多生气，观众也不再那么害怕了。

每一个场景都表现了同一时空、地点之内发生的相对完整独立的事件，并且事件发生之前和之后人物的境况和故事发展发生了价值的转换。如果一个场景，在它的开头和结尾没有发生任何价值的转变，那么这个场景就是多余的而不是必要的，可以将其删掉。这样才能保证我们的故事始终结构紧凑、引人入胜，不会让人有冗长乏味的感觉。要记住：银幕的时间是极其宝贵的，这就要求我们在设计场景时做到以下几点：

(1)每个场景都要有新信息

每部电影都要表达和探索一个问题，故事也会由许多大小不同的悬念构成，这些都靠给片中角色和观众不断提供新信息来解决。因此，每一场景都需要揭示一些之前所未透露的信息。例如上段列举的僵尸新娘的开头几个场景，每个场景都不断地将新的信息传递给观众：场景一介绍了故事发生的时代、环境、一些角色、男主人公和他的家庭背景、他面临的大事件——婚姻。场景二接着介绍了女主人公及其家庭背景和他们对这桩婚姻的态度，等等。每个场景都带入了一些推动故事向前发展的新信息。如果这一场景没有任何新的内容提供给观众，那么它也是多余的设计。故事必须要有发展、推动，每场戏都要有其存在的必然性，不能原地踏步，如果很多戏删掉了并不影响故事的叙述，那就证明这些戏是水戏。水戏主要存在于电视剧中，表现为情节冗长、故事拖沓、台词空洞，“戏不够，感情凑”等。整部电视剧的剧情就像泡涨了的海绵，松松软软、腻腻歪歪、拖拖拉拉。电视剧“注水”，究其原因主要是利益问题，“电视剧长，销售额就高”；一些电视剧制作单位为了商业利益将电视剧人为拉长。另外播出单位考虑到电视剧若不到一定长度，就拉不到广告，逼得制片方加长电视剧，由此导致了电视剧注水严重，质量下降。

(2)每个场景都必须有冲突

前面我们已经讨论过，故事的存在基于冲突，一帆风顺的人生和故事不会吸引我们注目。人物的欲求、他遇到的阻碍、他的努力及其带来的更大的困难等，都是推动故事发展和我们内在生命的动力。因此，电影故事中的每个场景都要有助于建立和加强冲突。这种冲突可以是剧烈的、微弱的、明显的、隐匿的、外在的或内在的，它正体现在场景中人物和事件的价值变换中，这一价值变换必然带来故事中新的冲突和动力。例如《僵尸新娘》场景六，维克多在森林中练习誓言带来了不可逆转的后果，导致了僵尸新娘现身，她认为自己已与维克多结为夫妻并将他掳走，这一事件给主人公的生活带来了巨大的价值改变，同时导致了新的冲突：维克多是否还能回到人间？

(3)华彩段落的重要性

许多成功的电影都有一些令人十分难忘的精彩段落,这些段落往往是影片故事中最精彩和最重要的场景。你是否会马上想到一些例子?你觉得《僵尸新娘》中最精彩的场景是哪些?僵尸新娘的出场?鬼世界里精彩的歌舞场景?那些被特意突出和强调的场景往往是故事中比较核心的部分,也是编剧、导演和工作人员最花心思设计的场景,一部影片应该有一些这样的华彩段落,使观众在忆起一部影片时总会在脑海中首先浮现出这些画面和声音。例如我们提起希区柯克的影片《精神病患者》,首先会想起浴室刺杀的经典蒙太奇段落;提到他的另一部作品《西北偏北》,首先会想起罗杰在空旷的田野中与洒农药飞机惊魂一刻的场景;《泰坦尼克号》里罗斯和杰克站在甲板上,罗斯在杰克的怀抱里张开双手,大声说着"我可以飞了"的场景成了爱情的华彩段落;《少年派的奇幻漂流》里漂流在大海中的少年与老虎,被飞鱼群包围遮天蔽日的震撼场面也久久地留在观众心里;《肖申克的救赎》中安迪从用了19年时间深挖的一条隧道中逃脱,重新呼吸到新鲜的空气的一瞬间成为释放捆绑、讴歌自由的一曲颂歌。

总之,场景是电影故事非常重要和基本的组成单位,每一个场景讲述了一个相对完整的小事件,并带来一定的冲突和价值转换。每一场景结尾的逆转和带来的冲突要小于每一序列结束时的冲突强度,序列是一系列相关场景的组合,这些场景的事件互相关联,产生一个更重大的冲突,这一冲突便是这一序列结尾的冲突。而若干个序列又会组成一幕,每一幕结束时的冲突更是大于序列的冲突。故事就是这样一层层由若干个大小事件带来的价值转换组成,宛如大海,一个个小的浪花逐渐形成更大的波浪,这些波浪汇聚到一起,再聚合成更壮阔的波浪,最终奔涌而至。

4. 节拍

节拍是构成场景和事件的最小单位,指动作和反应之间的行为交流。例如《僵尸新娘》的场景六中,新闻播报员的消息促使维克多在林中练习誓言,而他的誓言和套戒指的动作又导致了僵尸新娘现身,随后僵尸新娘便相信自己与维克多已经成婚,于是把他掳走。这一系列相关的动作和反应构成了一个事件,将事件引致必然的结局。

节拍是故事构成的最小单位,正是这一个个鲜活的动作构成了一个相对独立的事件(场景),若干个相关的事件又构成了一个序列,若干个相关的序列又组合成故事最大的单位"幕",三幕以上的起承转合构成了一个波涛汹涌的生动故事。这就是我们对故事的拆分和理解,节拍—场景(事件)—序列—幕—故事,希望这样的思考方式有助于大家从整体到细节把握整个故事的脉络。

二、故事的结构

前面我们介绍了故事由大到小的构成元素,如果把故事比喻为人体的话,这些元素就是故事的细胞和各个器官，接下来我们就要探讨故事的生命力所在，也即这些细胞和器官如何运作，也就是故事的结构。现在，你有了一个故事的轮廓，搜集了一堆素材，也想到了一些精彩的桥段，但是你拿不准先讲什么、后讲什么，还是同时讲述，困扰你的其实是剧作的结构问题。结构是什么？电影剧作结构是指电影剧作的组织方式和内、外部构造。电影剧作家根据对生活的认识，按照塑造形象和表现思想内涵的需要，运用电影思维把一系列生活材料、人物事件等，按轻重主次，合理而匀称地加以组织和安排，使其符合生活规律，达到艺术上的完整、统一、和谐。素材和情节是内容，结构是形式、手段。剧作结构的优劣对一部电影剧本的成败起着很大的作用。

韩国电影《太极旗飘扬》以一双鞋为引子，讲述了一个普通人家两兄弟被迫卷入战争后，哥哥为了保护弟弟，让他能活着回家，从一个正直上进的年轻人变成战争狂人，表现了战争对人性的扭曲。《法国中尉的女人》用两条线索贯穿，通过时空交错的方式展现了两个不同时代，男女之间情感的困惑与选择。影片的主线索是展现维多利亚时代具有独特个性的莎拉和贵族青年查尔斯的爱情故事，而另一条线索则是反映两个演员安娜和麦克在拍摄主线索这个故事时所产生的感情。两个时空的线索交相呼应和对照，传递出两种不同的爱情观。《假如爱有天意》也是十分巧妙地借鉴了这部经典电影的剧作结构，以戏中戏的方式，以戏里戏外的叙事结构演绎着故事。两千多年前，人类对故事规律的研究就已经开始。直到今天，有许多卓越的思想和见解帮助我们认识故事的结构和好故事的共性，那么就让我们顺着人类对故事研究的火光来逐渐接近故事的生命本质吧。

1.故事结构研究的先行者

(1)亚里士多德的《诗学》

谈到故事的结构，首先必须要提及亚里士多德。他在其经典的著作《诗学》中对叙事的艺术进行了深入的思考与研究，他的观点至今仍非常有影响力，并在经典故事中得到了广泛的体现。

在《诗学》中，亚里士多德通过对诗歌的探讨阐明了叙事艺术的规律和本质。他认为叙事是对现实的模仿。亚里士多德对悲剧是这样定义的："悲剧是对于一个严肃、完整、有一定长度的行动的模仿……"[①]"在悲剧的主要成分中，最重要的是情节，即事件的安排……剧中人物的品质是由他们的'性格'决定的，而他们的幸福与不幸，则取决于他们的行动。他们不是为了表现'性格'而行动，而是在行动的时候附带表现'性格'。因此悲剧艺术的目的在于组织情节(亦即布局)。"[②]

这里，亚里士多德坚持认为叙事中最重要的便是故事的结构。他还认为，故事中的

---

① 亚里士多德:《诗学》，罗念生译，人民文学出版社 2002 年版，第 16 页。

② 同上，第 18 页。

诸事件要有紧密的组织，任何部分一经挪动或删除，就会使整体松动脱节。这些都验证了结构在故事中的重要性，亚里士多德深邃的思想值得我们细细品读。

(2)普罗普的《故事形态学》

弗拉基米尔·普罗普(1895～1970)是俄罗斯著名的语言学家和民间文艺学家，一个有趣的问题引起了他的思考：他发现世界各国的童话故事都有非常相似的地方，它们之间是否有什么共性？于是他运用植物学的研究方法，对100个俄罗斯民间故事进行研究，得出了非常令人震惊的结果，在他1928年出版的经典著作《故事形态学》中详细地介绍了他的研究方法和得出的结论。这本书也成为叙事研究和结构主义方法的精神源头。虽然普罗普研究的对象是民间故事，但他的结论对所有类型的故事创作都颇有意义。

普罗普借鉴了植物学的研究方法，他在100个俄罗斯民间故事中寻找共同的功能项，即故事中都包含的功能成分。这种功能既指人物的动作也指这些动作对故事造成的影响。经过对100个民间故事的提炼和研究，普罗普一共寻找到了31个功能项，他认为所有的童话和民间故事都由这31个功能项组成，当然有些故事可能并不含有全部的31项，但所有的故事中的功能项不会超出这31种。后来的学者发现，普罗普得出的31个功能项并不局限于他所研究的民间故事，而是可以在现代的各种故事和叙事中得到体现。普罗普的结论有着更深远的影响。而且我们也发现，许多现代叙事从童话中借鉴的不是内容本身，而是结构。

下面，我们就来了解一下这31个功能项，通过列举电影《指环王》和其他故事中的相关情节可能会便于我们理解这些功能项。(需要注意的是，我们只能列举其中相关和相似的内容，并不能将31个功能项生硬地照搬和套用到影片故事中，因为普罗普的研究提供的是一种方法和结构，在具体的故事中会得到灵活的运用和体现，并体现其中的主体，但并不一定是全部，31个功能项并不是机械和绝对的。文中的“英雄”也即“主人公”)

初始场景：介绍家庭人员，介绍主人公(英雄)

在31个功能项之前有一个叫“初始场景”的功能元素，普罗普并未将其归入功能项中，但它往往出现在故事的开头。初始场景主要介绍故事发生的环境、主要家庭成员、主人公(英雄)。

《指环王》第一部的开头，先是介绍了魔戒的来历和历史，紧接着介绍了霍比特人生活的环境、主人公弗罗多、他的导师甘道夫和他的叔叔比尔博等。

再如《僵尸新娘》的开头，同样展示了故事发生的环境、主人公维克多和他的家庭成员等。

①缺席：一名家庭成员缺席或缺失某种东西

这是所有故事的共同之处。前面我们曾讨论过，故事的人物都有自己的求索，他们希望得到某种东西并为之付出努力。这也可以被看作一种“缺失”或“缺席”。

《指环王》开头主人公缺失的是什么？是魔戒存在所威胁的和平，正是为了寻求和平和宁静，去除纷争，弗罗多和同伴才踏上毁灭魔戒的征程。

《僵尸新娘》的维克多缺失的是什么呢？是一份爱和美满的婚姻，因此他才会放飞蝴蝶，希望并担忧着父母为他安排的婚事。

②禁令：对主人公提出禁令

主人公被告知不得做某些事情，如不能去森林或不能离开家等。《指环王》中，弗罗多从小就被告知不得靠近魔多，不得碰触戒指。

③违背禁令

主人公违背了禁令。功能3与功能2是成对存在的，这时也通常会引进一个坏人的角色（主人公的对手）。弗罗多准备向魔多出发，毁掉魔戒，违背了早先的禁令，引领了故事发展。

④侦查：坏人试图获取信息

与此同时，坏人试图从主人公处刺探信息或获知关于主人公的信息。黑衣戒灵（坏人、对手）得到消息后开始了对弗罗多的搜索和追捕。

⑤传递：坏人得到受害者的信息

黑衣戒灵找到了弗罗多下榻的客栈。

⑥诡计：坏人企图欺骗受害者

甘道夫找到白衣巫师萨鲁曼，向其寻求帮助，结果发现萨鲁曼已经背叛了。

⑦同谋：受害者受骗并无意中帮助了敌人

甘道夫被萨鲁曼囚禁，弗罗多被困在客栈

⑧恶行：坏人对一名家庭成员造成伤害或损失

这个功能项极为重要，因为正是它推动故事展开。冲突到此也变得更为激烈。在《指环王》中，我们可以找到类似的相应的情节：弗罗多在与戒灵的搏斗中受伤。

⑨调停：不幸公之于众，英雄被派遣

主人公被派遣去完成故事的主要任务。精灵王国的会议决定，由弗罗多完成毁灭魔戒的任务，九人护戒使者团成立。

⑩对抗：英雄同意对抗

⑪出发：英雄离家

⑫第一个捐赠者功能：英雄受到检验，接受神奇的代理人或帮手

这是次要角色和帮手引入的重要时机。主人公在实现目标的过程中会遇到挫折，但也会遇到辅助的力量和帮手。例如《指环王》中弗罗多在客栈得到阿拉贡相救，在受伤后又得

到精灵雅雯帮助，护戒使者团又得到精灵女王送的宝物，包括大自然的种种帮助，等等。

⑬英雄的反应：英雄对代理人或帮手做出反应

主人公对捐赠者的态度，接受帮助和考验，做出种种回应等。

⑭宝物落入主人公的掌握之中

这里的宝物可以是具体的宝物或是某种能力等，总之是主人公接受了捐赠者的帮助，获得了更多的能力以实现目标。

⑮空间变化：英雄被引向寻找对象

主人公转移，他被送到或被引领到所寻之物的所在之处。弗罗多等人在离开精灵王国后，在甘道夫的引领下开始了漫长的旅程。所寻之物往往在另一个“国家”或遥远的地方。中国的经典故事《西游记》似乎也是遵循着同样的故事逻辑，所以我们会感觉《西游记》和《指环王》有非常多的相似之处。

⑯斗争：英雄与坏人直接斗争

这也是故事中的大部分冲突场景。在《指环王》和《西游记》中充满了这样的斗争场面。如《指环王》中在雪山、矿坑、洛汗国、刚铎发生的诸多战斗等。《西游记》中则体现为唐僧师徒四人（以孙悟空为主）与诸多妖魔的斗争。

⑰给主人公留下标记

主人公的身体留下标记、伤痕，带上某种饰物，或留下其他印记等。

⑱胜利：坏人被打败

这是主人公取得的初次胜利，也可视为故事的第一小高潮。

⑲消灭：起初的不幸或缺失被消灭

这一功能项是上一功能的延续结果，与功能 8“伤害”成对，可视为对 8 的消解，由此这部分叙事达到小高潮。可能是主人公找到了宝物或解救了被囚禁的同伴等。

⑳归来：英雄归来

㉑追击：英雄被追击

故事到达功能项 20 时并没有终结，主人公还将面临更大的挑战，他再次被追捕。我们可以从许多童话、民间故事和电影故事中找到这样的例子，主人公貌似获得了成功，达到了目的，然而后面还隐藏着巨大的危机。他必须彻底克服和战胜这一危机，才能到达故事的真正高潮，取得最后的胜利。

㉒营救：英雄被救

主人公再次获得帮助和营救，这里也可以再次出现前面的一些功能，以造成故事的回合。例如功能项 8（伤害）、11（出发）、12（捐赠者）、13（反应）、14（接受宝物）、15（空间变化）、16（斗争）可能会再次重复。例如弗罗多无数次被山姆、精灵、阿拉贡等人营救，故事的冲突也越来越激烈。

接下来的故事发展会引入许多新的功能项。

㉓未被认出的到来：未被认出的英雄回到家里或到达其他地方

例如《海的女儿》中人鱼公主再次出现在王子面前，却没有被王子认出。再如在古希腊史诗《奥德赛》中，主人公奥德修斯在特洛伊战争中取胜，然而返航途中却历经千辛万苦。他在外漂泊十多年间，家人也遭遇了种种劫难，母亲投海自尽，权贵逼迫他忠贞的妻子改嫁。雅典娜把奥德修斯化装成衣衫褴褛的乞丐，然后让他与儿子忒勒马科斯见面。父子俩合计在宫中大厅利用比武的机会杀死了所有的求婚者，一家人终于团聚。

《指环王》中，也有类似的情节，弗罗多与山姆佯装成敌人，混在他们的队伍中逃走。

㉔没有根据的要求：冒牌主人公提出没有根据的要求

㉕困难的任务：给主人公出难题

这是故事最核心的组成部分之一，也可以理解为故事的高潮和主人公的最难关。我们前面曾说过，故事的高潮是最花心思设计的，也是观众从开始观看故事就充满期待的重要环节，所有的悬念、张力都在这一刻得到解脱和实现。这里也是主人公面临的两难抉择时刻，正是在这里体现了主人公的本质。例如《僵尸新娘》中，在维克多要喝下毒酒的一刻，僵尸新娘却阻止了他，她的难题就是是否可以为了自己的幸福夺取维克多的生命。

同样，《指环王》中弗罗多最难的任务在哪里？笔者认为是在魔多的火山口，他即将扔掉戒指时，却禁不住强大的诱惑戴上了魔戒。他能否摆脱魔戒的最终诱惑？

㉖完成：难题被解答

这一功能项与上一功能项成对，主人公解答了这一难题或完成了这一任务。弗罗多最终在山姆的帮助下战胜了邪恶的诱惑，咕噜和戒指坠入了烈焰。

㉗认出：主人公被认出

主人公由于前面留下的标记或解答了难题而被认出。

㉘暴露：冒牌主人公或坏人暴露

㉙变相：英雄获得新形象

主人公的真实身份和形象得以显露。例如《青蛙王子》中，摆脱了咒语的青蛙王子变成了一位英俊的王子。

㉚惩罚：坏人受到惩罚

《指环王》中，随着魔戒的毁灭，索伦也得以毁灭。《僵尸新娘》中，邪恶的男爵得到了应有的惩罚。

㉛婚礼：英雄结婚，登上王位

这是许多童话故事的经典结尾。在童话故事中，王子和公主往往是故事的主角，所以他们的成功以结婚和获得王位体现。“婚礼”往往是一种成功和主人公愿望实现的象征，在当代故事中，“婚礼”可以变体为各种其他的形式，如主人公获得爱情、获得事业上的成功、获得认可或达成某种愿望，等等。

以上，我们简单介绍了普罗普的31功能项学说。普罗普认为，所有民间故事中，可以标出的全部功能项就只有这31个，而且一个功能项会引出另一个。有很多功能项是可以成对呼应的，例如禁令—破禁、刺探—获悉、交锋—战胜、追捕—获救等。它们也构成了故事的一个回合。

这种功能项的划分方式也使得我们可以梳理出故事中的几种人物角色和他们之间的对立层级关系：主人公—坏人、捐赠者—坏人的亲信、公主—女妖、魔法师—巫师、英雄的派遣者—抓住英雄的人、看上去是好人的坏人—邪恶的冒牌主人公，等等。

同时，我们也可以发现许多主人公与对手之间的对立动作和对立目标。

对立动作：

寻找—阻碍、自由—囚禁、保卫—攻击、追击—脱逃、真相—谎言、营救—危害，等等。

对立目标：

战胜坏人—战胜英雄、营救受害者—绑架受害者、成功完成任务—阻止英雄成功，等等。

需要说明的是，普罗普学说的意义绝不在于机械地按照31个功能项来编织故事。我们之所以在揭开故事结构之前介绍他的学说，就是因为我们惊讶地发现，这31个功能项之中存在着诸多重要的故事构成要素，例如初始场景、缺失、斗争、捐赠者、最初的胜利、归来、再次被追击、困难的任务、完成、变相、婚礼等。这其中体现了经典故事的结构和规律，恰好对应了故事的开端、发展、危机、高潮和结局。普罗普学说的可贵之处在于他提供了一种开天辟地的叙事要素分析方法，在这一规律背后，潜藏着丰富多样而又有着统一核心的故事形态，正如普罗普本人在《神奇故事的历史根源》中所说：“故事的丰富不在于结构，而在于以多种多样的方式来实现同一个结构因素。”[①]这句话值得我们深思。接下来我们就一起探讨一下故事的结构。

2.故事的结构：激励事件—发展—危机—高潮—结局

这一标题看起来很简单，也似乎老生常谈，但却值得我们深入思考。故事的结构正是由这五部分组成。故事内部到底潜藏着怎样的生命力，引领其不断前行发展？我们将结合《僵尸新娘》来探讨故事的结构。虽然前文已多次列举过这个故事的例子，但我们这次将完整地分析其结构，如果我们能把一个好电影和好故事分析透彻，将会从中学到很多东西。

---

① 〔俄〕弗拉基米尔·普罗普：《神奇故事的历史根源》，贾放译，中华书局2006年版，第49页。

(1)激励事件

故事的开端往往是一段初始场景,介绍故事发生的背景、环境、主人公和他的家庭成员,正如《僵尸新娘》的开头一样。这一初始场景往往是主人公生活的正常态势,然而如果主人公的生活一直保持这种状态,故事就没有存在的必要了,因为没有任何价值和意义的改变,也没有冲突。我们说,所有的故事都表现为主人公的求索,他一定在内心深处有一种欲求需要实现,这种欲求必然会以某种方式体现出来。激励事件就是打破主人公的生活常态,并使其想办法解决面前的困境,从而引发故事向更深层发展的事件。它是影片的第一个重大事件和导火索,它必须打破主人公生活的现状和平衡,为了恢复这种平衡,主人公不得不走上一条求索之路,从而展开了精彩的故事。

你认为《僵尸新娘》中的激励事件是什么?那要看维克多的生活常态被彻底打破是在哪个时刻,从哪个时刻他的生活完全失衡,他不得不展开一系列行动,恢复到正常的生活中。那么这个故事的激励事件是婚礼彩排失败?还是在森林中他不小心将戒指套在了僵尸新娘手上?经过分析和体会,我觉得这部影片的激励事件应该是第六场,即维克多在森林中不小心将戒指套在了僵尸新娘的手指上。正是这一事件导致僵尸新娘误以为自己已与维克多成婚并将他带到鬼世界,使维克多的生活发生了不可逆转的巨大变化,也正是为了回到人间,维克多展开一系列行动,导致了故事的进一步发展。动画电影《小鸡快跑》是因为农场主特维迪夫人要把不下蛋的鸡做成鸡肉馅饼,引发鸡群大逃亡。主人公的欲望越强烈,行动力就越足,戏剧张力就越强。影片《生死时速》中特警杰克为了拯救一车人的生命,与罪犯培恩展开殊死较量。人类共有的原始欲望是人物行动的最强有力的动力源,如食、性、生死、恐惧、尊严、权力、贪婪等,为你的人物寻找到这些因子并强化它,你就会发现不用你多想,你的人物自己就动起来了。

激励事件应该发生在故事的什么时刻?很显然,激励事件一般应发生在故事的前四分之一时段内,观众必须及早看到这一事件,才不会厌倦。同时观众必须亲眼目睹这一事件发生,因为这会在观众的脑海中投射出一个未来的必备场景,即故事的危机时刻。激励事件预示或暗示着这一危机时刻,对于《僵尸新娘》来说,激励事件发生时投射在观众脑海中的危机场景便是:维克多如果永远无法回到人间该怎么办?这一场景未来确实发生了,也就是维克多即将喝下毒酒时的故事危机和高潮时刻。

在我们的生活经历中是否也有激励事件发生的时刻?这一事件改变了我们之后的人生轨迹和历程。这一事件可能是外界施加的,抑或是自己选择的结果。我想一定是有的,也许在我们不同的人生阶段发生过不同的激励事件。它往往是我们展开历险的方式,比如它可能是一次冒险的选择,也可能是一次大"错"。例如许多童话故事都开始于主人公的一次错误,《青蛙王子》中,公主不小心将金球掉进了井中;《睡美人》中,公主不小心碰到了纺锤尖。《指环王》中，弗罗多从小就被告知要远离魔多，然而他却选择了前往魔多，因为只有在那里才能真正销毁魔戒的威力。这些都是改变主人公命运、打破他们生活平衡的激励事件。

我们在人生的关键阶段做出的重大选择也可以视为某种程度的激励事件，也许某个在我们此时或彼时看来是"错误"的选择导致了人生的不同走向，然而这一选择并非偶然，它往往是我们在两难时刻面临的艰难选择，这一选择体现了我们真正的本质。有时，生命中的"大错"并非偶然，它是我们内心欲望和冲突受压抑的结果，这种"错误"的选择有可能为我们开启一个新的命运。比如，有人放弃了高薪的工作和舒适的生活，过着居无定所的漂泊生活。在世俗看来这可能是不可思议的选择，然而对于选择者来说，或许正是这次选择给他带来了另一种魅力无穷的生活和视野。

因此，激励事件不是偶发的，从某种程度来说，它是主人公内心欲望和冲突导致的一种必然的选择和命运。它的冲击力应该是巨大的、不可扭转的、彻底颠覆主人公生活的，也许它仅仅由一点小事引起，其最终引发的效力却是强大的。

（2）发展（纠葛）

激励事件发生后，故事就进入了一个新的阶段。主人公必须付出种种努力以恢复生活的平衡，这就是故事的主体部分——发展，也称为"进展纠葛"。这是一系列障碍与克服障碍搏击的回合。主人公试图解决面前的问题，并付出行动，然而这一行动可能会导致更为复杂的局面，使冲突加剧。正是在不断叠加和增强的冲突中，故事的危机逐渐加强，直到最高点。主人公的意志和真相也在这一过程中得到磨炼和揭示。故事决不能退缩到力度或性质更弱的动作中去，而必须向着逐渐增加的难度和危机进发。正是：最好的留到最后，最难的也留到最后。因此在冲突的设置上也体现了这一结构：同一序列中的各场景冲突不断递增，导致这一序列最终的冲突高峰；同一幕中各序列的冲突也不断递增，导致本幕结束时的最高峰冲突；而在故事的几幕中，冲突也逐渐增强，导致故事的危机与高潮时刻。

《僵尸新娘》中维克多来到鬼世界后，首先的反应是如何逃离这里，他也付出了自己的努力：骗僵尸新娘说带她回去见父母。僵尸新娘信以为真，通过巫师的魔法，她和维克多回到了人间。然而这一行动带来了更大的危机：当僵尸新娘发现受骗时，她果断地带着维克多又回到了鬼世界。这下维克多再想返回人间可就不容易了，同时僵尸新娘也陷入了悲伤与难过之中。

接下来，人间的新娘维多利亚跑到教堂试图寻求神父的帮助，没想到却被神父送回家中，并得知父母已将自己许配给男爵。这一事件无疑是雪上加霜。黑暗中男爵的内心独白使观众知道了他的邪恶阴谋：男爵是为了钱财才娶维多利亚，婚礼举行完毕他就会杀死维多利亚。冲突的强度逐渐叠加，维克多和维多利亚的困难也越来越大。

死去的车夫将维多利亚即将与男爵成婚的消息带给了维克多，维克多彻底绝望了。维克多与维多利亚的姻缘彻底跌入了低谷。故事的危机似乎已无法逆转，接下来发生的情节印证了这一猜想。维克多决定要重返人间，重新说誓词并喝下毒酒，以实现僵尸新娘的心愿，和她结为真正的夫妻。这一场景正是激励事件发生时观众脑海中所投射的未来“必备场景”，观众的预感得到了印证，故事也进入了最大的危机时刻。

(3)危机

危机和高潮往往相伴而生。危机是故事的必备场景，从激励事件开始，观众就一直等待着这一时刻的到来。危机时刻往往是真正的两难选择，正是在这一选择过程中体现了人物的本质和真相，也揭示了故事的最大价值。危机之后紧接着就是高潮，对应普罗普的功能项就是“难题”和“难题被解答”。这也是故事中最精彩和扣人心弦的环节，是故事的核心部分。一个经典的故事往往是：观众会预料到故事的结局，但想象不出故事会如何发展到这个结局，这也是千百年来故事吸引观众的原因所在，也正是普罗普所说的“故事的丰富不在于结构，而在于以多种多样的方式来实现同一个结构因素”。

(4)高潮

危机和高潮往往发生在故事的最后时刻，并且相伴而生，有时是在故事的四分之三处或四幕故事中第三幕的结尾时刻，也有极少数故事在危机和高潮后戛然而止。危机中孕育着高潮，高潮诞生于危机中的抉择。高潮体现了故事中最重大的价值。在《僵尸新娘》中，故事的高潮在哪里？或许对这个问题有多种不同的回答。是在僵尸新娘做出选择、阻止维克多喝下毒酒时，还是之后男爵与维克多搏斗、最终男爵喝下毒酒时？如果按照我们上面对高潮的性质做出的描述，不难判断，僵尸新娘做出选择时才是故事的核心高潮，因为它体现了故事的核心价值观所在。

(5)结局

随着故事到达危机和高潮，便也逐渐接近了尾声。观众在高潮中已经预料到了结局的端倪，但还是需要一些情节上的交代，以满足观众对故事结尾的期待。或者有一些逻辑上还没有澄清或需要说明的内容要在结局完成。结局有时也展示高潮带来的影响和余波。同时，从心理的角度来说，观众刚刚经历了强烈的危机和高潮，也需要有一个缓冲和慢慢平复心情的时间来逐渐走出故事。

也有一些故事提供了开放式的结局，这会引发观众更深入的思考和参与。

在《僵尸新娘》中，男爵喝下毒酒受到应有的惩罚后，故事并没有马上结束，而是表现了三位主人公的最终结局：维克多与维多利亚终成眷属，僵尸新娘也实现了自己的心愿，化为蝴蝶飘散在夜空中。观众了解了各位主人公的归宿和结局，心情也在美丽的夜色中慢慢平复，由此故事得以完美收场。

有人说：一个好电影应该让人看完后感到内心平静，并产生深思。笔者也很赞同这一观点。一个好的故事，应该让人们在看的过程中心潮澎湃、激动不已，但在曲终人散时，观众会感到内心得到了满足，没有遗憾和未解的惆怅，平静地走出故事，然而故事的内容和精神却引领观众深思，使他们的内心得到某种层面的升华。《僵尸新娘》的故事节奏紧凑、冲突叠加、人物个性鲜明、矛盾逐步深化，在观看的过程中牢牢吸引了观众，结尾又让人在美好的温情中慢慢体会韵味。再如美国影片《细细的红线》(1997)，可谓电影史上最富哲思的战争电影，影片完全颠覆了传统战争影片的叙事方式，深入地刻画了一个个平凡而又鲜活的灵魂在面对战争和死亡时的内心感受。在观看时，我们仿佛亲身参加了激烈的战斗，在枪林弹雨中穿梭，体验了一次次死亡的逼近，体验那种绝望和悲怆的境况。当影片结束时，整部电影带给我们的心灵印记和哲学思考还沉浸在脑海中久久不能忘怀，然而心灵却出奇地平静安定。在这部电影中，我们感受到了生命与众不同的价值和意义。

经典故事的结构生命线如上所述，由开端—激励事件—发展—危机—高潮—结局构成，这是千百年来人们从故事中总结出的经验，也描述了故事的生命历程。我们分析和体会这一结构，并不是要死板地套用它，而是要理解故事的生命轨迹和内在发展动力，最终还是要结合自己的故事特点找到它特有的内在构成方式。

3. 故事结构图

我们可以非常直观地用图画来显示故事的结构，如图 6－1 就是《僵尸新娘》的故事结构图。从这张图上，你是否能看出这个故事的结构、起伏和冲突的发展程度？你还能发现哪些信息？

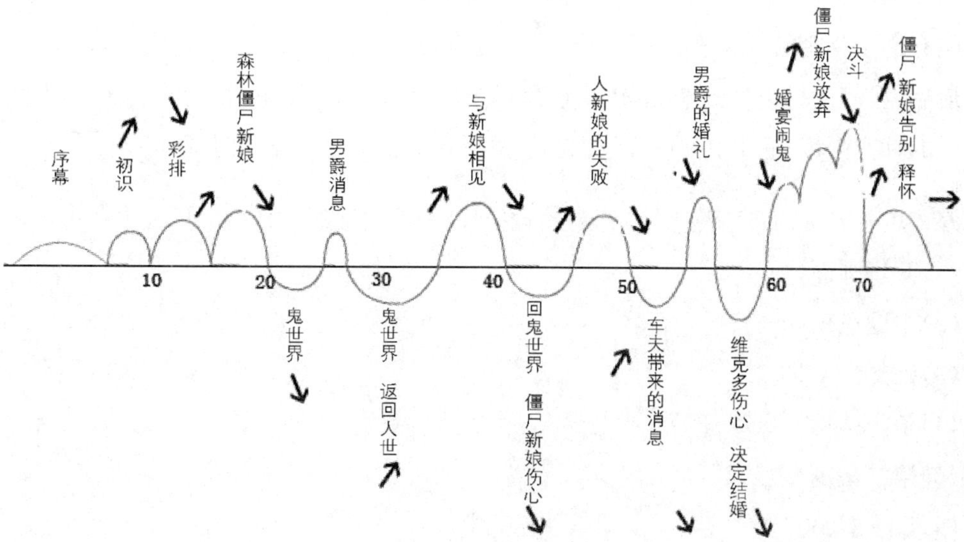

图 6—1　《僵尸新娘》故事结构图

当你的故事初具雏形时，或你想分析一个刚看过的精彩故事的结构时，你也可以动手画一个故事结构图来直观地剖析这个故事的结构。

首先，画出一条横线，代表故事的时间轴，并将其平均分成若干段以标示时间。例如图1中就以10分钟为单位标注。

然后，认真地体会和思考故事的情节发展，并划分主要的场景段落，在这张图上标出主要的情节事件及其发生的时间点。例如图6－1中的“序幕”包含了场景1～3，共约6分钟，讲述了故事发生的背景、主人公和其家庭成员。按照比例将其画在时间轴上，时间轴上方的曲线弧度代表着这一片段的冲突激励程度。“初识”部分是场景4，介绍了维多利亚家的态度和反应，以及两位年轻人初次相见的情景。以此类推。我们可以看到，人间的场景都用黑色画在时间线的上方，鬼世界的场景都用红色画在时间线的下方，这样画可以更好地区分两个不同的空间场景，也可以更好地表现这个故事的时空穿插特点。你也可以根据自己的故事特点想出各种具体的画法。

我们可以看到，随着时间的进展，场景的冲突不断加强，我们可以通过弧线的高度和尖锐程度来表示冲突的剧烈程度。在故事行进到60分钟至70分钟之间时，两个世界合而为一，人与鬼在人间相聚，这里也是故事的危机与高潮时刻，曲线的弧度达到了顶峰。随后，故事进入尾声，缓缓结束。

我们也可以利用一些箭头来表示每次冲突的价值取向，例如：用斜向上的箭头表示故事情节的冲突是正面价值，即故事向着对主人公有利的方向发展；用斜向下的箭头表示冲突是负面价值，即对主人公向着越来越不利的方向发展，箭头的长短也可以表示其激烈程度。当然，这些都是非常灵活和个人化的画图方式，完全是自发的和根据故事的需要产生的，大家完全可以在分析一个故事结构时根据需要自己创造一些不同的画法，只要能有助于你理解和剖析故事结构就好，完全没有刻板的教条的模式。

最后，我们还可以从这个结构图中看到故事的节奏，例如每个场景横向的时间长度和纵向的冲突强度，它们仿佛一首交响曲，显示出了故事的发展和生命的韵律。

好莱坞著名编剧布莱克·斯奈德在《救猫咪》一书中把剧本结构的呈现方式表述如下。

(1)开场画面(1)

(2)主题呈现(5)

(3)铺垫(1～10)

(4)争论(辩论)(12～25)

(5)第二幕衔接点(25)

(6)B故事(30)

(7)游戏(30～55)

(8)中点(55)

(9)坏人逼近(55～75)

(10)一无所有(75)

(11)灵魂黑夜(75～85)

(12)第三幕衔接点(85)

(13)结局(85～110)

(14)终场画面(110)

几乎所有好莱坞电影都符合这个结构，这种填空式的结构保证了大方向上不会出错。电影剧本的成功重要就在于模式基础上的突破与创新，因此以上方法也可以作为剧本创作的参考。

4.序列与结构

前面我们在介绍故事的构成时初步介绍了“序列”的概念和作用。好莱坞的剧作家们从电影诞生早期就发现了序列的意义，总结出三幕八序列式的结构原理，这种结构一直潜藏在好莱坞电影故事中。其实这种结构也体现在许多非好莱坞电影和电影以外的许多经典故事中。这种方法可以使编剧在把握 90～120 分钟长的电影故事时始终保持理想的节奏和故事张力，吸引住观众。它将 2 小时的电影划分为 10～15 分钟的若干序列，每个序列宛如一个小电影，有着自身的起伏和发展，每个序列的结局又引入了下一个序列的开始，这样，观众始终被故事牢牢吸引，不会产生疲惫和乏味感。

人们将常见的故事结构划分为三幕式或四幕式。三幕式结构将故事划分为开端、对抗和解决。四幕式结构是对三幕式的延展，将故事划分为建置、使复杂化、发展、高潮。幕与序列又存在着怎样的关系呢？就让我们进一步走入故事的内在结构，仔细分析序列与序列、序列与幕之间的关联。

常见的电影故事可以分为三幕八序列，每个序列 10～15 分钟不等。当然根据故事的需要和特点，每个序列也可以稍短或稍长，但过短显然会容量不够；超过 15 分钟，太长也会使观众觉得冗长。所以序列的长度可以适当地灵活把握。通常第一幕由序列 A 和 B 构成，第二幕由 C 到 F 四个序列构成，最后一幕由序列 G、H 构成。

三幕八序列的结构分析(每序列约 10～15 分钟)

美国剧作家保罗·约瑟夫·古林诺教授曾在他的著作《编剧：序列的方法》中详细介绍了序列的方法及应用。我们在此对这一方法也做一简单介绍：

序列 A

影片的第一个序列往往由初始场景构成，揭示故事发生的背景、环境、人物、时代等。在序列 A 中通常会引发一个悬念，提出疑问，制造疑惑，像一个钩子一样牢牢地勾住观众,并让观众感觉到会在故事的最后得到这个谜题的答案。

通常在序列A中主人公会出场,但也不绝对。这里通常展示主人公的正常生活,与后面这种正常生活被打破产生鲜明的对比。通常在这一序列的结尾会出现激励事件。

《僵尸新娘》的序列A包含哪些内容?笔者的划分是场景1～4(开头:10分48秒),介绍了故事的背景、主人公及其家庭,他对爱和婚姻的渴望,直到维克多与维多利亚初识互生好感,结果被父母斥责,这一序列结束。这一划分的依据是:这四个场景相互关联,介绍了与婚姻有关的最初内容,两位主人公的家庭背景和他们对这桩婚事的态度也都展示出来。维克多遇到的第一个障碍就是,双方父母世俗的目的与两位有情人之间纯洁感情的对立,并引出下一个婚礼彩排的场景。

我们通过这个例子也可以发现,对于序列的用法也不是绝对死板的。例如在这个故事中,只是男主人公维克多在序列A出场了,真正的女主人公僵尸新娘并没有出场。而且故事的真正激励事件并没有发生在这一序列的结尾,而是在下一序列的结尾。这一序列的结尾只是维克多遇到的第一个小挫折。当然,这只是笔者自己的划分,我们通常无法给出一个唯一的序列划分的结果,不同的人会有不同的观点,这取决于大家对故事的不同理解,这也正是序列的合理和适合每位作者灵活运用的地方。有些故事比较容易划分,有些则比较模糊,但每个故事确实都有着自身的结构,序列也确实有助于我们理清故事的发展脉络。也许你有着不同的划分方式,只要你能说得通、觉得有道理,就是可以的。

序列B

序列B结束时影片大概已完成四分之一,这一段设置故事的主要张力和悬念。这一段的结束也通常是第一幕的结束。在这一序列中,主人公通常会对激励事件作出反应,试图解决问题,回到平静生活,但是却没有实现,反而带来了更大更多的问题,引发故事第二幕的巨大发展。

在《僵尸新娘》中,笔者划分的序列B包含场景5(婚礼彩排维克多失败)和场景6(他在森林中练习誓言,结果使僵尸新娘现身)(10分48秒至19分)。序列A和序列B共同构成了故事的第一幕,即维克多为婚礼做准备,遇到困难,结果被僵尸新娘掳走,到了鬼世界,从而开始了一场为回到人间而展开的努力。在这个故事中,激励事件并没有安排在序列A的结尾,而是放在了序列B即第一幕结束时的结尾,因为这个激励事件是如此强烈,它需要有之前的层层铺垫,并最终导致男主人公的不归路。这里,故事的主要张力和悬念被提出:维克多是否能回到人间?他是否会和维多利亚完婚?还是会和僵尸新娘成婚?你看到这里时的悬念是什么?你对这三个问题的答案是什么?你是否在此预感到了故事的危机和高潮场景以及故事的结局?相信你一定有以上的感受和自己的答案,这正是故事的奥秘所在。也许你想象不出危机场景的具体景象,但如果你是一个有许多观影经验的观众,一定会预料到会有一个非常精彩和充满激烈冲突的人鬼世界的斗争场景。

对于影片的结局通常会有两种预感：A. 维克多与僵尸新娘在一起；B. 维克多最终回到了维多利亚身边。有经验的观众一定会预感到经典故事的答案会是B，首先，它符合观众的一般心理期待，我们都希望生活能步入正轨，平安稳定，人也都是怕死并害怕鬼的。其次，从故事的构成角度来说，此时发生事件的价值应该和结局是相反的，也就是说，僵尸新娘现在已经得到维克多了，如果故事的结局也是如此，那整个影片就没有冲突也就没有观看的意义了。所以我们会预感到结局，但又有一丝不确定感，同时我们不知道影片如何到达这个结局，即维克多会通过怎样的手段、经历怎样的过程才会回到人间和维多利亚身边呢？这也就是故事的悬念和故事的主要情节了，正是这些地方需要新颖的、超出观众想象力的构思，也是故事创作的难点和兴奋点所在。

序列 C

在序列 C 中，通常主人公试图用最快捷的方式解决问题，这也符合普通人的心理，我们在生活中遇到问题时都想尽快解决。但是主人公的尝试可能只解决了表面问题，但却带来更深入的问题。

在《僵尸新娘》中，序列 C 包含场景 7(鬼世界的介绍，僵尸新娘的悲伤故事)和场景 8(维多利亚家，男爵带来消息，说维克多与一女子消失在夜色中)(19 分至 26 分)

在这个故事的序列 C 中，很自然地介绍了鬼世界的生活和形形色色的人物，并介绍了故事的另一个重要主人公僵尸新娘的背景故事，同时表现了人间对维克多失踪的反应。为序列 D 维克多的努力做好了准备。

序列 D

在序列 D 中，主人公进一步尝试解决问题但遭遇失败，但他还在绝望地继续努力，试图解决问题。在序列 D 结束时，通常会引入故事的第一个小高潮或一个中转点。这可能是一次启示，或是使主人公的任务更困难的一次命运的逆转。这里通常会让观众隐约感到主角最后会取得成功，只是等待命运或故事的转机。这时的第一小高潮往往是结尾的预示或与结尾相反的景象。

《僵尸新娘》的序列 D 包含场景 9 至场景 15(26 分至 43 分 20 秒)。这一序列划分的依据是各场景情节之间的关联性。维克多熟悉了鬼世界后，展开了第一次试图逃脱的抗争，他骗僵尸新娘说带她回去看父母，僵尸新娘信以为真，便找到老巫师通过“跳房子”的咒语带维克多回到了人间。不料维克多私会维多利亚的情景被僵尸新娘发现，她非常愤怒，又带着维克多回到了鬼世界。伤心的僵尸新娘独自流泪，蜘蛛和小虫不断安慰她，赞美她，通过她的歌唱我们也感觉到她的美丽与不幸，头一次对她产生了同情和好感。

这里我们看到，维克多尝试解决问题，表面上看似胜利，却使他彻底失去了僵尸新娘的信任，他试图回到人间的希望似乎也永远破灭了，这里既有对结局的暗示，也是结局的反面映像。但这里对僵尸新娘的塑造使我们眼前一亮，这个人物似乎并不像第一眼看到的那么邪恶，她只是一个惹人怜爱的普通姑娘，我们看到了她内心的善良，人性的一点曙光，或许这也是维克多命运的一次转机吧。故事接下来向着更大的危机和冲突发展。

序列 E

在这一序列中，主角继续克服第一小高潮引发的并发症，他可能会有表面的胜利或失败，但绝不像小高潮那样影响深远。通常这里是一些新角色和新契机引入的地方，如果有次情节或副线，这一序列和下一序列通常是引入次情节的时机。

有时，小高潮的影响是如此深远，以至于在此主角的目标发生了逆转。这里并没有解决主要问题，反而让问题更加复杂化，解决问题的难度更大。

《僵尸新娘》的序列 E 包含场景 16～24(43 分 20 秒至 54 分)。这一序列讲述了以下内容：维多利亚将维克多被僵尸新娘掳走的事情告诉了父母，却无法得到父母的理解，于是她逃到教堂，希望得到神父的帮助，却被遣返回自己的家。同时，她得知父母已经把她许配给男爵。男爵的阴谋也被观众知晓，他只是为了得到维多利亚家的财富，婚后就会杀死维多利亚。聪明的观众看到这里就会联想到男爵正是当年杀害僵尸新娘的骗子。与此同时，鬼世界里，维克多与僵尸新娘合奏钢琴，似乎两人结成了朋友，不再是敌对的关系。车夫梅修死去，将维多利亚即将成婚的消息带给了鬼世界的维克多，维克多非常伤心绝望。

这一序列的划分围绕的是维多利亚与维克多的失败，即维多利亚将要与男爵成婚。男爵是故事的一条次情节线索，它初露端倪是在讲述僵尸新娘的身世时，在这一序列中，这一次情节才得到了主要发展。同时主情节中，维克多与僵尸新娘的关系也有所转变。故事似乎在朝着与观众开始的期望相反的方向发展。主人公维克多的目标似乎发生了逆转，他的重心不再是试图回到人间，而是似乎与鬼世界的人们相处得更好了。他要回到人间的成功性似乎已越来越微弱。于是我们即将在下一序列到达新的危机。

序列 F

这是第二幕的最后一个序列。故事在这一序列结束时正好处于四分之三处。这里，主人公已经消除了所有简单解决问题的可能性，发现事件的难度，所有的努力导向最终的解决。这一序列的结束也标志着第二幕的结束，是第二个小高潮，也给了观众一个未来可能结局的一瞥。同第一小高潮一样，第二小高潮有可能是结局的预演，也可能正好相反。

《僵尸新娘》的序列 F 包含场景 25～28(54 分至 60 分 20 秒)，讲述了以下内容：维多利亚与男爵举行了婚礼。与此同时老巫师告诉僵尸新娘她与维克多的婚姻并不成立，因为维克多还是一个活人，只有她和维克多重回人间重新说誓词，然后维克多喝下毒酒，他们才算真正成为夫妻。僵尸新娘听闻非常伤心，她不会这样做。这一幕恰好被维克多看到，已经失望的他决定成全僵尸新娘的愿望，他愿意这样做，并向众人宣布他即将和僵尸新娘重返人间举行婚礼。鬼们兴高采烈地为他们的婚礼做准备，大家一起出发走向人间。

我们发现主人公的目标至此已发生了彻底的逆转，他此时重返人间的目的不是为了与维多利亚结婚，而是为了彻底死去，与僵尸新娘完婚。他已经失去了所有解决最初目标的可能性，故事朝着一个不可逆转的相反方向走去，此时我们看到的要么是对结局的预演，要么是与结局相反的景象。这是一个悬念，悬念正是产生于两种可能性之中的一种。在这个故事中，这里是对结局的相反映像。这是一种常见的故事构成方式，在第二幕的结尾出现的第二小高潮是影片的危机与低谷时刻。当然这也不是绝对的，古林诺认为应该把这里处理为与故事的主要张力有着深刻关联，也许是对张力的彻底解决，也许是对张力的重新认识，如果只把这里看作危机会丧失很多故事发展的可能性。

序列 G

同前面六个序列对问题的解决相同，序列 G 的解决也是表面的，而不是最终的。可能在这里会出现许多意想不到的发展结果，次情节和先前设下的摇摆的起因会在这里引发各种困境，甚至可能会迫使主人公改变之前的目标。通常影片会发生巨大的颠覆性变化，甚至我们会用一种全新的视角来看待故事。第七段主角通常会有更大的风险，叙事节奏更疯狂更快，这一段的结束通常也是一次剧情的突转。

在《僵尸新娘》中，序列 G 包含场景 29～31(60 分 20 秒至 71 分)，这里可以说是故事的危机和高潮段落。鬼们来到了维多利亚死气沉沉的婚宴，把人们吓得魂飞魄散。维多利亚跟随着人流来到了教堂，看到了维克多即将与僵尸新娘成婚的一幕。当维克多说完誓言，准备喝下毒酒时，僵尸新娘突然阻止了他，她不愿让维克多为了自己付出生命，并将维克多与维多利亚的手牵在了一起。这时，男爵突然出现，他试图抢走维多利亚，却也暴露了自己的身份，僵尸新娘认出他正是当年杀害自己的凶手，于是男爵和维克多之间展开了一场殊死决斗。僵尸新娘救了维克多，不知情的男爵无意中喝下了毒酒，成为鬼魂，得到了应有的惩罚。

在这一序列中，故事达到了巅峰，诸多华彩段落在这里出现。我们在看到激励事件时头脑中预期的高潮场景在此刻得以实现，人世界与鬼世界相遇，正义与邪恶在此相会，男女主人公也做出了他们最终的艰难抉择，体现了他们的人物真相和本质，故事的价值和意义得以彰显。先前设下的悬念和伏笔都在此处得到了揭示和呼应，故事的张力得以解决。叙事的节奏在这一段明显加快，故事的冲突激烈程度达到了顶点，主人公维克多也面临了最大的生死危机。我们对僵尸新娘这一角色的认识完全改变，她从开头那个可怕的恶鬼形象变成了一个让人喜爱的美丽角色，因为其内心的善良和美丽。

接下来故事该缓缓进入尾声了。

序列 H

最后一个序列通常包含了影片的结局——好或坏。激励事件创造的不确定性在此得到了确认,经历了前两次小高潮的隐约闪现以及逐渐加大的冲突和加快的节奏,最终故事的张力和悬念得到了彻底的解决。主人公要么达成了愿望,要么永远无法实现愿望。

《僵尸新娘》的序列 H 即最后一个场景(71 分至 73 分 30 秒)。故事的结局和尾声:僵尸新娘内心的愿望得以实现,她化为蝴蝶消失在夜色中,维克多与维多利亚终成眷属,目送着僵尸新娘远去。观众在影片开始时的悬念得以解脱:维克多经历了诸多坎坷,终于回到了人间,恢复了平静的生活,而僵尸新娘也实现了自己的愿望,得到了爱,当年伤害她的人也得到了应有的惩罚,故事圆满结束。观众在舒缓的结尾中心情慢慢平静下来,逐渐走出故事的世界。

通过以上分析,我们可以感受到序列与结构之间的深层关系,它确实有助于我们将庞大的 120 分钟的故事划分为若干个相关的部分,通常是 8 个,也可以根据故事的内容适当地减少或增加。每一序列由若干相关联的场景和事件组成,相对完整地讲述了一个事件群,并引出下一序列的转折与发展。它在幕的基础上使故事更为细化,更易把握,使故事始终保持着一定的节奏和张力,推动各层面冲突的有效发展和转化,推动故事有力地向前推进,达到生命的顶峰。如何划分序列需要作者自己仔细体会故事的诸多情节之间的关系,你就是赋予故事生命的人。

5. 好莱坞最新写作观念——搭桥式

美国学者托马斯·沙兹在《旧好莱坞/新好莱坞:仪式、艺术与工业》一书中指出:“好莱坞制片厂实际上逐渐把影片生产的每一个阶段都标准化了,从叙事的构思到最后影片投放市场。”好莱坞这种标准化的制作是与好莱坞观众密切联系协调的结果,是一种对观众集体价值和信仰的应答手段。市场的成功必然鼓励重复,而任何叙事模式,甚至在电影叙事一般语法中的一个孤立技巧的演变,也都是制片人和观众之间持续进行交换的结果。观众的反应最终决定了一个故事的叙述范式或技巧是否需要重复或者进行更改,并最终在电影生产系统内加以成规化。

我们来简略地浏览一下经典好莱坞电影生产要经过的几十道工序:首先由制片人提出拍片意图,交编剧部门编造故事,确定情节,再到“噱头部”增添笑料,补充滑稽场面、次要情节,然后便到专门设计对话的部门写出对话。剧本定稿后,交由总导演分配给负责各个场面的分导演,安排协调调度……

由此我们可以看出,一部经典好莱坞电影的创作并完成,并不像一幅画作或小说往往由一个人独自构思创作而成,而是一个集体进行的项目。它的电影是线性叙事的,故事结构必须很严密,要严丝合缝才行。

好莱坞不同工序的编剧们是靠什么来结构出叙事的框架的呢？看了对图 6—2 的解读，我们可以得到这样一个答案：好莱坞的编剧们更像一群盖大桥的建筑工程师。他们新开发的剧作法叫“搭桥式”。

故事进入点　　次高潮　　高潮

Ⅰ　　Ⅱ　　Ⅲ

序幕　开场（破题）　发展（纠葛）　解决　尾声

第一个桥墩　　第二个桥墩

（动机）　　（目标）

图 6—2

我们知道盖一座桥并不是从河的一边垒到另一边，而是先垒起中间承重的桥墩，再搭两边桥板。好莱坞的“工程师”们结构剧本也同样不是由头写到尾的，而是先找到图中所示的“动机”和“目标”两个桥墩。从这里开始建立全剧的叙事结构。第一个桥墩是故事的进入点，“工程师”们冥想苦思的是找到怎样一个“意外”造成故事进入。在第一个桥墩首先他们要解决的是主人公的动机问题。在经典好莱坞影片的叙事中，主要由心理因素引发的剧情因果链几乎是所有叙事事件的动机。第二个桥墩在全剧的高潮，这里是主人公的目标所在。只有把这两个部分扎扎实实地想明白，看透了，结结实实垒起来，才可以由此而开始铺展桥面。这就是“搭桥法”的核心之所在。这个方法虽然匠气，但对于结构一部经典叙事的好莱坞影片又是很实用的办法。

现在电影观众的欣赏节奏加快，要求 6～8 分钟完成一个小事件，这样一部 120 分钟的影片就要求由 16 个左右的小事件组成。“工程师”们修改润色剧本总是从小的事件的裁剪入手的，然后再去分析大的结构，以是否匀称为好的标准。这是好莱坞剧作“工程师”们把握节奏最简单而有效的办法。

三、故事的节奏及其表现

故事既然是有生命的，就必然有其节奏。节奏指的是整部电影总体的“速度”：电影的“高峰”（危机、冲突和高超场面）和“低谷”（停顿和回顾的时间）出现的频次。总体来说，电影制作者们都会试图在高潮临近时加快电影的节奏；让电影在“高峰”和“低谷”之间切换，这样就能达到一张一弛、张弛有度的效果。

我们在欣赏一个好故事时，必然能感觉到它的呼吸、脉动和生命力。亚里士多德在《诗学》中也提出了节奏的要义：“一个美的事物——一个活的东西或一个由某些部分组成之物——不但它的各部分应有一定的安排，而且它的体积也应有一定的大小；因为美要依靠体积与安排……因此，情节也须有长度，正如身体，亦即活东西，须有长度一样。”①故事的节奏与结构有着密不可分的关系，我们在上文已经详细分析了故事的结构，其中已经渗透着故事的节奏，如故事的冲突强度变化、情节的长度、情节之间的关联、冲突的性质变化等。这些都是故事节奏的塑造和存在方式。

1.故事的冲突强度

我们在分析故事结构时可以发现由各场景、序列和幕所创造的冲突节奏变化，冲突的张力在故事的发展过程中逐渐递增，这些强弱拍的变化是故事节奏的一种构成形式。正如激励事件—发展—危机—高潮—尾声的节奏变化，体现了故事的生命节奏变化。前文已有所分析，我们就不再赘言。

故事平淡、不吸引人怎么办？这是初学编剧者最常见的问题。平淡是因为戏写得太顺，通常叫“顺拐”。比如写一男一女从相遇到最后结婚，你如果按照俩人相遇—认识—约会—见家长—下聘礼—结婚这样写的话，就不叫戏，叫流水账。相遇是开始，结婚是结果，你要写的、观众要看的是中间的过程，你要做一个阻碍这件事的最坏的那个人，不断地给男女双方设置障碍，例如中间安排五个段落，男人女人相遇后不相识—相识后误会—解开误会后相爱—相爱后错过—最后结婚。如此，你的故事才不平淡，才吸引人。这也就是剧本创作中所谓的矛盾设置。主人公想达到什么目的，你偏给他设置重重障碍，让他走得磕磕绊绊。你的障碍放置得越沉重、越高明、越“卑鄙”、越频繁，你的故事就会越好看。这个障碍不能随便放置，要有针对性地在最合适的时机和最合适的地点精心地放好。障碍的分量也要逐步加重，由小到大。全剧最后的那个障碍是你能放置的最大最重的，也就是全剧高潮前的最后一次障碍。例如影片《钢的琴》，钢厂工人陈桂林跟妻子离婚时妻子要求女儿的抚养权，而谁能给女儿一架钢琴成了这场争夺战的关键所在。为了得到女儿的抚养权，陈桂林忍受种种压力，多方筹措为女儿买钢琴的钱，在四处受挫无果的情况下，决计铤而走险，和女友淑娴以及当年钢厂的好哥们夜入学校偷钢琴，然而却又被人发现被抓……当所有的办法都失败后，陈桂林偶然翻到一本关于钢琴的俄国文献，于是叫上伙伴们在早已破败的厂房中开始了手工制造钢琴的征途……

2.情节的长度

情节长度是构成故事节奏最主要的形式。电影故事的节奏感产生于每一场景的长度所构成的大的样式。例如，我们会感觉有些动作电影或电影中的动作片段的节奏非常快，这往往是由每场戏的长度很短、情节发展速度快造成的。通常一个场景从 15 秒到 3 分钟的长度不等。场景越短，场与场之间的切换就越频繁，故事的进展速度就越快，影片

① 亚里士多德：《诗学》，罗念生译，人民文学出版社 2002 年版，第 22 页。

的节奏也就越快。场景越长，场与场之间切换的频率就越慢，故事的进展速度就变慢，节奏也就变慢。在故事的进程中，节奏应该有所变化，一味的快节奏会让观众无法消化故事情节，造成疲惫感；总是很慢的节奏也会让观众觉得拖沓和不耐烦。如果一个电影故事从头到尾都是同样的节奏，观众会觉得平淡乏味。因此我们应该动静结合，根据故事的进展和情节变化适当地搭配节奏的快慢变化。

例如，《僵尸新娘》这部影片一共有32个场景，影片不含片尾字幕，共约74分钟。其中最短的场景只有30秒，有2场均是不重要的过场戏。片中最长的场景是6分30秒，只有一处，你能猜到是哪个场景吗？没错，正是故事的高潮——第31场：僵尸新娘与维克多在教堂举行仪式，之后与男爵搏斗的场景。此外还有3个场景为5分钟，你能凭记忆感受到是哪些场景吗？它们分别是第4场：维克多与家人来到维多利亚家，并初次见到维多利亚；第7场：维克多第一次来到鬼世界，通过骷髅歌舞展现了僵尸新娘悲伤的故事；第15场：僵尸新娘发现被维克多欺骗后回到鬼世界，非常伤心，又是一段独唱倾诉了她内心的哀伤，蜘蛛和小虫也不断安慰她，我们头一次对她产生了好感。这几场分别是故事中情节推进和转折的重要场景，交代了许多重要的信息，同时对故事发展起着关键性的作用，因此相对比较长。

表6—1是对于该片各场景长度的列表，我们不妨借用这个案例来分析一下关于节奏的规律和秘密。

表6—1　《僵尸新娘》场景表

场景号	放映时间	内容概述	场景时长
1	0至3分30秒	介绍维克多，他生活的街道和他的父母等角色，他的婚事，父母对婚事的期望。	3分30秒
2	3分30秒至 5分15秒	维多利亚家，其父母对婚事的态度，维多利亚担心素未谋面的维克多。	1分45秒
3	5分15秒至 5分48秒	马车中，维克多担心素未谋面的维多利亚。	30秒
4	5分48秒至 10分48秒	维克多与父母来到维多利亚家，两家人的身份悬殊与态度对比，维克多在弹钢琴时偶遇维多利亚，两人互生好感。	5分
5	10分48秒至 14分30秒	婚礼彩排，维克多失败，男爵现身，维克多逃离。	3分40秒
6	14分30秒至 19分	森林，维克多演练誓词，导致僵尸新娘现身，将他掳走。	4分30秒
7	19分至24分	鬼世界，各色人物庆祝维克多与僵尸新娘结为夫妻，骷髅舞介绍了僵尸新娘的悲惨遭遇。	5分
8	24分至26分	维多利亚与四位父母在家中等待维克多，却接到男爵传来的消息：维克多与一女子消失在夜色中。	2分

续表

场景号	放映时间	大概内容	场景时长
9	26分至30分30秒	僵尸新娘寻找维克多，送其小狗礼物，维克多心生计谋骗僵尸新娘说带她去人间见父母。	4分30秒
10	30分30秒至33分30秒	巫师通过跳房子的咒语将僵尸新娘与维克多送往人间。	3分
11	33分30秒至35分10秒	人间森林，僵尸新娘喜悦起舞，维克多骗她说自己先去和父母说一声。	1分40秒
12	35分10秒至35分40秒	维多利亚家，维父气急声称要杀维克多。	30秒
13	35分40秒至36分20秒	森林中，小虫提醒僵尸新娘不要上当。	40秒
14	36分20秒至38分30秒	维多利亚的房间，维克多告诉维多利亚自己的遭遇并向其表白，不料被赶到的僵尸新娘撞见，僵尸新娘再次把维克多带回鬼世界。	2分10秒
15	38分30秒至43分20秒	僵尸新娘发现自己被骗，伤心，蜘蛛安慰她，僵尸新娘的独唱让我们感受到她的美丽与不幸。	5分
16	43分20秒至44分40秒	维多利亚告诉父母维克多的遭遇，却不被理解。	1分20秒
17	44分40秒至45分40秒	维多利亚逃跑到教堂寻求神父帮助，却被其送回家。	1分
18～21	45分40秒至49分	维多利亚被锁，父母接到男爵求婚，父母转告维多利亚新婚事的消息，男爵内心的阴谋表白。(这四个场景比较短，又密切相连，故暂时放到一起)	共3分20秒
22	49分至49分45秒	新闻播报员传播消息：维克多与僵尸新娘私奔，维多利亚将嫁给别人。车夫梅修因咳嗽致死。	45秒
23	49分45秒至52分	鬼世界，维克多与僵尸新娘默契地合奏钢琴，维克多表示歉意，两人和好。	2分15秒
24	52分至54分	车夫到来鬼世界，带来维多利亚结婚的消息，维克多很难过。	2分
25	54分至54分24秒	维多利亚家，维多利亚不情愿地打扮一新，准备去教堂与男爵成婚。	24秒
26	54分24秒至54分50秒	教堂，男爵与维多利亚结为夫妻。	26秒
27	54分50秒至57分	鬼世界，维克多难过，巫师发现僵尸新娘与维克多的婚姻不成立，因为维克多还是活人。他们必须重返人间说下誓词，维克多喝下毒酒死去，他们才能成为合法夫妻。僵尸新娘不愿这样做，维克多却表示他愿意帮助僵尸新娘实现愿望。	2分10秒
28	57分至60分17秒	维克多宣布他将与僵尸新娘到人间完成婚礼仪式。鬼们为他们精心准备，大家一起出发前往人间教堂。	3分17秒
29	60分17秒至63分48秒	人间婚宴死气沉沉，鬼们的到来令人们魂飞魄散，鬼们也与亲人相认。	3分30秒

续表

场景号	放映时间	大概内容	场景时长
30	63分48秒至64分30秒	维多利亚家餐厅，男爵得知维多利亚贫穷，露出了丑恶的真相。	40秒
31	64分30秒至71分	维多利亚随着人群来到了教堂，目睹了维克多与僵尸新娘正在举行婚礼，关键时刻僵尸新娘阻止了维克多喝下毒酒，将维多利亚拉到维克多身边，此时男爵出现，露出真实身份，决斗，僵尸新娘救了维克多，男爵不小心喝下毒酒死去。	6分30秒
32	71分至73分30秒	维克多与维多利亚目送已实现心愿的僵尸新娘化为蝴蝶远去。	2分30秒

通过表6—1的时间长度，你发现了哪些有关节奏的规律吗？

(1)故事的整体节奏

《僵尸新娘》整部影片平均每个场景约2分30秒。最短的30秒左右的场景约有五六个；4分钟以上的场景就算比较长了，共约6个；其余场景多为2～3分钟。所以整个故事的节奏给人感觉是比较激烈、比较紧凑的。

当然，有些类型和风格的影片节奏要更快，例如动作片；而有些情节较舒缓的影片节奏需更慢，如文艺片。有兴趣的读者可以找一些不同类型和风格的电影，比较一下它们的故事节奏和场景长度之间的关系。

(2)节奏的变化

我们在介绍序列与结构时曾说过，越发展到故事的后部，越逼近高潮，节奏越快。在《僵尸新娘》中我们也看到了这一点。本片中几个比较长的场景相对描述的都是故事中非常重要的情节和转折点。比较简短的场景通常都是过场戏，冲突也都比较小。随着故事的发展，每个场景的冲突越来越激烈，叙事节奏也逐渐加快。相对比较长的场景4、7、15都分布在故事的前部和中部。故事的前4个序列占据了影片一小半的时长，却只有10个场景。这4个序列旨在进入故事和交代必要的情节，场景节奏相对比较慢。此后，随着主人公的危机和努力不断加强，故事的节奏逐渐加快。在第二幕结束(即场景28)之前，故事的情节进展非常快，占据了影片最多的场景，每一场景时长都比较短，场景变化频繁。之后，故事逐渐进入了危机与高潮。

(3)快慢节奏交织

同样，我们也可以从表6—1中看出，《僵尸新娘》的场景在整体趋向变快的过程中也是快慢节奏交织的。在重要情节和强烈冲突之间往往会夹杂一些过渡的缓冲情节。例如在经历了快节奏的场景10～14的尖锐冲突后(35分至40分，维克多第一次逃跑失败)，进入了一个比较慢的抒情场景15(僵尸新娘的独唱)，使观众紧张的心情得以稍微放松，以做好进入下一个激烈冲突(44分至50分，维多利亚被安排与男爵成婚)的准备。之后场景 23 维克多与僵尸新娘和谐地弹奏钢琴，又是一次情绪的放松，为之后(52 分至 60 分)进入故事的危机做好准备。正是这种快慢与冲突强度的交织安排，使得故事张弛有序，紧扣人心。

《僵尸新娘》的场景节奏图(如图 6－3)可以更直观地表达以上分析的故事节奏：横线是时间轴，线上方是发生在人间的场景，线下方是发生在鬼世界的场景。时间轴上的数字代表以分钟为单位的电影时间。每个节点代表一个场景的结束时刻，所以每一个小波峰都代表一个场景，每段曲线顶峰的数字代表场景序号(场景 18～21 通过一个波峰体现)。波峰的高度和弧度代表冲突的强度和激烈程度，越是圆滑的说明越是缓和，越是尖锐的说明越是激烈。

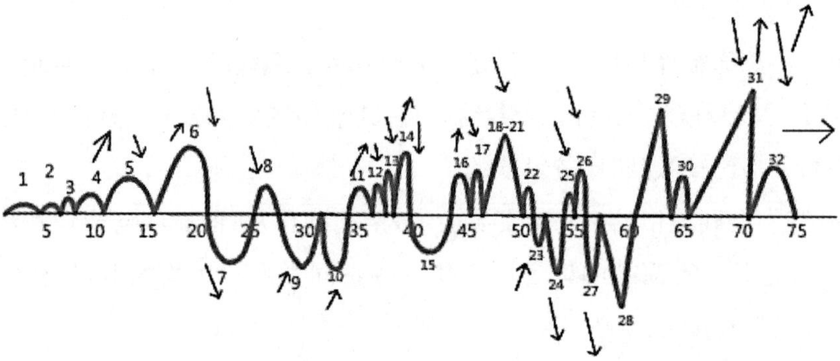

图 6—3 《僵尸新娘》场景节奏图

我们可以看到前面的场景一般都比较缓和(僵尸新娘现身的第 6 场除外)，从故事的中部开始，场景冲突越来越激烈，波峰也都比较尖锐。有些场景比较短，节奏比较快，冲突也比较激烈(如 35～38 分，43～49 分，52～60 分)。在快节奏之后往往会有一个慢节奏的场景来缓冲(如 38～43 分僵尸新娘的独唱，49～52 分新闻播报员，维克多与僵尸新娘合奏钢琴)。

随着故事的发展，场景切换越来越频繁，场景的冲突也越来越激烈，直到高潮。随后尾声使故事渐渐趋于平静结束。

3.情节设计需要注意的问题

情节的设计不要速生速灭，不能出现不久就炸了，要把它使足了再炸，发挥其最大的戏剧张力。

经典爱情片《西雅图夜未眠》便很好地诠释了“延宕”一词在剧作中的威力。自从妻子去世后，萨姆就相信自己此生的爱已经走到了尽头，不会再有新的恋情走进心中，他在西雅图和儿子乔纳一起平静地生活。而乔纳，却一直希望爸爸能够开始新的婚姻，重获生活的阳光。

抱着这样的想法，乔纳在圣诞夜打电话到电台的情感热线。就这样，萨姆的经历在此夜传遍了各个角落，很多人在倾听他的故事，其中包括安妮——一个住在东部的女记者。她善良、温柔，有一个知心的好友，和一个即将结婚的男友。然而，幸福的生活就被这个电话彻底打破了。她的内心有一种冲动，让她一步步地接近这个远在西部的男人。

然而，一次次辗转的错过让萨姆和安妮迟迟不能会面。屡次在缘分的天空下失之交臂的二人，一直为爱而奔波，等待一个遇见的机缘。这样这个见面变成了全片的高潮戏，两人的见面牵动了观众的心。

《功夫小蝇》中苍蝇纳尼为阻止苏迪普带宾都去德里见教育部部长，整晚骚扰苏迪普，使其不得安眠，最后抓狂到用床单把自己裹成木乃伊才得以小憩片刻。但是纳尼并没有善罢甘休，继续在苏迪普开车去机场的路上进行拦截，纳尼骚扰交通警察使其手舞足蹈，胡乱指挥，造成交通大拥堵，苏迪普被堵得严严实实，狼狈地从后备箱里爬出来，借走路边一辆车赶往机场。在去往机场的路上，苏迪普发现了纳尼，吐出一口烟将纳尼喷出车外，飞驰而去，纳尼不可能再阻止苏迪普了，他放弃了，这段情节似乎可以结束了。然而，一队警车疾驰而来，使事情又有了转机，纳尼飞上警车，追上苏迪普，再次闯进车里，直接杀向苏迪普的眼睛，车祸发生的瞬间，苏迪普看见纳尼在挡风玻璃上写下“I will kill you”，震惊，至此，情节爆炸，威力十足。想想你看过的影片，那些能在你脑海里留下深刻印象的是不是都是戏剧张力十足的段落?

情节设计忌讳太过直白的处理，忌讳一下让观众看出编剧的意图，看出人物和事件的走向。要学会逆向思维，将故事做成意料之外和情理之中。看看吴宇森的《变脸》是怎么设计情节的：被换去面皮的凯斯特从昏睡中醒来，按正常思维，他应该迅速逃脱，找个安全的地方躲起来。但编剧没有这么做，而是让他将所有知情人杀光，反客为主，将西恩逼入绝境。设计情节的过程就是编剧跟观众比拼智力的过程，要能想到观众想不到的，才会获得成功。

4.冲突性质的变化

前面我们分别探讨了决定故事节奏的两个主要因素：冲突的强度和情节的长度。冲突的强度是决定故事节奏的基础，情节的长度是形成故事节奏的主要方式。其实，冲突的性质变化也在某种程度上决定了故事的节奏。在设置冲突时需要注意：

(1)连续的两个或数个场景的冲突可能呈现出一致或者对立的形式。正如图6—3中所示，每一场对应的箭头方向表示了冲突的性质是上扬还是下降。上扬表示对主人公有利的价值转换，下降则表示对主人公不利的价值转换。我们看到，有些毗邻场景的冲突性质和价值是重复的，例如12与13，24—27。而有些毗邻的场景冲突的性质是相反的，例如4与5，8与9，11与12，以及高潮场景31中的数次冲突和价值变化。

(2)相邻场景的冲突性质一致,会使故事逐渐推进。例如《僵尸新娘》的 24～27 场,故事的危机不断加重。先是车夫给维克多带来维多利亚即将与男爵结婚的消息,接着表现了人间维多利亚与男爵举行婚礼,然后维克多宣布他将放弃生命与僵尸新娘完成正式的婚礼。我们看到主人公维克多和维多利亚双双走上了不归路,特别是维克多,他已经再无回到人间生存的希望了。这些连续递进的冲突通常发生在故事的发展、进展纠葛阶段,它们使得主人公面临的障碍不断加剧,推进了情节的发展,把故事推向最大的危机。

(3)相邻场景的冲突性质相反,则会造成情节的突转和故事的转折,它们往往发生在故事非常关键的激励时刻、转折点时刻、危机高潮时刻。例如《僵尸新娘》中的场景 4 和场景 5。场景 4 表现了一丝希望,尽管维克多与维多利亚的双方父母是为了世俗的目的达成这门婚事,但是两个年轻人却是互生好感,彼此喜欢。然而在场景 5 的婚礼彩排中,维克多却遇到了重重困难,导致了婚事的危机。接着在场景 8 中男爵向四位父母和维多利亚带来维克多与其他女子私奔的消息,冲突的性质是不利的,然而在场景 9 中,维克多开始第一次尝试从鬼世界逃回人间,并成功地达到了目的,我们似乎看到了一丝希望。当然这个貌似向上的冲突结果却导致维克多更大的困难,当僵尸新娘发现自己受骗后,维克多返回人间的希望更渺茫了,也意味着主人公维克多将要付出更多的努力来实现自己的欲望,推动故事向高潮发展。

(4)在一个重要的场景中也会发生若干次冲突性质的变化。我们也可以看到,不光是相邻场景的冲突有着变化,在一个重要的场景中也会发生若干次冲突性质的变化。例如《僵尸新娘》中作为激励事件的第 6 场和故事高潮的第 31 场。在第 6 场中,维克多来到森林里练习誓词,可喜的是,他终于流利地背出了婚礼誓词,冲突的价值上扬;然而紧接着故事逆转,由于他不小心把戒指套在了枯枝上,导致僵尸新娘现身。在这一场景中,冲突的性质急剧变化,呈现出了相反的性质,导致了激励事件的发生,主人公平静的生活从此被打破,故事朝着一个不可逆转的方向发展。影片的危机和高潮段落第 31 场也是影片中最长的场景,共 6 分半。然而这一段的情节冲突却是非常激烈并充满波折的。一共有四次主要的冲突起伏:维克多说完誓词后准备喝下毒酒(价值下降),僵尸新娘突然阻止了他(价值上扬);男爵出现阻挠维克多与维多利亚在一起并展开搏斗(价值再次下降);僵尸新娘救了维克多,男爵饮酒身亡(价值再次上扬),正是这不断变化的冲突性质和价值导致了故事最激动人心的高潮时刻。

(5)重复是节奏的死敌(一般情况下指的是常规的商业电影)。这句话有两个含义:首先,节奏的单一会导致乏味枯燥,例如一味的快节奏或慢节奏,都会让观众觉得疲惫。所以我们看到故事中往往是快慢节奏穿插,达到一种平衡和协调。其次,在故事的发展过程中,也应有一定的起伏,这种起伏和波折就是通过冲突性质的变化来体现的。影片中的危机和高潮段落往往相邻发生，二者体现的冲突价值应该是正好相反的。正如在《僵尸新娘》中的危机高潮段落第 31 场，僵尸新娘与维克多重新回到人间举行婚礼，维克多已说完誓词，准备喝下毒酒。此时，故事进入了最低谷。当观众觉得再也无望的时候，僵尸新娘阻拦了欲喝下毒酒的维克多，她不忍心为了自己牺牲维克多的生命。这是故事的高潮所在，这一时刻不仅体现了主人公的最本质真相，也体现了故事的核心价值。倘若危机和高潮两个段落冲突的性质是一致的，那么就会造成一种重复的情感体验，这种重复会导致故事力度的减半。如果故事的高潮时刻力度减半，整个故事的力度也会立刻减半。而对立则会使力度翻倍，所以我们在故事的关键时刻总是会通过冲突性质的对比变化来创造鲜明的故事节奏。

第三节　伏笔与分晓

伏笔与分晓是故事创作中情节安排的一种重要技巧。

伏笔，指作者在故事前段中为后段将要出现的人物或事件预作提示或暗示，以求前后呼应。

分晓，是前面设下的伏笔产生的后果，是对伏笔的解答和呼应。

伏笔和分晓构成了一对契合关系，使故事成为一个有机和必然的整体。伏笔和分晓的手法使故事的结构更为严谨，情节发展更为合理，故事的各部分衔接得更为有机和自然。伏笔和分晓也会揭示出故事的深层含义。对此，俄罗斯著名作家契诃夫曾精辟地说过：如果在故事的开头描写了墙上挂着一把猎枪，那么在故事结束之前这把猎枪一定会响起。在故事中没有多余的描写，每一个细节和事件必然有其存在的意义和作用。故事开头让观众看到的这把猎枪就是一个伏笔，当它的扳机扣动之时就是这个伏笔对应的分晓。

如果把故事比做一件精美的艺术品，伏笔与分晓就是艺术家对这件作品精心的雕琢与设计之处。它们是故事情节设计的重要元素和手法。一个故事中会有许多伏笔与分晓，有些是比较轻微的，串联一些次要的情节；有些则是非常核心和重要的，往往承载了故事的起始和高潮，体现了故事的核心精神。正是这些大大小小的伏笔与分晓的设置使得故事波澜起伏。我们在观看故事的时候都会注意到这些伏笔与分晓，它们会引起我们的注意，给我们留下悬念或留在我们的潜意识中，当分晓出现的时候，我们会立即将其与之前的伏笔联系起来，从而对整个故事的架构和深意恍然大悟，对人物与故事的理解更为深入。你能马上想到一些例子吗？本节我们将重点探讨优秀的伏笔与分晓都具有哪些特点，以及如何创作出成功的伏笔与分晓。

一、作为故事叙事线索

许多伏笔与分晓都成了故事的重要叙事线索。例如我们在前面介绍过的美国影片《特别响，非常近》。影片中有哪些伏笔令你印象深刻？在第一眼看到它们时就预感到这一情节会在后面发生作用？

影片中最重要的伏笔便是奥斯卡在“9·11”当天听到的父亲电话留言，它是贯穿整部影片的一个潜在叙事线索。父亲的电话留言在影片当中一共出现了6次，每一次出现都将故事情节的悬念推进得更深入，直到最后一次揭开了主人公奥斯卡内心深处最痛楚的秘密。电话留言的第一次出现可以说是一个重要的伏笔，虽然我们当时还未意识到，之后电话留言的每次出现既是前面伏笔的分晓，又成了下一个伏笔。观众每次观看电话留言这一情节时都印证并记起上一次得到的信息，同时又有了新的发现，推进了故事的发展，加强了对人物的刻画。

还记得电话留言第一次出现的时刻吗？影片开始11分钟后，“9·11”当天，奥斯卡从答录机中听到父亲遇难前打来的电话，这里只表现了两通留言，只是暗示了奥斯卡的身世及他父亲去世的原因。

电话留言第二次出现：深夜，奥斯卡脑海中回响着答录机中父亲的声音，只表现了第二通留言和第三通留言的提示音。此时我们惊讶地发现还有第三通电话留言。

电话留言第三次出现：妈妈在“9·11”当天回家后问奥斯卡，父亲有没有电话留言，他意外地回答：没有。这是非常重要的一个情节设计，既是对前面几次伏笔的呼应，同时又埋下了一个新的伏笔，在观众心中激起了一个巨大的问号：奥斯卡为什么不告诉妈妈关于父亲电话留言的事？这好像于情于理很难解释，成为引发故事高潮的一个伏笔。

电话留言第四次出现：奥斯卡夜里去商店买回一台新的答录机，替换了家里的那台。他的内心独白：“只有我可以听到那些录音，就像一切都没发生一样。”他这些怪异的、刻意向母亲隐瞒的举止再次强化了观众上次产生的怀疑和不解，引发观众继续观看故事并希望找到答案。

电话留言第五次出现：这一次出现非常重要，大概在影片82～86分，长达4分钟的片段，奥斯卡和他的爷爷结成了朋友，他向爷爷展示了之前从未给别人听过的电话答录机，并告诉爷爷（也告诉观众）一共有六通父亲的电话留言，这无疑也是令观众意想不到的，因为之前我们只听过三通。这时观众的悬念被引起，我们也意识到父亲的电话留言（特别是我们没有听到过的最后几通留言）一定有着很多惊人的秘密。这里也是前面几次伏笔的分晓。奥斯卡强迫着爷爷依次听着留言，并仔细回忆每通父亲留言时自己在做什么：在课堂上、在校园里、在回家的路上，等等。从这些细节我们可以推断出奥斯卡已听过无数次这些电话留言。父亲的留言声音越来越虚弱和悲伤无助，爷爷也不忍心再听下去。直到最后一通即第六通电话留言，爷爷已经无法忍受了，而一直很坚决的奥斯卡也突然变得犹豫起来，始终不愿播放这第六通留言。观众的情绪此时也已经被推到了极点，这最后一通留言无疑是奥斯卡心中最深的痛。这里又设置了一处伏笔，这连奥斯卡都不忍心播放的父亲的最后一通电话留言到底都说了什么？是什么让奥斯卡如此痛苦？此时，关于电话留言的伏笔已经越来越深入，故事也逐渐进入高潮时刻。

电话留言第六次出现：当影片逐渐接近高潮和尾声时，奥斯卡找到了钥匙的真正主人——布莱克先生，得知钥匙并不是父亲留给他的寻宝游戏线索，也和父亲与自己毫无关系。他决定把自己内心最深处的一个秘密告诉布莱克先生——父亲的第六通留言。这是关于电话留言所有伏笔最终的揭晓时刻，观众也期待了许久，静心等待秘密的揭开。原来，“9・11”当天，当奥斯卡在家里已经听到了父亲的前五通留言后，电话铃声突然响了，是父亲打来的，而他却一直不敢去接，父亲问了数次“你在吗?”他都无法应答，直到电话突然断线，电视上播出世贸大楼彻底坍塌的画面，奥斯卡顿时瘫倒在地上。

直到此时，通过六次伏笔和分晓的层层展开，我们才彻底了解了关于父亲电话留言的全部秘密，知道了这个男孩为什么会在父亲去世后变得如此乖戾愤怒，他为什么不让母亲知道父亲的电话留言，他为什么对母亲言辞如此刻薄。他所有的愤怒和痛苦其实都来源于他的自责，他无法原谅自己没有接父亲的最后一通电话。此时此刻，当他一直以来的心灵寄托——钥匙找到真正的主人后，他最后的秘密也公开了，故事的情感也在此达到高潮。人物内心最深处的秘密得到了揭示，人物设计得以完成。

从本片对于父亲电话留言这一叙事线索的精心设计，我们可以体会到伏笔与分晓的多重功能：它可以成为故事重要的叙事线索，随着每一层分晓的揭开，将故事推入更深的层次；它可以逐步深刻地揭示人物的本质和真相；它还可以承载故事的核心灵魂。优秀的伏笔与分晓还具有这样的特质：当观众第一次看到它们时，它们具有一种意义。例如父亲留言第一次出现时，我们只是了解了它的表面意义，即奥斯卡的父亲在“9・11”事件中不幸遇难。随着观众对影片内容理解的深入，这一伏笔被赋予了第二层更重要的意义，甚至有第三层、第四层隐藏更深的意义和唤醒的时机。这些都使得故事层层深入，引发观众逐渐接近故事的内核。

二、承载故事核心精神

有些伏笔和分晓并没有在故事中多次出现和深化，而只是出现一两次，却是非常重要的亮相，对故事的情节发展起到重大的转折作用，或对人物的刻画起到深刻的揭示作用，这样的伏笔也是故事中最亮彩的一笔。你能想到这样的例子吗?

美国影片《洛城机密》(1997)是一部情节紧张曲折、扣人心弦的黑色电影,该片获得了美国奥斯卡电影节和美国编剧工会颁发的最佳改编剧本奖。这部影片中有一个非常重要、精彩的伏笔“罗罗·汤玛西”。

本片讲述了50年代洛杉矶警局的黑暗内幕,年轻人埃德继承父亲遗志,以优异成绩进入好莱坞警局工作。考虑到埃德文质彬彬的气质,父亲的老同事达德利警长推荐他去内勤科,然而埃德却执意要到刑侦科工作,由此卷入了一系列与黑帮、贩毒、敲诈名人等有关的案件。一系列案件互相勾连、迷雾重重,随着埃德逐渐深入疑案内幕,他发现许多警局的资深警官、探员都涉及案件,也陆续有警员离奇地死亡。杰克是一名愿意帮助埃德探寻真相的警员,埃德向他讲述了一个内心深藏的秘密:埃德的父亲就是被不知名的匪徒所杀,这些凶手至今还逍遥法外,为了记住父亲的不明之死,埃德虚构了一个“罗罗·汤玛西”的名字来代表这个凶手,正是为了“罗罗·汤玛西”,他才当了警察。杰克深受感动,决意帮助埃德查找案件深藏的幕后真相。不料,当杰克发现了案件的重要线索并向达德利寻求证据时突然被达德利枪杀,此时,观众与杰克同时恍然大悟,原来老谋深算的达德利警长才是真正控制所有黑帮犯罪的幕后人物。杰克在临死前对达德利说出了“罗罗·汤玛西”。此时影片恰好进行到四分之三处的关键时刻。埃德惊闻搭档杰克被杀并弃尸公园,他预感到杰克的死一定与他们最近找到的线索有关。此时,达德利突然向埃德询问有关“罗罗·汤玛西”的资料,埃德恍然大悟,达德利就是杀死杰克的凶手……

《洛城机密》的故事情节错综复杂,很难用寥寥数语简单概括,但我们从上面的介绍可以感受到“罗罗·汤玛西”这一伏笔在这个庞杂故事中的重要作用。它的第一次出现是埃德向杰克讲述父亲的牺牲,以及自己加入警界的原因,此时是一伏笔。第二次出现是达德利真相暴露时,杰克向他说出了“罗罗·汤玛西”,达德利不明白这个词的含义,而观众和杰克是知晓的,这是这一伏笔的再次运用,笔者认为这是故事的高潮时刻和最关键的情节点,因为整个故事要探寻的就是那位幕后真凶,也就是逍遥法外的“罗罗·汤玛西”,而谜底在此处揭开。剩下的故事就是主人公与坏人之间的斗争了。“罗罗·汤玛西”这一伏笔的最终分晓很显然就是达德利向埃德询问“罗罗·汤玛西”的时候,此时埃德和观众已经同时醒悟达德利就是真正的“罗罗·汤玛西”。这一伏笔可谓是故事的点睛之笔,它虽然只出现了短暂的三次,却给我们留下了非常深刻的印象,它是故事的高潮,是故事中最巨大的转折点,也是故事中最精彩的亮点。这样的伏笔在故事中往往只有一处,是最耗费作者心血的设计,但它的作用是巨大的。

三、伏笔的设置必须牢固

伏笔必须给观众留下印象,这样观众看到后面时才会记起,分晓才会发生作用。如果伏笔的设置过于平淡，以致观众根本没有记忆和印象，那么分晓的出现也就失去了意义。

精彩的伏笔通常在我们第一次观看时都会给我们留下或深或浅的印象，例如斯蒂文·斯皮尔伯格导演的影片《人工智能》(2001)讲述了一个复杂、感人的探讨生命的故事。在资源紧缺的未来，人类的生育受到控制，智能机器人成为人类孩子的替代品。故事的主人公大卫便是科技公司生产的第一代有感情的智能机器人，并进入了一个家庭。大卫深深地爱上了母亲莫妮卡，不料在母亲的亲生儿子马丁恢复健康后，母亲不得不将大卫遗弃在森林。于是大卫展开了一场寻找母亲和自身生命价值的旅程。

这部影片长达146分钟，在故事中埋设了许多伏笔，正是这些精彩的伏笔与分晓连接起了一个复杂、漫长的故事，并使观众在看到影片后部的分晓时能联系起之前预设的伏笔，从而使人物的情感脉络更为丰满充沛，进而使得故事如此感人。我们先列举其中一二。

伏笔1:大卫所画的飞鸟标志

在影片进行到33分钟时，母亲的亲生儿子马丁问了大卫这样一个问题:“你记得的第一件事情是什么?”观众也对这个问题非常好奇，不知大卫会给出怎样的回答。接下来，大卫若有所思地说:“是一只张开翅膀的鸟，下面还长满了羽毛。”于是他在纸上画出了这个图形。观众看到此处一定会印象深刻，并产生好奇，为什么大卫记得的第一件事会是这样一个奇怪的图形?

当影片进行到高潮104分钟时，故事也已行进了四分之三，大卫在机器人乔和百事通的帮助下终于来到了能帮他解答疑问的地方——研发他的科技公司的所在地。大卫见到了他真正意义上的父亲——发明他的哈比教授。在等待发明团队的时候，大卫走进了一间神秘的屋子，我们渐渐看到了巨大的鸟形标志在大卫的身后出现，大卫则看到了一排排与他一模一样的小机器人，最终他也看到了巨大的鸟形标志，原来这正是前面大卫所画的那个图像。到这里飞鸟标志这一伏笔产生了巨大的揭示作用，它象征了大卫的宿命，它正是这家高科技公司的商标，因此这也是大卫记得的第一件事情，这个图标象征着大卫只不过是流水线上成千上万个商品之一。大卫此时也真正了解了自己的真相，他顿时陷入了失望的谷底。这里用了四次不断递进的景别来突出表现飞鸟标志，使我们对大卫的悲剧宿命产生了深深的同情。接下来，失望的大卫坐在大楼的边缘，在他的背后窗户上倒映着飞鸟标记，他的身旁矗立着一座高大的飞鸟标志塑像，正是在这里，绝望的大卫纵身跳入大海。这里再次用了连续四个镜头不断强化飞鸟标志这一图形，彰显了大卫的生命本质。

其实我们第二遍观看电影时会发现，飞鸟标志的第一次出现并不是在影片33分钟处大卫回答马丁问题时，而是在影片一开始由旁白叙述转换到科技公司时就出现了。这一标志渐渐叠化在大海的画面上，随着画面拉开，我们发现它是一家科技公司玻璃上的图标，接着引入了科技公司的产品研发会议。但当我们第一次看时并不会对它有特别深刻的印象，当然，也许细心的观众第一次观看时就会注意到这个画面。这也为不同的观众制造了不同的观看乐趣和体验。

伏笔 2:《木偶奇遇记》

其实，著名导演斯坦利·库布里克早在 70 年代初就想把《人工智能》这个故事搬上银幕，并做了大量的准备工作，然而由于条件不成熟，一直到库布里克逝世这一愿望也没有实现，最终由库布里克的好友斯皮尔伯格完成了他的这一愿望。这部影片的灵感其实就来自经典童话《木偶奇遇记》。

在影片中，《木偶奇遇记》也是一个重要的伏笔。莫妮卡收养了小机器人大卫，把他当成自己的亲生儿子，并给他讲《木偶奇遇记》的故事，这本是很自然的生活情节。然而蓝仙女赋予小木偶匹诺曹生命这个故事正是这部影片的主题和大卫的求索。正是通过母亲莫妮卡的讲述，大卫知道了匹诺曹的故事，导致了他后来想尽一切办法去寻找蓝仙女，以期得到真正的生命，才展开了影片后半部分的精彩旅程。这一伏笔在影片的后部和结尾得到了多次揭晓和呼应，深刻表达了影片的主题。这也是一处自然而且深刻的伏笔与分晓设置。

四、伏笔的设计必须小心谨慎

伏笔的设计在牢固的同时也不能太笨拙，比如过于笨拙会让观众一眼就看出这是伏笔，并猜到它在后面会起的作用。好的伏笔应该既自然又牢固，非常细腻巧妙，当我们看到分晓时会突然想起前面由人物的行为所埋下的种种伏笔，使得整个故事和人物塑造合乎情理和逻辑。例如《特别响，非常近》中有很多这样的例子。

在《特别响，非常近》中，有一个非常重要的配角——奥斯卡的爷爷。爷爷与父亲的关系、父亲与奥斯卡的关系，恰好形成了两条平行的叙事线索，也表达了生命和血缘的延续。爷爷的身份真正揭开是在影片的中后部，但是早在开头，影片就为爷爷的出现埋下了多次伏笔。例如奥斯卡的父亲在开头就向他讲述了爷爷的故事和身世，使我们对他有了初步的了解。在影片中部，爷爷经常做出与父亲一样的耸肩动作，并且也会玩父亲经常玩的词语游戏，这些伏笔都让我们预感到爷爷与奥斯卡之间的血脉连接。直到后面分晓揭开爷爷的身份，观众已经有了前面的积累和对爷爷逐渐认识的过程，也使得人物的关系变化更为自然，人物的感情变化更为深刻。

此外，影片还有一个重要的角色——妈妈，她与奥斯卡的关系是非常重要的。我们在影片前部看到，奥斯卡每天瞒着妈妈出门去寻找布莱克，然而他的内心是矛盾的，他深深地爱着妈妈，妈妈也非常牵挂他内心的变化。一天他在临出门前被妈妈发现，他和妈妈告别关上门后并没有马上离开，而是在门口徘徊，并蹲在地上透过门缝低声对妈妈说“我爱你”，他似乎能感觉到妈妈也正在门的那一边。而妈妈也正是在门口感受着奥斯卡的动作和气息。母子俩的心是息息相关的，这一情节的细腻刻画正是一处感情的重要伏笔。虽然表面上奥斯卡对母亲很凶，母子无法沟通，但是他的内心在此刻表露出来，母亲对他的爱也在此刻袒露无遗。在影片高潮过后的结尾，我们看到了这一伏笔的分晓：奥斯卡向布莱克先生讲述了自己内心最深处的秘密，从而解开心结后，母亲也告诉他，其实自己一直都知道奥斯卡寻找布莱克的计划，并在他背后默默关注和支持着他。她会去拜访那些奥斯卡去过的人家，也会在奥斯卡之前提前去他要拜访的人家打好招呼，让他们善待这个失去父亲的男孩，母亲一直在以这种特殊的方式保护和支持着他，深沉的母爱跃然纸上。这让我们想起之前奥斯卡与母亲在门口的心灵交流，这是对母爱和母子亲情这一伏笔的最终揭晓。这让我们感受到，当亲人离开我们后，我们还有其他人的关爱，只是伤痛会使我们忽略这份关爱，甚至会伤害这份关爱，奥斯卡正是这样。当心灵被治愈后，我们会重新回到平静和爱的轨道。这一伏笔与分晓正是对贯穿影片始终的母爱的含蓄表达，让我们在分晓时刻感受到母爱的深厚和伟大。

这些伏笔和分晓的设计十分细微巧妙，也十分牢固，只有在看完分晓时我们才能彻底体会到它们在影片故事中的重要作用，同时感受到影片故事和情感的核心。

本章小结

在这一章中，我们主要探讨了电影故事的结构与情节设计，故事的结构是故事写作的重中之重，因此本章的篇幅较长，介绍的内容也比较多。首先，我们需要认识到，故事是时间艺术，因此要把最好的、最重要的留在最后，通过众多程度不同的悬念来吸引观众。其次，我们要理解故事这个有机体的组成细胞，它是由节拍—场景—序列—幕—故事这样由小到大的单位构成的。故事的结构呈现出激励事件—发展—危机—高潮—结局这样的发展历程，在故事的结构中也蕴藏着故事的节奏，我们可以用画图的方式来形象地表现和规划故事的结构和节奏。序列的方法有助于我们把握长片的故事结构和节奏。伏笔与分晓是对故事情节发展的巧妙铺排和精心设计，可以使故事前后呼应、更为紧凑合理，也可以使人物和情感的发展脉络清晰有序，使故事成为一个天然的有机整体，从而有效地表达故事的核心精神。

故事的结构从某种程度上来说决定了故事的样貌。

思考与练习

1. 挑选一部你喜欢的电影或一个故事，分析它的结构，为它划分幕—序列—场景，并画出其结构和节奏图，找出故事的激励事件和高潮时刻。
2. 根据你自己剧本的分场大纲，画出自己故事的结构和节奏图，找出激励事件和高潮时刻。
3. 思考你的剧本中有哪些吸引观众的悬念，它们出现的时刻，及这些悬念的重要程度如何。
4. 你的剧本中有哪些重要的伏笔和分晓？有哪些次要的伏笔与分晓？它们都分布在剧本的何处？

第七章　电影剧作中的时空观念

概述

本章重点讲述了电影的时间及空间的特点以及在影片叙事中的四种呈现形态，这有利于创作者开阔视野，充分认识和挖掘电影这门时空艺术的特性。通过对于典型影片《源代码》的细致解读使读者更好地理解整体的时空观念以及如何通过剪辑完成时空塑造。

本章我们要探讨的“时空”是电影艺术最神奇、最具魔力的构成元素。电影最大的魅力就在于它能逼真地再现我们生活的样貌以及生活有可能的样貌。苏联著名的电影导演安德烈·塔可夫斯基有一个流传深远的观点，他认为电影创作的本质就是——雕刻时光。在其优美深刻的著作《雕刻时光》中，他曾经写道：“导演工作的本质是什么？我们可以将它定义为雕刻时光。如同一位雕刻家面对一块大理石，内心中成品的形象栩栩如生，他一片片地凿除不属于它的部分……从庞大、坚实的生活事件所组成的‘大块时光’中，将他不需要的部分切除、抛弃，只留下成品的组成元素，确保影像完整性之元素。”①

电影正是一段段时光的堆砌与组合，时间和空间在电影中变得不再像现实生活那样单一线性，我们可以任意地在电影故事特有的时空当中穿梭，感受不同人物的命运，感受不同人生的喜怒哀乐。这种生命体验超越了平凡的现实生活，我们的愿望、需求在电影故事中得以实现。编剧和导演这份工作的最大魔力就在于他们可以自由地塑造故事中的人生和世界，在不同时光当中自由地穿梭。在创造故事的过程中，最重要的利器就是“时空”这一元素，它不仅仅构成了故事的结构，还成为故事哲思的载体，是我们内心终极梦想的体现。

在本章中我们将结合一些精彩的例子探讨电影艺术特有的时空特点以及时空在叙事中的重要作用。

---

① 〔苏〕安德烈·塔可夫斯基：《雕刻时光》，陈丽贵、李泳泉译，人民文学出版社2003年版，第64页。

第一节 电影艺术的时空特点

1. 时间与空间

电影是一门时间艺术，同时也是一种空间艺术。在了解电影艺术的时空特点之前，我们有必要先思考一下时间与空间这两个维度的内涵。时间和空间是与我们的生命紧密结合的两个维度。时间是衡量生命的尺度，是我们的生命体验；空间是我们对世界的物理感知，是生命存在和发展的环境。三维的空间加上时间就构成了世界的四个主要维度，生命的繁衍也在此展开。

时间是指宏观一切具有不停止的持续性和不可逆性的物质状态的各种变化过程，是有共同性质的连续事件的总称。时是客观存在，而间是由人们的思想所划分的。时间是一个较为抽象的概念，爱因斯坦在相对论中提出：不能把时间、空间、物质三者分开解释，“时”是对物质运动过程的描述，“间”是指人为的划分。时间是思维对物质运动过程的分割、划分。

人类对于时间的不断认识伴随着人类文明的发展。哲学和科学探讨的主要内容就是时间和宇宙的规律。20 世纪，随着物理学的发展，爱因斯坦提出的相对论极大地拓展了人类对于时间的认识。时间不仅仅是单向的，也可以是有多种存在方式的。相对论中关于时间的一个最通俗的解释就是：当物体的运动速度超过光速时，时光可以倒流。美国的物理学与人文学教授阿兰·莱特曼在其有趣的小说《爱因斯坦的梦》中通过 30 个小故事讲述了时间可能存在的不同形态，用优美的文学语言通俗地介绍了相对论中关于时间的理论。

对于空间，一般认为它是三个维度的。但是现代科学对此提出了质疑，而且倾向于把它理解为对于空间的一种定义模型，而且是定义得很好的一种模型。正是根据这一模型，我们才能标明某一物体的空间定位。在这个意义上，所谓高下、俯仰、升降、南北等都只是在某一个或某一些坐标系内才是有意义的，而且一般来说，还必须确定一个原点。

按此理解，真实的空间可能有更多的维度，三维空间只是我们所设定的一个最方便、最简单而且足够有效的体系，这样，我们在处理现实事物的过程中就会得到相当充分的秩序感。

2. 电影艺术的时空特点

电影就是一段段流动的时光。电影和剧本描写的永远是现在进行时，不管那是回忆、想象或是现在。当我们看电影时，宛如活在那一个个正在发生的瞬间，体验着人物的生活和心境，享受此时此刻的生命存在。电影正是一种活在当下的艺术，它让我们永远处在正在发生的过程中。

电影时空可以自由跳跃。电影，既是生活的模仿和再现，又是对生活的重组和自由建构。在现实生活中，我们只能依循时间的向前流逝线性前进，不可倒流。然而在电影中，我们可以尽情地穿越时空，大胆地想象时空，在心灵的时空中自由穿梭。电影，是以各种不同时空形态浓缩的人生。例如，美国惊悚科幻片《源代码》(2011)和德国影片《罗拉快跑》(1998)、英国惊悚悬疑片《恐怖游轮》(2009)、美国科幻冒险片《时间机器》(2002)、韩国爱情片《触不到的恋人》(2000)均是自由穿梭于时空，创造了现实中人们无法体验的时空感受。

德国电影《罗拉快跑》讲述一个为了爱情勇敢行动的女孩义无反顾的三次奔跑，虽然每次因为时间的早晚结局截然不同，但整个影片深刻地传递了对于时间、宿命的独特思考。影片的表现方式，在相当程度上借鉴了电脑游戏中的人物造型、场景设计和游戏规则，并充分发挥了想象力，成功地将故事、叙事、游戏结合起来。她可以对自己说："我不想这样。"然后时空隧道就可以因此而逆转。就像生活有很多种可能性，仅仅一秒钟就会千差万别。一秒钟的不同，就可以改变未来所有的事情。影片在一个表面荒谬、游戏化的情节层面下传递出对时空和生死的质疑和反思，坚信和张扬"人"的主观能动性的力量。这部影片好看又不肤浅，好玩却不单薄，因此票房不错并且好评如潮，是一部观赏性、艺术性和思想性完美结合的出色作品。

多国合拍影片《暴雨将至》在行将结束时，莎美娜逃往一个东正教修道院。影片这时把一开头基卢修士和主教说话的镜头原封不动地又回放了一遍，观众至此恍然大悟：原来整部影片独立的三个部分其实是一个彼此相扣的循环。然而其中又有一部分细心的观众会发现：根据影片当中的某些情节，这个循环是不可能成立的。比如在莎美娜逃往修道院时，亚历山大已经死了，不可能再出现在 Faces 和 Pictures 这两个故事中了。这个时空错乱的循环既印证了片中多次出现的一句话——"圆圈不是一个圆"，时间的流逝感在娓娓道来的情节中突显，也让整部原本看似很沉闷的影片徒然变得耐人寻味起来。同样的故事如果换一种讲述的方式会让整个影片饶有趣味，让影片的主题层次更加丰富。

美国电影《本杰明巴顿奇事》中本杰明·巴顿的生命也如那口倒着走的挂钟一般，经历着与我们完全相反的生命旅程。出生时他是一个满脸沧桑、衰老不堪的小老头，逆生长使他用特殊的眼光来看待社会，看待他人。对于自己，他并无抱怨，他并没有责怪上帝对自己命运的不公，对于他来说，他只是把我们正常人走的路倒走了一遍，他对此也十分感谢，因为他经历了特殊的人生，也遇到了自己一生最爱的人——黛西。对于女儿，他有的只是愧疚，他无法给予女儿一个正常的童年，就像他说的"她要的只是父亲，不是玩伴"，于是，他远走他乡，直到再次在养老院碰见黛西。但命运总是爱开玩笑，当他们见面时，本杰明是一个13岁的小孩，而黛西的脸上却布满了岁月留下的痕迹。面对黛西，他并不知道那是谁，他只知道自己好像活了很久，但老年痴呆症使他忘了所有的一切。当他变成一个襁褓中的婴儿时，在生命的最后一刻，他躺在黛西的怀里，用第一次见到黛西的深情的眼神看着戴西时，他仿佛认出了她，两个人穿越了漫长的人生最终走到了一起，随后，他闭上了眼睛，如同熟睡般，在梦境中结束他的一生。两人的情感在他生命的最后一刻相契合，交融在一起。全片特殊的叙事时空给我们一个特殊的情感故事，使我们能重新回味生命中的每一次相遇，重新思考生命的意义与价值。

第二节　电影叙事中时间的四种形态

正是由于电影艺术的时空特点，使得电影叙事中的时间存在着四种不同的形态，它们分别是：事件发生过程的真实时间、事件在电影中表现出的时间、影片的放映时间、观众主观感受到的时间。下面我们来一一分析。

1. 事件发生过程的真实时间

这指的是电影中的事件在现实生活中本身需要的实际时间。广义上，这可以指整部影片的故事所容纳的时间。例如：一部传记影片表现了人物一生的经历，如果他的实际年龄是60岁，那么这一电影故事发生过程的真实时间应该是60年。但是我们看到的却是一部90分钟的电影。《少年派的奇幻漂流》讲述了少年派和一只名叫理查德·帕克的孟加拉虎在海上漂泊227天的历程，但我们同样看到的只是一部127分钟的电影。狭义上，这也可以指影片故事当中的一个情节或事件。例如：主人公从甲地飞往乙地，本身的行程需要12小时，但是在电影中只用了两个镜头5秒钟就完成了。《阿甘正传》中阿甘从小学生长成中学生本身需要几年时间，影片中只用短暂的阿甘在奔跑的2秒钟就完成了这个过程。在这两个例子中，60年、227天和12小时、几年就是事件发生过程本身的真实时间，而90分钟、127分钟和5秒钟、2秒钟则是影片的客观放映时间。

事件发生过程的真实时间通常大于影片放映时间，因为电影对时间和生活进行了压缩。但也有事件发生过程的真实时间很短，但在影片中却被加长、放慢，这是为了放大和渲染这一瞬间，突出更重要的因素。正如特写可以对事物的细节进行放大，升格也可以对时间进行放大，如此，银幕上表现的事物运动就会放慢，观众可以看清楚运动中事物的状态。例如《罗拉快跑》中救护车撞上玻璃的瞬间，本是非常短的瞬间，但影片从多个角度拍摄表现这一瞬间，使得这一事件在观众记忆中得到了强化和放大。还有一些动作片，如吴宇森导演的《终极标靶》开头一段打斗戏里使用了大量的升格镜头表现动作过程，试图给观众一种“舞蹈的美感”，而正常记录的镜头紧随其后进行“扫尾”，使刚刚的打斗结果既不显拖沓又有一种被打击者颓然倒地的视觉快感。这种使用升格展示动作的细节，使之具有正常速度下不可能表现的美感，我们称之为“瞬间放大”。因此，电影可以自由地放大或压缩时间，这也是电影时空的艺术特色之一。

2. 事件在电影中的时间呈现

这是电影中最主要、也是非常有意思的一种时间形态。生活中的事件有其固有的时间长度和行进顺序，我们在生活中无法改变。然而在电影叙事中，我们却可以根据故事的讲述需要自由地安排事件的编排顺序和讲述方式，从而在观众脑海中塑造出一种关于事件进程的时间观念。

例如一部具有奇特想象力的爱情影片《纯洁心灵的永恒阳光》(*Eternal Sunshine of the Spotless Mind*，2004，又译《无痛失恋》《暖暖内含光》)。影片由好莱坞奇才查理・考夫曼编剧，法国人米歇尔・冈瑞担任导演，讲述了一个关于失恋的奇特故事。这个故事的巧妙之处需要大家亲自去观影才能深刻感受。当我们观看影片时，会被它的叙事深深吸引，看到结尾时才会恍然大悟。其实，这个故事看完后可以用简单的一句话来概括：一对分手的恋人彼此删除了关于对方的记忆，然而当他们作为陌生人再次相遇时却又一次坠入爱河。这确实是这个故事的本质以及它所发生的真实顺序，似乎非常平淡简单。如果是你面对这样一个故事构思，会采用怎样的时空顺序来讲述呢？正叙？会非常平淡无味。倒叙？插叙？会产生怎样不同的效果？正是影片独特的时空顺序和讲述手法，使得这个电影充满了悬念和趣味，而且值得多次观看。因为编剧和导演在片中设计了大量关于时间的视听细节和叙事线索，每次观看都会有许多新的、意外的发现。

影片是按照这样的时空顺序讲述的：

情人节前夕，男主人公乔醒来，发现自己停在楼下的车被刮坏。乔在蒙塔克海滩结识了一个陌生女子克莱门汀，他们互生好感，彼此留了电话，还一起在夜晚去结冰的湖面游玩直到清晨。游玩结束后，乔开车送克莱门汀回到家，她却突然提出想去乔家，并上楼去取自己的洗漱用品。欣喜的乔静静地坐在车里等她，一个陌生男子突然敲打乔的车窗，并神色惊慌地问乔是否需要帮助？观众和乔一样一头雾水。

影片突然转到一个寒冷的雨夜，失意伤心的乔一边开车一边流着眼泪，这是情人节的前夕，他回到家穿上崭新的睡衣，吃了一片药，便早早地上床睡觉了。此时，一辆面包车停到他家楼下，几个工作人员悄悄进入乔的家，给他戴上了复杂的仪器，开始对他进行一些治疗。随着这些人的操作，乔逐渐陷入了回忆，我们也进入到他的脑海中。他记起克莱门汀再次见到他时宛如陌生人，还和另一个男青年非常亲热。乔的朋友实在不忍心再瞒着他，便告诉了他真相：克莱门汀已经去一家洗脑公司删去了对乔的全部记忆。乔怒不可遏，他找到这家洗脑公司，也决定在自己脑海中删去关于克莱门汀的全部记忆。

那些悄悄进入乔家的人就是这家公司的雇员。随着洗脑的过程，时间逐渐倒退，我们在乔的脑海中逐渐了解了乔和克莱门汀分手、争吵、蜜月期的点滴记忆，在这些记忆一点点删去的过程中，乔逐渐发现他们也曾有过非常美好的一些瞬间，他突然希望能够保留这些美好的瞬间，于是记忆中的乔拉着记忆中的克莱门汀到处躲藏，试图摆脱洗脑仪器的删除，然而终究乔无力挽回，他关于克莱门汀记忆的大厦一点点坍塌，直至消失得干干净净。

故事再次回到影片的开头场景，乔从睡梦中醒来，发现楼下的车被刮坏。他去往蒙塔克海滩。他把车停在克莱门汀家门口，等待她去取洗漱用品。克莱门汀从家里取好了物品，并打开邮箱，取出了里面的包裹，上了乔的车。克莱门汀收到的包裹是一盒磁带，她把磁带放进车里的录音机播放，却发现这是自己在洗脑公司口述对乔的种种不满和要清除有关他所有记忆的录音，两人十分惊讶。乔以为克莱门汀在耍自己，愤怒地把她赶下车。不料，乔回到家，发现自己也收到了洗脑公司寄来的磁带，上面录着自己要求洗去克莱门汀记忆的录音，他才恍然大悟。观众也才恍然大悟。此时，克莱门汀也来到了乔的住所，两个人重新见面，莞尔一笑。

以上就是这部影片对于事件的叙述顺序和时空安排。事件发生的真实过程是：一对分手的恋人彼此删除了关于对方的记忆，然而当他们作为陌生人再次相遇时却又一次坠入爱河。而影片中事件发生的过程和时空关系是经过精心修改、编织和加工的，观众只有看完影片才会在自己头脑中产生对于事件的完整认识和一个新的时空印象。而且这里面不仅仅有客观的叙事，更有大量主人公脑海里的想象和思索。故事发生的空间也不仅仅是客观存在的物理场景，影片的大部分场景都是主人公乔的大脑中的记忆。导演和编剧精心运用了许多特技手法来表现场景的非真实性：例如用电脑特技不断抹去广场上的群众，一些角色的面部变得模糊，书架上五颜六色的书脊不知不觉中渐渐变成了白色，成年的乔却穿着儿童睡衣躲在童年家里厨房的餐桌下，等等。这些超现实的时空设计都生动地塑造了一个我们看不见摸不着的心灵空间。这也是电影最擅长和最有魔力的地方，它最适合表现记忆、梦境、意识这些人脑海中的精神世界。

事件在电影中的时空表现方式远比事件真实客观的存在方式更丰富，正是对它的精心设计和巧妙安排体现出了影片叙事的艺术特色和特有的时空表现，它大大拓展了事件本身的内涵和外延。因此，当我们构思一个电影故事时，也要仔细思考事件可以在电影中的呈现方式和叙述顺序，即电影的时空设计。好的时空设计可以产生悬念、吸引观众、使故事更精彩、人物更鲜活，突出故事的核心价值。例如《纯洁心灵的美好阳光》这部影片，其特殊的叙事时空设计采用了倒叙和插叙的方式，将两位主角删除记忆后的第二次相遇放到开头，在结尾再次重复，之后才揭开事件的真相。这种巧妙的时空设计不仅在开头引起观众悬念，还让观众从主人公的角度一起体验了再次相恋的感觉，在结尾还强调了两位恋人即使删除记忆也还是被互相吸引，揭示了爱情的本质和宿命。有些“错误”是会再次重复的，不管爱情的结局如何，两个人最初能走到一起总是有着互相吸引的缘分，每一份情感总是有着它值得珍惜的一面。

3.影片的放映时间

这个时间比较容易理解，就是影片的实际长度和放映时间。这是一个客观的时间概念，不管你的故事讲述的事件本身有多长，体现在电影当中总有一个客观的时间长度，观众也必须在这个时间内完成对故事的观看和理解。

影片的长度和放映时间是随着电影技术和艺术的发展而不断演变的，它基于观众的生理与心理机制，有一定的限度。在电影诞生早期，由于光线非常强烈，人们观看两分钟银幕眼睛就会感到不舒服。当时电影业还没有剪辑的概念，常常是一段胶片从头拍到尾，拍完电影也就完了。由于当时一本胶片大约能拍摄 10～15 分钟的长度，所以很多早期电影短片也多在这个长度范围内。随着蒙太奇的产生、电影叙事的复杂化以及电影拍摄和放映技术的发展，人们对电影的长度也有了更多的要求。电影是一种一次性连贯观看的艺术，人们对这种一次性连贯观看也有着生理极限，一般不超过 150 分钟。所以目前的长片电影的长度通常在 90～150 分钟的范围内，多以 90 分钟常见。所以，影片的放映时间通常在人一次性连续观看比较舒服的时间范围内。

虽然放映时间是客观固定的，但是由于时间给人的感受还有一定的主观性，所以如何在固定的时间内创造不同的时间感受便成了电影叙事艺术可以大展拳脚的空间。这就是接下来我们要分析的时间在电影中的第四种形态：观众主观感受到的时间。

4.观众主观感受到的时间

时间除了其不可更改的客观属性，还有着一种可以根据每个人的主观感受不同而产生不同快慢感的主观属性。爱因斯坦曾经这样通俗地解释过相对论和时间的主观性：当我们在做无趣的事情时，例如排队或等公共汽车时，总是觉得时间过得很慢；假如同样的 10 分钟，我们是与一位美女聊天，那我们就会觉得时间过得很快。大家也一定有过这样的感受吧：当你在等车时或开一个无聊的会时，会觉得时间过得很慢。而当你在做自己感兴趣的事时，比如旅行、上网、与朋友聚会时，会觉得时间过得很快。我们在看电影时也有这种感受：一部节奏很慢、叙事平淡的影片虽然只有 80 分钟，但你在看的过程中会觉得很漫长，好像几个小时一样长；而一部情节激烈紧张的动作片虽然可能有 150 分钟长，但你丝毫不觉得漫长，而是一直被它吸引，直到影片结束时你甚至还觉得意犹未尽，怎么这么快电影就结束了。这都是由时间带给我们的不同主观感受造成的。编剧和导演也可以利用人的这一心理特点在有限的电影时长内给观众带来众多不同的时间感受，创造故事的节奏和风格。那么我们如何利用人的心理特点来创造不同的主观时间感受呢?

(1)主观时间的心理特点

一般来说我们越投入于某件事,其持续时间就显得越短。但也有反例:如果过度投入,时间反而会被放大,例如乘坐过山车的体会。如果你询问乘坐过山车的朋友,他们在上面时感受到的时间是多长,他们的回答往往会大于过山车项目的实际时长。因为过山车是一项极为刺激的极限活动,在极度美好和极度恐惧的时刻,时间仿佛都不存在了。

"过山车"这种高刺激活动的主观时间被加长这一心理效果的原理是:客观时间的测量往往是以数量来计算,即我们所说的长度。而主观时间的衡量往往是通过事件的质量和心理强度来测量。在事件发生后,我们通过回忆来评估这种强度,就产生了时间的主观感受长度。

(2)影响主观时间感受的因素

事件强度。这个事件的强度越高,我们的关注度就越高,主观感受时间就会过得越快。

事件密度。在短时间内发生的事件细节的数目越多,我们越觉得节奏快,主观感受时间就会过得越快。这也是前文所述的故事的节奏设计。

经历强度。即这件事对你有多重要。不同的人有不同的喜好,他们的关注点也不同。因此确定你的故事的受众人群,对他们来说重要的事件就是你的故事当中应该重点表现的事件。比如有的人就是喜欢动作强烈、情节激烈、富于戏剧化的故事;有的人就是喜欢淡雅、抒情、富有哲理的故事,那么不同的情节对于不同的观众来说,主观上的时间感受也会不同。

以上,我们剖析了电影中时间存在的几种不同形态,这样的划分只是为了让大家理解电影时空的丰富性和立体性,其中最富表现力的便是"事件在电影中表现出的时间"和"主观感受时间"。时空是故事叙事的重要基础,它往往最初确定了整个故事的结构,在实际创作故事时,我们还是要综合起来运用,以整体的时空观念来思考和设计故事。

第三节 《源代码》——整体的时空观念

时空是电影叙事的基础和重中之重。许多精彩的电影故事首先建立在精良的时空设计和处理上,例如《美国往事》《罗拉快跑》等经典电影佳作。所谓"整体的时空观念"就是在故事构思伊始就设计故事的时空结构。

我们以 2011 年美国出品的科幻惊悚佳作《源代码》为例,来分析该片整体的时空观念如何作用于整个故事的结构和主旨表现。在阅读下文之前，还请大家先了解《源代码》这部影片。

《源代码》(*Source Code*，2011)

导演：邓肯·琼斯

编剧：本·瑞普利

内容简介：

影片讲述了一个充满悬念并对生命进行深刻思考的新颖科幻故事。清晨，年轻的柯特·斯蒂文森上尉仿佛从梦中醒来一样，发现自己身处一辆驶向芝加哥的高速列车上，对面的女子却称自己为肖恩。对这一切莫名其妙的他在镜中发现自己长着另外一个陌生男子的面容，正在此时列车突然在巨大的爆炸声中灰飞烟灭。随后柯特发现自己身处一个黑暗的太空舱里，他还没有搞清楚是怎么回事，又再次被送回刚才的火车中，再次经历了同样的对话和爆炸。原来，柯特在执行一项"脑波源代码"的秘密任务。在科学家和仪器的协助下，他可以反复"穿越"到一名在芝加哥列车爆炸案中遇害的死者肖恩的身体里，军方希望利用这一方法使他找到放置炸弹的恐怖分子，因为此人宣称6小时后将在芝加哥市中心引发一次更大规模的爆炸。于是柯特被一次又一次地送上那辆高速列车，但每次柯特只能回到爆炸前的最后8分钟，而时间越来越紧迫。随着他越来越接近抓获恐怖分子，关于他自己生命的真相也逐渐被揭开……

这部影片的剧本当时在好莱坞非常被看好，加之导演邓肯·琼斯出色干练的叙事手法，创作出了一部扣人心弦而又引人深思的新型科幻故事。片中柯特一共七次重返列车，正是这七次时空穿梭构成了整个故事的叙事结构。在七次的列车场景中，每一次都有相同的事情发生，但每一次也都有不同的表现手法，每一次柯特也都有新的尝试和发现。所以每次的8分钟都给观众带来了新鲜的冲击和悬念。在七次列车场景之间穿插了现实时空(太空舱和空军基地控制室)，其中柯特也逐渐发现了关于自己生命的真相，使得故事的结构更为丰满，最终，最后一次穿越体现了影片的核心——对生命价值的思考。

1. 本片的时空数量

首先，我们来思考一下这部影片一共有几个时空，故事的结构又是怎样围绕这些时空设置的。不难得出这样的答案——本片共有三个时空：

(1)柯特每一次返回到列车上,这一时空的空间也是多变的,包括列车车厢、站台等。

(2)在空军研究基地的太空舱里,随着故事的发展,这一时空呈现出越来越丰富的表现角度,也逐渐揭开了关于柯特的秘密。这些空间场景按照在影片中出现的顺序依次为:A 主人公柯特头脑中的幻象(太空舱,柯特的视角)、B 研究中心的控制室(女军官古德温的视角)、C 柯特实际存在的空间(盛放他尸体的容器,客观视角),C 的场景空间是通过不同的视角变化逐渐揭示、呈现出来的,这一变化也将我们逐渐带进柯特的生命真相,与故事的发展和悬念揭开的过程相吻合。

(3)影片结尾,再次回到当天的早晨 8 点钟(这一时空与 A 和 B 平行,但在时间上要早于 A、B)。由于柯特在时空穿梭中找到了恐怖分子,阻止了爆炸,改变了事件的发展进程,进入了一个新的平行时空。同时,女军官古德温来到办公室,崭新的一天开始了。柯特改变了历史。

2. 本片的时空结构

本片的故事结构主要建构在时空穿插的基础之上,首先让我们回顾一下影片的时空设计和主要情节。以下的划分是按照大的时空分割完成的。

(1)片头——2 分 15 秒,各种角度拍摄的芝加哥城和高速列车交叉剪辑,紧张危险的音乐,片头字幕。

(2)2 分 15 秒至 7 分,柯特醒来后发现自己身处开往芝加哥的火车上,对面的女子似乎和他很熟,而他却从未见过她。车上的主要乘客均在此场出现。柯特偶然发现镜中的自己是一张陌生男人的面孔,自己的身份也变成了一个叫肖恩的男子。此时,火车突然爆炸。

(3)7 分至 11 分,柯特发现自己身处一个黑暗的太空舱中,只有一个女军官古德温透过屏幕与他对话,并向他布置了重返列车寻找炸弹和投放炸弹的人这一任务,还没等他弄明白,他就再次被送回列车。此时,观众与柯特获得的信息相同,所以我们和他一样一头雾水。

(4)11 分至 17 分 20 秒,柯特第二次回到列车,相似的细节出现但有不同的处理或拍摄角度,如鞋上洒了饮料、检票、柯特对乘客的干预、男青年拾到钱包交给失主、柯特在车站张望。新出现的情节是:柯特在洗手间发现炸弹,他让所有乘客关掉手机和电脑,还殴打了一名不听从指挥的乘客,但是依然没能阻止炸弹爆炸。

(5)17 分 20 秒至 21 分。再次回到现实的太空舱时空,但是视角发生新的变化。上一现实时空我们是通过柯特在太空舱的视角透过屏幕看到古德温,这次我们直接身处古德温所在的控制室。在这一时空出现了两个场景:太空舱、控制室。柯特试图了解这个行动的真相并告知古德温炸弹的线索,古德温让他注意车上举止怪异的乘客,并告知他投弹人打电话时可以同时看见列车和货车。故事的两条线索(寻找投弹人,柯特寻找关于自己任务和身份的真相)均向前推进了一步。

(6)21 分至 28 分 40 秒,随着对任务越来越深入的了解,柯特每次对待对面女子克里斯蒂娜的态度也有所不同。从最开始的陌生人到逐渐熟识关心,直至最后爱上了她。这次他们一起逐一观察和分析每位乘客,柯特试图从中找到投弹人,他发现一名印度裔男子十分可疑,便和克里斯蒂娜一起跟随这位男子下了车。结果发现这个男人并不是放置炸弹的人,柯特也在搏斗中意外被火车撞死。

(7)28 分 40 秒至 36 分 20 秒,由于柯特在上次时空穿梭中试图改变历史,他把克里斯蒂娜拉下了火车,导致太空舱设备出现了故障,柯特的生命受到了威胁。由此他进一步从博士口中得知自己正在参与的是一项源代码计划。这一计划是利用人死后大脑仍存在的电波和最后 8 分钟的记忆,使柯特可以无限地进入死者肖恩的最后 8 分钟记忆中,他也只能存在于这 8 分钟的时空之中。这里产生了柯特与博士就源代码理论的第一次对抗,柯特认为自己确实救了克里斯蒂娜,她活了下来,而博士和古德温则确切地告诉他,这个女子已经死于今早的爆炸,并透漏出一个新的信息:还有第二轮爆炸。因此柯特必须找到这个投弹人,才能阻止他的第二轮爆炸行动。古德温还告诉柯特,火车二层的乘务员室里有一把手枪,必要时可以使用。

(8)36 分 20 秒至 40 分,这次,柯特对火车上每次重复的细节了如指掌,开始了一个全新的自己,他知道自己时间的紧迫,于是雄心勃勃地开始了行动。结果在偷枪时被乘务员制服,计划没能实现。但是在这里,柯特表露了临死前想给父亲打电话的愿望,这也是一处伏笔。

(9)40 分至 41 分 35 秒,柯特受到了挫败,并无意中发现了古德温身上的部队缩写 CAOC－N,这也是一处伏笔。古德温鼓励柯特,并提示他可以从旅客的随身物品中寻找蛛丝马迹。

(10)41 分 35 秒至 47 分,在第 5 次列车场景中,每次重复的对话、洒在鞋上的饮料、检票全部使用了特写镜头的表现方法,与之前不同,更为简略。柯特请克里斯蒂娜帮他搜索关于自己的真相。柯特怀疑一位打电话的乘客是投弹人,结果发现他是无辜的。柯特又从另一位女乘客那里寻找到了部队缩写 CAOC－N 的线索,是一空军基地,并打通了博士的电话。同时,克里斯蒂娜告诉柯特他要寻找的那位朋友柯特·斯蒂文森上尉两个月前已经死于中东战场。这一场景是对柯特身世的进一步揭晓。这一场景接下来的转场与之前不同,是通过柯特混乱的记忆——临死前在直升机上的景象、在太空舱中的景象。

(11)47 分至 54 分,柯特质问古德温自己是不是已经死了,古德温无奈地告诉他,他大脑的一部分还活着，其他身体部分的运动都只是柯特的想象，甚至这个黑暗的太空舱也只是一种幻象。柯特无法接受这一事实。他反驳博士自己曾在火车上给他打过电话，博士说即使自己接了这个电话，那个接电话的人也不是此刻时空中的自己。这是第二次表现柯特对源代码时空系统的挑战和对抗，同时探讨了影片的主题：对于生命的尊重和生命的本质的探寻。博士哄骗柯特说，只要他完成这次任务，就实现他的愿望，终止柯特的源代码行动，并几次强制让他回到列车时空。最终，博士通过给柯特播放父亲在他葬礼上的录音感化了柯特，也使他确信了自己的死亡，他承认了这一现实，同意继续返回列车完成任务。这里是一处危机的化解和故事的一处转折点。

(12)54 分至 63 分，从这里开始，故事逐渐进入了紧张和高潮阶段，这是第六次也是倒数第二次列车场景。柯特麻利地拿到手枪，拆除了炸弹，并通过上面的手机找到了真正的投弹人——把钱包落在列车上并下车的男子。他跳下车，找到这名男子，记住了他的名字和车牌号，正当两人对峙时，克里斯蒂娜突然出现，投弹人趁柯特不备，射杀了克里斯蒂娜和柯特，随后驱车逃走。由于还存在着第二个引爆器，火车上的炸弹按时爆炸，柯特对克里斯蒂娜说：一切并没有结束。于是将故事引向最终的高潮场景。

(13)63 分至 69 分 40 秒，这个现实时空比较复杂，包含以下场景：

a. 柯特回到太空舱，告诉了古德温和博士投弹人的名字和车牌号。他恳求他们让他再一次重返列车去救车上的乘客。

b. 芝加哥警方根据柯特提供的线索抓获了投弹人，从而阻止了接下来的恐怖事件。

c. 空军基地指挥室中，古德温、博士及同事为此项目成功而欣喜。

d. 柯特深知博士会食言，他与古德温单独对话，请求她帮助自己再次返回列车挽救车上的人，然后结束他的生命。在他们的对话中我们第一次得知了一个新的角度和秘密：柯特的话是通过电脑屏幕的字幕显示出来的，他并没有说话的声音与动作。这不禁让观众心中一惊，这也是对柯特生命真实状况的一次重要暗示。古德温经过反复权衡，最终冒着违纪的风险答应了柯特。古德温对柯特的告别令人感动。

(14)69 分 40 秒至 82 分 40 秒，影片最后一次列车场景。此时恰好是故事的四分之三时刻。这次场景的开始蕴含着温馨与希望。这次与前面非常不同的是，列车时空与现实时空中博士的控制室交叉剪辑，合为一体，两个时空在叙事上融合在一起了。同《僵尸新娘》的结构一样，两部影片都在高潮段落（影片的倒数第二个场景/段落）将两个时空或两条叙事线索合二为一。我们把这次列车和控制室交替表现的情节内容整理如下：

a. 列车上，柯特拆除了炸弹的所有引爆器，从列车员身上偷走了手铐。

b. 控制室，沾沾自喜的博士让古德温删掉柯特的所有记忆数据，他打算把柯特当成机器继续使用，违背了事先对柯特的承诺。此时由于 8 分钟的穿梭还没有结束，古德温向博士隐瞒了实情。

c. 列车上，柯特将投弹人抓获，铐在了车厢把手上。

d. 控制室，古德温焦急地监视着源代码程序。

e. 列车上，柯特当着投弹人德里克的面以德里克的口吻拨通了报警电话，告知警方面包车中的爆炸装置，阻止了第二次芝加哥市内的爆炸。

f. 古德温的同事要执行柯特的记忆清除程序。

g. 列车上，柯特用手机给古德温发了一封电子邮件，我们没法看清邮件的内容。

h. 古德温焦急地看着源代码程序的倒计时，柯特还有不到 4 分钟的时间。此时又暗示了一个新的秘密和角度：一个看不清里面的黑暗的玻璃箱。古德温面对这个装置叫着柯特的名字。

i. 列车上，柯特假装以自己朋友的口吻与父亲通了电话。在通话的过程中，画面又多次切换到控制室，古德温打开玻璃箱，我们逐渐看到了现实时空中真正的柯特的身体，他的头在微微地动，仿佛在梦境中正与父亲通话。

j. 这里是影片的高潮时刻，运用了多次两个时空的交叉剪辑。博士似乎发现了古德温的行为；柯特与克里斯蒂娜和车上的乘客愉快地交谈；博士叫来保安；车厢里一派欢声笑语；只有 25 秒的时间了；柯特与克里斯蒂娜接吻；时间到，古德温按下了终止柯特生命系统的按钮；车厢里所有的人都定格在了这一欢乐的瞬间。随着保安闯进古德温的工作室，我们看到了柯特生命的真相——他只剩下了上半身残缺不全的身体。此时他的生命终止了。

(15)82 分 40 秒至 86 分 40 秒，影片的最后一个时空，也是故事的尾声。我们原以为故事到上一时空的结尾就结束了，突然，列车上定格的人们又恢复了生命，柯特成功了！他与所有的乘客一起进入了一个新的平行时空，芝加哥崭新的一天开始了。柯特与克里斯蒂娜站在千禧公园著名的雕塑“云门”前面，光滑的雕塑镜面映射出美丽的芝加哥城和两人的镜像。8 点钟，古德温上班来到单位，开始新一天的工作。突然她的手机接到柯特发来的新邮件，内容是：“今天 8 点你会从新闻得知，一名试图在火车上和芝加哥城制造爆炸的恐怖分子在火车上被抓获，爆炸被及时地阻止，这是我们完成的。”迷惑的古德温急忙去向博士报告，还没来得急说就在博士的办公室听到有人报告这一新闻，嫌疑犯的名字也与邮件中所说的完全一样。惊讶的古德温向博士隐瞒了这一秘密。她来到了工作室，看到了玻璃箱中准备随时参加源代码行动的梦境中的柯特。

从以上内容我们可以看出，《源代码》的整个故事正是架构在时空的结构上，由七次列车穿梭和太空舱的切换构成了主要框架。在这两个时空中，两条故事线索（寻找投弹人、柯特探寻自己生命存在状态的秘密）交织在一起逐渐推进。整个故事像剥壳一样层层揭开，逐渐接近核心。投弹人只是故事表层的叙事线索，在段落 13 得到了真正的解决；而故事的深层叙事线索和核心是柯特对于自己生命意义和价值的探索，这一线索的真相直到段落 14 也即影片的高潮时刻才得以真正揭晓，这一高潮还不是故事的真正结尾。影片最后一个段落，也是最后一个时空，是故事的第二个高潮，也是故事精彩的尾声，让我们看到了另一个由柯特的意识创造的平行世界，这一结尾阐述了影片真正的核心价值和哲学观点，表达了生命的真正本质——并不是肉体，而是超越物质和现行时空的精神与意识。这也是电影艺术和所有故事的精神价值所在，这再次印证了电影非常适合表达人类的意识与梦境，而时空是电影塑造和讲述故事的绝佳手段。

本片中还有大量的细节设计在表现时空方面起到了重要作用，并使观众在第二次观看时还会发现很多第一遍没有注意到的重要细节，产生观影的乐趣与新鲜感。例如，柯特在列车中借用了肖恩的身体，客观上我们应该一直看到的是肖恩的面孔，但是整部影片中观众看到的一直是柯特自己的面孔，说明这是他的记忆和脑海中的世界，故事的空间也由此确立。只有在镜子中我们（和柯特）才意识到：客观上来说他的身体是肖恩的。此外，在第二次观看时，你会发现，每次从火车到太空舱的时空转换都是通过结尾一场（芝加哥的雕塑镜像）来完成的（第五次列车场景结束时的转场除外，因为柯特得知自己已经死亡，这是一个重大的打击）。这一设计在故事中起着一种预言的作用，然而只有我们二次观看的时候才会明了并产生这一感受。另外，每次在列车场景开始都重复出现的细节（柯特与克里斯蒂娜重复的对话、洒饮料、检票等），在每次时空穿梭中也采用了不同的表现手法，都加强了每个时空的区别。

从《源代码》这部影片我们不难看出，时空对故事的塑造起着多么重要的作用。以时空为主题和结构的精彩影片非常多，例如《盗梦空间》《骇客帝国》等，时空本身赋予了这些影片精彩的视听表现、故事结构与哲学内涵。不仅这些科幻类的故事通过时空得以精彩表现，许多现实题材和生活题材的故事也可以通过时空的巧妙设计得到精彩表现，例如《低俗小说》(1994)《情书》(1998)《美国往事》(1984)《小英雄托托》(1991)《新天堂影院》(1989)，等等。

故事离不开时空，因为人的生命离不开时空，时空是生命存在的物质与哲学基础。

第四节　通过剪辑完成叙事

如果说剧本是电影创作过程中的一度创作，导演根据剧本带领演员、摄影、美术等部门将剧本提供的文字形象转化为镜头的活动影像是电影创作过程中的二度创作，那么剪辑则是整个电影生产过程中的“三度创作”。剪辑师从剧本出发，将拍摄素材进行组接处理，使电影的结构清晰，镜头语言通顺，节奏明快流畅，同时进一步把导演的意图和演员的表演充分地展现给观众，使观众易于理解影片的内涵，同时获得视听上的满足，所以剪辑在电影创作中占据着重要地位。

编剧与剪辑是电影制作过程中两个非常重要的环节，它们分别处于电影创作的前端和后端。这两个环节具有很大的相似性：它们都是构成电影叙事的主要结构性环节。编剧或者说电影故事是最开始用文字表述故事的结构和情节，然后通过拍摄等制作环节完成故事的讲述。而剪辑是按照剧本和影片的思路将这些拍摄素材最终艺术化地组合成故事，形成故事的最终形态。因此，编剧和剪辑非常相似，也决定了影片的最后样貌。这就要求编剧在构思电影故事时就具备剪辑的观念，在设计时空转换、场景转换的过程中考虑到剪辑的手法和影片呈现的样貌。而剪辑应该熟读剧本，对故事的内涵和结构有深刻的认识，才能在影片最后制作阶段还原编剧和导演的艺术构思初衷。

我们从《源代码》的例子中也可以看到，故事的时空设计正是通过不同时空段落的交叉剪辑实现的，时空的编排顺序是时空结构最重要的体现形式。从大框架来说，剪辑的首要任务也正是把不同场景、不同时空按照一定的艺术需求有序地连接起来。

另外，从更细微的方面来说，电影的叙事通常是省略的、跳跃性的。我们不需要把整个事件过程从头到尾地展示出来，而只需表现那些重要的、决定性的瞬间。这也是我们前面探讨的事件的真实时间、在电影中体现出的时间以及电影的客观时间之间的关系。在《源代码》的七次列车时空中，每次列车的真实时间应该是精确的 8 分钟，但是电影中的七个火车段落分别为 4 分钟到 9 分钟不等，均取决于该段落内容的重要性和叙事节奏，它截取了这 8 分钟中最有表现力的瞬间，这些都体现了剪辑在叙事中的作用。

在电影中，剪辑是时空构思和叙事最终体现的手段。

美国电影《记忆碎片》是一部关于失忆的电影，导演运用了倒叙的手法。倒叙的手法在昆汀·塔伦蒂诺的电影中也出现过。但这部电影的导演诺兰将电影剪辑技术发挥到了极致，本片更像导演为观众设计的一个拼图游戏。

导演将这个故事分成 45 个片段，按正常顺序是这样：

1,2,3,……45

而导演剪辑的顺序是：

45,(1),44,(2),43,(3),42,(4),……25,(21),24,(22),23

影片中有彩色片和黑白片，以上括号中的是黑白片段。所以彩色片是倒叙，而黑白片是顺叙的。如果说你了解了导演的剪辑顺序，还觉得这个拼图游戏复杂吗？那么当你真正进入这个游戏时，你会发现要用你的大脑把这些碎片恢复本来面貌并非易事。一开始导演就让观众知道了结尾，可是观众一开始看的时候并没有意识到这就是结尾。渐渐地，因为后一个彩色片段的结尾是前一个的开始，观众才逐渐意识到是倒叙。回过头来想想，第一个片段中照片回到 Lenny 的相机中、子弹回到手枪中的镜头就是一种倒叙的暗示。这样导演设置的是一种递进的逆向期待，让观众看完每一个片段后想知道在此之前发生的是什么，越看越有意思。很多观众在看片过程中更注意看彩色片段，只把黑白片段当成是 Lenny 的回忆，没考虑这些片段是什么时候发生的。在最后一个黑白片段结尾，Lenny 手中的相片逐渐由黑白转入彩色，两个片段衔接起来了，这也揭示了顺叙的黑白片段是发生在彩色片段之前的故事。虽然一开始 Teddy 的死是故事的结局，可让人恍然大悟的是在影片最后，那对观众来说才是实质上的结尾。因为在最后一个片段我们才知道到底是谁杀了 Lenny 的妻子，为什么 Teddy 会死，这是观众看到最后迫切想知道的，这个结果也颠覆了我们此前的种种猜测。而剧本创作阶段剧作者完整的时空构思是使复杂繁乱的剪辑得以实现的坚实保障。

《蝴蝶效应》这部电影起因于主人公艾伦的大脑是与旁人不同的，他会间歇性失忆。他的记忆是破碎的，对断点的弥补成了他穿越时空的起因。片中的四次时空逆转都是源于他想知道自己在追寻记忆的过程中遇到的障碍。他最初的想法只是想知道事情究竟是怎样的。可是由于他本身大脑的问题，回忆是一种痛苦，他其实都在按照自己的解构来重新诠释未来。他在不停地修正以前的错误，以为一切都会变好。可是直到最后他才发现，几乎是越来越糟，无论他怎样救火，似乎火越燃越大。直到从女巫那里得知自己是一个没有生命线的人，他才意识到一切的根源在于自己本不应该出生。

通过四次时空逆转的剪辑，观众清晰地了解到全片核心概念“蝴蝶效应”的具体所指，到最后艾伦决定消除他自己，走向震撼人心的悲剧结局，这都是由特殊的剪辑结构串联起来的。剪辑的正确使用可以调节剧作中的情节起伏，让故事百转千回，扣人心弦。

时空在影片中会呈现出丰富变幻的面貌，而对于剧作者来说，时空设计的首要原则便是一定要用故事牢牢地吸引住观众，让其在复杂的时空处理中欲罢不能。而复杂的时空变化和故事线索要在影片的最终剪辑中才能得以实现。

思考与练习

1. 思考你自己的故事中一共有几个时空，如果只有一个时空，那么有没有更好的讲述方式？
2. 在你的故事中，这些时空可以按照怎样的顺序来安排？哪一种顺序更适于表达故事？
3. 在你的故事中，有哪些细节可以作为不同时空的区分标志？有哪些伏笔和分晓的设计？有哪些细节是观众在二次观看时才能够体会到的？
4. 特殊的时空结构对你的故事的主旨表现起着怎样的作用？

第八章　电影对白与声音

概述

本章重点介绍了剧本中独白、旁白、对白各自的特点和在影片中的作用，以及如何通过深入地根据主题需要挖掘人物内心、了解人物关系和人物冲突来创作生动的、个性鲜明的人物语言。同时，在剧作的过程中也要对音乐、音响有充分的设计和考虑。

电影是一门视听艺术，由于人类接受的信息70％来自视觉，30％来自听觉，所以声音往往容易被电影制作者忽视，但却不会被观众忽视。虽然声音的作用总是被画面的光辉所湮没，但是声音恰恰以潜意识作用于观众的心理，它配合甚至影响着画面。声音在电影中起着重要作用，在创作电影故事时，编剧和导演也要充分重视声音的各种效果和作用，以便更好地完成故事的写作。

电影中的声音主要包括三个部分：语言、音响和音乐。语言是指从人口中说出的话，又可分为对白、独白和旁白。其中对白是指人物的对话，是电影中使用最多、最为重要的语言内容。独白是剧中人物内心活动的自我表述。旁白主要分两种情况：第三人称（一个客观视角）的介绍、议论、评说等；剧中人物的自述（与独白不同的是，说话的人物并没有在画面中出现，只是借用他/她的声音）。与对白不同，独白和旁白又统称为描述性语言。

音响是电影声音中非常重要的元素，也是最容易被忽视的元素。制作精良的电影会有非常考究、复杂的音响设计。自然界和人类生活的社会环境中就充满了丰富的音响，包括：自然音响，如风声、雨声、鸟叫声等；动作音响，指人行动所产生的声音，如走路声、打斗声、拿取物品声、开关门的声音等；背景音响，又称为群众杂音，指社会环境中人发出的背景声音，如街道上人群嘈杂的声音等；机械音响，指因机械设备运行所发出的声音，如汽车声、电话声等。在我们生活的环境中，这些丰富的声音都是同时存在的，有些可能非常突出，会引起我们的注意，甚至成为叙事的主要元素；有些可能只是作为一种背景声音存在，增加了环境和故事的真实性，还原特定的情境。

另外，还有一种特殊的音响效果就是静音。尽管是静默的，但同时也是一种声音的塑造，是一种特殊情绪的表达与呈现。例如在电影《奥涅金——迟来的情书》中，当弗拉基米尔与奥涅金决斗被击毙后，塔齐亚娜飞奔回家，惊恐悲伤地向弗拉基米尔的未婚妻奥加尔叙述弗拉基米尔死亡的事件时，整场将近 40 秒的时间里，从隐约能听到的鸟鸣声、奔跑声、喘气声，到没有任何环境音响、没有对话、没有音乐，只有微弱空气流动的声音，同时通过慢动作把人物听到噩耗的震惊、悲痛和不可思议揭示得淋漓尽致。尽管这种处理更多是导演的艺术手法，但是编剧也可以在写作阶段根据本场的主要内容做相关设计。

音乐则是电影中非常重要也非常引人注目的声音元素，它对电影的叙事和情感塑造也起到很重要的作用。有些音乐像音响一样不会引起我们的注意，但却作用于观众的潜意识；有些音乐则起到非常重要的情感渲染作用，其旋律也深深地印在观众的脑海中。有些音乐与音响结合，共同完成某一段落的情绪表达。

接下来我们就详细地探讨这些声音元素在电影叙事中所起到的重要作用，电影剧作者应该在故事创作阶段就充分想象、利用并调动这些元素。

第一节　描述性语言

我们把独白和旁白统称为描述性语言，它们与对白有所不同。

1. 独白

独白是影片中经常使用的一种手法。例如香港导演王家卫的电影《重庆森林》(1994)就大量使用了独白。影片以片中人物警察何志武的独白开始："每天你都有机会跟别人擦身而过，你也许对他一无所知，不过也许有一天可以变成一个朋友或是知己。我是一个警察，我的名字叫何志武，编号 223。我们最接近的时候，我跟她之间的距离只有 0.01 公分。57 个小时之后，我爱上了这个女人。"这样的描述把人与人之间相遇的宿命感与偶然性表述得扑朔迷离且入木三分。

再如在影片《奥涅金——迟来的情书》中，当时隔六年，奥涅金再次回到圣彼得堡，遇到塔齐亚娜并爱上她时，物是人非，她已为人妇。奥涅金翻出当年塔齐亚娜写给他的情书，画外音独白："最亲爱的叶甫盖尼：我在给你写信，还能怎样呢？我知道你完全可以惩罚我的冒昧，但是，如果你还有点滴的怜悯，你不会把我丢给无情的命运，我爱上你了，我必须让你知道否则我属于你的心一定会崩溃。我不想让你看出我多么难为情，哪怕我一个礼拜能见你一次，能和你说上一两句话，就会日夜惦记着直至再一次会面，然而，据说你不爱与人交往，乡村使你感到无趣，是真的吗？乡村很无趣吗？有时候我甚至希望你从未拜访过我们。为什么？这样我就不会认识你，不会感到痛苦的煎熬，我知道命中注定我要遇见你，我一眼就认出了你，非常确定你是谁。我对自己说，是他，他来了，帮助我，解除我的疑虑，也许这一切不过是虚无，是物质心灵的梦呓。命运另有它的安排。请想想吧，我很孤单，浑浑噩噩。这封信我不敢再读一次，我心底的渴望，我相信你为人正直，我快窒息于羞涩与恐惧中了。”塔齐亚娜的独白既有羞涩、惶恐又有炙热与激情，一个情窦初开、陷入爱情的女子复杂微妙的心态一览无余。

独白最大的特点是以剧中人物的视角讲述自己的内心活动，可以一下子把观众带入故事的情境和人物的思想深处，可以制造主观认同的效果，迅速而又直接地将观众带入人物的内心世界。

美国影片《细细的红线》(1997)改编自詹姆斯·琼斯的同名小说，表现了二战期间太平洋一个小岛上美军士兵与日军激烈的战斗。这部小说和改编影片与以往战争故事最大的不同就是：故事讲述的是每一名士兵在面临死亡时的恐惧与复杂的心理活动。因此小说和电影中都使用了大量的独白来表现人物复杂的内心感受。影片中的角色众多，每个角色都有内心独白出现，宛如一部合奏，使影片具有很强的哲学质感和抒情意味，同时大量的深层次内心情绪的呈现也从战争亲历者的角度加深了对战争的反思。整部影片风格独特、细腻，不同于很多战争片对于惨烈的轰炸场面的渲染，而是在人物伤感无奈的内心独白中交替剪辑自然界中每一个细小的生物，使得整部影片充满了诗性的光芒。

独白的运用也一定要谨慎，因为电影是一门视听艺术，我们首先要选择形象化的表达系统，即用画面和音响来叙事，只在必要的时候、要创造特定效果的时候使用独白。否则滥用独白会使影片的视觉感染力下降。而且要注意独白的内容不应重复银幕上画面已表达清楚的信息，应该提供银幕上看不到的内容。要通过声画结合给观众提供两种信息：一种是具体可视的(画面的视觉形象)；一种是抽象的(语言的叙述)。这样才是比较完美的组合。

2. *旁白*

旁白可能是比独白使用得更为广泛的描述性语言，相信大家对旁白一定不会陌生。最常见的旁白往往是一个客观的第三者的声音向观众娓娓道来，将观众逐渐带入故事的世界。

比如《阿甘正传》中的旁白：“人生就像一盒各式各样的巧克力，你永远不知道下一块将会是什么口味。”简单的话语概括出了浅显又深刻的人生感悟。

比如《红玫瑰与白玫瑰》中的旁白：“也许每一个男子全都有过这样的两个女人，至少两个。娶了红玫瑰，久而久之，红的变了墙上的一抹蚊子血，白的还是‘床前明月光’；娶了白玫瑰，白的便是衣服上的一粒饭粘子，红的却是心口上的一颗朱砂痣。”创作者独特的女性视角和两性关系难以把握的微妙心理跃然于纸上。

例如《玛丽和马克思》(2009)的故事就以旁白的声音开始：“玛丽·丁寇有着泥巴色的眼睛和大便色的胎记。周六下午她百无聊赖，希望能有朋友和她一起玩‘跳跳背’……”旁白逐渐把我们带入故事，接着由玛丽与马克思的独白读出的信件内容构成了影片人声的主体。

例如美国导演马丁·斯科西斯的电影《纯真年代》开场七八分钟时有一段交代上流社会舞会的段落，伴随着各色人等逐一出现在舞会中，以各类身份粉墨登场，画外音中一个老妇人娓娓道来的语气苍凉而怀旧，既铺叙了那个充满繁文缛节、世俗眼光的社会环境，又渗透出男女主人公在重重的阻碍与指责中无法掌控自己命运的悲剧气息。

《天使爱美丽》是一部旁白式的电影，影片开场的旁白是：“1973 年 9 月 3 日下午 6 时 28 分 32 秒，一只每分钟振翅可达 14670 次的苍蝇降落在蒙马区圣永胜街。同时，附近的露天餐室，两只酒杯在台布上随风起舞。同时，巴黎祖丹路 9 号 5 楼，高拉送完殡，立即把亡友名字从地址簿上擦除。”电影开头是一系列的奇怪荒诞的镜头，在饶有趣味的旁白的配合下显得别有一番味道，使得影片叙事更富独创性和文学性。浓厚的地域特色也使全片洋溢着一种意识流的意味和浓浓的法兰西风情。

旁白可以制造一种讲述感。同独白一样，旁白也要注意内容不应与画面上的内容重复。旁白也应该尽可能提供银幕上看不到的内容，除非是创作者有独特的语言表达风格。

第二节　人物的对白

人物的对白指故事中人物的对话，又称“台词”，是电影中人声的主要成分。人物的对话在故事叙述和人物塑造上起着非常重要的作用，它是人物之间交流、人物内心情感表达的重要手段。精彩的对白往往让人印象深刻，蕴含着很多信息，与人物的性格和身份相吻合，使人物更为生动可信，同时推动故事进一步发展。那么，如何写出精彩的对白呢？我们从以下几个方面来探讨：对白的作用、对白的特点、如何创作对白、对白与潜台词等。

1. 对白的作用

(1)首先，对白是人物之间的交流方式，对人物塑造起着极为重要的作用。

俗话说：“言为心声。”一个人的语言会体现他的思想、性格、身份、生活方式、文化背景等多方面内容。我们在第五章中已详细探讨了人物设计的诸多方面，包括人物的前史、人物的造型、对白、动作、道具、人物弧光与人物揭示等。对白就是塑造人物的重要手段之一。人物的对白可以体现他的性格、身份和特点，同时对白也要吻合这些要素，这样才能使人物更加生动可信。要让人物说出符合他自身性格、身份的对白。比如不同年龄的人说话的用词和方式肯定会不同，如果一个儿童说出大人的话，就会显得很不自然。不同职业和文化背景的人说话也会有所不同，比如一个学者和一个农民，他们的用词和说话方式肯定是有所区别的。不同地域的人也有着自己的方言和习惯用语，这些都对表现人物和环境起着作用。不同年代的人说话的内容和用词也是有区别的。不同性格的人说话方式也有所不同，内向的人会非常含蓄，话不多；外向的人非常直爽，很爱表达。这些都是对白可以表现的重要内容。我们可以通过以上几点来大体把握对白是否符合人物性格，是否对人物起着很好的表现和塑造作用。

我们平时在观看影片和阅读的过程中可以多留意一些精彩的对白，并琢磨它们的奥妙之处。例如英国经典的文学作品《傲慢与偏见》曾多次被搬上银幕，每一版的改编电影都呈现出不同的特色。特别是2005年由英国导演乔·怀特执导、黛博拉·莫盖茨编剧、凯拉·奈特莉主演的新版《傲慢与偏见》更为精彩。导演和编剧用更加精妙丰富的电影语言极好地诠释了原著故事。其中人物的台词非常精湛简洁，是从原著中精心挑选的，我们不妨来看看片中几段精彩的台词对塑造人物产生的作用。

A. 片头第一场伊丽莎白父母之间的对话：

母亲：亲爱的好老爷，你听说了吗？尼日斐花园终于租出去了？你难道不想知道是谁租去了吗？

父亲：既然你这么想告诉我，我的好太太，我也只能洗耳恭听了。

……

母亲：告诉你吧，他（宾利先生）一定会娶我们女儿中的一个当太太。

父亲：他住到这来就是为了这个打算的吗？

母亲：你得马上去拜访拜访他。要是你不去，我们怎么去？你很明白这一点，班纳特。

父亲：没必要去了，我已经去过了。

母亲：你去过了？什么时候？哦，班纳特，你怎么能这样戏弄我？你半点也不体谅我脆弱的神经吗？

父亲：你错怪我了，我的好太太。我非常尊重你的神经，它们23年来一直是我最忠实的伴侣。

这段对话非常精彩地展现了故事的背景、主角的家庭环境、父母的性格特点等诸多信息。首先我们得知了故事的背景：班纳特夫人一心想把自己的女儿嫁出去，这也是故事的主要内容。其次我们得知了一位潜在的"未来女婿"——宾利先生即将到来。最为生动的是，这几句对白非常鲜明地刻画了班纳特先生和太太这两个人物的性格特点和修养：班纳特太太性格急躁，也非常世俗；班纳特先生性情温和，也非常幽默。这个家庭温馨热闹的生活氛围和最大的烦恼也通过对白显示出来。下面再欣赏下另一段精彩的对白：

B. 卡罗琳·宾利、伊丽莎白与达西在宾利家客厅的对话

伊丽莎白来宾利家探望生病的姐姐，在客厅中，卡罗琳邀请伊丽莎白一起散步，试图引起达西对自己的注意，在三人之间展开了一场精彩的对话。

卡 罗 琳：坐了那么久，走动一下可以提提精神。

伊丽莎白：我猜，这也可以算一种才艺吧。

卡 罗 琳：你要和我们一起走走吗，达西先生？

达　　西：你们散步无非有两个动机，我掺和进来对于任何一种动机都会有所妨碍。

卡 罗 琳：他什么意思？

伊丽莎白：让他失望的最好办法就是别理睬他。

卡 罗 琳：你必须解释，达西先生。

达　　西：要么你们是心腹之交，所以借机来谈谈私事；要么就是你们清楚自己的体态在走路时最为动人。如果是前者，我不想打扰；如果是后者，坐在这里欣赏更好。

卡 罗 琳：真吓人，我们该怎么惩罚他这恶毒的言论？

伊丽莎白：我们可以嘲笑他。

卡 罗 琳：不，达西先生是取笑不得的。

伊丽莎白：你也太骄傲了吧，达西先生。你觉得傲慢是缺点还是优点？

达　　西：这很难说。

伊丽莎白：因为我们想找出你的缺点。

达　　西：也许是因为我很难原谅别人的愚蠢和过错，或他们对我的冒犯。我一旦对人没有好感，就永远没有好感。

伊丽莎白：老天，我不能嘲笑你这点。遗憾的是，我很爱笑。

卡 罗 琳：我想是家族传统吧（冷笑）。

这一段看似平静的对话隐藏着浓烈的硝烟味，之前伊丽莎白刚刚与达西进行过一段关于"多才多艺女子"的激烈辩论。卡罗琳喜爱达西，希望博得他的好感，她瞧不起家境一般的伊丽莎白及其姐妹，却虚伪地挽着伊丽莎白的手在客厅中散步，希望引起达西的关注。每个人的对白都暗含机智的嘲讽，特别是达西对两人散步的分析更是充满了幽默的讽刺。这也保留了小说作者简·奥斯汀最为人称道的犀利、幽默的文字风格。同时这段对话把每个人物的气质、性格和智慧都表露无遗。卡罗琳的世俗虚伪与对伊丽莎白的轻蔑，卡罗琳对达西的谄媚与讨好；达西的傲慢、修养与自负；伊丽莎白的机智与对达西的偏见……这些都通过这段看似平静的对话表现出来了。

在美国电影《超越边界》中，女主人公萨拉在伦敦初次遇见投身于非洲饥荒并施以人道主义援助的男主人公尼克医生，在他的影响下只身来到非洲对难民进行援助。彼此并不熟悉的男女主人公再次相逢在饥荒遍地的埃塞俄比亚。女主人公萨拉深夜拜访男主人公，她困惑于他白天对人的固执、冷漠、专横，并询问他为什么不叫她的名字，似乎对自己没有受到应有的礼遇而不满，以下是他们的对话：

萨拉：我真的很钦佩你的工作。

尼克：哦，天哪，钦佩那有什么意义？

萨拉：你为什么总那么难以相处？

尼克：为什么你也那么难以相处？

萨拉：为什么你从来不叫我的名字？

尼克：什么？

萨拉：你从来不叫我的名字。为什么？

尼克：你感冒后做的第一件事是什么？

萨拉：什么？

尼克：你感冒后做的第一件事是什么？

萨拉：鸡汤、阿司匹林、威士忌。

尼克：你会不会由着自己病下去？

萨拉：我不明白。

尼克：什么都不做，任由它病。

萨拉：不会。

尼克（满含泪水）：不会，人就是这样，不是吗？我们麻醉自己，欺骗自己，只要能逃避痛苦的感觉就可以，你知道吗？我还在伦敦当医生的时候，没人叫过我"玛塔乃"（从死亡手上偷窃的人），你不会遇到跟这里一样的感激方式，因为在这里，他们所有的感觉直接来自上帝，没有药物、没有止痛药，忍受折磨是最原始、最纯粹的事。当你从一个孩子身上看到这种勇气时，你怎么能抑制拥抱他们入怀的冲动。你还记得乔乔吗？伦敦那个男孩。

萨拉：当然记得。

尼克:他是我拯救的第一个人,10岁。他瘦到站都站不稳,却依然有埋葬他全家人的力气,我们完全不能理解他的勇气从何而来。他常写些小纸条给我,在医院帮我忙,他是一个好孩子,他是一个体贴的好孩子,他很崇拜我,令我很高兴,我知道那是很幼稚的,但那让我对自己的感觉很好,所以我带他去了伦敦,他就像我的护身符,我勇敢的非洲人。我怎么会那么愚蠢,我怎么能够那么自私,我的意思是,他是我的朋友,他有个名字,所以现在我得去记他的名字,如果所有在我手上死去的人都有名字的话。

一面是身在城市、养尊处优的萨拉在两人初次见面后对尼克勇气的欣赏,但同时她又完全无法想象非洲的饥荒究竟带给人什么样的恐惧与绝望;一面是放弃了在大城市当医生的尼克选择了用自己的生命去拯救这些被官方抛弃的人们。他的信念坚定,英勇无畏,但仍对自己的朋友乔乔的死亡无比内疚,对在这片贫瘠土地所有现状的无奈以及每天40个不知姓名的人在自己面前死去的创痛。

他们的对话从萨拉的单纯崇拜到尼克对这种轻飘飘的崇拜的不屑一顾,从萨拉对自己的名字得不到尊重的不满到尼克无法控制的倾诉等等,萨拉的单纯与直接,尼克冷漠、固执的外表下隐藏的对人的生命巨大的悲悯显露无遗。他们对白的话题从普通城市人司空见惯的感冒如何处理开始,谈到了那些苦难的人们逃避痛苦的方式就是最纯粹的忍耐。至于为什么尼克不在意萨拉的名字,因为他认为她只是这里的过客,只是一个对饥荒充满猎奇心理的观光者。这也为后来萨拉不顾危险为了救尼克几次三番奔赴柬埔寨、车臣并最终为了救尼克而牺牲生命提供了一个充足的铺垫。也就是这一次的对话,使两个人有了深入的沟通、心灵的碰撞,让她看到了这个倔强刚硬的男人背后有着怎样一颗脆弱伤感而又勇敢的内心,并甘愿为他义无反顾。这段台词既含蓄又一针见血,既简单又充满无限忧伤。两人各自的性格、关系的变化处理得富有层次、富有张力。

下面我们再以美国电影《毕业生》中的一场戏来具体分析。《毕业生》主要讲的是一个刚刚毕业的大学生对未来前途充满各种迷茫和困惑,又不满于富足的家庭为他设计的貌似理想、实则虚伪的生活,在勇敢地寻求真爱的过程中遇到的各种诱惑、阻碍与奋争。而鲁宾逊太太就是他未谙世事初涉社会遇到的一个诱惑他的有夫之妇。

内二　游廊,夜

这是一间大游廊,里面有一个酒吧和许多靠窗的桌子,这些窗子对着饭店外的花园。游廊里灯光暗淡,有点冷,只有寥寥几个客人坐在那里。本跨进廊内,他径直向最里边走去并坐在一张靠窗的桌子旁。饭店播着背景音乐。本坐在那里吸烟。

本在思考。后景,鲁宾逊太太站在大厅的门口,她稍停片刻,向厅内张望,看到本,向他走去。本此时正在向窗外眺望,他没有看见她的到来。

鲁宾逊太太:你好，本杰明。

本: 哦，你好,你好。(他赶忙起身)

鲁宾逊太太:我可以坐下吗?

本:当然。(他为她拉过一张椅子)

鲁宾逊太太:谢谢。(二人坐下)

鲁宾逊太太:身体好吗?

本:很好,谢谢。

本挤出个笑脸，然后扭头向窗外望去，又低头看着桌面。

鲁宾逊太太:我能喝一杯吗?

本:喝一杯? 当然。

本抬头找走过的侍者并扬起一只手。侍者没有理他。本回头抱歉地看着鲁宾逊太太。

本:他没有看见我。

鲁宾逊太太:侍者!

这时，游廊里的一切杂声似乎都压低了。

侍者止步，转身向他们走来。侍者来到他们的桌旁。厅内杂声又响起。侍者看着鲁宾逊太太。

鲁宾逊太太:我要一杯马提尼酒。

1 号侍者:是的，夫人。

侍者离去。本目送他。

鲁宾逊太太:你用不着这么紧张啊。

本:紧张，嗯，我是有点紧张，我是说—当着你—你很难放得开 —(摇摇头)

鲁宾逊太太:你给咱们开房间了吗?

本:什么?

鲁宾逊太太:你为咱们开好房间了吗?

本:我还没有。没有。

鲁宾逊太太:你想要个房间吗?

本:嗯—我不想。我是说我可以要，也许我们只是聊聊。

鲁宾逊太太:你想让我去开一间吗?

本:你? 哦,不 不。我去。

鲁宾逊太太:你现在就去吗?

本:现在?

鲁宾逊大大:对。

本:嗯—我不知道。

鲁宾逊太太:你为什么不去?

本:为什么不去?好 — 我这就去。(他站起)请稍等。(他走出游廊,进入大厅)

这段对话将本杰明和鲁宾逊太太的性格表达得准确传神,本杰明迷茫不知所措,面对身为人妇的鲁宾逊太太的诱惑想要抵抗又唯唯诺诺。而鲁宾逊太太直接大胆,想要追求自己的欲望、达到自己的目的的攻击性的性格也在这段对白中展露无遗。可见编剧对人物性格的把握和台词功底十分了得。

(2)其次,对白也可以揭示人物前史。

人物前史是一层层逐渐在故事中渗透出来的,我们可以通过很多种手段将人物前史暗示出来:道具、动作、情节等,其中对白语言也是一种重要的手段。例如,在影片《特别响,非常近》中,父亲给奥斯卡播放老胶片时,通过对话告诉奥斯卡有关爷爷的身世,这一前史就是通过对白自然地表达出来的。当然,用对白揭示人物前史时也一定要小心谨慎,不能过于直白,而应巧妙地间接表达出来。例如《特别响,非常近》中,妈妈在"9·11"当天回家后问奥斯卡,父亲有没有电话留言,他意外地回答:"没有。"这一对白就给观众留下了很大的悬念和疑惑,奥斯卡明明听到了父亲的电话留言,他为什么不告诉妈妈?直到影片最后,我们才了解这一对白的真正谜底,也就是奥斯卡内心深处最痛楚的矛盾。奥斯卡和妈妈的对话也成为故事发展中的一处伏笔。

(3)对白透露出的新信息推动故事的发展。

这样的例子在故事中也非常多见,例如电影《洛城机密》,正是通过主角对一个个不同人物的探访与调查,透过他们的对话揭示了很多新的线索和信息,推动故事不断向最深处的真相发展。

再如,非常精彩的俄罗斯电影《回归》(2003)讲述了一个极富哲理的故事。这部影片可以说是视觉叙事的典范,对白简洁,但影片寓意非常深刻。在这里我们列举该片片头一段用极简的对白传递信息、推动故事发展的例子。影片的开始是一群男孩在海边的高塔上跳水。其中两个男孩伊万和安德烈在第二天发生了争吵,他们互相追逐着在大街上奔跑,一直跑到一幢房子前。房子的门廊前一个女人在吸烟。我们接下来看一下这段简洁的对白:

《回归》

伊　万:妈妈!他撕破了我的衬衫!

安德烈:他说谎!他弄破了我的嘴唇,妈妈!

妈　妈:安静,你们两个。爸爸在睡觉。

安德烈(惊讶):谁?

伊万(愣住):谁在睡觉?

妈　妈:你们的父亲。

安德烈和伊万诧异地回头看了一下停在院中的一辆吉普车。

妈　妈:进去吧。

这段极其简洁的对话给了观众许多意外的新信息,并且非常强烈地引起了观众的好奇,推进了故事的发展。当我们听到两个男孩都向女人叫妈妈时才恍然大悟,原来他们是兄弟俩,人物关系就这样巧妙地展示出来了。当妈妈说"安静,爸爸在睡觉"时,两个男孩惊讶和诧异的反应让观众非常意外,同时也巧妙地传递了故事非常重要的信息:他们的父亲已经在这个家消失很久了,以至于孩子们已经淡忘了父亲。父亲的突然出现意味着什么?由此展开了主要的故事情节,即接下来贯穿影片的父亲与儿子的一次富有隐喻意义的旅程。

在西恩潘主演的电影《我是山姆》中,他扮演一个智商只有七岁的残障人士为了争得亲生女儿的抚养权付出的坚持不懈的努力和无私深沉的爱。他竭尽心力争取到一名出色的律师来为他辩护时,有一场两人在餐厅付账买午餐的戏。山姆执意要感谢律师并为她付账。他让侍者把自己点的菜中绿色的青豆和黄色的玉米分开的荒唐要求和迟缓而又执着的数钱动作纷纷引起周围人的侧目和不耐烦,也使得顾忌面子的律师非常尴尬和窘迫,接下来是他们的对话:

山姆:"我来付账。"(语气坚定)

律师:"不不不。"(不信任)

山姆:"我来请客,她不用付,我来付。"(执着坚持)

律师:"山姆,你真的要这样做吗?或者你只是尝试,你知道的,试着像一个……"(怀疑试探)

山姆:"什么意思?"(疑问)

律师:"你知道,像……算了,没什么。"

山姆:"我是一个大人。"(语气愤怒)

律师:"我没有说什么。"

山姆:"你和他们想的一样。你是我的律师,你和他们想的一样?我没有机会。"(绝望和愤怒)

律师:"我认为,你应该有个公平的审判。"

山姆:"你和他们想的一样?山姆不能点菜,山姆不能付账,山姆不能照顾好露西。"

律师:"我想什么无关紧要,重要的是我们要赢。"

山姆:"你怎么想很重要。"

律师:"我怎么想对他们来说不重要。"

山姆：“对我很重要，对我很重要。14.33 美元，五个 1 美元，两个 25 美分，14.33 美元，17 美分比 20 美分少。”（山姆吃力而又痛苦地算着应该付的账。）

简短的对话使两人性格昭然若揭，律师内心对残障的不屑和轻视以及想打赢官司的急功近利与虚荣，山姆为了争得被尊重的待遇付出的努力。同时这场戏也是人物关系发生变化的转折点，它让律师和观众在此都觉察到山姆并不是想单单想打赢官司赢得女儿的抚养权，他要求的是可以平等的像正常人一样生活以及被人接纳的尊严。所以他执着地说你怎么想对我来说很重要，我要的是平等的权利。后面的故事中律师也在山姆的身上发现了智商齐备的成年人所不具备的无私的父爱以及要求平等的可贵品质，这也是她看似成功的事业与婚姻生活中最缺乏的精神，才让她开始放弃功利的意图为这个官司竭心尽力并对山姆的好感日益加深。本段台词简单精妙，自然直接但又富含深意。

以上我们分析了对白的诸多重要作用，当然对白的作用绝不仅限于以上几点，而且好的对白往往同时承载了许多功能，它还可以表示很多言外之意、画外之音。如何才能写出好的对白？那就要仔细思考对白独有的特点，对它进行悉心打磨与反复推敲。

2. 对白的特点

对白虽然很像我们生活中的对话，但它作为故事艺术的一个重要元素，绝不等同于一般的生活对话，它有着自身的重要特点。

首先，对白要口语化，符合人说话的自然状态。这是与日常对话相似的地方，也就是注意对白的真实感和自然感。

其次，对白文字的流畅与美感。在这里美感并不是指不论何种题材、何种人物身份都要文字优美，而是要贴近特定题材和人物的口吻、趣味，文字不艰涩、不越界、不矫情。

同时，对白要求压缩和简约。日常生活中的对话可以冗长，无意义，因为平时人们聊天只是为了构成一种交流，难免有啰唆和跑题的时候。但是银幕上的时间是非常宝贵有限的，要求对白必须精准、简练，有效地透露信息，推动电影故事向前发展。除非你有意要制造那种啰唆冗长的效果。那么，如何创作出简约、精准的对白呢？

3. 如何创作对白

(1)用尽可能少的词句表达最多的内容。

这是做到对白精准、简练的首要方法。在《沉静如海》中，人物的对白很少，多是通过动作表现人物丰富的内心世界。但其中的对白都非常精辟，含义丰富。例如，当爷爷看出让娜对德国军官凡尔纳产生好感时，他意味深长地对壁炉旁出神的让娜说了这样一句话：“不要让柴火白白燃烧。”这句话非常自然，表面上是嘱咐安娜看好壁炉的柴火，但烧柴这件事在电影中显然没有什么意义，观众此时望着安娜沉思的面庞，都能感悟到爷爷这句话的弦外之音。

这部影片的结尾堪称台词的典范。让娜与凡尔纳在影片中从未说过一句话，然而随着对凡尔纳的日渐了解，让娜逐渐爱上了这个文雅的德国军官。但由于凡尔纳的敌人身份，她仍然压抑着自己不与凡尔纳对话。直到结尾他将要离开法国，奔赴意味着死亡的苏联前线，让娜此时再也无法掩盖内心的感情，她泪流满面，对即将离去的凡尔纳说出了平生第一句话也是最后一句话："再见（Adieu）。"这个词在法语中既表达"再见"又表达"永别"的意思。非常简练的一个词语表达了让娜此时复杂激烈的内心活动，也符合让娜的性格——内敛、坚强；同时也表达了她对凡尔纳不舍的心情，因为她知道这极有可能是他们此生最后一次相见了。可以说，这个故事的高潮与全部情感的宣泄都是通过这一个简单而又含义深刻的词语承载着，因此也给这个故事增添了更多伤感之美，让人难忘。

（2）对白必须具有方向性，必须将场景中的情节导向要变化的方向或意义。

每一句对白都要有其目的，起到一个作用，代表一定的意义，同时又要像日常说话一样自然。例如我们前面所列举的《回归》开头的对白。安德烈和伊万的对白告诉我们他们的兄弟关系，妈妈的"爸爸在睡觉"和兄弟俩惊讶的反应迅速将故事指向下一个情节导向：父亲的归来，每一句台词都有着鲜明的指向性和重要作用。

（3）一般情况下要让观众听完就能理解，不用花时间去想。

这是对白不同于文学语言的一个重要特点。观赏电影是一个即时的过程，电影的放映时间是客观不变的，对白说完就过去了，不像看小说时读者可以自己把握阅读一句话的时间。而且观众的注意力70%在视觉上，对白转瞬即逝，所以好的对白应该让观众听完就能迅速理解。这就要求对白的语句要结构简单，可以用短句，不一定要求完整的句子。更要杜绝冗长华丽、形容词繁多的复句形式。电影的对白是一种简单快速的交流。当然有些影片中表达特殊含意的言外之意或者是弦外之音的潜台词也能在特殊情境下起到凸显人物性格、强化人物关系、突出主题的功效。例如前文所述《超越边界》和《毕业生》中的两个例子。

（4）重要信息放在句末强调

这也是创作对白非常重要的一个要点。就像故事一样，最重要的内容要留在故事的末尾。对白也是悬念句，最重要的词要放在句末，这样才能吸引并迫使观众听到句子最后。体会一下以下两句话有什么区别？

A. 你为什么不把那封信给我？

B. 你为什么不给我那封信？

这两句话表达了同样的意思，但有着微妙的区别，很显然B句强调的是"那封信"，在对白说出的瞬间，"那封信"给我们留下了更深的印象。

(5)最后写对白

能用形象表达的内容尽量用形象表达,而不用对白,这是塑造精彩对白的最佳方法。电影首先是一种视觉化的表达,观众在视觉形象系统中捕捉到的信息具有更直观的特点和更丰富的多义性。只要能创造出一个视觉表达,就千万不要写对白。让对白只在必须出现的时候出现,会使观众更为关注对白,这样的对白往往更加有力量。在电影中,一般情况下形象永远是第一位的,语言位居其次。在写剧本的时候,我们可以把对白留到最后,在人物不得不张口说话时让他说出最精彩的话语。

在电影史上有很多对白很少甚至没有对白的精彩电影,可以说是对纯粹电影语言的探索。例如日本电影《裸之岛》(1960)就是一部完全没有人声的电影。影片讲述了一家四口居住在一个没有淡水的贫瘠小岛上,爸爸妈妈每天都要很早划着小船去很远的地方挑来淡水,灌溉荒岛上的庄稼,养育自己的两个孩子,过着日复一日艰苦、单调、贫瘠的生活。影片中的人物没有对白,这恰恰与故事的环境——贫瘠的荒岛和单调的生活非常吻合,影片通过画面展现了这一家人勤劳、坚毅的生活态度,表现了人与自然、土地深厚复杂的感情。

4.对白与潜台词

人是复杂而矛盾的个体,我们内心深处最真实、隐秘的想法往往不会轻易说出来,而是以间接、隐晦的方式表达出来,所以对白中往往含有更深层次的潜台词。动作永远比语言真实,有时人是心口不一的,往往会说一些违心的话语,但是我们的肢体语言和动作却不会撒谎,往往不经意间就表露了内心的真实想法。有时这种对白与动作的矛盾性恰好能揭示人物复杂矛盾的内心,它常常借助舞台提示通过演员的表演让观众咂摸品味,咀嚼不尽。运用好对白与潜台词的关系可以创造出更生动、更复杂的角色。

例如经典的侦探片《尼罗河上的惨案》(1978),讲述了一个扑朔迷离的探案故事,其中有一个重要线索启发了侦探波洛。女仆路易斯在被调查时用了这样的语式回答侦探的问题:

路易斯:当然,假如我睡不着觉,假如我在甲板上,也许我会看见那个凶手进出太太的客舱。可事实上……(转向赛蒙)哦,先生,事情就是这样,还要我说什么?

赛　蒙:并没有人怀疑你什么,放心吧,路易斯,我会照顾你的。

路易斯:先生你真好。

这段看起来很正常的对话当时并没有引起侦探波洛的注意,但当路易斯被人杀死并且手里还紧紧地攥着钞票撕碎的一角时,波洛再重新回忆这句话就发现了其中的奥秘。路易斯用的这种"假如"的语式是在暗示凶手她当时在场并看到了一切,以达到勒索的目的，最后却惨遭杀害，由此波洛找到了真凶——死者的丈夫赛蒙和好友杰姬。现在我们回过头来再看路易斯与赛蒙的这段对话就会发现其中暗藏的潜台词了。

再如《傲慢与偏见》(2005)中，男女主人公达西与伊丽莎白见面时的对话总是针锋相对，达西的举止总是很傲慢，伊丽莎白对达西也存在着偏见与误解，然而达西和伊丽莎白的一些细节动作和眼神却向我们暗示出他们对彼此隐约的好感。直到影片最后真相大白，达西也表达出了他对伊丽莎白的爱与心声。

再看电影《朗读者》中迈克尔和汉娜最后一次见面那场戏，几乎每一个眼神、每一个动作、每一句话都蕴含着丰富的潜台词。

内景，餐厅，监狱，白天

布莱纳女士引着迈克尔走进餐厅。

布莱纳女士：她们在餐厅里。刚刚吃完午饭。

迈克尔看到一个老妇人坐在餐桌旁。蓝色的裙子紧箍着臃肿的身体。她的头发是灰色的。膝盖上放着一本书，但是没有读。几个囚犯正在吃最后几口午饭。

迈克尔呆了片刻才意识到这个老妇人就是汉娜。此时汉娜也意识到有人在看自己。她转身张望，面庞立刻焕发出光彩。迈克尔报以微笑，但是他向她走近时，他留意观察她探询般的表情，看到神采从她眼睛里消失，仿佛她对他感到失望。他坐到她对面。她疲倦地微微一笑。

汉　娜：你长大了，孩子。(潜台词：试图接近)

她握住他的手。长时间的沉默，迈克尔想不出任何话可说。他抽回手。(潜台词：他已经不把她当作恋人了)

迈克尔：我有一个朋友是裁缝。他给我做西装。他会给你一份工作。我已经给你找到了住的地方。很不错。很小，但是很不错。我想你会喜欢那个地方的。(潜台词：我不会和你一起住，也不会养你，你要工作。态度疏远、客气)

汉　娜：谢谢你。(无可奈何)

又是片刻的沉默。

迈克尔：有各种各样的社交项目和文化活动，我可以帮你报名。还有一个公共图书馆近在咫尺。(潜台词：我不会经常陪你)

汉娜微微点头。

迈克尔：你读了很多书？(潜台词：愿意了解她的生活现状)

汉　娜：我更喜欢听人朗读。(潜台词：暗示他们的关系可以继续)

短暂的沉默。

汉　娜：现在结束了，是吗？(潜台词：确认他们难道真的结束了？)

迈克尔没有回答。(潜台词:他拒绝了。她对他们的关系开始绝望)

汉　娜:你结婚了吗?

迈克尔:结婚了。是的,我结婚了。我们有一个女儿。我见女儿的次数不像我期望的那么多。我希望经常看到她。(潜台词:现实生活很一般)

少顷,他承认了。

迈克尔:这场婚姻没有持续下去。

沉默。

迈克尔:你有没有花很多时间来回想往事?(潜台词:提示她是纳粹有罪,我们不能在一起的)

汉　娜:你是指,跟你在一起的往事?(潜台词:她脑子里一直有他,所以对这个问题的第一反应就是如此)

迈克尔:不,不,不是指我。(潜台词:他想告诉她是关于纳粹的事,这是选择不和她在一起的原因)

汉　娜:在审判之前,我从未回想往事。我没有必要这么做。(潜台词:她认为她是无辜的,一直都是)

迈克尔:那现在呢?你现在有什么感受?(潜台词:几十年的牢狱生活,她有没有为自己的罪孽进行忏悔?)

汉娜盯着他看了片刻,目光在他脸上流连,仿佛在探究。

汉　娜:我怎么想并不重要。我有什么感受也不重要。死去的人不能复活。(潜台词:无论过去还是现在,她都坚持自己是无辜的,无所谓忏悔)

沉默。

迈克尔:我不知道你学到了什么。(潜台词:他对她很失望)

汉　娜:我学到了,孩子。我学到了阅读。(潜台词:她不再是文盲了,不再感到自卑和羞耻)

迈克尔注视着她,心灰意冷。

迈克尔:我下周来接你,好吗?

汉　娜:这样安排很好。

迈克尔:那好。是悄悄地来,还是热闹一下?

汉　娜:悄悄地。

迈克尔:好的。悄悄地。

他们彼此对视。其他囚犯已经离开。

他们站起来。她的目光再次浏览他的面庞,探究他的想法。他拥抱她,有点尴尬。

汉　娜:保重,孩子。(潜台词:曾经我们如此接近)

迈克尔:你也保重。

他们并肩走出来,走向大门。借着道别的机会,她握住他的手。

迈克尔:下周见。

她伸直胳膊,然后放了手。消失在餐厅里面。迈克尔独自向前走去。

这场戏丰富的潜台词把一个男人多年后重新面对自己曾经爱过的、又伤害过自己的女人的矛盾心理表达得淋漓尽致,也把一个经历坎坷、命运多舛的女人生的希望一点一点浇灭,最后走上绝路的心理刻画得惟妙惟肖。在这里,没有凌厉尖刻的诘问,没有苦口婆心的劝导,更没有廉价的煽情,看似不经意的日常对话袒露出对岁月流逝的无奈、人世变迁的感慨以及曾经沧海的伤感,其暗含的意思却刀刀见血。这,就是潜台词的魔力。

由动作或观众的读解揭示出的潜台词会更加令人印象深刻,也会增加人物的真实性和复杂性,使故事更为精彩丰富。所以一定要精心设计人物的对白与动作,充分利用潜台词的表现力。

5.对白的检验方法

我们可以通过朗读人物的对白台词来进行检验,如果读出来听者觉得很自然,那就是符合人物的台词;如果读的人和听的人都觉得很别扭,那就需要重新斟酌修改。

我们还可以通过一个非常有趣的方法——角色匿名测试来检验人物的台词是否具有特质:在剧本中遮盖住人物的名字,阅读他(她)的台词,看看能否猜出是哪个角色在说话。如果有很多种可能,就说明这个台词的性格不够鲜明,或者人物之间过于相似。如果台词具有很鲜明的个人风格,一眼就能分辨出说话的人物,就说明台词与人物塑造均非常成功。大家不妨在写作的过程中试一试吧!

第三节　音响效果与音乐语言

音响与音乐是电影中除了人声以外所有声音的统称,是故事中也是生活中不可缺少的元素。虽然视觉是电影中主要的信息传达手段,但声音是电影中不可缺少的重要表达方式,听觉有着视觉无法替代的优越性。故事创作者如果把握好声音的元素,并在剧本写作过程中有所标示和提醒会使故事更有表现力,并极大地丰富故事的讲述手段。

1.视觉与听觉的差异

视觉的角度是有限的。人的水平视野范围不会超过180度,也就是人只能看到前方和两侧局部的物体,无法看到背后的物体。而且视线会被不透明的物体阻隔,比如一面墙会挡住人的视线。而人的听力范围是360度的,并不受固体阻隔,即我们不仅能听到背后的声音,还可以听到墙外的声音,这是视觉所无法比拟的。由于这一优势,我们可以利用声音来传达一些画面无法表现的信息,例如利用声音来塑造画外空间。

2. 声音的表现力

声音可以表达距离感、空间感、环境感、运动感、方位感等。声音可以表达远近距离,还可以表达不同的空间质感,如教堂、乡村、都市、教室等。声音还可以塑造故事环境的氛围,如静谧、嘈杂、喧闹等。声音还可以表达声源的运动感与方位感,例如人物的移动所带来的声音,空间变化所带来的声音变化,水平移动与垂直移动的声音变化,等等。

例如在影片《公民凯恩》(1941)中,凯恩强迫声音条件并不理想的第二任妻子苏珊演唱歌剧。随着幕布拉开,苏珊的歌声响起,画面镜头从豪华的舞台慢慢上摇,苏珊声嘶力竭的嗓音也越来越高、越来越单薄,两个在舞台高处的工作人员露出鄙夷的神情。这一片段运用声音的空间表现力和画面的运动生动地表达了苏珊的无力与挣扎,也反映出凯恩专横强制的性格。

再比如卓别林给《城市之光》中揭幕礼上的致辞者配上了模拟演说的音响效果,在《大独裁者》里给独裁者在广场上的演说配上了模拟德语的一通胡言乱语,都造成了喜剧和辛辣讽刺的效果。

声音还具有一个重要的属性:鸡尾酒会效应。这指的是声音的主观性,即人耳对声音具有主观选择性。例如,在一个鸡尾酒会上,很多人都在聊天,声音非常嘈杂。当你与一位朋友聊天时,虽然周围的环境很嘈杂,你可以听到周围人说话的声音,但你不会记住他们的对话内容,而只会记住你朋友所说的内容。这就是人耳的主观选择性,虽然人客观上可以听到一切声音,但由于心理的主观选择性,他只会注意到自己关注的声音。我们也可以在电影中利用这一声音的心理元素和主观特点来表现人物的内心世界和精神世界。

比如在电影《毕业生》中,当本最后发现自己真正爱的是鲁宾逊太太的女儿莱恩的时候,莱恩已经在教堂正要成为别人的新娘,本不顾一切地跑去教堂,当着众人表达爱意,莱恩陷入惊异、感动与矛盾中,但最后还是听从了自己内心对于本的感情,舍弃所有投向本。这段的声音处理特别有新意,当莱恩纠结犹豫时,画面中依次出现新郎、自己的父母无声的咒骂、愤怒的表情,此处处理成无声,一方面因为可想而知大闹婚礼现场这些人有可能表达的愤怒的语言是什么,无须赘述;另一方面表现此时此刻他们说什么对莱恩来说都不重要,她只能听到自己内心的声音,这也为后面莱恩热烈的那一声呼喊蓄积了情绪与力量。

3.音响的功能与作用

音响可以说是电影中最重要也是最容易被忽视的声音。音响构成了人们日常生活中声音的基础与背景。音响效果，严格来说，应当是指生活中的声音，或者叫作声音的环境氛围。生活环境中的一切声音在电影中都可作为音响效果来加以艺术地处理。它不仅能创造真实感，尤为重要的是它能作为环境气氛来烘托人物的情绪。这种环境的声音出现在银幕上，观众一般不会特别注意它，但如果看得见而听不到，就会感到别扭和不真实，影响对影片的感受。

(1)在电影中，音响赋予影片和故事真实感。试想，如果观众在观看一部电影时把声音关掉，会有什么感觉？不论多么美妙绝伦的画面，失去了声音，都会变得单薄与不真实。比如警匪片中警察与匪徒激烈的枪战，匪徒驾车逃跑、倒车、换挡、加大油门向前冲、嘈杂的大街、惊慌失措的人群等不同的音响都有各自的特征，这些音响造成的紧张气氛丝毫不亚于音乐。

(2)音响具有外部引导功能，即音响可以表现和塑造不同的环境、空间、质感、时间、境况等。例如声音可以塑造婚礼、葬礼等不同的环境与空间；可以用声音来表达四季或一天中的不同时间；音响还可以暗示或预示一种境况。例如在一个房间内，两个人正在预谋一件违背道德的事情，这时窗外的马路上出现急救车或警车的声音。虽然观众不一定能意识到这一声音，但这一声音会通过潜意识作用于观众的心理，暗示出不祥之兆。故事创作者均可以根据情况在剧本中加入对于声音的描写与塑造。

我们来看一下侯孝贤执导的台湾电影《悲情城市》(1989)的剧本片段：

一九四五年八月十五日，日本天皇广播宣布无条件投降。嗓音沙哑的广播在台湾本岛偷偷流传开来。

大哥林焕雄外面的女人为他生下一个儿子的时候，基隆市整个晚上停电，烛光中人影幢幢，女人壮烈地产下一子，突然电来了，屋里大放光明。婴儿嘹亮的哭声盖过了沙哑和杂音的广播。

这段文字的描写非常生动，让我们直观感受到了影片的画面和声音，特别是声音的质感突出了环境和时代氛围。“嗓音沙哑的广播”、“婴儿嘹亮的哭声”都非常生动鲜明，从声音的角度丰富了故事的环境和氛围表现。这些都应该在剧本阶段就得到设计与表现，因此故事创作者应该在头脑中保有非常好的声音塑造的意识。

(3)音响还可以打破画框，展现画外空间。观众所见的银幕画框是有限的，但我们往往可以利用声音来表达一个银幕上看不到的画外空间。例如台湾导演杨德昌的最后一部电影《一一》(2011)，我们在银幕上看到的是女儿婷婷在厨房忙碌，听到的却是父亲在旁边房间的说话声，这就提示给观众一个画外空间，拓展了影片的空间表现力。导演杨德昌非常喜欢运用声音表现画外空间，曾在自己的多部影片中运用这样的手法，创造了丰富真实的空间体验，表达了不同的人生境况和意味，使影片呈现出更加自然和真实的生活面貌。

(4)音响还可以用来衔接不同的镜头与时空，使影片的叙事转换更为流畅。例如日本影片《情书》(1995)讲述了一个用语言很难描述清楚的美丽故事。影片的男女主角因为名字都叫藤井树而在中学时代拥有了一段尴尬而又难忘的记忆，美好的初恋也蕴藏其中，只不过直到多年后女孩才了解了这一份感情，而男孩却已逝去。影片中有一段重要的闪回场景，表现女藤井树记忆深处对于父亲死亡的伤痛回忆以及深藏内心不曾发觉的与男孩在中学时代的美好回忆彼此交织的场景，就是利用声音来衔接的。成年的女藤井树由于重感冒迷迷糊糊地坐在医院长椅上候诊，这时她恍惚间听到了护士在叫自己的名字"藤井树"，这声音串起了她脑海中一系列关于这一名字的回忆片段：父亲临终时，母亲在医院走廊叫着自己的名字；父亲去世时，男藤井树来到家中慰问；在中学课堂上，老师叫出"藤井树"，自己和男孩都应声回答时的尴尬……这些生命中的不同瞬间都是通过护士叫"藤井树"这一名字而串联起来的，而她内心深处对于父亲死亡的恐惧、深深的怀念，对于男孩朦胧含蓄的微妙情感也都在这一特定时刻的呼喊中轻轻唤起，非常自然而又流畅，女主人公隐秘、丰富、敏感的内心世界和潜意识得到了生动细致的表现。这也是男主角本人第一次在影片中出现的时刻，浓墨重彩同时又不落痕迹。

再如以时空表现而著名的经典黑帮史诗片《美国往事》(1984)，在影片开始不久就使用了一个毫无来由的电话铃声串起了不同的时空，引起了观众极大的悬念和好奇，为影片故事的叙述埋下了一个非常重要的伏笔。假如没有这个声音，这几个时空穿插起来就会显得非常突兀。而正是有了这个不明来源又不合逻辑的电话铃声，使得观众不由得思考这几个时空与电话铃声之间的关联，以及这几个时空之间的关联，也使得时空的穿插显得自然连贯同时具有的叙事线索的多重作用。

由此可见，声音的运用可以从多种角度丰富故事的讲述手段，编剧应该在故事创作阶段就时刻保有对于声音的造型和表现的意识，如果在剧本创作阶段可以有意识地进行相关的提示、标注和刻画，会更好地为导演奠定处理剧情的基础。

4. 音乐的艺术表现力

音乐与电影有着很大的相似性。它们都是时间艺术，都有着自身的生命、节奏和呼吸。因此音乐在电影中的作用也非常显著。音乐到底是电影可有可无的附属品还是不可分割的一部分？好的电影音乐不应该是分割于电影之外的，它应该是故事、人物和情节的重要组成部分，而非游离于电影之外的因素。音乐是声音的一个组成元素，它具有影像所不具备的表达手段。有人说：音乐既是抽象的，也是直接作用于人的心灵的。这是它看似非常矛盾的双重属性。有很多电影音乐通过潜意识作用于观众的心灵，无形中增强了故事的感染力，辅助了叙事，却没有被观众意识到；也有些音乐不仅极大地渲染了故事的情感，而且其动人的旋律也给观众留下了鲜明的记忆，例如电影配乐大师埃尼奥·莫里康尼为《海上钢琴师》《新天堂影院》《美国往事》所谱写的精彩电影音乐都成为影片中的华彩段落，让人印象深刻。接下来我们就看看音乐在电影中的具体作用与体现。

(1)音乐与电影故事的相似性

音乐和电影故事都有着自身的节奏、韵律，也都是由一系列短小的部分组成。电影故事有自身的节奏和结构，音乐同样如此。电影由一系列镜头、场景、序列、幕组合而成；音乐也由节拍、小节、乐段组合而成。

音乐和电影故事一样都具有单一或多重线索。这在音乐中体现为和弦，在电影中可以体现为不同的叙事线索。

音乐的旋律好似电影的情节。音乐给人印象最鲜明的就是其旋律，而电影故事最主要的内容就是其情节，旋律好似情节，在电影中以声画两种不同的形式结合在一起。

音色好似电影中的角色。音乐作品中有不同的音色，就好比故事中不同的人物和角色，每个人有着自己的特点，每种音色也有着不同的气质和性格。例如：轻快婉转的小提琴宛如青年，低沉的大提琴沧桑沉重宛如老人，竖琴给人以仙境的感受，小号和鼓声则体现了军人品格。例如《海上钢琴师》中男主人公用不同的音色和旋律演绎的游轮上各色人物的身份、气质以及文化背景，可谓惟妙惟肖，精彩绝伦。

一个好故事好比强有力的旋律与和弦，它们具有同样复杂精深的结构与深度。

这些相似之处都向我们暗示出音乐与故事的内在一致性，这也是电影这一艺术形式丰富的表现力之所在。早在默片时代，人们就在电影放映时采用现场音乐伴奏，以达到丰富的表现力和动人的效果，那时的人们就深知音乐对于电影叙事具有巨大的表现力。

(2)电影音乐的分类

电影中的音乐按照其来源可以分为有声源音乐与无声源音乐。有声源音乐指画面中出现声音的来源，例如一台留声机播放的音乐或广播传出的音乐。无声源音乐指声音的来源并未出现在画面中，音乐是由电影制作者在后期加上的。这两种音乐形式在电影中都很常见，其中无声源音乐可能使用的更多。有声源音乐使音乐的出现非常自然，有时也会利用同一旋律进行无声源与有声源的过渡转换。例如，先出现有声源音乐播放某一旋律，接着同样的旋律转换为无声源音乐演奏，会显得非常自然。

电影音乐还可以按照不同的类型和功能分为：主题音乐、背景音乐、人物动机等。

主题音乐指某一旋律贯穿电影始终，是主要的音乐线索，暗示了故事的主旨。例如德国电影《布达佩斯之恋》(1999)的故事灵感就来源于一首在二战时风靡欧洲的具有死亡魔力的乐曲——《忧郁的星期天》。我们在电影《辛德勒的名单》开头就曾听到这首乐曲。《忧郁的星期天》是1933年犹太作曲家赖热·谢赖什在和女友分手后在极度悲恸的心情下创作的，由于歌曲中流露出绝望而又诱人的悲伤情绪，有数以百计的人在听过之后以自杀的方式结束了自己的生命，作曲家本人也在1968年自杀。后来这首乐曲被世界许多主流媒体禁播。小说作者尼克·巴可就根据这一事件撰写出一本凄美浪漫的小说，后来又被改编成电影《布达佩斯之恋》。影片以这首乐曲作为叙事线索，讲述了虚构的三个人物——作曲家安德拉、犹太人餐馆老板拉希罗和其爱人伊洛娜在二战期间发生的错综复杂的爱情故事以及他们在战争期间令人唏嘘不已的命运。主题音乐《忧郁的星期天》既是故事的线索，又是故事的灵魂，深刻地表达了故事的情绪和人物的命运，影片的故事与音乐成为不可分割的一体。可以说这部影片就是建立在这部传奇乐曲的基础之上的。

再如经典电影作品《美国往事》(1984)，其丰富、深沉的音乐中有一个主旋律始终萦绕在观众的回忆中，那就是关于友谊的旋律，它在每次表现兄弟友情的时刻出现，暗示了影片的主题。

再比如法国导演吕克·贝松的电影《这个杀手不太冷》，莱昂与玛蒂达的情感逐步加深的段落、缉毒警察血洗玛蒂达家的段落、最后生死相救的段落……不同场景、不同情境的音乐各不相同，分别起到了刻画人物、渲染气氛、推进主题的作用，也可以说分别是不同的段落的情感主题音乐。

背景音乐是最容易被观众忽视的音乐，它们往往衬托着情节的发展和故事的情绪，它们的旋律也许并不十分鲜明或令人印象深刻，但它们确实起着烘托气氛、刻画环境的作用。这种音乐往往没有特别完整与丰富的旋律，但却有助于创造节奏和烘托气氛，观众在观看时只会被情节所吸引而意识不到音乐的存在，但它们却作用于观众的潜意识。比如《神雕侠侣》中的《故乡的原风景》和《东邪西毒》中的《天地孤影任我行》都是此中经典。

表达人物动机也是电影音乐中常见的一种类型。故事中有许多不同的人物和角色，我们会通过不同的语言、造型、动作、前史等来塑造他们。音乐也同样可以通过旋律、节奏、音色来塑造他们。例如不同的角色会由一个不同的音乐旋律（动机）来代表，每当这个人物出现时，这个旋律就会响起。或者每当这个旋律响起时，观众就会意识到是这个人物要出场了。不同的旋律与音色塑造了不同的角色，与他们的性格、气质、精神相吻合，从声音的角度丰富了电影故事和人物性格。例如，《玛丽和马克思》中使用了非常丰富的音乐元素，有些是背景音乐，有些则是非常鲜明的人物动机音乐。你还记得玛丽的旋律吗？马克思的旋律和音色又是怎样的呢？玛丽的动机是由一组欢快的、不断上升的音符构成的，又被称为“无穷动”，在影片开场时出现；而马克思及其代表的纽约市出现时，则是一组缓慢、沉重的音符。这种音乐表现非常吻合两个人物的气质、年龄和他们身处的环境。同样，在玛丽情绪低沉和遇到人生坎坷时，也总是会有一个悲伤的旋律出现，烘托了人物的内心。

(3)电影音乐的美学功能

导演和编剧在创作故事时可以适当地想象一下音乐在故事中的感觉和效果。他们不需要有专业的音乐技能，但应该知道在某一时刻需要什么情绪和气质的音乐可以把故事烘托得更好，然后再把这种感受讲述给作曲家，由他们将这种感受转化为音乐的旋律。比如姜文导演的电影《阳光灿烂的日子》中《乡村骑士》的音乐就传神、生动地表现主人公马小军青春躁动、炽热迷惘的内心，把那种无处放置的惆怅情绪刻画得荡气回肠又惟妙惟肖。而这个音乐据说也是当年姜文构思影片时在一个酒店里偶然听到的，他瞬间就用直觉捕捉到也许它是对人物性格、命运和主题的最好诠释。

那么音乐在电影故事中有哪些具体的美学功能呢？

首先，音乐可以渲染画面中的环境氛围，表现时代感和地方特色。音乐具有直观的作用，当我们听到一段二胡音乐或京剧鼓点时，自然就会联想到故事是发生在中国，听到一段苏格兰风笛自然思绪就会飘到古老的英国，以上两种音乐在中国影片《活着》和美国电影《勇敢的心》中都有很好的呈现。在一个表现环境的空镜头中，适当的音乐也可以渲染环境和抒发感情，这些都会潜移默化地传递给观众。

其次，音乐可以渲染感情，表现人物的心境。这大概是音乐在电影中最突出的作用了。例如，由意大利导演朱塞佩·托尔纳托雷执导的电影《新天堂影院》中的 *Cinema Paradiso*(1988)、韩国经典爱情电影《假如爱有天意》中的 *More than Love*、《伤感的圆舞曲》都感人至深，它们总是在最适当的时候出现，使故事中的情感得到渲染和升华。试想，如果抹去这些音乐，故事的感人程度也会极大地下降。

再次，音乐可以深化故事的主题和思想。例如运用音画同步或音画对位来达到这一效果。音画同步指的是音乐与画面情绪一致，音乐可以更好地烘托和渲染画面的内容，与画面合一，如上文我们所举的《新天堂影院》《美国往事》《音乐之声》等影片。音画对位指的是音乐与画面所表达的情绪、主题等形成对比与反差，这同样能起到强烈的表达效果。例如，在影片《辛德勒的名单》(1993)中，纳粹士兵在清理犹太人居住点时，伴着大屠杀的枪声和火光，影片响起了古典音乐的钢琴声，人类最高尚的文明结晶与最残忍的恶行形成了鲜明的反差对比，深化了影片的主题。

最后，音乐也可串联起不同的时空和场景，起到画面衔接的作用。例如在影片《辛德勒的名单》的头几个场景中，辛德勒在餐厅结识了许多德国军官，这一场景结束于他们高亢的歌声，紧接着下一个场景还是以德语歌声衔接，只不过演唱的人换成了波兰街头的德军士兵。两个场景顺畅地由德语歌声衔接在一起，也预示了当时笼罩在欧洲的浓厚的战争氛围。

当然，音乐和音响还有许多丰富的作用，需要大家在日常生活中和观影中细细观察、思索和体会。作为编剧和导演，除了对故事和画面有所思考外，还要重视电影中的声音，包括人声、音响和音乐，它们也有可能成为故事叙事的得力助手，为故事提供更丰富的表达途径。尽管音乐与音响更多的是针对导演环节的艺术处理，但在剧本写作过程中编剧可以根据剧情、人物和情境给出相关的提示和描述。因为电影是视听艺术，画面和声音都是构成叙事的重要元素，二者不可偏废。在此，声音并不是本书重点讨论的内容，不再赘述。

本章小结

电影音乐的好坏并不单以音乐的创作和演奏效果为准，而是以是否体现了影片的总体构思和意图为准，它必须是电影故事所要表达的主题内的音乐，它的存在和在影片中的作用必须符合电影的主题需要。电影音乐与其他视听元素相互作用，相互补充，共同作用于观众的视听，诱发心理活动，产生联想与感悟，达成审美的目的。

思考与练习

1. 选择一段1分钟的影像，分别为其配上不同的音乐（或声音），要求制造出两种相反的情绪。完成后体会一下音乐和声音对影像表达的影响和作用。
2. 思考一下声音在自己剧本中的作用，是否可以利用声音来完成一些转场和空间塑造?
3. 为你的故事选择一些适当的音乐作为参考，在写作时也不妨经常播放这些音乐，看是否能激起脑海中的一些画面。
4. 对自己剧本中的对白做一些检验，遮住角色的名字，阅读他们的对白，看是否能猜出是谁在说话。朗读对白，看是否符合人们日常说话的语气，是否符合人物的性格和身份。
5. 留意观察生活中不同人的说话方式，并抓住这些特点。尝试塑造不同性格的人物。

第九章　银幕化的改编

概述

本章重点分析了电影作为符号化与视听化表达的重要形式的基本特征，通过经典文学作品的电影改编，阐释了文学作品与电影剧本的不同本质、电影剧本的文本特征以及把文学语言转换为电影语言的关键所在。

文学作品是电影故事的主要来源之一，有许多我们耳熟能详的精彩电影都改编自文学作品，例如《海上钢琴师》《美国往事》《洛城机密》《傲慢与偏见》《朗读者》《返老还童》《活着》《霸王别姬》等，优秀的例子不胜枚举。文学作品以其曲折完整的故事情节、深刻的主题和精妙的人物描写为电影提供了现成的故事内容和结构。许多文学作品本身的文字描写就非常有电影感，读其文字就能在脑海中产生很多生动的意象，为电影故事提供了极好的蓝本。文学和影视既密切相关、相互渗透，同时又有不同的质的规定性和巨大的差异性，文学作品的故事转化为电影，还需要经过精心的改编与加工，才能使其转变成适合电影语言表达的形式，本章我们将深入探讨如何做好文学作品的银幕化改编。

第一节　改编的要义：文学作品与电影剧本的区别

对于文学而言，最重要的元素是细腻的语言、独特的文风、哲学的思考，以及大量的心理、情感描写，丰富的细节，形形色色的比喻和象征。文学，特别是小说如果能够提供有关人的生存境遇（即哲思）、人的心灵状态（即情感）、人的独特命运（即故事性）等方面的资源，就是改编电影比较理想的资源和对象。对于电影而言，最重要的是精彩的故事结构和悬念设置，通过对叙事信息的藏和露、呼与应的巧妙驾驭来强化电影的戏剧张力，强有力地抓住观众。在《盗梦空间》的导演诺兰看来，电影的真谛在于要有个好故事，充满悬念，而且将情节的每一个高潮设计得天衣无缝，散落在剧情里，让观众一刻都离不开银幕。当然，故事还要好懂，具有一定的观赏性。美国南加州传媒学院的乔纳森·塔普林教授也说过：能够真正感动人的故事才是吸引观众的所在。事实上，观众对于故事的渴望和迷恋是无止境的。如果一部电影放映了十几分钟还没交代清楚要讲一个什么样的故事，还没有营造出充满戏剧张力的悬念，观众很可能选择离开。这也就是业内所说的“前十分钟抓不住人，这就是一部失败的影片”。

当然以上论述都是针对传统的商业电影讨论的，一些在艺术风格和表现手段上大胆尝试、突破的电影可以完全不遵守以上的规律和法则。更有甚者，很多艺术电影没有完整的故事、没有清晰的情节，人物行为缺乏逻辑，语言冗长烦琐，大段的内心情绪表露充斥在影片始终，例如左岸派电影的代表作《去年在马里昂巴德》，但这只是某种风格和流派在特定历史时期艺术观念上的探索和尝试。我们在这里讨论的主要是具有一定受众覆盖面和社会接受度的商业电影。

电影的文学改编是影像与文字的相互渗透，电影有自身的语法规则和叙事规律，是用一种新的方法来诠释和演绎文学，在改编的过程中不可避免地要进行结构上的重新整合，使人物关系更加精炼，人物性格更加鲜明与个性，故事结构更加紧凑和集中。成功的影视改编一定是既尊重原著的基本精神和主旨，同时又进行大刀阔斧的电影化改造，符合电影的叙事规律和观众需求。故事的强度、叙事的强度、动作的强度、对话的强度都远远大于文学。从某种意义上说，文学对于电影最重要的两点是：提供鲜明的人物和具备一定戏剧化因素的故事或者核心精神的揭示具备电影化的特质。电影以此为出发点，创作和生产出有别于原著的、满足观众视听需求的影片。

1. 小说与电影语言的区别

在所有种类的文学作品中，以叙事见长的小说是电影故事的主要来源。小说与电影最大的区别在于其使用的语言：小说使用的语言是文字，它可以运用语言文字直接描写人物的内心活动与情感等抽象内容，将无形的东西直接描写出来；而电影的语言是视听化的影像和声音，它是将故事通过可视化的形象表现出来，从这一角度来说，电影与小说的表现方式有很大不同。

例如我们描写和刻画一个人物的心理活动，小说可以直接描写出他（她）内心世界的想法，而电影则需要借助人物的动作、表情、体态、语言等多种细节来将其展示出来。电影需要刻画一个看得见的世界并通过其暗示出那些看不见的思想。要将一部小说改编成电影剧本就需要做这样的修改和加工：那些显而易见的内容必须含蓄地处理，而那些看不见的思想内容则需要可视化的表达。

例如英国著名女作家简·奥斯汀的作品《傲慢与偏见》是一部长篇小说，书中有大段的对话、情节线索和心理描写，若要把这样一个长篇故事用2小时的电影篇幅讲出来，必定要经过仔细的斟酌与取舍。2005年版的电影《傲慢与偏见》就保留了小说的精华部分，将小说故事以优雅的电影语言表现了出来。我们先来看小说中的一段文字描写：

"伊丽莎白一心只知道谈论宾利先生对她姐姐的殷勤，却一点儿没想到她自己已经成了宾利那位朋友的意中人。说到达西先生，他开头并不认为她怎么漂亮；他在跳舞会上望着她的时候，并没有带着丝毫的爱慕之意，第二次见面的时候，他也不过用吹毛求疵的眼光去看待她。不过，他尽管在朋友们面前，在自己心里，都说她的面貌一无可取，可是眨下眼的工夫，他就发觉她那双乌黑的眼睛美丽非凡，使她的整个脸蛋儿显得极其聪慧。紧接着这个发现之后，他又在她身上发现了几个同样叫人怄气的地方。他带着挑剔的眼光，发觉她的身段这儿也不匀称，那儿也不匀称，可是他到底不得不承认她体态轻盈，惹人喜爱；虽然他嘴上一口咬定她缺少上流社会的翩翩风采，可是她落落大方、爱打趣的作风，又把他迷住了。伊丽莎白完全不明了这些情形，她只觉得达西是个到处不讨人喜欢的男人，何况他曾经认为她不够漂亮，不配跟他跳舞。达西开始希望跟她深交。"

小说中的这段文字直接地描述了两位主人公对彼此的看法和内心世界，然而在电影中，这种抽象的描述就需要转化为可视化的电影形象。在电影《傲慢与偏见》(2005)中，导演和编剧就运用了达西与伊丽莎白几次相遇时的动作含蓄地表达了这一内容。例如：伊丽莎白去宾利家看望生病的姐姐，当她走进客厅时，达西立即站了起来，神情有些紧张。当伊丽莎白和姐姐离开宾利家，走向马车时，在踏上马车的瞬间，达西的手突然握住伊丽莎白纤细的手，扶她上了马车。这让伊丽莎白感到意外，而她也注意到，达西在转身的瞬间活动了一下那只紧张的手。这些细节动作就将那些看不见的内心活动含蓄地、视觉化地表现出来了。这就是小说文字电影化转换的一个成功例子。

希区柯克可谓是一位深谙电影语言和电影本质的大师，当年曾有人邀请他将俄国作家陀思妥耶夫斯基的著名长篇小说《白痴》改编为电影。希区柯克当时就谢绝了这一邀请，他说：这部电影至少要11个小时长才能完全表达出原著小说的要义。因为《白痴》以大量的心理活动和心理分析见长，并不适合改编成普通长度的电影，希区柯克深刻地理解小说的特质，也深知电影与小说之间的本质区别，所以给出了这样明智的回答。

那么什么样的小说适合改编成电影？剧本又具有怎样的特点？

2. 剧本的文体特征

剧本的文字要可视化，通过读文字可以想象出电影的画面和声音。

这是剧本最主要的文体特征，也是剧本与小说的本质区别。电影是视觉化的，需要通过动作和形象展示故事的内容。剧本描写的永远是现在进行时的动作。剧本最主要的功能就是让人在阅读时脑海中能想象出未来银幕上的画面和声音，以达到最充分的对电影故事的描述。因此，创作剧本时，编剧要描写脑海中不断流动的画面与声音，要意识到剧本是电影的蓝图，它是电影制作过程中的一个中介，并不是最终的完成作品，它的作用就是让人们预览电影的故事情节和未来屏幕上展现的面貌，给创作人员提供可供拍摄的最详尽的参考。剧本写作需要注意：

(1)剧本永远要描述可见的动作和事物，让人们看到文字便能想象到银幕上的画面与声音。

(2)剧本的标准句式：谁＋在哪里＋做了什么。剧本中的文字描写的是现在进行时，正如电影银幕上的画面表现的是正在发生的事件和动作，不管这一时空是未来还是回忆，电影总是以现在进行时的语言来表达。

(3)剧本的文字要尽量使用准确的名词与具体的动词，避免使用意义宽泛的名词和过多的形容词。例如"一把老椅子"就不如"一把太师椅"描述得形象直观。

(4)剧本是以场景来划分的。每个场景中的自然段一般是以镜头来划分的，即编剧觉得一个镜头结束了，就可以另起一段，进行下一个镜头的描写。或一组连续相关的镜头也可用一个自然段来描述。

(5)剧本中不要出现分镜头设计的术语，如"景别""推、拉""长焦镜头"等，那是导演的工作。好的剧本应该让人在阅读时就能通过文字想象到画面的景别、运动、构图等视听效果。例如，经典的中国动画片《骄傲的将军》(1956)，其剧本的文字非常精湛生动，寥寥几笔就将画面生动地描写出来，让人在阅读文字时脑海中自然地浮现出电影画面。请看下面节选自《骄傲的将军》剧本中的一段文字：

广场上，旗帜飘扬，兵势雄壮。旗兵号兵，执刀荷枪和手拿盾牌的士兵，各列成排。刀枪剑戟的闪光，逼得人睁不开眼睛。忽然，号声、鼓声和马蹄声混合成一片，威严煊赫的将军，钢盔铁甲，跨一匹雪白骏马来到场上。将军左顾右盼，威风凛凛。

这段文字是剧本的开头，你是否能从中感受到画面的景别变换？是否能感受到电影中的声音和气氛？我们不难从文字中看出，第一句和第二句描写的是远景和全景，第四句将军是以全景出场，最后一句景别更为递进。这段文字展示了将军得胜而归的架势和得意洋洋的神情，为影片开了个好头。这个剧本出自我国著名漫画家华君武先生之手，可见艺术大师对文字的精湛掌控。

3.改编的要义

当我们看到一部好的文学作品或一个好故事，想要将其改编成电影时，该如何入手？是将其一字不差地完全搬上银幕？还是在遵循原作精髓的基础之上，大刀阔斧按照电影化的表现手法来塑造故事？我们不妨多找些改编自文学作品的影片来观看，并和原著一起作分析比较，看看成功的改编电影是如何做到保留原著精髓的，又对原著做了哪些删减和修改？失败的改编电影的败笔在哪里？当然，很多人都有这种感受，先看文学作品再看由其改编的电影都会有失望的感觉。而没看过文学作品直接看改编电影的人往往会很赞赏电影。这是因为文学作品的文字描述会给读者很大的想象空间，原著由于篇幅不限，描述的内容也非常丰富。这就给了读者很多先入为主的印象，当他们再看电影时就会觉得很多内容没有充分展现便有所失望。但也有很多改编成功的电影，原著小说传播面不广或受众很少，改编成电影后却传播到全世界，把小说的故事讲述给了许多无缘阅读文学原著的人，其影响力大大超越了原著小说，同时也向不同文化层次的人们推广了原著小说。比如根据香港作家李碧华的小说《霸王别姬》改编的同名电影。

最常见的改编形式应该是忠实于原著的改编。这种忠实指的是忠实于原著的思想精髓，而非拘泥于原著的全部细节。也许由于篇幅的限制，电影无法把原著的全部内容搬上银幕，如《指环王》《傲慢与偏见》《白鹿原》等，但电影应该在最大程度上把握原著的思想精髓。比较可行的办法是可以简化次要的情节线索，选取故事的重点，删去支脉，为故事找到一种适合电影化的叙事方式、叙事节奏和叙事结构。

还有一种创造性和彻底颠覆性的文学改编形式。例如周星驰担任制片人并主演的电影《大话西游》，它在中国古典小说《西游记》的基础之上重新演绎，颠覆了原有的统治阶层秩序，将正统的师傅形象——唐僧塑造为一个无能又啰唆的可笑角色，而保留并放大了原著中孙悟空这一形象的核心精神——敢于挑战权威，为了追求自由不惜付出一切代价，但同时又增加了原著中没有的孙悟空人性化的性格因素——对真爱的执着。可以说是在尊重原著精髓的基础上的一次创造性的改编，甚至比原著更为强烈和夸张地表现出人物的精神本质，将这一古老的故事以一种现代的方式进行演绎，放大了孙悟空的精神，深深吸引了受后现代文化影响的当代的年轻人。

因此，在选择做电影化改编之前，我们应当选择那些适于影视化表现的文学作品，例如一些有丰富的时空跳跃感，形象感、动作感和视觉感比较强的故事，用电影化的思维方式重新整理故事的线索和结构，使之适合银幕化的表达，这是编剧首要的思维方式。那么，如何才能拥有电影化的思维方式？我们首先要了解电影语言的特征：符号化与视听化的表达。

第二节　电影：符号化与视听化的表达

1. 电影的符号化表达

电影是用画面和声音来讲述一个故事，每一个画面和声音都在传递信息，我们正是通过对这些信息的读解才掌握了故事的内涵。从上世纪中期开始，以罗兰·巴特、克里斯蒂安·麦茨为代表的一些西方学者运用符号学的方法研究电影，让我们更加接近了对电影本质的认识。

符号就是任何我们能看到、听到或感觉到的表示出一些我们无法感知到的抽象的、隐藏意义的东西。生活中的很多东西都被人们赋予了符号的意义，语言是最常见的符号系统。电影符号学结合了现代语言学和结构主义符号学的基本原理，认为在电影中也存在一个“最基本的、可分析的语言模式”，即有一定结构的符号系统——电影就是这样一个由各种视听符号元素组成的符号系统。电影这一叙事艺术正是通过大量的符号来表意叙事，正是因为电影制作者与观众共同分享对普遍符号文化的理解，才使得电影可以进行广泛、直观的沟通与传播。这就要求我们为电影选择非常精准的画面，并动用符号化的思维方式来构成电影。

我们以一部非常通俗的美国电影《穿普拉达的女王》(2006)为例，这部影片改编自劳伦·魏丝伯格根据自己亲身经历写成的同名畅销小说，讲述了对新闻业充满抱负的大学毕业生安德莉亚由于机缘巧合进入了一家顶级时装杂志社工作，对时尚一窍不通的她却意外成为以挑剔和严苛著称的时尚杂志总编米兰达的助理，她能否在这样的环境下生存下来？影片的开头便通过一段 3 分半钟的画面塑造了故事的初始情节，这段叙事基本没有对话，画面中传递出大量的符号信息，正是通过这些信息，所有的人都能清晰地明白这段叙事所传达的内容，使这段情节顺利地完成了故事开端的交代，展示了主人公和其即将面对的戏剧化挑战，完成了故事最主要悬念的设置。请大家欣赏这部影片的前 3 分 27 秒的内容，以下是这一片段的一些截图：

图 9—1　《穿普拉达的女王》(2006)

看完这段影片，我们不妨讨论一下：大家从这一片段中都获得了哪些信息？这些信息又是通过画面中的哪些内容传递出来的呢？

所有观众看完这段影片基本上都会产生以下理解和印象：这是一个发生在大都市(纽约)的故事。与那些时髦的女郎不同，女主角非常朴素，这一天她去应聘一家杂志社的工作。作为一个初来乍到的职场新人，她在豪华的写字楼和亮丽的白领中显得很不自然和不自信。

为什么全球不同文化、国度的人看完这段开头都能迅速地掌握这些信息呢？是哪些画面内容向我们传递了这些信息呢？正是每一个画面中出现的大量充满符号意义的道具、动作、环境等向我们展示了如此丰富的信息。

女主角擦干镜子上的水蒸气开始洗漱，这是一个符号，暗示了清晨；宏伟的城市大桥和其身后的摩天大楼是符号，象征着大都市，如果有一定经验的人还可以从大桥和建筑判断出这是纽约市。接下来的一系列镜头分别表现了时髦女郎们和女主角清晨的梳妆打扮对比：从内衣内裤的选择到化妆、首饰、早餐、出门、交通方式、整体着装、风度等等产生了越来越强烈的对比。时髦女郎们的内衣都非常精致；而女主角安德莉亚的内衣是最普通便宜的棉质材料。时髦女郎们的化妆非常繁复，从睫毛到彩妆；而安德莉亚毫无装扮，只用最简单的润唇膏随意涂了一下。时髦女郎们从服装到鞋都非常讲究；而安德莉亚穿着臃肿的大毛衣，头发也散乱地披着。时髦女郎们出门时风度翩翩、苗条纤细；而安德莉亚穿着厚厚的毛呢大衣，丝毫没有曲线，还冻得瑟瑟发抖。时髦女郎们的早餐吃的都很少，很讲究，几颗坚果和一杯咖啡就够了；安德莉亚却丝毫不注意减肥，随意在街边买了汉堡（还是洋葱味的）。时髦女郎们都优雅地打车上班；安德莉亚却是挤地铁上班。

当安德莉亚来到繁华的写字楼时，周围穿梭的都是衣着光鲜考究的时髦女郎，她仰望着高大的写字楼显得有点紧张和不安。一个侧面的低角度画面让我们看到了安德莉亚粗笨的大皮鞋和样式陈旧的皮包，这与之前那些时髦女郎优雅的鞋子与精美的挎包形成了鲜明的对比。最后，安德莉亚来到了写字楼的前台，墙壁上巨大醒目的杂志社名字和安德莉亚渺小的身影形成了鲜明的对比。

正是内衣、唇膏、化妆品、服装、鞋子、交通工具、食物、摩天大楼这些细节向我们传递了大量背景信息，这些细节本身都成为符号，它们代表了不同的价格、不同的生活方式和理念。我们轻而易举地挑出了这些符号，因为我们从属于同一个视觉文化的社会，熟知这些符号的含义。这就是电影符号的传达过程，每个画面都在传递信息，我们从每一幅画面中读解到的东西是非常重要的。电影工作者和讲故事的人要更擅长这一点。

每一个角色（如安德莉亚）也是由许多信息的碎片组成的，包括外形、肢体语言、口头语、服饰等，这些经过精心挑选的碎片构成了我们对人物真实生活的幻觉和想象，这些碎片就是符号。电影就是一大堆符号倾泻而出，所以我们必须精准地选择在画面中出现的东西，因为每一个选择都代表着不同的意义。

假设让你构想一个画面，画面中要包含一处地点、一个女人、一个动作，你会选择怎样的内容？每一个看似随意的选择都会带来不同的含义：如果是在一家书店里，一个穿着休闲布衣的女孩正靠在沙发上读一本泛黄的旧书，这个角色传递给我们的就是知性、文艺的气质；如果是一个穿着光鲜时尚的女孩在时髦高档的购物场所悠闲地散步，这个角色传递给我们的就是时尚的气质；如果我们把时间放到古代，地点是一处老宅，一个女孩在做女红，那么传递的又是不同的时代背景和氛围。所以每一个随意的选择都带有一定的含义，从人物的外表、动作到环境等，所有的细节都在传递信息。不同的选择会产生不同的意义。

在《穿普拉达的女王》的片头段落，电影制作者用内衣、唇膏、服装告诉观众除了这些东西本身以外更多的含义，观众从这些东西中看到了意义。当然导演和编剧也必须考虑观众接受信息的程度和情况，如果需要特殊的文化背景才能理解的信息，就要谨慎仔细地传递。例如在这一段中，安德莉亚在准备应聘材料时，拿出了几张印有英文的黑色卡纸，懂英文的人便能看出这是一些针对严肃社会新闻的报道，应该是安德莉亚的实习作品，也体现了她的兴趣和抱负所在；如果不懂英文的人可能就会错过这一重要信息的传递。在我们的故事中有些特定的情节和细节是需要一定文化背景才能理解的，处理这些符号时就要仔细考虑受众的范围和文化背景。

电影剧本的描写是对银幕上流动的画面与声音的描写，是对这些可视的符号的描写（动作也是一种符号）。电影具有比喻的特征，它擅长的是用可见的事物替代那些我们看不见的抽象的东西。例如用皇冠代表权力和威严；用警徽代表警察和正义；用牛仔帽代表牛仔的自由不羁等。所以我们在创作故事时应尽量寻找一些可视化、听觉化的象征物和符号，这些元素往往会在电影叙事的过程中有精彩的表现，起到重要的叙事作用。

2. 电影的视听化表达

所谓电影的视听化表达，就是利用视觉和听觉的合理安排向受众传播某种信息。视听语言就是电影的语言。语言，必然有语法，这便是我们所熟知的各种镜头调度的方法和各种音效运用的技巧。

视听语言包括狭义的视听语言和广义的视听语言。

所谓狭义，就是镜头与镜头之间的组合，以及关于构图、色彩、光线、镜头运动、声音构成等涉及视听的因素；所谓广义，还要包含镜头里表现的内容——人物、动作、环境、对白以及这些内容之间的关联关系，即电影的叙事结构，又称蒙太奇思维。从广义上讲，所有的影视作品都是由视听语言书写而成的文章，只不过这文章不再仅仅存在于白纸之上罢了。

那么，电影的视听化表达有什么特点呢？

首先，电影的叙事要通过展示而不是告诉来完成。电影是一种视听媒介，电影中几乎所有关于故事和人物的内容都最好通过展示的方式暗示出来，让这些信息经过观众的捕捉和思索，在观众的头脑中产生出来，而不是通过角色或旁白的语言直接说出来。当这些视觉或听觉线索被观众很好地理解和接受时，会额外表现出那些看不见的东西——人物内在的心理、潜藏的历史以及情感的冲突，这是视听元素的多义性带来的特点。

其次，电影故事应该有其自身突出的视觉主题。视觉主题是一些策略性地贯穿于影片中的视觉元素，它们往往起到暗示和隐喻主题的作用，它们也可以成为结构和叙事的重要线索。故事的主题往往是一种抽象的观念，它除了通过观众对整部影片的领悟体现出来，还可以通过影片的视觉主题潜意识作用于观众。影片的视觉主题一定要具象且富有特点，成为影片的一种象征和隐喻。

例如我们前文列举过的俄罗斯影片《回归》(2003)，该片是俄罗斯导演安德烈·萨金塞夫的处女作，并一举获得威尼斯电影节金狮奖与最佳处女作奖。该片用沉静的手法讲述了一个引人深思、充满寓意与哲理的故事。

少年安德烈与伊万是一对兄弟，伊万因为不敢从海边的高塔跳水而受到小伙伴的嘲笑，连他的哥哥安德烈也不理解他。一天，一个陌生男人的到来打破了他们与母亲和奶奶的平静生活，这个男人就是他们神秘消失了十多年的父亲。父亲高大强壮而又深沉，他为什么离开，这些年又在哪里没有人知道。他决定带两个儿子展开一周的旅行，并在旅行的途中默默地教会两个儿子作为男子汉生存的基本要领。他让儿子们学会了如何待人接物，面对大孩子的欺负时该如何应对。父亲突然决定带他们去一个大海中遥远的小岛，父亲似乎对这个荒岛非常熟悉。他指导两个儿子在暴风雨中划船、在野外露宿和维生。在这一过程中，父亲的严厉要求渐渐引起了小儿子伊万强烈的反抗，他在夜晚坚定地对哥哥说，如果父亲再动他们一根手指他就杀了父亲。最后一天，伊万和安德烈单独划着小船去大海中钓鱼，他们答应父亲三点钟回来，可是由于伊万玩得高兴，违背了对父亲承诺的时间约定，父亲大发雷霆，严厉地惩罚了哥哥安德烈。伊万的怒火终于爆发，他不顾一切地跑向小岛中央高耸的瞭望塔并登上摇摇欲坠的塔顶，父亲为了救他也爬了上去，伊万威胁父亲说如果他敢上来自己就跳下去，并锁住了通往塔顶的通道。担心的父亲只好沿着侧面腐朽的木板攀爬，不料木板突然断裂，父亲从高塔上沉重地摔下……两兄弟望着父亲的尸体呆住了，伊万说不出一句话来。夜晚，他们沉默无语地用树枝将父亲高大的尸体费力拖到船上，两人历尽坎坷划着船到达了陆地，当他们靠在车前休息时，伊万突然发现装着父亲尸体的小船已经渐渐漂远并沉入海中，一路与父亲敌对、从未叫过“爸爸”的伊万禁不住放声大喊“爸爸！……”影片结尾，父亲车中藏着的与孩子儿时的合影和伊万在这七天旅程中拍摄的照片中都没有父亲的一丝影子。

这部影片看完令人深思，影片貌似讲述了一个父子之间的故事，但似乎又不仅仅是这些，影片中充满了很多谜一样的东西。这部影片也是视听化表达的一个精彩例子，片中有很多充满寓意的画面。例如，当伊万和安德烈得知父亲归来时，他们悄悄推开父亲睡觉房间的门，眼前出现了父亲这样的画面：

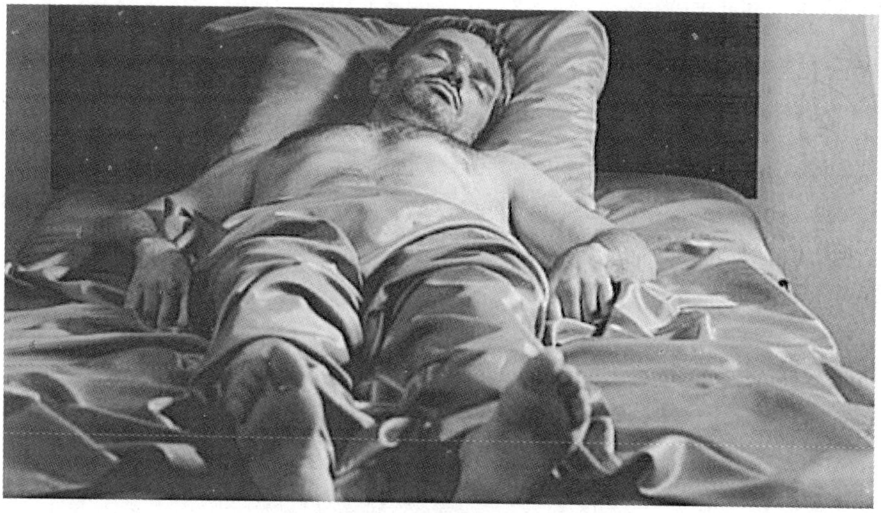

影片中父亲沉睡的画面

不知你第一眼看到这幅画面有什么样的感觉？有一定知识背景和比较敏感的人会立即联想到死去的基督。没错，影片中父亲第一次出场时就呈现出神与死亡的意象——沉睡中的父亲完全是15世纪意大利画家曼泰尼亚的名画《死去的基督》的翻版。影片最后，当死去的父亲被放在船上时，他依旧是这个姿态。

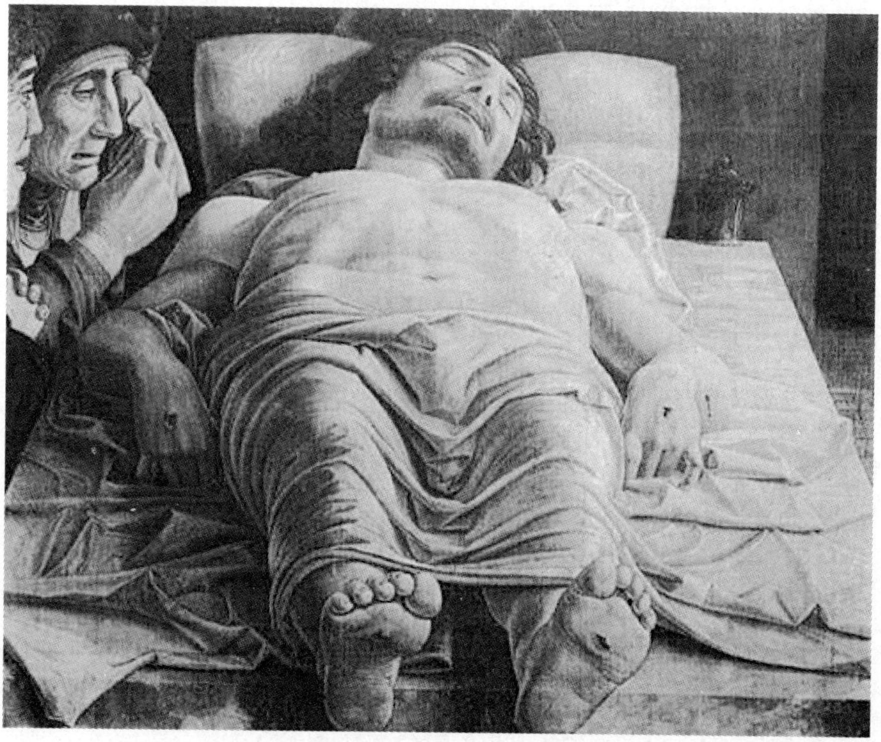

15世纪意大利画家曼泰尼亚的绘画作品《死去的基督》

接着，伊万立即跑到阁楼上，在一本尘封许久的圣经故事书中找到了小时候与父亲的一张合影：

那时，安德烈与伊万还很小，伊万还是一个小婴儿。你有没有注意到照片背后的插图？为什么导演要把照片放在这一页书的上面？这是一本在西方非常普及的插图版圣经故事，主要是写给孩子看的。熟悉《圣经》的人会看出这幅惊心动魄的画讲述的是“亚伯拉罕杀子献祭”的故事。上帝为考验亚伯拉罕是否忠于自己，要求他杀死独子以撒献祭。亚伯拉罕遵命行事，正当他要杀子时，上帝派出的天使及时阻止了他，以羔羊替换了以撒的性命。

导演和编剧在影片开头的这两处设计是有很深寓意的，“弑父”与“杀子”的隐喻其实正是片中父子对抗关系的写照。这两个画面使得这个故事不再简单，让敏锐的观众在影

片开始就能预感到故事的宗教与哲学气质。也许看到这里时你没有想那么多，但是看完整部影片后，甚至再次重新观看这部影片时，这种想法就会越来越明晰和强烈。

影片的主要故事情节都在人迹罕至的大自然中展开，深远悠长的道路、一望无际的原野、无垠的海面，色调清冷，整体氛围仿佛与现实世界没有任何关联，更突出表现了故事的诗意和寓言气质。影片的构图多为水平方向，非常讲究，每一幅画面都是黄金分割的典范。

在这样以水平构图为主的画面基调中，耸立的高塔就成为一个非常鲜明的意象。在影片开始，伊万就在高塔上瑟瑟发抖，因为不敢跳入水中受到伙伴的嘲笑。在故事的高潮时刻，也是在荒岛中央的高塔上，经历了一路旅程波折的伊万通过对父亲的反抗克服了内心的胆怯，得到了成长，爬到了高塔上向父亲示威。父亲以自己的死促成了兄弟俩最终的独立与成长。

当我们看到结尾时，黑白照片中的画面也令人深思。在车中，哥哥安德烈替代了父亲，坐在了司机的位置。伊万意外地在车里找到了一张父亲深藏的老照片：

与影片开头那张照片不同的是，这里的照片上并没有父亲的身影。在之后的一组关于这次旅程的照片中，也没有留下父亲的一丝影像：

童年的照片中，也没有父亲。只有影片的最后一幅画面中出现了父亲凝望小伊万的合影。

也许很多观众第一遍看这部电影时不会注意到这一细节，但如果你非常喜欢这部影片，多次观看时，就会发现影片中留下的这些线索与暗语，这些视觉线索启发我们、引领我们对影片的主题进行深入的体味与思索。确实，这部电影的故事有许多不同寻常的处理，例如：父亲到底是做什么工作的，为什么离家这么多年又突然返回？他为什么对这个荒岛如此熟悉？他在岛上的废墟中挖出的箱子里又装了什么？影片对于这些问题都没有给予任何解答，然而观众最终会通过影片的画面得出自己的理解与启示。七天的旅程也十分富有宗教意味，影片从星期日开始，在星期六安息日以父亲的尸体沉于湖中终结。七天的父子之旅也让人联想到上帝七日创造世界。结尾黑白照片中父亲的消失也充满了寓意。

当影片《回归》捧得威尼斯金狮奖后，许多人对这部影片的深意进行了不同角度的读解。有人认为影片表达了深刻的父子之情，也有人读出了对于旧日强权解体的政治暗喻和民族忧郁。导演安德烈·萨金塞夫在面对许多人关于影片含义的各种追问时也拒绝回答，他认为自己的诠释会影响观众对该片的观感和体会。但他也表示：不要把这部影片当成简单的父子之情的描述，更不要把它当成一部政治性的社会题材影片来观看。很大程度上，它是对人生的一种神秘主义的审视，电影里所有的神秘的事情似乎都有它的现实指向意义。

其实，不管我们是否了解圣经或感悟到片中的宗教隐喻，每个人都能从这部电影的视听造型的选择中获得自己关于故事主题独特而又深刻的感悟与思索。这也是电影真正的魅力所在。

3. 改编实例分析:《傲慢与偏见》《朗读者》——从文学到电影

学习改编最好的方法就是观摩一些由文学作品改编而成的优秀电影,并仔细体会原著和电影的相同与不同之处。例如电影中保留了哪些情节?删去了哪些情节?精简了哪些情节?电影的叙事线索和结构是怎样的?有哪些精彩的处理和失败的处理?通过比较和思考,我们能从这些优秀的改编电影中学习到很多东西。

《傲慢与偏见》是英国女作家简·奥斯汀的代表作品,也曾被多次搬上银幕,不同年代的导演和编剧对这部经典爱情小说进行了不同的阐释与改编。2005 年英国导演乔·怀特和编剧黛博拉·莫盖茨改编的电影版本可以说是最精彩的一次诠释了。影片制作者运用娴熟和富有动感的电影语言简练而又优雅地表现出了原著小说的精髓。我们不妨以小说的开头为例,比较一下原著小说的描写和电影剧本的描述有何异同之处,从中学习优秀的改编如何完成从文学语言到电影思维的转换。

(1)小说原著:《傲慢与偏见》小说开头

第一章

凡是有钱的单身汉,总想娶位太太,这已经成了一条举世公认的真理。这样的单身汉,每逢新搬到一个地方,四邻八舍虽然完全不了解他的性情如何,见解如何,可是,既然这样的一条真理早已在人们心目中根深蒂固,因此人们总是把他看作自己某一个女儿理所应得的一笔财产。

有一天班纳特太太对她的丈夫说:“我的好老爷,尼日斐花园终于租出去了,你听说过没有?”班纳特先生回答道,他没有听说过。

这两段文字奠定了小说的开端,我们可以看出第一段文字是极为抽象的文学描写,你能从这段文字想象到画面吗?应该说很难。如果让你将这部小说改编成电影剧本,对于影片的开头你会如何设计?大家不妨试一试。你是否能找到一个既生动又准确地表达小说开头精髓的电影开场方式?我们来看一下黛博拉·莫盖茨所写剧本的开头:

(2)《傲慢与偏见》(2005)剧本开头

朗伯恩庄园　日 外

(渐亮)一个年轻的女士,手里捧着小说《初次印象》,她穿过草地,边走边读着小说。

这是伊丽莎白·班纳特,一个幽默、有魅力、聪颖的 20 岁女孩。她走进朗伯恩庄园——一座有着小壕沟围绕的衰落的 17 世纪建筑。伊丽莎白跳过矮垛,踩着一块木板跨过了壕沟，这是她从小就练就的危险技巧。她穿过了建筑的后院，从那里可以看到，书房里班纳特先生和太太正在交谈。

班纳特太太：我的好老爷，尼日斐花园终于租出去了，你听说没有？

我们跟随着伊丽莎白进入了房子，仍然能听到她父母的说话声。

班纳特太太(继续)：你难道不想知道是谁租了那吗？

班纳特先生：既然你非要告诉我，我想我也没有别的选择。

从这个剧本的设计我们可以看出，由于小说原著是一种抽象的描写，编剧在准确把握原著精髓的基础上大胆地对其进行了想象和加工，精心设计了女主角的出场，用女主角的行动介绍了故事发生的环境与背景，并巧妙地引出了父母关注的事件，而女主人公跳过矮垛、踩着木板、跨过壕沟这一系列动作生动、具体、可感，从而揭示出人物的习惯与性格——这是她从小就练就的危险技巧。这种语言描述更加适合银幕表现，可以说是将文学语言视听化的精彩例子。当我们看影片时还会发现，导演在剧本的基础之上进一步调动电影的视听语言，运用长镜头交代出了更丰富的内容，在 3 分半钟的电影开场里生动、简练地介绍了故事发生的背景、伊丽莎白与其家人的气质个性、她的家庭背景以及故事核心的戏剧冲突等诸多要素。而相关的人物特性以及动作描写需要在剧本阶段表述清晰，这便为导演的二度创作奠定良好的基础。

获得第 81 届奥斯卡最佳影片提名的《朗读者》是根据 1995 年本哈德·施林克所创作的小说《朗读者》改编而来的。小说第一部分第一小节讲述了少年米高和汉娜的初识，我们看看它从小说到剧本是如何转变的。原文如下：

我十五岁的时候得了黄疸病，发病时在秋天，病愈时在春天。越到年底，天气越冷，白天越短，我的身体也就越弱，新年伊始才有所好转。一月的天气很暖和，母亲为我在阳台上搭了一张床。我看得见天空、太阳、云彩，也听得见孩子们在院子里玩耍。二月里的一天傍晚，我听见一只乌鸦在歌唱。

我们家住在鲜花街一座于世纪之交建造的巨大楼房的二楼。我在这里走的第一段路是从鲜花街到火车站街。十月里的一个星期一，在放学回家的路上，我呕吐了。几天来，我身体特别虚弱，我一生中从未那样虚弱过，每迈一步都很吃力。在家或在学校上楼梯的时候，我的腿几乎抬不起来。我也没有食欲，即使是饥肠辘辘地坐在餐桌旁，也很快就又厌食了。早晨醒来口干舌燥，浑身难受，好像身体的器官都错了位。我的身体这么弱，我感到很害羞，特别是当我呕吐的时候。那样的呕吐在我的一生中还是第一次。我尽力把嘴里的东西咽下去，上嘴唇咬着下嘴唇，手捂着嘴，但是，嘴里的东西还是顺着手指喷了出来。我靠在墙上，看着脚边的污秽物，呕吐起白沫来。

把我扶起来的那个女人，她的动作几乎是粗暴的。她搀着我的胳膊，领着我穿过了黑洞洞的门廊来到一座院子里。院子里窗与窗之间都拉上了绳子，上面挂着晾晒的衣服，院子里还堆着木头。在一间露天的工棚里，有人正在锯木头，木屑四溅。在院门旁，有一个水龙头，那个女人拧开了水龙头，先给我洗了手，然后用手捧着水给我冲了脸。我用手帕把脸擦干了。

“你拿另外一只！”在水龙头旁有两只水桶，她拿了一只，装满了水，我拿了另外一只，也装满水。跟在她后面。她用力摆了一下把水泼到了路上，呕吐物被冲到了下水道里。她从我手里接过水桶，把这一桶水也泼到了路上。

她站起身来，看见我在哭。“小家伙，”她惊讶地说，“小家伙。”她把我搂在了怀里。我几乎和她一样高，感觉到她的胸贴在我的胸上，在这样紧的拥抱中我闻到了自己呼出的难闻的气味和她身上新鲜的汗味。我不知道应该把两只胳膊放在什么地方。我停止了哭泣。

她问我住在什么地方，然后把水桶放到了门廊里，送我回家。她走在我身旁，一手拿着我的书包，一手扶着我的胳膊。从火车站街到鲜花街并不远。她走得很快，很果断，这使我跟上她的步伐很容易。在我家门前她与我告了别。

就在同一天，母亲请来了医生，他诊断我得了黄疸病。不知什么时候我向母亲提起了那个女人。我没想到我还应该去看她，但我母亲却理所当然地这样认为。她说，只要有可能，我应该用我的零花钱买一束鲜花，做一下自我介绍，并对她表示感谢。这样，二月底，我去了火车站街。

改编后的剧本如下：

内景，迈克尔的公寓，柏林，白天，字幕

1995年。一处冷色调的现代公寓，房间充斥着玻璃。迈克尔·伯格在做早餐，摆设两人餐桌。他五十一岁，黑发，性情阴郁。他的一举一动，都刻意轻悄悄的，偶尔向卧室投去一瞥，是为了查看一下自己是否弄出了太大的声响。他在煮一个鸡蛋。他把鸡蛋从滚水中捞出，放入擦得闪闪发亮的干净盘子。

迈克尔把沾上蛋黄的蛋杯和盘子放进水槽。他的早餐吃完了。然后，他尽力轻手轻脚地打开水龙头放水。卧室门开了，布里吉特赤身裸体走了出来，她比他年轻几岁，颇有风韵。字幕结束。

布里吉特：你没有叫醒我。

迈 克 尔：你在睡觉。

布里吉特：你任由我睡觉是因为你受不了跟我一起吃早餐。

话里有几分认真的意思。迈克尔不为所动。

迈 克 尔：无稽之谈。我给你煮了一个鸡蛋。瞧见了吗？

迈克尔亮出一个盛在蛋杯里的煮鸡蛋，仿佛是魔术师凭空变的戏法。他把鸡蛋放在餐桌上。

迈 克 尔：如果我不想看见你，我就不会为你煮鸡蛋了。喝茶还是喝咖啡？

布里吉特再次从卧室里出现，这次是身穿晨衣。她说的依然半是戏言，半是真话。

布里吉特：有没有哪个女人待的时间够久，最终弄明白了你脑子里究竟在想什么？

迈克尔暗自微笑。

布里吉特：你今晚做什么？

迈 克 尔：我去看我女儿。

布里吉特：你女儿？你从没提过她。

迈 克 尔：是吗？她已经在国外待了一年了。你刚才是说要茶吗？

内景，迈克尔的公寓，柏林，白天

布里吉特离开时迈克尔亲吻她的脖颈。

布里吉特：我走了。替我向你女儿问好。

迈克尔关上公寓门，转身走到敞开的卧室门前。他看着昨夜缠绵之后的一片狼藉，然后走到窗口向外眺望。一辆黄色的轻轨列车驶过。

内景，有轨电车，白天

1958 年 12 月。年方十五岁的迈克尔坐在有轨电车上。他身穿一套做工考究的西装，是捡的别人的旧衣服，很不合身，脚穿双色皮鞋，一头乱发，满脸是汗。一个女人盯着他看。他显然身体不适。

内景，迈克尔的公寓，白天

1995 年。迈克尔站在窗口向外眺望。

内景，有轨电车，白天

1958 年。迈克尔突然从座位上跳起，拉响车铃，在下一站下了车。

内景，迈克尔的公寓，白天

1995 年。迈克尔关上窗户。

外景，车站路，白天

1958 年。下雨了。迈克尔走在街上，看上去越来越难受。有一道拱门通向一个院子，他突然冲进拱门门洞里避雨。他开始呕吐。在他对面是一个木材加工场，朝向院子。一个身穿工作服的有轨电车售票员从旁边经过。

迈克尔侧着身体，看不到他的脸，只见他用手捂着嘴。她把票钳放到人行道上，抓住他的胳膊。

汉　娜:喂。喂!

汉娜·施密茨发色灰黄,年纪在三十五岁上下。她消失了。他又难受起来。她再次出现,手里拎着一桶水,冲洗人行道。她用湿布擦他的脸。然后又接了一桶水。

汉　娜:喂,孩子。喂。

迈克尔:我很抱歉。我很抱歉。

汉娜毫不费力地扶起迈克尔,让他把头靠在她的胸脯上。迈克尔依偎在她的怀里,慢慢止住了啜泣。他抬起头。

汉　娜:你住在哪儿?

外景,街道,白天

汉娜和迈克尔不紧不慢地走在一条街道上。街道上散立着新建筑的脚手架。汉娜拿着他的书包,拽着他的胳膊。

外景,鲜花街,白天

他们沿着街道向上走。现在飘起了雪花。迈克尔停在他家的公寓楼前,仿佛担心她会进去。

迈克尔:就是这儿。我现在好了。谢谢你。

汉　娜:好好照顾自己。

迈克尔笑了笑,表示感谢,进去了。汉娜独自留在门外。她环顾四周,皱起眉头,走了几步,在十字路口举棋不定地停了下来,想确认自己来时走的是哪一条路。迈克尔转身观察她,对她的彷徨很是好奇。

内景,伯格家的公寓,鲜花街,夜

卡拉·伯格在厨房炉子前。她为全家人端出晚餐,摆放在一处传统式公寓的圆桌上。头顶悬着一盏五支蜡烛的黄铜枝形吊灯。迈克尔的父亲彼得已经开始谢顶了。他一向心不在焉。他默不做声地用餐,他的沉默予人一种压迫感。迈克尔的身旁坐着他的哥哥托马斯,十八岁;还有他的姐姐安吉拉和他的妹妹艾米丽。迈克尔把书放在面前,他没有碰食物。

卡　拉:我很为他担心。他的样子太可怕了。

彼　得:这孩子说他不需要看医生。

艾米丽:他需要。

迈克尔:我不需要看医生。

彼　得:那就好。

卡拉露出责备的神色。

卡　拉:彼得。

彼　得:我们不要为此争论。人们必须为他们自己的生命负责。

内景,卧室,伯格家的公寓,白天

迈克尔躺在单人床上,满脸通红。卡拉跟一位年老的医生站在一起。

医　生:告诉我,你多大了?

卡　拉:迈克尔是十五岁。

医　生:是猩红热。他得卧床休息,至少几个月。

迈克尔翻了个身,枕头上后脑处湿了一块。他由于高烧而精神恍惚。感觉到门口似乎有什么人,他转过头去,是艾米丽。但是卡拉的胳膊立刻伸过来把她拽走了。

卡　拉:别靠近。会传染的。

他们消失了。门关上了。从走廊里传来医生的声音。

医　生:烧掉床单。彻底隔离。至少三个月。

内景 & 外景,伯格家的公寓,白天

1959 年。3 月份一个出太阳的日子。

迈克尔的床被移到打开的窗户边,让他晒晒微弱的阳光。他坐在床上,摆弄集邮册。卡拉在他背后走来走去,收拾房间。

卡　拉:你感觉如何?

迈克尔:好些了。顺便说一句,我想告诉你,我发病的那一天……一个女人帮了我一把。那条街上的一个女人。

卡　拉:她帮了你?

迈克尔:是的。她把我送回了家。

卡　拉:你有她的住址吗?

外景,车站路,白天

迈克尔拿着一小束鲜花站在街上。

他困惑地看着一排仅标有数字的门铃。

木材场很忙碌。工人们从楼里出来。

从以上文字我们至少可以看出这些变化:时空上,小说直接从第一人称迈克尔的回忆开始了 1958 年少年时的一段经历,由此展开故事。剧本则是从 1995 年中年迈克尔的私人生活切入,由现实转入回忆。人物出场上,小说重点描写了少年迈克尔和汉娜初识的经过,对其家人一带而过。剧本中则加入一个叫布里吉特的女人,她是中年迈克尔的女友，却不是爱人，这一信息把迈克尔对于两性情感关系的暧昧态度做了一个铺垫。同时较为细致地介绍了少年迈克尔的传统家庭环境和家人之间缺乏温暖的关系。在悬念设置上，小说第一部分结尾“这样，二月底，我去了火车站街”引起观众的好奇心，迈克尔还会见到汉娜吗？他们会发生怎样的故事？而剧本则引出了布里吉特与中年迈克尔的关系，为什么迈克尔会对这个有肌肤之亲的女人封闭心门，他的冷漠是否与那个叫汉娜的售票员有关？她的一次偶然相助给他的一生带来了怎样的改变？这些悬念吸引观众跟随主人公进入故事。另外，小说中主人公对于疾病的主观感受和与汉娜初次见面，汉娜照顾他时的肢体接触产生的情绪刺激等描述性语句在剧本中完全不见踪影，剧本中保留的只是看得见听得着的文字。人物复杂微妙的心理活动、人物关系的逐层揭示几乎全部呈现在具体可视的动作中，例如“他尽力轻手轻脚地打开水龙头放水”（人物的性情及对异性的体恤）、“他看着昨夜缠绵之后的一片狼藉，然后走到窗口向外眺望”（现实的行为与内心的波动）、“他突然冲进拱门门洞里避雨。他开始呕吐”（人物的情状）、“汉娜毫不费力地扶起迈克尔，让他把头靠在她的胸脯上”（微妙的情感发展）、“她环顾四周，皱起眉头，走了几步，在十字路口举棋不定地停了下来，想确认自己来时走的是哪一条路。迈克尔转身观察她，对她的彷徨很是好奇”（双方的迟疑、忖度以及两性关系的发展），这一系列文字的描述还是细致精准的。而且改编后，凸显了家庭关系，为少年迈克尔的行为动机营造了一个特殊的氛围，增加的中年时空的那条线索更把少年时期的情感经历对他未来生活的影响表现出来。电影是用画面讲述故事，电影语言就是镜头画面，画面感就越强，视觉的冲击力越大。

由此我们可以发现，优秀的改编完全可以在准确理解和把握原著精髓的基础上，对影片进行大胆的想象和加工，用电影化的语言和表达方式重新构建故事，但关键是要讲述出故事的主旨和精髓，而不是拘泥于原著的字句和表述。

文学作品为我们提供了丰富且成熟的故事源泉，改编文学作品是电影故事非常重要的来源和渠道，当我们看到一个精彩的并适合电影表现的故事时，会非常渴望将其搬上银幕。那么你一定要认真阅读原著，准确地把握原著故事的精髓，并大胆地对其进行加工和构思，用电影化的思维和叙事方式讲述出这个故事。

思考与练习

1. 选择一部你特别喜欢的电影，并挑选其中一个片段，寻找这个片段中所有的符号。看看这些符号都向你传递了哪些信息。
2. 你自己的剧本中是否有一些突出的符号和视觉主题？在自己剧本的一个片段中寻找出现的所有符号（包括声音），并进一步思考你的设计。如果你的剧本中符号不足，不妨试试能不能多利用一些符号来表达和叙事？

3. 挑选一部由文学作品改编而成的优秀电影，观摩影片，阅读原著和电影剧本，并比较原著与电影的区别。再选择其中的一些精彩改编片段，比较原著的描写与电影剧本设计的区别。

4. 选择一部自己喜欢的文学作品，挑选其中一个片段，将其改编成剧本。如果这部作品曾经被改编成影视作品，可以观摩影片中的设计，并与自己的改编做一比较。

第十章　微电影的剧本写作

概述

本章重点介绍了微电影这一新形式的艺术特点、丰富的表现形态、构思与角度的独特性，并通过国内外有特色的具体案例分析了微电影未来的发展应该更加注重内容和创意，不要过多地追求数量而忽视质量，避免过度商业化，要用差异化经营的策略打造微电影品牌。

随着科技的发展和人们生活节奏的加快，微博、微信、微小说、微电影、微商店、微营销，各种以“微”开头的词汇不断跃入大众的视线。地铁、公交、商场、机场等场所，随处可见低头玩手机的人，聊微信，刷微博，打游戏，看小说，看视频，已经成了很多都市人的一种生活方式，越来越多的人陷入一种抱着手机就无比兴奋、丢开手机就空虚无聊的状态。有网友调侃：“世界上最遥远的距离不是生与死的距离，而是我在你身边，你却在玩手机。”这句话背后透露的正是现代人对手机的依赖，这种现象令一些有识之士颇为痛心，深感忧虑，为此提出警告：百年前躺着吸鸦片，百年后躺着玩手机，姿态有着惊人的相似。不可否认，“微”应用已经悄然渗透到人们的生活中，改变着人们的生活方式和思维模式，媒体传播进入了一个新的时代——微时代。

第一节　微时代的信息接受方式

微时代，即以微博作为传播媒介代表，以短小精炼作为文化传播特征的时代。微时代信息的传播速度更快、传播的内容更具有冲击力和震撼力。对于接受者而言，消化信息的时间非常有限，而信息内容与数量却异常丰富，这就要求信息生产者提供具有高黏度、冲击力巨大、可以在极短时间内吸引受众并提高受众的阅读兴趣的内容。

微时代的出现和发展与数字技术和网络技术的发展密不可分，新媒体（手机、平板电脑、移动电视、互联网等）具有的移动性、即时性、互动性、自主选择性的特点，符合人们休闲娱乐时间碎片化的需求，可以随时随地地获取信息。人们对信息的感受、评价又通过社交媒体平台进行主动传播。社会发展到今天，几乎家家有电脑，人人有手机，随时上网看视频已经成为大众娱乐的一种常态。

微电影便是微时代的一个重要表现形式。我们回顾一下 2013 年中国内地电影市场的数据情况。2013 年中国生产故事片 638 部，上映 305 部，银幕 18195 块，票房 217.69 亿元，《西游降魔篇》摘取最高票房桂冠，收获 12.4603 亿元，上映的 305 部影片中有近 200 部欢欢喜喜地参与了“影院一日游”甚至“钟点游”活动，更多的小成本电影被挡在了院线门外。数据看着是高端大气上档次，观众的观感则是失望后悔想发飙。电影票价的逐年增高使部分观众开始转向通过网络收看免费电影，互联网为电影、导演和观众开启了另一扇大门。据 CNNIC 发布的第 33 次《中国互联网络发展状况统计报告》显示，截至 2013 年 12 月，中国网民规模达 6.18 亿，互联网普及率为 45.8%。其中，手机网民规模达 5 亿，继续保持稳定增长。手机网民规模的持续增长促进了手机端各类应用的发展，成为 2013 年中国互联网发展的一大亮点。随着版权意识的增强，许多观众开始接受并尝试在线上付费观看电影。新媒体数字院线发行平台以超低的价格、高清的观看品质获得了越来越多网民的追捧。

“七〇后”“八〇后”是微电影的主要受众群体，这一代年轻人是伴随着新媒体成长起来的。他们学历多在大专以上，有一定的外语水平，懂得互联网技术，熟悉各种智能手机的应用，喜欢追逐并享受最新的娱乐方式。有人卖肾买苹果手机，有人通宵达旦抢小米限量版。这代年轻人是传统电视媒体主要流失的观众群，他们在手机、平板电脑上寻找自己喜欢的内容，交流、分享、转发各种感兴趣的信息，他们的传播活动更自主、更高效、更即时。有数据显示，新媒体受众在线观看微电影的比例高达 95.4%，平均每周在网上看视频花费的时间为 10.2 小时。他们对微电影的推荐、转发或评论间接为微电影做了推广，成为微电影传播中的“蝴蝶效应”的一个振幅。

第二节　微电影的艺术特性

一、什么是微电影

微电影（Micro film），即微型电影，又称微影，是指专门在各种新媒体平台上播放的、适合在移动状态和短时休闲状态下观看的、具有完整故事情节的“微时”放映、“微周期制作”和“微规模投资”的视频或者“类”电影短片,内容涵盖幽默搞怪、时尚潮流、公益教育、商业定制等主题,它们可以单独成篇,也可系列成剧。

微电影的产生是微时代新媒体传播的必然趋势。作为第一部微电影,由吴彦祖主演的《一触即发》便是源自微时代的产物,其剧本来自微小说《一触即发》。剧情通过90秒的“微时间”讲述吴彦祖在一次高科技交易中遭遇敌手中途突袭,为了将新科技安全转送至安全地带,他联手女主角Lisa施展调虎离山等计策,几经周折最终成功完成任务。该片场面颇有好莱坞大片的气势,画面精致,演员表演出彩,影片与凯迪拉克产品基因中的敢于冒险以及坚持梦想的精神完美契合。影片最后的结语“傲然科技,一触即发”又加强了受众对产品这种强大基因的感受,文字与画面完美融合,堪称微时代的精彩之作。

二、微电影的特点

1. 制作上呈现“三微”特点

微时长、微周期、微投资是微电影的三个本质特征。微时长是指影片时间很短,一般在30秒至300秒之间,这就要求影片在很短的时间内完成叙事,内容必须具有原创性,高度凝练性,并有利于快速传播。

微周期是指制作周期比较短,一般只有几天时间,最长不超过一个月。一部传统电影从策划、剧本、立项、审批、搭建班底、拍摄、送审到上映,最快也要十个月时间。而微电影制作就没有这些条条框框的束缚。

微投资是指微电影制作成本低廉,进入门槛较低。传统电影的生产需要编剧、导演、摄影(像)、灯光、舞美、音效、发行等十几个专业部门配合完成,但是微电影在计算机软件的帮助下,几个人甚至一个人就能在很短的时间内完成复杂的电影制作与传播,与传统电影动辄千万、上亿的制作成本相比,微电影的制作成本微乎其微。许多新锐导演和电影爱好者的才华可以通过微电影得到充分展现。

2. 利用新媒体进行传播

传统电影的播放渠道主要是院线和电视台,而微电影不采取这种播放方式,其播放平台主要是新媒体,如电脑、3G手机、移动电视、互联网等,很大程度上突破了空间和时间的限制。因为适合在流动状态播放,如在汽车、飞机、轮船等交通工具上播放,使得受众观影更加便捷。

3. 创作主体更加多样化

微电影的创作者有的是专业人员,有的则是自由职业的爱好者。从事过电影或者电视剧等相关行业的专业团队的创作一般会有明星加入,并且有一定的资金支持。与传统电影相比,其创作门槛和创作难度已大大降低。目前,微电影的主要制作方多为视频网站或者广告主，例如优酷网和中国电影集团联合出品的《11 度青春》系列，凯迪拉克出品的《一触即发》《66 号公路》等。

4. 创作和广告融为一体

微电影从本质上讲其实是商业广告片，只不过把广告内容以更灵活、更隐秘的方式艺术性地表现出来，常常在观众醉心于故事时，不动声色地飘然而过。然而微电影具有的短时性特征又不易引起观众的反感和排斥。电影为广告而生，广告商品成为推动故事情节的关键因素，甚至整个故事设计都是围绕某一广告商品展开。*You Can Shine*、《益达—酸甜苦辣》《回家》《改变世界》等微电影严格意义上就是潘婷、益达、三菱汽车、英特尔公司精心制作的商业大片。所以，微电影已经成为广告宣传的重要发展方向和重要载体。

5. 与受众的互动性增强

传统电影点对面的单向传播模式已经越来越为人所诟病，经常有网友去电影院看了某部影片后在网上吐槽，“看了这部电影，感觉一下不好了”、“创意挺不错，被爱情故事毁得一塌糊涂”、“这部电影最大的意义就是告诉大家，谢天谢地，这个系列终于结束了”，等等，悔恨之情溢于言表。而微电影就不存在这个问题，其双向性和交互性的传播特点彻底颠覆了传统电影的传播模式，受众可以自主播放、暂停、倒退、快进影片，甚至可以利用软件对影片进行改编。比如胡戈恶搞陈凯歌电影《无极》的短片《一个馒头引发的血案》就是最典型的代表，这样也使受众的自我需求得到了最大限度地满足。

另外，由于微电影受众主要是七〇末、八〇后和九〇后，他们见多识广，口味刁钻，一部影片要想获得他们的追捧并不容易，于是一些微电影制作方反其道而行之，积极调动受众的参与性，使其加入到微电影的整个创作过程，使电影制作变成了一种人人都可以参与和推动的实践。比如 2011 年新浪和别克汽车联合举办了新浪微剧本大赛——“向前的理由@别克”，剧本通过新浪微博发送，最多 5 条微博构成一部微剧本作品，选择优胜剧本拍成微电影，并且在新浪及其他视频媒体中进行二次传播。这种创作方式改变了传统电影制作的流程和观念，更加符合受众的观影需求和心理需求，是一种变革式的创新。

6. 更注重人文关怀

生活节奏的加快，都市文化的喧嚣，人们渴望能够在工作和生活的间隙找寻到抚慰心灵的一丝愉悦，一瞬放松。而鸿篇巨制需要太多的时间与精力去品味，微电影则以简约精致的形式、贴近生活的故事情节、感人至深的细节表现和微小的人性光点折射世间百态，赢得观众的共鸣，从而打动和感染观众。微电影不以大场景、大制作、大明星这些浮夸的东西制胜，它的人文关怀就体现在此。比如筷子兄弟的《老男孩》，讲述了一对痴迷迈克·杰克逊十几年的平凡“老男孩”重新登台找回梦想的故事，发出了青春易逝和现实无奈的感慨。这部43分钟的影片自2010年10月28日上线以来，以“病毒式”传播速度席卷整个网络，“青春”、“梦想”引发八〇后们怀旧情绪集体爆发，“泪流满面”成为使用频率最高的观影感受。“生活像一把无情刻刀，改变了我们模样，未曾绽放就要枯萎吗，我有过梦想……”当这首歌响起时，相信落泪的不是一两个人。我们为什么如此感动？原因可能是一样的，就是经过岁月洗练以后剩下那钻石一样璀璨的记忆，或许我们都能在这光与影中间，找到自己的影子，找到自己关于时光的记忆、关于青春的记忆、关于梦想的记忆。之后的《父亲》也是如此，该片延续了《老男孩》的怀旧风格和平民化的特点，故事内容聚焦小人物、小家庭、小故事、小温情，讲述了一个具有中国特色的父女故事，最后落脚在女儿婚礼上老父亲的真情流露上。一如既往的“笑中带泪”再度唤醒大众的集体回忆，对父爱的深情呼唤引得观众泪如泉涌。影片的成功在于以本真的人文关怀触碰观众心中那根最敏感的神经。人文关怀、以情取胜是微电影成功的不二法宝。

微电影的特性满足了当下人们追求互动交流的感性诉求以及特立独行、自我探索的内在心理。社会的浮躁、生活的压力，使人们的耐心几乎被消磨殆尽，更青睐“快餐”式的文化、零负担消费，看的时候或笑到满地打滚，或哭得声嘶力竭，酣畅淋漓后的思考则是无限的……

三、微电影与视频短片和微博的区别

视频短片是一个比较大的范畴，对内容和形式并无要求，一个场景记录、一段VCR甚至一个毫无意义的视频片段都可以被叫作短片，却不能称作微电影。微电影在创作上与传统电影相同，它有主题，有情节，追求思想性、艺术性和趣味性，但更偏向商业化，在制作水平上也不失专业，更具美感，同时也未简化电影的制作流程，呈现出一种相对统一的美学理念。微电影一定是一个故事，虽然不一定是品牌故事，但主要是品牌故事，它的背后一定是商业驱动，而视频短片则未必。

微博是以140字左右的文字更新信息、图片等有限信息支撑起大众言论平台并实现即时分享的个人社区。它的信息获取具有很强的自主性、选择性。用户可以根据自己的兴趣爱好，依据对方发布内容的类别与质量来选择是否“关注”某用户，并可以对所有“关注”的用户群进行分类。用户发布信息的吸引力、新闻性越强，对该用户感兴趣、关注的人也越多，影响力也越大。“粉丝效应”、“粉丝经济”就是由此而生的新名词。而微电影要想在短短十几分钟，甚至几分钟内打动观众，引发关注，一是靠故事性，二是靠与观众的情感共鸣，用户看完一部微电影后愿意转发和评论，愿意分享，甚至愿意寻找故事中出现的人和品牌。比如大众银行制作的老人环岛旅行微电影，潘婷洗发水制作的励志微电影*You Can Shine*，匹克体育制作的《跑过死神的快递员》和《灌篮高手三分扭转杯具》。好的微电影触发用户愿意做出相应的动作，这才是微电影作为一种宣传媒介所要达到的目标。

四、微电影的艺术特性

微电影是由网络媒介传播发展起来的新兴电影模式，与传统的影院电影不同，具有独特的艺术特性。

1. 题材多样化

没有审查制度和票房压力的微电影在题材选择方面呈现出多样化的特征。

（1）爱情题材

爱情是人类永恒的主题。微电影中的爱情主题清晰，感情纯净，对白温暖人心，旨在感动年轻观众。由陈正道导演，罗志祥、杨丞琳主演的微电影《再一次心跳》，讲述了发生在悉尼的一段充满浪漫惊喜的寻觅真爱的心跳之旅。“很多人都说这里是世界的尽头，只是我的世界似乎已经走到了尽头。而你的世界却还要继续，所以我怎么忍心让你知道——我爱你。”现实让我们在渴望爱情的同时又不敢奢望爱情，怕被骗，怕受伤害，怕……怕的东西太多，所以我们会问“世间有真爱吗？”《再一次心跳》给出了答案，付出真心才会收获真爱！

（2）亲情题材

你有多久没回家了，你是否记得最后一次离家时父母的容颜，年节时是否被加班加点的工作或者自己的玩乐计划阻断了回家的脚步？如果是这样，请看看影片《爱不停炖》，无论你身在哪里，父母的心始终牵挂着你，常回家看看，别让他们的期待一次次落空……由海尔电脑、盛大网络联手，青岛东唐影视拍摄制作的微电影《父亲的笔记本》讲述了含辛茹苦的父亲为儿子所付出的全部，以及儿子在父亲突然倒下之后的懊悔与努力，演绎出一场亲情似水、父爱如山的催人泪下的感人画面。还有台湾大众银行制作的微电影《母亲的勇气》，影片根据真实故事改编，介绍了一位首次远离家乡，一句英语与西班牙语都不会说，只希望能为在委内瑞拉刚生产完的女儿煲鸡汤的母亲独自一人出国遇到的种种困难，展现了坚韧勇敢、感人至深的伟大母爱。虽然是一则广告，但其中所传递出的情感真挚感人，母亲最后的奔跑把整个情绪推到了最高点，让我们感受到了亲情的力量。

（3）怀旧题材

“八〇后”的我们还未青春，便已老去……《老男孩》是一部典型的怀旧题材作品。影片以主人公王小帅和肖大宝的成长历程为主线，带领观众重回90年代的中学校园。从使用的道具到唱的歌曲《小芳》《花仙子》*Billie Jean*《青苹果乐园》等都充满着浓郁的怀旧色彩。现实生活中的“八〇后”面临着就业、买房、结婚、生子、养老等压力，大好青春不能为理想拼搏，不敢活出自己的人生轨迹，早早进入中年，为生活疲于奔命。在巨大的压力面前悲催又无奈的“八〇后”们开始怀念过去那无忧无虑的青葱岁月，只能在回忆中寻找快乐。《老男孩》正巧击中了“八〇后”的心门，获得了广大“八〇后”观众的喜爱与追捧，被赞为国产的少有的代表新青年心声的佳作。

(4)励志题材

现实的巨大压力让年轻人变得多愁善感，迷茫脆弱，于是一批励志题材影片应运而生。“有梦想就有未来”是微电影《田埂上的梦》在片尾打出的一行字幕。这部以草根、青春、励志、梦想等为基调的“电影”主要讲述了一个少年在艰苦的环境下不懈追求梦想的历程，鼓励年轻人放飞梦想的翅膀，勇于拼搏。《启程》则以“厨师哥”沙建微个人自传为蓝本进行拍摄，描述了一个爱唱歌的厨师小伙儿，对自己的命运不妥协，对自己的理想不放弃，一路从彩云之南追梦到北京，最终圆梦的励志故事。我们不由感慨，人生就像一场旅行，我们都是生命的过客，在这短暂又宝贵的时光里，不经过磨炼与洗礼，又怎能看到别样的风景。这些励志微电影讲述了那些小人物的大梦想，就是这样一个平凡的出身、一份平凡的生活，却诠释了人类最不平凡的不放弃的精神。

2. 节奏紧凑

瑞典电影大师伯格曼说“节奏，是至关重要的，永远是至关重要的”。[①] 法国电影理论家莱昂·摩西纳克认为，电影的关键“是节奏，不然就是死亡”。[②] 可见，电影的节奏是电影作品生命力的体现，没有节奏，就像人死去时的心电图，成一条直线，毫无魅力可言。微电影虽然很短，却是“麻雀虽小，五脏俱全”，要在短短的几分、十几分钟内将一个故事讲清楚，对编导把控叙事节奏的能力要求非常高。

例如2011年11月14日上线的“治愈系”微电影《起死回生的爱》以短短28分钟讲述了一段相爱七年的恋人的感情由死而生的很有时代感的爱情故事，面对突然出现的第三者，面对即将到来的离别，影片将男女主角纠结又矛盾的心态和转变表现得恰如其分又合情合理。

3. 自由与审美相统一

互联网由于自身的突出特性为现代人提供了一个比以往任何一种交往方式都广阔的交往平台，为沉溺于物欲焦虑中的现代人搭设了一个平等对话、畅所欲言的家园，使得人们追求自由的理想有了实现的可能。在网络中，网民们可以自由发表言论、自由访问

---

① 英格玛·伯格曼：《没有魔力的魔力》，《当代外国文艺》1987年第2期。

② 多宾：《电影艺术诗学》，罗慧生译，中国电影出版社1986年版，第124页。

网站、自由创作和发表作品。在这样环境中成长起来的网络艺术，不但超越传统艺术的审美属性，而且展示了自由创造、感性张扬的特征。

没有审查、没有投资和票房压力的微电影给电影创作者带来了空前的创作自由，只要不违反公序良俗和法律法规，任何题材、任何表现形式都可以尝试。自由的参与使得网络世界中人人都有机会成为“艺术家”，艺术与非艺术的界限不再泾渭分明。电影受众也可以自由发表评论，提出自己的看法。现在又出现了“众筹电影”，即受众一起筹钱拍自己喜欢看的电影，这一模式是否是电影业的又一次革新，我们拭目以待。总之，微电影实现了艺术追求自由和精神内涵的统一，充分满足了网络时代受众的审美需求，拥有巨大的受众市场。

第三节　微电影表现形式的丰富性

一、微电影的展现形式

在微电影这个名词还没诞生前，短片主要来自于草根阶层以各种相机、DV、手机拍摄的视频，这是许多既没有雄厚的资金支持，又没有先进的制作技术而又渴望展现自己才华的导演们的无奈之举。随着外部市场条件和受众接受的进一步成熟，真正把短片提升到“电影”层次的，是近些年出现的一些品质较高的作品。虽然微电影和短片在时间上都较短，但是微电影在故事内容上更显丰富，它在叙事、结构、节奏等方面与传统电影并无二致。网络视频短片和传统电影在网络平台上的结合，使微电影的概念应运而生，它的发展模式有以下三种。

1. 个人作品

这主要是指一些没有资金支持的群体，如学生、不知名的年轻导演和影视爱好者。他们为了节约成本，往往根据亲身经历或感受自己写剧本、找演员、拍摄、做后期，影片完成后上传至各大网站让网友观看评价。如果电影内容精彩，就会受到追捧，一炮走红。虽然这样的方式能以最便捷的方式完成普通人的导演梦，但是由于缺乏专业的市场分析和制作技术，影片质量差强人意，所以影响力并不大。比如《一个人》《如果》。

2. 与视频网站联合出品

比如去年年末影响力最大的《老男孩》是“11度青春系列电影”中的一部，是由中国影视集团联手优酷网共同打造的作品。另外，56网联合艾诺电子出品的微电影《快餐》上映一周播放量便超过150多万次。这类微电影大多是由七〇末、八〇初，有一定社会阅历和专业水准，了解当下社会年轻人的心理状态和希望诉求的青年导演拍摄的，如《老男孩》导演肖央。影片可以巧妙地植入广告，吸引年轻人的眼球，因而含有巨大的商业价值。这种模式对传统广告宣传方式产生了不小的冲击，并很快成为一种流行风潮。此外，乐视网出品了系列微电影《大学那点事儿》；爱奇艺推出了“城市映像”系列微电影；搜狐与别克联手打造了《蜕变》系列微电影。微电影的出现让视频网站看到了网络广告之外的赢利模式，也使企业商家看到了精准即时的宣传效果和超低成本投入，微电影成为一块新的掘金地。

3. 影视集团独立打造

在与视频网站联合成为微电影一种普遍的发展模式后，由影视集团独立打造作品的模式也开始风起云涌。中国最大的微电影出品方盛大集团旗下的“华盛影视”在成功推出“原创季”系列微电影（《星辰变一昨天》《缘来柿你之告白》《趁年轻约会吧》），突破千万人次的点击量大关后，成立了国内首家微电影工作室——美我原创，吸引年轻电影人的加入，为有电影梦的年轻人提供培训、基金扶持等，帮助他们发挥才能，展现才华。随着微电影在抢占年轻受众市场上的作用愈益明显，越来越多的影视集团加入微电影行业，并将其作为重要的业务发展线。竞争的加剧使得微电影制作不断专业化和规模化，团队效应更为增强，影片质量与传统电影也越来越接近。

二、微电影丰富的表现形式

传统电影的分类多种多样，如文艺片、恐怖片、悬疑片、惊悚片、喜剧片等，这些划分大多是由电影的内容来分类的，由于微电影是传统电影的发展，除了内容上的划分之外，还有其他意义上的划分，这样不仅能更好地分析微电影，也能使微电影更加专业化。

1. 广告微电影

广告利用微电影情节丰富的特性，艺术地将其内容展现给受众，大大降低了传统广告的枯燥感，淡化了商业意图，达到很好的传播效果。从吴彦祖主演的凯迪拉克广告《一触即发》到彭于晏、桂纶镁主演的益达广告微电影再到陈柏霖、柯震东主演的可爱多微电影《这一刻，爱吧》，广告与微电影完美结合，以精彩的创意更加贴近观众，更加婉转地传递商业性，成为广告商的新宠，比传统广告带来更高的回报率，因此越来越受到商家的青睐。由于广告商的资金丰厚，微电影的创作有了物质保障，作品的品质也大大提高。

2. 公益微电影

随着社会中各种冷漠、荒唐的行为频繁出现，人们越来越需要一种介质去传达公益，提高社会道德风尚。2012 年由何洁主演的公益微电影《我爱考拉》聚焦福利院孤儿，呼吁更多的人关注福利院孤儿的身心健康。知名 MTV 导演林炳存也执导了公益微电影《分享爱》，希望唤起全社会爱护动物的善念。这些影片播出后，短时内出现极高的点击率，也引起了广泛的探讨，这些探索无形中都为更好地传递公益理念奠定了基础，也是更好地推广公益微电影的有效途径。

3. 电影式微电影

这种类型的微电影基本以剧情为主，广告很少或没有广告，它一般情节跌宕起伏，通过对现实生活各个层面的描摹，启人心智，唤起思考。以最经典的《老男孩》为例，这部让无数网民感动的微电影用写实的画面、直白的镜头和近乎残酷的词曲展现了“八〇后”对青春和梦想的回忆，也使导演肖央和演员王太利这个“筷子兄弟”组合一夜之间成为令人瞩目的焦点。之后他们又与霍思燕合作了另一部微电影《父亲》，也在以前创作的基础上更加注重发挥传统电影在情节铺陈和人物塑造上的优势，进一步做精做细。

4. 预告片微电影

这类微电影主要用于对传统电影的宣传推广，将传统的碎片式预告片换成用微电影的形式来表达，一方面提升了一般预告片的表达效果和品质，另一方面剪辑的方式更接近观众的视听需要，成为很好的宣传途径。例如《美国队长 2》的预告片。在看到了微电影的宣传力度和精彩剧情预告后，很多影视剧都开始用微电影进行前期的宣传造势。

第四节　微电影的构思、创意和角度

1. 创意是灵魂，构思要精妙

如今，快节奏的生活让人们很难抽出大块时间安静地只做一件事情，人们往往是在上下班途中、等待的时候或其他不需要特别用心的场合获取信息，放松自己。在信息爆炸的社会里，要想在冗杂的信息大战中脱颖而出，创意是必不可少的，创作者应有敏锐的观察力，打破习惯性思维，发别人所未发，想别人所未想，提出与众不同、别出心裁的创意。创意是微电影的生命，其精妙的构思主要体现在主题的新颖、故事的新奇和情节的独特上。很多微电影作品独具慧眼，从一般人感觉不到或者熟视无睹的事物中捕捉到独特的闪光点，把那些揭示生活真谛、探索人性复杂性的素材化为自己的题材。观众对精品的期待不会因时空的有限而放宽艺术的尺度。在这种情况下，故事情节是否独一无二就成为决定微电影成败的关键，人物的塑造反倒成了次要因素。

比如法国悬疑短片《调音师》中，阿德里安是一个钢琴天才，他的工作是为钢琴调音。他假装自己是盲人，以便亲近顾客。有一天，他被卷入了一桩谋杀案……短短的 13 分钟尽显世间百态：阿德里安、餐厅服务员、女客户无一不是做着各种掩耳盗铃的举动却自认为高明。开放式的结尾留给观众更多的思考，无论阿德里安最后是死是活，都表明一点：自作聪明者必自误。还有西班牙导演维克多·艾利斯的《生命线》，以 1940 年 6 月 28 日一个西班牙小村落宁静、安详的下午发生的意外（新生的孩子肚脐出血）为故事的开始，给我们讲述了一个充满人情味的故事。在这个故事里导演以钟摆的摆动、墙上的老照片、水滴的溅落、人的呼吸、树上掉落的果子预示时间的流逝，而以圣母像和报纸上的纳粹军人的照片为前后呼应，预示着安宁的脆弱和世界的动荡，也给寻常人安宁的生活抹上了一丝阴影。但是，影片最后孩子单纯、甜美的笑容寄予了人类的希望，是一种对未来的乐观主义态度。

在“十分钟年华老去”的微电影系列中，陈凯歌的《百花深处》讲述了一个荒诞不经的滑稽故事。一位冯（疯）先生请人为自己搬家，而所要搬的那个“家”实际上却是不存在的。在冯先生类似于疯癫的坚持之下，一出模拟搬家的喜剧在那片被拆迁的废墟之上上演了。搬家工人装模作样地搬着只存在于冯先生幻想里的家具，再加上冯先生那一口北平土话，颇具传统相声的喜感。而隐藏在搞笑背后的那种对于往昔岁月的深沉哀痛，也一点一滴地表露无遗。该片在短短的 10 分钟里表现了虚与实的交错、历史与现实的传承，以及对于过往细腻而繁杂的怀恋。

比如丹麦导演比尔·奥古斯特的《最后一幕约会》讲述了一对年轻男女相约看电影，因女主角不懂丹麦语，男主角边看边做相反翻译影响到后面的观众，双方发生争执。这一切都预示着走出电影院后会有一场打斗，但结尾却让人感到诧异，男主角拿头盔返回时看见女主角和对方趴在放映室外看电影，对方做着正确翻译。人间自有真情在，这是人们看完后发出的欣慰感慨。

另外，微电影还有以下表现特征：

(1)准确聚焦。如以美国“9·11”事件为题，由 11 位来自不同国家的导演为纪念这一历史事件拍出的《九一一事件簿》。每部短片长 11 分 9 秒，分别从政治的角度、民族的心态、个性化的两性关系、远离灾难中心的第三世界国家的闹剧处理、小人物日常生活悲喜的侧面展现不同的社会层面、不同的心理感受，表现这个事件带给整个美国、世界以及人类的影响。

(2)放大细节。如《爱不停炖》中的一碗冰糖雪梨汤表现出的如山父爱让我们号啕大哭，泪流满面，而这种类似生活小品的感同身受般的呈现方式更容易激起生活在社会底层的普通大众的共鸣。

(3)设置空白。例如微电影《迷失》探讨了爱与被爱的纠葛，提出了“现实的感情能存活多久”“同性的恋情该怎么样去进行”“自我在现实中迷失了，怎么办”等问题。这种不确定的主题强化了作品的神秘性和趣味性，让观众受到触动的同时参与艺术的再创作。而这些问题也是每一个生活在嘈杂喧嚣的都市生活中的青年男女曾经经历的，或者非常关心的社会矛盾。

(4)象征。如在多个青年电影节上获奖的学生短片作品《记忆》,将真实同梦境以及其他象征元素融合在一起,讲述一个老人在回家的路上拾到一段段胶片底片,里面记录着他从孩童时期开始的那些弥足珍贵的时刻。当他回家翻开相册,这些照片却一张张逐渐消失了。这种艺术手法产生出一种低洄流转、悠远空灵的韵味,令观众反复品味和思考。

(5)突转。突转是微电影情节设计的常用手法。在短时间的观影中连续让人物的生活和命运发生戏剧性反转,最容易给观众造成惊诧的效果、遗憾的情绪以及探寻意蕴的欲望。对比度越高,越能挑战和激励观众的情感和思维习惯,也就越能打动观众。例如前面提到的《调音师》就是一部把翻转结局做得出乎意料精彩的微电影。阿德里安是一个学习钢琴已有15年之久的天才钢琴家,可是在梦寐以求的伯恩斯坦钢琴大赛上他功败垂成,人生跌落谷底。经过一段时间调整,阿德里安重新振作,成为一名盲人钢琴调音师。事实上他只是戴上了隐形眼镜,这会让别人认为他听觉方面更加敏锐,并由此得到更多的同情和消费,甚至还会窥视到别人的生活与隐私,他兀自沉浸在这种虽处闹市却仿佛置身事外的超然之中。某天,他来到一户人家工作,殊不知这里刚刚发生一起凶案,最后我们看到他为之演奏的背后人就是刚才凶杀案的罪犯,她的枪口正指着他的后背。这种突然的翻转,极大地满足了观众心理上对短片故事的刺激需求。

(6)补充完型。按照格式塔心理学理论,当不完全的形式呈现在观众面前时,就会激起观众将它补充或恢复到"完整"状态的冲动,提高观众观赏作品的兴奋程度和探究意识。爱森斯坦认为蒙太奇的作用不是简单的连接,更重要的作用在于"冲突"和"对立",蒙太奇要达到"震撼"的效果才算实现了自己的作用。微电影总会选择最能凸显本质特征的镜头,跳跃式地组接一系列的生活画面,以表现影片深刻丰富的内涵。2011年,同方电视出品了一部以亲情、爱情、友情为题材的系列微电影预告片《看得见的幸福更出色》,影片仅以几个画面和几行文字,提出"亲情有多大的包容度"、"友情有多少的承受力"、"爱情有多久的保质期"这些问题,启发观众思考。微电影穿插的镜头可能是不完整的,画面的结构也许是单向度的,结局更可能是开放的,但是仍不乏一定的艺术冲击力。

2. 叙事是手段,变换出奇效

微电影在叙事结构上与传统电影有所不同。在传统电影叙事中,为了使观众快速进入故事状态,大部分电影选择了"开端—发展—高潮—结局"这一模式。而微电影要在很短的叙事时间内体现矛盾冲突,就需要对以上模式进行改变,压缩开端和结局,甚至发展的过程,快速进入高潮阶段,也就是说微电影因为其微,所以要放大受众感兴趣的部分,淡化受众不感兴趣的部分,因此倒叙和插叙是达到这一效果的有效手段。系列微电影"我的城·青岛站"——《人人都爱李小曼》讲述了一个混迹市井的孤儿李小曼突然被误以为是已故救火英雄的女儿，人生也由此变化的故事。该片倒叙和顺叙交替运用，仿佛一部侦探片，影片中弥漫的惊诧、焦虑、希望等复杂情绪给观众留下了无限的思考空间。

综上所述，微电影要在“电影快餐”时代占得一席之地，创作者必须从故事创意、情节发展、冲突处理及结局设计等方面引起受众持续不断的兴趣，这也是微电影能否具有商业价值的关键。

第五节　微电影的发展方向

微电影的出现可以说是适应时代需求的产物，越来越多的企业和个人投身微电影行业，微电影发展迅猛，俨然成为当前最火爆的新媒体形式。据艾瑞咨询预测，未来三五年，微电影将形成千亿元的市场规模，成为文化产业新的重要增长点。在这个大背景下，微电影的发展方向如何呢？

1. 创意是灵魂，剧本是根基

微电影的“微”决定了它必须在短时间内快速吸引观众，这就对微电影的内容提出了非常高的要求，不仅要新鲜有趣，还要有对生活的感悟，有对人性的叩问，内容要直指人心。如果微电影缺乏反思和人文关怀，那将成为广告的附庸，沦为庸俗娱乐。现在的微电影多是噱头大于创意，真正好的作品为数不多。佳能相机推出的 *Leave Me* 就是这为数不多中的一个，它没有大场面，没有大制作，没有大明星，却用短小精悍的故事打动人心。

2. 走专业化发展道路

随着竞争日趋激烈，微电影不再是草根的秀场，尤其在各大网站相继开辟微电影疆域的当下，微电影数量每周甚至每天都在增加，如何平衡数量和质量，避免过度商业化，从而保证品质，适量植入广告理应成为网站和企业共同思考的问题。因此，在这样的竞争压力下，微电影的制作团队一定要做到创作专业化、生产规模化、运营专业化和管理规范化。一些大的传媒集团也纷纷成立自己的微电影工作室，招募优秀的微电影人才，向“正规军”迈进，引导行业健康有序发展。

3. 打造品牌形象，创新赢利模式

各大网站或者微电影制作机构要根据自身实力与特色制定不同的市场策略和方向，既可以走高端精良制作的“大片”路线，也可以选择亲近平民的“草根”路线；既可以拍单集的微电影，也可以拍系列的网络剧；既可以以校园爱情、职场竞争为主题，也可以采用旅行、城市的话题展开对社会热点、焦点问题的讨论。新浪、优酷、网易、爱奇艺等网站已率先走上了差异化经营的道路。

因为微电影是大众流行消费产品，必须创立自己的品牌才能带来长远的收益。其形式既可以是打造网站自身的品牌，如优酷、爱奇艺；也可以是打造明星、导演的品牌，由此推出相关畅销书、动漫、影视剧、舞台剧等，形成品牌效应，创新赢利模式。

2014 年，微电影的发展势头持续强劲，它也是未来最有发展前途的传媒领域之一，只有不断地加强相关人才的培养和推陈出新，微电影的路才能走得更远、更久。

本章小结

微电影敏锐地触碰到了时代和文化的脉搏，洞察了文化受众的消费心理，于瞬隅见大千，凭着对生活的入微观照、对生命和人性的深邃思考以及自身独特的审美追求和无限的艺术张力活跃在我们的文化生活中。清华大学尹鸿教授称，微电影这种模式肯定会被大量复制，并将带动互联网行业更加激烈的竞争。我们也相信，随着互联网技术与影视艺术的融合，微电影将有更多机会投入到新媒体的竞争中，成为一种有效的影视艺术传播载体。巴尔扎克说过，“艺术就是用最小的面积，惊人地集中了最大量的思想”。微电影就是要在方寸之地积聚起巨大的爆发力，彰显艺术的魅力。

思考与练习

1. 怎样寻找并提炼一部微电影的创意？
2. 找一部你喜欢的微电影，对其进行解剖，分析其优缺点。
3. 要制作一部优秀的微电影，你认为应该从哪些方面着手考虑它的卖点？

参考文献

〔美〕罗伯特·麦基:《故事——材质、结构、风格和银幕剧作的原理》,周铁东译,中国电影出版社 2001 年版。

〔美〕尼尔·兰道、马修·弗莱德里克:《影视导演成长记录——我在电影学院学到的 101 件事》,王幼怡译,机械工业出版社 2012 年版。

〔美〕约瑟夫·坎贝尔:《千面英雄》,朱侃如译,金城出版社 2012 年版。

〔古希腊〕亚里士多德:《诗学》,罗念生译,人民文学出版社 2002 年版。

〔俄〕弗·雅·普罗普:《故事形态学》,贾放译,中华书局 2006 年版。

〔美〕阿瑟·阿萨·伯格:《通俗文化、媒介和日常生活中的叙事》,姚媛译,南京大学出版社 2006 年版。

〔苏〕安德烈·塔可夫斯基:《雕刻时光》,陈丽贵、李泳泉译,人民文学出版社 2003 年版。

〔美〕维基·金:《21 天搞定电影剧本》,周舟译,世界图书出版公司 2010 年版。

洪汎:《动画剧本创作》,山东美术出版社 2010 年版。

〔英〕罗伯特·艾德加一亨特、约翰·马兰、史蒂芬·罗尔:《电影语言》,陈茜玉译,电子工业出版社 2012 年版。

〔美〕路易斯·贾内梯:《认识电影》,焦雄屏译,世界图书出版公司 2007 年版。

后 记

现在，你是不是对电影剧本创作已经有所了解了？或者之前的某些困惑逐渐有了答案？脑袋里是不是有很多很好的故事要喷薄欲出了？如果是这样，那太好了。但无论你的想法多好多精妙，你多有冲动要把它写成一个空前绝后的完美之作，在真正写剧本时一定还会遇到很多的困难、疑惑。这时只有对自己严格要求、决不放弃，尽量穷尽故事所有的可能性，逼迫自己做到精益求精。丝毫的松懈就有可能永远也看不到故事中激动人心的时刻了。

电影剧作理论与技巧的秘密绝不限于本书介绍的内容，本书只是部分概括了其中某些规律。如果能掌握其中一些具体的创作方法、创作规律和创作流程，也许你就能创作出吸引人的故事。记住是也许，不是一定，这只是具备了创作的相关条件，而自身的悟性、毅力、辛劳、机遇等很多必要条件都会决定你能否创作出好作品。很多经验还需要你在创作中大胆地思考、积极地探索、勇敢地体验。

生活远比故事精彩，它给我们提供了很多故事素材，它教会我们如何谦卑地观察世态万象、让我们悲悯地洞悉人情冷暖、让我们为生命当中一点点微末的温暖欣喜振奋，然后产生共鸣，通过屏幕上一个个美妙的故事、一个个生动的人物来传递生活的本质和人类共通的情感，让我们有勇气继续前行。而生活也是把你的自尊心伤得差不多了，在你几乎快要放弃创作时，才恋恋不舍地把灵感丢给你，请抓住这难得的瞬间开始行动吧。

感谢为本书的写作贡献智慧并付出辛劳的北京千雅文化传播有限公司的许方女士；北京世纪乐成文化传媒有限公司李亚飞女士；还有为本书的顺利出版不辞辛苦的张旭女士、王雁来女士、吴磊女士、李莹女士，她们的敬业与严谨是我不断完善本书的动力。

感谢与北京服装学院王幼仪老师的这次合作，我们对于学术问题的讨论，对于两个学校不同教学方法的对照、她对于影片独到的理解和表述也使本书增色不少。

感谢父母一直以来恒久的鼓励与支持，对他们的感恩难以言表，每次看着他们充满期盼的热切的眼神，我就没有理由不继续前行。

学术上的精进如同漫长而又艰难的人生，恐惧、畏难、惶惑、迟疑，无处不在。但宇宙间必有一种力量将生命的道路、真理指示于我，让我可见希望之光与喜乐，让我能够体恤、理解现实中每个人难言的苦痛与挣扎。无论如何我都应如同孩童时期第一次被童话故事打动时的那般欣喜一样，保守着那颗为爱、为人、为命运而感动、憧憬、宽容的心。如同所有精彩的影片反复阐述的主题一样，只要有信心、有盼望、有爱一切便有了方向。

书稿完成于2014年初夏
定稿于2015年元月
佟婷

图书在版编目(CIP)数据

电影剧作理论与技巧/佟婷,王幼仪著. ——北京:中国传媒大学出版社,2015.5

(数字媒体艺术专业"十二五"规划教材)

ISBN 978-7-5657-1271-5

Ⅰ.①电… Ⅱ.①佟… ②王… Ⅲ.①电影文学剧本—创作方法—高等学校—教材 Ⅳ.①I053.5

中国版本图书馆 CIP 数据核字(2014)第 024403 号

数字媒体艺术专业"十二五"规划教材

电影剧作理论与技巧

著　　者	佟　婷　王幼仪
责任编辑	张　旭　王雁来　吴　磊
装帧设计指导	吴学夫　杨　蕾　郭开鹤　吴　颖
设计总监	杨　蕾
装帧设计	徐源、方雪悦等平面设计创作团队
责任印制	阳金洲
出　版　人	王巧林

出版发行	中国传媒大学出版社
社　址	北京市朝阳区定福庄东街1号　邮编:100024
电　话	86—10—65450528　65450532　传真:65779405
网　址	http://www.cucp.com.cn
经　销	全国新华书店
印　刷	北京中科印刷有限公司
开　本	787mm×1092mm　1/16
印　张	黑白15　彩插1.5
版　次	2015年5月第1版　　2015年5月第1次印刷
书　号	ISBN 978-7-5657-1271-5/I·1271　　定　价　49.00元

致力专业核心教材建设　提升学科与学校影响力

中国传媒大学出版社陆续推出

我校 15 个专业"十二五"规划教材 161 种

播音与主持艺术专业（10 种）

广播电视编导专业（电视编辑方向）（11 种）

广播电视编导专业（文艺编导方向）（10 种）

广播电视新闻专业（11 种）

广播电视工程专业（9 种）

广告学专业（12 种）

摄影专业（11 种）

录音艺术专业（12 种）

动画专业（10 种）

数字媒体艺术专业（12 种）

数字游戏设计专业（10 种）

网络与新媒体专业（12 种）

网络工程专业（11 种）

信息安全专业（10 种）

文化产业管理专业（10 种）

传媒人书店（For IOS）　传媒人书店（For Android）　微博关注我们　微信关注我们　访问我们的主页

本书更多相关资源可从中国传媒大学出版社网站下载
网址：http://www.cucp.com.cn
责任编辑：张旭　王雁来　吴磊　　　意见反馈及投稿邮箱：cucpoffice@cuc.edu.cn
联系电话：010-6578 3283